88번 버스의 기적

88번 버스의 기적

프레야 샘슨 장편소설

윤선미 옮김

프롤로그

1962년 4월

버스가 클래펌 커먼 역에 정차했을 때 한 여자가 프랭크의 눈길을 사로잡았다. 창문 너머로 버스를 기다리는 줄에 서 있는 여자가 보였다. 통이 넓은 바지 위에 남성용으로 보이는 트위드 재킷을 걸치고 검은 베레모를 비스듬히 쓴 여자였는데, 모자 아래로 빨간 머리가 눈에 띄었다. 남성적이면서도 여성스러운 복장. 프랭크가 이전에 어떤 여자에게서도 보지 못한 조합이었다. 버스 위층 앞자리에 앉아 있던 프랭크는 순간, 여자의 베레모 아래로 녹색 눈동자가 반짝이는 것을 보았다. 심장이 덜컹 내려앉는 기분이란 이런 걸까.

88번 버스가 정차하고 여자가 올라탔지만 이내 시야 밖으로 사라졌다. 아래층에서 탑승자들이 요금을 내며 안내원과 인사하는 소리가 들려오는 사이, 프랭크는 여자가 버스 티켓을 받아 아래층에 자리 잡는 모습을 그려보다. 프랭크가 아래층으로 자리를 옮겨야 할지 쉽사리 결정하지 못한 채 머뭇거리고 있는데, 곧 뒤쪽에서 인기척이 느껴지더니 오른쪽으로 여자의 트위드 재킷이 슬쩍 보였다. 프랭크는 미동도 하지 않고 고개를 앞 창문에 고정했지만, 곁눈질로 통로 건너편에 앉은 여자를 예의주시하고 있었다. 여자는 가방을 발치에 놓고 눈을 감고는 소리 내 한숨을 쉬었다.

버스는 클래펌 커먼 역을 출발해 클래펌 하이 스트리트로 들어섰다. 여자가 눈을 감은 채 꼼짝 않고 있어서 프랭크는 여자를 흘끔흘끔 훔쳐볼 수 있었다. 여자에게서는 자기 나이의 두 배는 되는 사람에게나 있을 법한 당당함이 풍겼는데, 외모로만 따져 보자면 프랭크보다 살짝 어린 듯했다. 열여덟 아니면 열아홉 정도. 키가 상당히 크고 목이 길고 가늘었으며 턱은 날카롭고 뾰족했다. 피부가 도자기처럼 뽀얗고 가까이서 보니 머리카락은 부모님이 가게에서 파는 오렌지 마멀레이드 같은 색이었다. 버스가 스톡웰에 다가설 무렵까지도 움직이지 않아 잠이 든 건지 궁금해진 찰나, 여자가 눈을 뜨더니 프랭크 쪽으로 고개를 홱 틀었다.

"버스에서 여자 훔쳐보는 취미가 있나 봐요?"

프랭크는 너무 놀라 얼굴이 달아올랐다.

"아, 그게요…… 저기……."

연신 말을 더듬는 자신이 아이처럼 어리숙하게 느껴졌다.

"죄송해요."

올리브색 눈동자가 그를 빤히 바라보더니 얼굴에 즐기는 듯한 기색이 지나갔다. 이런, 여자는 프랭크를 보고 씨익 웃고 있었다.

"무례한 행동이라는 거 알잖아요. 부모님께 그런 것도 못 배웠어요?"

"미안해요."

프랭크가 다시 한번 사과했다. 맥박이 요동치는 데다 이 부끄러운 순간을 모면해야겠다 싶어 프랭크는 주머니에 손을 찔러 넣어 책을 꺼냈다. 여전히 여자의 시선이 느껴져서 아무 데나 펼치고는 읽는 척을 했다.

"무슨 책이에요?"

여자가 물었다.

"어,《길 위에서》라는 책이에요. 작가는 잭……."

프랭크는 성을 뭐라고 발음해야 할지 몰라 허둥거렸다.

"커-어-우-이-크요."

"재밌어요?"

프랭크는 본능적으로 이 질문에 대한 대답이 얼마나 중요한지 감지했다. 이 대답이 최악의 첫인상을 만회할 유일무이한 기회일 테니까. 하지만 문제는, 프랭크가 이 책을 그다지 마음에 들어 하지 않는다는 점이었다. 미제라면 사족을 못 쓰는 친구가 머나먼 뉴욕에서부터 주문해 받은 책으로, 친구는 책의 현대적 스타일에 대해 입에 침이 마르도록 칭찬을 퍼붓고는 비트 시라든가 뭐라든가 도무지 알아먹을 수 없는 말을 하며 프랭크에게 빌려줬다. 하지만 프랭크는 이 혼란스럽고도 낯선 서사를 도무지 이해할 수 없어 열 장도 채 읽지 못했다.

"어, 진짜 재밌어요. 미국 책인데 작가가 비트제너레이션이거든요."

프랭크는 방금 자신이 내뱉은 문장이 어른스럽고 지적으로 들렸길 바랐지만, 여자의 얼굴에는 여전히 아까의 그 우스워 죽겠다는 표정이 아른거렸다.

"내용이 뭔데요?"

"아, 그러니까, 여행에 관한 거죠. 길에서 하는 여행."

"제목을 들으니 그런 내용 같더라고요. 그래서 그다음은요?"

"그러니까 남자 주인공이 사람들을 만나서 파티에 가는데요, 음…….."

프랭크는 친구가 책을 주며 했던 말을 떠올려보려고 갖은 애를 썼지만, 여자 때문인지 도무지 아무것도 생각이 나질 않았다. 여자는 프랭크를 이 수치의 향연에서 구해줄 의지가 전혀 없다는 듯 가만히 바라만 보고 있었다.

"솔직히, 책장이 잘 안 넘어가요."

프랭크의 목소리에 패배의 한숨이 섞여 나왔다.

여자는 말없이 가방에서 커다란 노트와 연필을 꺼내더니 뭔가를 끼적이기 시작했다. 프랭크는 여자가 무슨 말이라도 꺼내기를 기다렸지만, 여자는 이미 대화에 흥미를 잃은 것 같았다. 가슴이 훅 내려앉았다.

버스가 시끄러운 소리를 내며 사우스 램버스 로드를 지나 복스홀 교차로로 향하고 있었다. 프랭크는 좀 더 지켜보고 싶은 마음이 간절했지만 흘끗거릴 때마다 여자가 낌새를 알아채고 프랭크를 쳐다봐서 결국엔 포기하고 앞쪽 창문을 바라보기로 마음먹었다. 여자가 언제라도 내릴 수 있다는 걸 알기에 버스가 다음 역에 도착해 정차할 땐 비통한 심정으로 숨을 참았다. 하지만 여자는 내리지 않았고 뭔가 종이에 쓱쓱거리는 소리만 들려왔다.

소리가 멈추자 프랭크가 여자를 돌아봤다.

"뭘 쓰고 있어요?"

"뭐라고요?"

여자가 고개도 들지 않고 물었다.

"아니, 그러니까 뭘 쓰고 있냐고요?"

"안 써요."

"그쪽이 지금 쓰……."

"받아요."

여자가 노트 한쪽을 북 하고 찢어 쑥 내밀었다. 프랭크는 어안이 벙벙한 상태로 종이를 받아 들고 뭐가 있을지 전혀 감을 잡지 못한 채 살며시 뒷면을 살펴보았다.

젊은 남자 스케치였다. 스케치 속 젊은 남자가 자신이라는 걸 깨닫자 전류가 흐르는 듯 찌릿한 느낌이 온몸에 전해졌다. 왁스로 앞머리를 세운 모습, 어머니에게 물려받은 큰 귀와 매부리코가 온전히 드러나 있었다. 이 요상한 특징이 두드러지는데도 스케치 속 자신은 아주 근사한 모습이었다.

"어, 이거……."

프랭크는 목소리가 갈라져서 자기도 모르게 얼굴을 찡그렸다.

"대충 그린 거예요."

가방에서 꺼낸 담뱃갑에서 담배 한 개비를 꺼내며 여자가 말했다.

"와, 이렇게 금방 그리다니 대단한데요."

"버스에서 스케치하는 걸 좋아해요."

여자는 성냥을 그어 담배에 불을 붙인 뒤 깊게 한 모금 빨아들였다.

"버스에는 늘 관심이 가는 다양한 모델이 있기 마련이거든요. 그 모델이 언제 내릴지 모른다는 긴박감도 짜릿하고요."

"진짜 잘 그렸어요."

"열심히 그리지도 않았어요."

뿜어낸 담배 연기로 프랭크의 칭찬을 무색하게 하며 여자가 말했다.

"미술 좋아해요?"

다시금 프랭크는 이번 질문에 대한 답이 얼마나 중요한지 알아차렸고 어떻게든 허풍을 떨어보려 입을 뗐지만 이내 그만두었다.

"사실 잘 몰라요, 미술은. 가족 중에 미술 좋아하는 사람도 없고요."

프랭크는 여자가 자신을 놀리는 대신 슬며시 미소 짓는 모습을 보고 조금 놀랐다.

"우리 아버지랑 똑같네요. 아버지가 생각하는 미술이라는 건 고작 〈데일리 미러〉에 나오는 만화뿐이거든요. 내가 미대에 간다고 하니 기를 쓰고 반대하더라고요."

"아, 내 말은, 흥미가 없다는 게 아니고 어디서부터 시작해야 할지를 모르겠다고요. 미술에는 뭐랄까…… 다가가기 겁나는 뭔가가 있는 거 같아요."

"그렇게도 느낄 수 있죠. 근데 진짜 아니거든요. 누구든 좋아할 수 있고, 그래서 미술이 멋지다는 거예요."

프랭크는 이 말에 동의해야 할지 갈피를 잡을 수 없었다. 부모님은 영화나 미술이나 다 먹고살 만한 사람들이 즐기는 시답잖은 거라고 말하곤 했기 때문이다.

"미대에 안 갔으면 그림은 어디서 배운 거예요?"

"아, 갔어요. 미대."

"아니, 아까는 아버지가 못 가게 했다면서요?"

"아버지는 반대했는데 내가 집을 나왔거든요. 그래서 미대에 갔어요. 지금은 클래펌에 있는 친구랑 같이 살아요. 옷가게에서 아르바이트해서 월세 내고요. 지금 일하러 가는 길이에요. 우리 가족이 나랑 의절하다시피 했죠."

여자는 꽁초를 바닥에 떨어뜨리고 밟아 뭉갰다. 프랭크는 여자에게 존경심이 들었다. 자신은 스물두 해를 살면서 여태 부모님 말씀을 거역하는 일은 상상도 해보지 못했다. 아버지가 다리 몽둥이를 부러뜨릴 테니 말이다.

"나보다 훨씬 용감하네요, 그쪽은."

프랭크의 말에 여자가 어깨를 으쓱했다.

"용기랑은 상관없는 일이에요. 선택의 여지가 없다고나 해야 할까. 그림 말고 다른 일을 하는 건 생각해본 적이 없거든요."

"학교 마치면 뭐 할 생각이에요?"

"화가요."

단호하면서도 당당한 태도에 전율이 흘렀다. 이전에 예술가를 만나본 일이 없었기에 여자가 다른 세계 사람인 듯 느껴지고 멋져 보였다.

버스가 팔러먼트 광장을 지날 때 프랭크는 차창 너머 웨스트민스터 대성당*을 바라보았다. 부모님은 프랭크가 열세 살 때 이곳에 한 번 데려왔다. 여왕의 대관식을 보기 위해서였는데, 그날은 부모님이 가게 문을 닫은 몇 안 되는 날 중 하나였다. 부모님에게 더는 가게 일을 하기 싫다고, 여생을 계산대 뒤에서 돈이나 세며 보내기엔 자신은 더 큰 꿈을 품고 있다고 말하는 상상을 해보았다. 프랭크는 두 번째 담배를 꺼내 무는 여자를 바라보았다. 저 여자처럼 되려면 어떻게 해야 할까. 가족을 등질 만큼 뚜렷한 목표가 생기려면 어떻게 해야 할까. 순간 프랭크는 여자의 자신감에 흠뻑 젖어 들고자 손을 뻗어 여자를 만져보고 싶은 충동을 느꼈다.

"그쪽은요?"

버스가 화이트홀 쪽으로 꺾을 무렵 여자가 물었다.

"아, 난 그냥 부모님 가게에서 일해요."

"재밌어요?"

"웬걸요. 생각만 해도 끔찍하죠. 근데 부모님은 내가 부모님 일을 물려받기를 원하세요."

"그럼 뭐 하고 싶은데요?"

"웃으면 안 돼요."

---

* 영국 런던의 웨스트민스터에 있는 성 베드로 성당. 7세기 초에 처음 지었고 11세기에 재건한 고딕식 건축물로, 역대 국왕의 대관식이 열렸고 국왕과 왕비를 비롯한 저명인의 묘소가 있으며 많은 유물이 보관되어 있다.

"목숨 걸고 맹세할게요."

여자의 표정이 너무 진지해서 프랭크는 빙그레 웃었다.

"배우요."

배우라는 단어를 내뱉으며 프랭크는 자신이 처음으로 이 말을 입 밖으로 내뱉다는 사실을 깨달았다.

"명배우가 될 것 같아요."

여자가 말했다. 프랭크는 혹시 여자가 자기를 놀리는 건가 싶어 여자의 얼굴을 쳐다보았다. 그러나 여자의 표정은 그 어느 때보다 진지했다.

"영화 〈필로 토크〉에 나오는 록 허드슨 닮았어요, 그쪽."

"와, 나 그 영화 진짜 좋아해서 두 번이나 봤는데."

첫 번째는 로저먼드 그린이랑 같이 봤고 두 번째는 혼자 봤다. 로맨스 영화를 여자 없이 혼자 본다는 사실이 부끄러워 눈치를 보며 극장에 살금살금 들어갔던 기억이 났다.

"영화는 될 수 있는 한 많이 보려고 해서 일렉트릭 팰리스에서 상영하는 건 죄다 봤어요."

"배우 공부를 벌써 시작한 셈이니까 이제 부모님께 얘기만 꺼내면 되겠어요."

"말처럼 쉬운 일이 아니에요."

"에이, 그렇지 않아요. 말 안 하면 두고두고 후회해요. 인생은 딱 한 번뿐이니까. 알죠?"

버스가 화이트홀에 닿자 트래펄가 광장이 눈앞에 펼쳐졌다.

"진심으로 미술을 배워보고 싶으면 시작하기 제일 좋은 곳이 바로 여기예요."

버스가 넬슨 기념탑* 앞에서 좌회전할 때 여자가 말했다.

"트래펄가 광장요?"

"아니, 내셔널 갤러리**요."

여자가 광장 끄트머리에 있는 거대한 돔 지붕 건물을 가리켰다. 프랭크가 뻔질나게 드나들면서도 한 번도 관심을 가져본 적이 없는 곳이었다.

"전 세계에서 온 그림이 2천 점 넘게 있어요."

"2천 점요? 그걸 어떻게 한 번에 다 봐요?"

"당연히 못 보죠. 입장료가 공짜니까 원하는 만큼 자주 가면 돼요. 난 그림 하나 앞에서 몇 시간이고 보내요."

프랭크는 믿지 못하겠다는 듯 여자를 바라봤다.

"몇 시간이나요? 싫증 안 나요?"

"절대로요. 티치아노라는 화가의 〈바쿠스와 아리아드네〉란 작품은 몇 날 며칠을 봤다니까요. 볼 때마다 새로운 느낌이 들어요."

"대단하네요."

프랭크가 말했다.

"어떨 때는 미대가 다 쓸데없어 보여요. 갤러리에서 그림 보는 게 세계적인 거장들에게 배우는 거나 마찬가지니까요."

"나도 한번 가봐야겠어요."

---

* 프랑스를 상대로 거둔 승리를 기념하고 영국 해군의 가장 위대한 영웅 넬슨 경을 기리는 탑이다.
** 런던 국립 미술관.

프랭크는 이때까지 런던에 살면서 갤러리가 있다는 사실도 몰랐다는 게 믿기 어려웠다. 문득 자신이 우물 안 개구리처럼 느껴졌다.

두 사람은 코카콜라와 와인 브랜드 친자노를 광고하는 간판 아래 펼쳐진 피커딜리 서커스를 지나고 있었다. 여자가 주섬주섬 가방을 챙기기 시작해서 프랭크는 여자가 곧 내려야 한다는 사실을 깨달았다. 마음이 너무 급해진 나머지 입이 떨어지지 않았다. 전에도 데이트 신청을 해봤고 승낙한 여자도 꽤 있었는데 지금은 왜 이토록 안절부절못하는 건지.

"저기, 주제넘게 들릴지 모르겠는데, 그러니까……."

여자가 몸을 돌려 사람을 홀리는 듯한 예쁜 두 눈으로 바라보자 목소리가 떨렸다.

"혹시 다음 주 일요일에 내셔널 갤러리 갈래요? 가, 같이요, 나랑. 그쪽이 좋아한다는 〈바쿠스와 아리아드네〉도 보고요."

여자가 눈을 가늘게 뜨자 프랭크는 거절당할 마음의 준비를 했다.

"그러죠, 뭐."

순간 프랭크는 심장이 터져버릴 것만 같았다.

"조, 좋네요. 고마워요!"

"전화해요. 우리 집 건물에 전화기가 있는데 전화받는 여자애 중 하나한테 메시지 남기면 돼요."

"그럴게요."

프랭크는 주머니에 손을 넣었지만, 필기구가 없다는 걸 깨달왔다.

"여기요."

여자가 펜이랑 버스 티켓을 꺼내더니 직사각형 티켓 하단에 자그맣게 자기 번호를 날려 썼다. 여자는 손을 내밀었다가 멈추고는 티켓을 다시 가져갔다.

"여자 번호 수집하고 전화는 안 하는 그런 놈 중 하나는 아니죠?"

"아니다마다요! 오늘 밤에 꼭 전화할게요. 꼭요. 매일도 할 수 있어요."

"한 번이면 돼요."

여자가 웃으며 표를 내밀었다. 프랭크의 엄지가 여자의 엄지를 살짝 스치는 순간 온몸이 불에 덴 듯 뜨거워졌다. 프랭크는 티켓을 재킷 주머니에 넣고 그림을 돌려주려 했다.

"보여줘서 고마워요. 정말 잘 그렸어요."

"가져도 돼요."

"그래요? 진짜요?"

"그럼요. 그냥 끄적인 거라니까요."

"그럼 나도 답례로 뭘 좀 줄게요."

주머니를 뒤졌지만, 친구가 빌려준《길 위에서》뿐이었다.

"이거라도 가질래요? 아무래도 나랑은 안 맞는 책인 것 같아요."

"고마워요. 케루악 씨 생각이 궁금해지긴 하네요."

여자가 작가의 이름을 말하는 방식이 프랭크의 서툰 발음이랑은 영 딴판이라 또다시 얼굴이 달아올랐다.

"다음에 만날 때 돌려줄게요."

여자가 책을 받으며 말했다. 버스가 옥스퍼드 서커스에 도착하자 여자가 내리려고 일어섰다. 프랭크는 여자를 다시 만날 때까지 모습을 기억하고자 일거수일투족을 머릿속에 저장하고 있었다. 마지막으로 뭔가 있어 보이거나 재치가 넘쳐서 여자가 프랭크를 떠올렸을 때 웃을 만한 말을 하고 싶었다. 앞으로 둘이 함께 나눌 수 있는 얘깃거리.

"만나서 반가웠어요."

어쩔 줄 모르는 아이가 된 듯한 기분을 다시금 느끼며 프랭크가 말했다.

"저도요, 록 허드슨 씨. 조만간 또 봐요."

여자는 몸을 돌려 복도를 따라 계단으로 발걸음을 옮겼다. 돌아보지 않은 채로.

1

2022년 4월

"이 버스는 팔러먼트 힐 필즈로 가는 88번 버스입니다."

리비가 배낭 두 개를 버스에 내려놓자 안내음이 울렸다. 지갑을 찾으려고 가방을 뒤지는데 뒤쪽에 서 있는 승객 무리에서 재촉하듯 혀 차는 소리가 났다. 가까스로 찾아서 교통카드 단말기에 대자 누군가 중얼거렸다.

"하여간 관광객들, 느려터져서는."

서둘러 가방을 집어 들고 1층 빈자리 쪽으로 걸음을 옮기고 있는데 웬 10대 남자애가 밀치고 지나가는 바람에 리비는 자리에 앉아 있던 할머니의 무릎으로 처박힐 뻔했다. 그사이 남자애가 쏜살같이 자리를 차지했다.

남자애를 있는 힘껏 노려봐주고 2층으로 가는 좁디좁은 계단을 오르는 동안 버스가 복스홀 역에서 방향을 틀었다. 리비는 쓰러지지 않으려고 난간을 붙들었다. 겨우 2층에 도착하자 첫째 줄 제일 가까운 곳에 빈자리가 보였다. 마음이 놓인 리비는 마침내 가방을 바닥에 던지고는 의자에 풀썩 주저앉았다.

버스가 런던의 교통체증을 뚫고 앞으로 나아가는 동안 리비는 창밖을 내다봤다. 인도를 따라 줄지어 걸어가는 행인들이 보였고, 성난 거위처럼 경적을 울려대는 차들, 택시 기사에게 손짓을 하며 욕을 퍼붓고 있는 자전거 운전자도 있었다. 다들 정신없이 바빠 보였다. 버스가 복스홀 브리지에 들어서자 리비는 템스강을 눈에 담으려 오른쪽으로 몸을 돌렸다. 테이트 브리튼 갤러리가 보이고 그 뒤편으로 런던 아이*의 유리 캡슐이 4월 햇빛 아래 빛났다. 언젠가 리비의 생일에 사이먼이 리비를 이곳에 데려온 적이 있었다. 아마도 3년 아니면 4년 전. 런던 아이의 커다란 바퀴가 그들을 도시 위 저 멀리까지 올려다 놓는 사이 두 사람은 프로세코 와인을 음미했고, 손을 맞잡고 사우스 뱅크를 따라 걸으며 핫도그를 사 먹었다. 둘이 런던에 놀러 온 몇 안 되는 날, 사이먼과 함께 있다는 사실이 리비에게 얼마나 큰 행운처럼 느껴졌는지. 하지만…….

"세상에, 당신이군요!"

왼쪽에서 들려오는 목소리가 버스 안을 쩌렁쩌렁 울렸다. 리비는 자신도 모르게 자리에서 벌떡 일어나 통로 맞은편 노인을 바라봤다. 빛바랜 붉은 벨벳 재킷을 걸친 노인은 눈이 마주치자 리비에게 환하게 미소 지었다.

---

* 템스 강변 남안에 있는 대형 대관람차.

"정말 당신이야, 그렇죠?"

런던에 발을 들인 지 10분도 안 됐는데 벌써 이상한 인간 하나가 따라붙다니.

"저, 죄송하지만 사람 잘못 보신 것 같아요."

리비는 몸을 돌렸다.

"아이고, 미안해요."

리비는 가방에서 휴대폰을 꺼냈다. 낯선 사람이 귀찮게 굴 때마다 지인에게 전화를 걸어 상황을 모면하곤 했다. 하지만 지금은 대체 누구한테 전화한단 말인가. 부모님은 절대 안 되고, 요즘 만났던 친구들은 죄다 사이먼의 친구인 데다, 사이먼 친구의 아내나 여자친구들과는 죽었다 깨도 말하기 싫었다. 리비는 휴대폰을 다시 가방으로 밀어 넣었다.

"방해해서 미안해요."

노인이 떨리는 목소리로 말을 이었다.

"요즘엔 자꾸 정신이 오락가락한다니까."

노인의 어조에는 리비를 다시 돌아보게 하는 무언가가 있었다. 무릎으로 시선을 떨군 노인이 어찌나 상심한 듯 보이는지 위로해 주고 싶은 마음이 들었다.

"괜찮아요. 사람들이 맨날 저를 누군가로 착각하거든요. 제 얼굴이 엄청 흔한가 봐요."

"흔하다니?"

노인이 고개를 휙 들었다.

"그런 소리 말아요. 아름다운 빨간 머리 덕분에 보티첼리의 〈비너스)가 따로 없구먼."

리비는 길고 굵은 곱슬머리를 손으로 빗었다. 생강 쿠키, 위즐리, 빨간 머리 등 오만가지 별명이 붙은 머리였지만, 르네상스 그림에 비교된 일은 없었다. 입가에 슬며시 미소가 번졌다.

"미안해요. 내가 좀 이상해 보일 테지. 그래도 난 맹세코 버스에서 젊은 여자들한테 말 걸고 머리가 예쁘다는 둥 시답잖은 소리 하는 그런 사람은 아냐."

"괜찮아요. 오늘은 칭찬이 좀 필요한 날이었어요. 감사해요."

"일진이 사나웠나?"

"그런 것 같아요."

"내 칭찬이 도움이 됐다니 다행이구먼."

노인은 아무렇게나 뻗어 나온 하얀 머리를 쓸어 올렸다.

"사람들이 나한테 고민을 털어놓더라고. 특히 밤 버스에서. 몇 잔 걸쳤다고 생판 남인 나한테 별 얘기를 다 해. 내가 여기서 무슨 얘기를 듣고 다니는지 상상도 못 할걸."

아주 짧은 순간 리비도 이 낯선 노인에게 속상한 일들을 털어놓을까 고민했지만 어디서부터 시작해야 할지 감도 오지 않았다.

"친절한 말씀 감사하지만, 전 괜찮아요. 고맙습니다."

노인은 고개를 끄덕이고는 자신의 자리 창문 너머를 바라봤다. 리비도 다시 몸을 돌려 창문으로 눈을 돌렸다. 버스는 테이트 브리튼 뒤쪽을 돌아 팔러먼트 광장으로 움직였다. 길이 유난히 복작거리는 아침이었다. 관광객들은 웨스트민스터 사원으로 들어가려고 길게 줄지어 서 있었고, 국회의사당 앞에서는 경찰관이

플래카드를 들고 선 시위대 무리를 세상 따분한 얼굴로 주시하고 있었다. 리비는 휴대폰을 확인했다. 지금이 2시 15분이니, 구글 맵에 따르면 언니네 집에는 3시쯤 도착할 터였다.

지난밤을 생각하면 몸이 떨린다. 충격으로 넋이 나가 본가에 찾아간 리비는 부모님이 앞으로의 일을 생각할 시간을 가지도록 며칠은 지내게 해줄 거라 믿었다. 하지만 아빠가 눈길 한번 주지 않는, 불편하기 짝이 없는 아침 식사 자리에서 엄마는 리비의 언니 레베카가 빈방을 내주기로 했다고 선을 그었다. 언니랑 서먹한 사이인 걸 누구보다 잘 아는 엄마가 이러는 게 도무지 이해가 되지 않아 따지려 했지만, 엄마는 단호했다. 그리고 몇 시간 뒤 리비는 낡은 가방 두 개에 자신의 삶을 구겨 넣고는 낯선 도시에서 낯선 버스에 타고 있었다.

"저기."

통로 맞은편 노인이 다시 리비를 쳐다봤다.

"네?"

"아니, 오지랖이긴 한데, 그게 눈에 띄어서. 혹시 화가신가?"

노인이 가리키는 쪽을 보니 배낭 한쪽에 아무렇게나 쑤셔 넣은 오래된 스케치북이 있었다. 거기 있는 줄도 몰랐는데. 그걸 보니 이 가방을 마지막으로 쓴 지 얼마나 오래됐는지 실감이 났다.

"아뇨. 예전에 학교 다닐 때 쓰던 거예요."

"그때는 그림 좀 그렸고?"

"그랬죠. 근데 그림에서 손 놓은 지 진짜 오래됐어요."

"뭐 때문에?"

리비는 입을 열었다가 닫았다. 생전 처음 보는 사람한테 뭐 하자고 살아온 얘기를 한단 말인가. 근데, 이 할아버지 말이 맞네. 사람들이 비밀을 털어놓는 마성의 매력이 있잖아.

"바빠서요."

리비는 겨우 이 말만 뱉었다.

"그럴 리가. 시간이 없긴. 지금 나 한번 그려볼 테야?"

"말씀은 감사하지만, 그림 그린 지 너무 오래되어서요."

버스가 다우닝 스트리트에 멈춰 서자 승객이 쏟아져 들어와 발 아래서 웅성거렸다.

"잘 알겠지만, 다시 시작하기에 늦은 때란 없어요. 학창 시절엔 미술 공부를 했나?"

"네, 미대에 가고 싶었는데……."

속사정을 꺼내려다가 다시 머뭇거렸다.

"대신 의대에 갔어요."

"의대? 당최 의사감으론 안 보이는데. 시원찮은 내 엉덩이 한쪽도 못 맡기겠구먼."

리비가 당황해서 올려다보니 할아버지가 한쪽 눈을 찡긋했다.

"농담이야. 아주 좋은 의사가 됐을 거야."

"할아버지 말씀이 맞아요. 전 의사감은 아니에요. 의대가 너무 싫어서 누구 시원찮은 엉덩이가 덧나게 할까 봐 관뒀어요."

노신사가 키득키득 웃었고 리비도 덩달아 웃음이 새어 나왔다.

"의사도 화가도 아니면, 그럼 지금은 뭘 하고 있지?"

리비는 뭐라고 말해야 할지 몰라 선뜻 입이 안 떨어졌다. 불과

24시간 전만 해도 사이먼의 조경회사에서 경리 일을 보고 잡무를 처리했다. 지금은 그냥, 한숨만 나왔다.

버스가 트래펄가 광장에 가까워지자, 한시도 경계를 게을리하지 않을 듯한 위풍당당한 사자상 넷과 그 주변을 둘러싼 살찐 비둘기 떼가 보였다. 광장 한가운데엔 넬슨 기념탑이 우뚝 솟아 있었는데, 탑 꼭대기에 선 제독이 부모가 사춘기 아이를 바라보듯 못마땅한 얼굴로 관광객 인파와 버스커들을 내려다보고 있었다. 제독 뒤로는 내셔널 갤러리가 웅장한 기둥과 돔 지붕의 위용을 마음껏 뽐냈다. 리비는 잠시 옛 기억을 떠올렸다. 언젠가 체험학습으로 갤러리에 온 적이 있었다. 친구들은 하나같이 금세 지루해하고 유명인을 본뜬 밀랍인형들이 있는 마담 투소나 보러 가자고 난리였지만, 리비는 화려하게 장식된 천장과 세계 걸작을 모아둔 수많은 관람실이 있는 으리으리한 건물에 경외감을 느꼈다. 하지만 그때만 해도 미대를 갈 수 있을 거라는 실낱같은 희망이 있었고, 아직 부모님이 '제대로 된' 직업을 가지려면 '학위다운 학위'를 따라고 단호히 말하지 않은 상태였다.

리비가 시선을 돌리니 노신사는 어느새 촉촉해진 눈으로 하염없이 창밖을 바라보며 옛 생각에 잠겨 있었다. 리비의 시선을 느꼈는지 이제 막 꿈에서 깬 듯 머리를 저었다.

"누가 그러더라고. 그림을 배우기 위해 꼭 미대에 갈 필요는 없다고. 내셔널 갤러리에서 시간을 보내는 게 세계 거장들에게 직접 배우는 거나 마찬가지라고."

"정말요?"

"그 말을 한 여인도 버스에서 스케치 연습을 즐겨 했더랬지. 버스는 흥미를 끄는 다양한 모델이 있어서 생생한 그림을 그리기에 아주 좋은 장소라면서 말이야."

"글쎄, 어려울 것 같은데요. 버스가 좀 흔들려야죠."

노신사가 몸을 돌려 리비를 바라봤다.

"내셔널 갤러리엔 가본 적이 있나?"

"10대 때 한 번요. 꼭 다시 가보려고 했는데."

"그럼, 지금 같이 한번 가볼까? 못다 한 미술 공부를 당장 시작하는 거야!"

노신사는 자리 뒤에 있는 기둥으로 손을 뻗어 하차 버튼을 세차게 눌렀다.

"안 될 것 같아요. 죄송해요."

리비의 말에 노신사의 어깨가 축 처졌다.

"그렇지. 내가 괜한 소리를 했구먼."

"지금 좀 가봐야 할 데가 있거든요. 게다가, 얘네들도 함께라서요."

리비는 자신의 가방 두 개를 가리켰다.

"미안하게 됐어. 내가 왜 이러는지 모르겠네. 오늘 아주 나사가 풀렸어."

"아니에요, 정말. 다음에 꼭 갈게요."

하지만 노신사는 리비의 말을 듣지 않고 갤러리 쪽을 응시했다. 버스가 정차하자 문이 열리며 낮게 윙 소리가 났다. 노신사의 눈길은 여전히 창밖을 향해 있었다.

"난 여기서 내림세."

노신사가 몸을 일으키며 말했다.

"보고 싶은 그림이 있거든."

리비는 노신사가 버스 봉에 의지해 느릿느릿 걸음을 옮기는 모습을 지켜봤다. 금방이라도 넘어질 것만 같았다.

"계단 내려가는 것 좀 도와드릴까요?"

"아니, 괜찮아요."

노신사가 리비를 내려다봤다.

"그건 그렇고, 내 이름은 프랭크야."

"만나 봬서 반가웠어요. 저는 리비예요."

"리비."

노신사가 리비의 이름을 따라 말하며 빙긋 웃었다.

"버스에서 한번 그려봐. 아가씨한테 안성맞춤일 것 같은데."

말을 마친 프랭크는 돌아서서 천천히 계단을 내려갔다.

2

리비는 언니네 집 밖에 서서 높고 웅장한 조지 왕조풍 건물을 올려다봤다. 숨을 한 번 크게 들이마시고 가파른 계단을 오르기 시작했다. 벨을 누르자 문이 홱 열리며 요가 레깅스에 돈깨나 주고 산 듯한 운동용 톱 차림을 한 언니가 나와 리비를 위아래로 훑었다.

"너 기운이 하나도 없어 보인다."

레베카가 빼빼 마른 몸을 앞으로 기울여 리비를 안아줬다.

"응. 충격 좀 먹었지."

리비가 미처 가방 하나를 건네기도 전에 레베카는 홱 돌아서서 집 안으로 쏙 들어갔다.

"신발은 벗어주시고."

리비가 낑낑거리는 사이 레베카가 말했다. 리비는 가방을 던져 두고 발로 차듯 신발을 벗은 뒤 복도를 지나 집 뒤편을 차지한 널

따란 주방으로 들어섰다. 훅에 일렬로 걸려 있는 똑같이 생긴 머그잔들부터 오븐 손잡이에 걸려 있는 바짝 마른 차 수건까지 주방은 온통 새하였다. 언니가 색 맞춤 전략에 어긋나는 노란 바나나를 과일 그릇에 둔 게 이상할 정도였다.

리비는 주방 한가운데 자리 잡은 아일랜드 식탁으로 다가가 좁은 의자에 걸터앉고는 다가올 운명을 기다렸다.

"몽땅 다 털어놔."

레베카가 입을 열었다.

"엄마가 대충 말해주긴 했는데 너한테 자세히 좀 듣자."

"좋아."

리비가 침을 삼켰다.

"사이먼이 웬일로 새로 생긴 이탤리언 레스토랑에서 저녁을 먹자는 거야. 보통 금요일엔 포장해서 집에서 먹느라 외식은 안한 지 오래거든. 그런데 예약까지 해놨다길래 나도 차려입고 나갔지."

"그래서?"

"밥은 잘 먹었는데 사이먼이 뭔가 어수선해 보이는 거 있지. 계속 휴대폰 확인하고 화장실을 세 번이나 갔다니까. 나는 말이야……."

리비는 입 밖으로 내기가 부끄러운 나머지 말끝을 흐렸다.

"너는 뭐?"

눈을 질끈 감고 그 순간을 떠올렸다. 촛불이 놓인 테이블 건너편에서 사이먼은 긴장할 때 늘 그러듯 엄지손톱을 잘근잘근 씹고 있었다. 리비는 자신이 생각하는 바로 그 순간이 온 거라고 확신했다. 목구멍이 간질거리고 들뜬 기분이 방울방울 올라왔다.

"동생아?"

"사이먼이 프러포즈하는 줄 알았어."

리비가 읊조렸다.

"미치겠다!"

"내 말이."

감정이 복받쳐 올라와 꾹꾹 삼키려고 다시금 심호흡을 했다.

"프러포즈는커녕 헤어지자고 하더라."

"나쁜 새끼."

레베카는 어지간히 신이 난 모양이었다.

"뭐라고 하면서?"

"날 사랑하지만, 한동안 힘들었대. 일상이 권태로워서 이 관계를 지속하고 싶은지 확신이 없대. 차라리 감정을 솔직히 말하고, 또 뭐랬더라? 음, '침묵 속에 고통받지 않는 게' 좋겠다고 하더라."

"그까짓 말 하자고 있는 대로 분위기 잡았다니?"

"이 편이 더 수월할 줄 알았다나 뭐라나. 집에서라면 내가 화를 내겠지만 다른 사람들 앞에선 소란 피우지 않을 테니까."

"마키아벨리야, 뭐야. 권모술수의 대가 나셨네."

레베카가 기가 찬다는 듯 머리를 저었다.

"넌 진짜 그놈이 프러포즈라도 하는 줄 알았고?"

"우리 맨날 그랬거든. 서른 되면 약혼하자고. 근데 이제 곧 내 생일이고, 또……."

"이게 뭔지 몰라? 바로 중년의 위기란 거야."

"서른에 웬 중년의 위기?"

"남자들은 나이 앞자리가 바뀌는 생일에 온갖 이상한 짓거리를 하기 마련이거든. 너희 형부는 마흔 살 생일에 오토바이를 사겠다고 했어. 내가 샀겠니? 근데 지금 사이먼도 판박이야. 나이는 들지, 정력은 떨어지지. 화들짝 놀라서는 뭔가 극단적인 선택을 해보고 싶은 거라고."

"진심인 거 같던데."

미안해. 사이먼이 우물거렸다. 티라미수 건너편 리비의 눈을 피한 채. **지금 상태가 최선은 아닌 것 같다는 느낌을 지울 수가 없어. 사는 게 너무 일상적이고 뻔해. 즉흥적으로 일을 저지르던 시절이 그리워.**

"이제 어쩔 거야?"

레베카가 일어나 주전자로 걸어갔다.

"사이먼이 시간을 좀 달래. 난 너무 어이가 없어서 잠시 나가 지내겠다고 했고. 근데 내가 잘못 생각한 건 아닌지 모르겠어."

"잘못하긴 개뿔. 잘했어. 한 일주일 혼자 살면 지 실수를 알게 될 거야."

"근데, 만약에, 만에 하나라도……."

레베카가 커피 그라인더를 켜는 바람에 윙윙 굉음이 들려와 리비는 말을 마치지 못했다. 이 집구석에서 인스턴트커피 따위는 설 자리가 없었다. 언니는 매번 기다리다 진 빠지는 핸드드립을 고집했다. 사이먼은 그게 우습다고 생각했고, 차 한잔 마시자고 이런 부질없는 행동을 하는 레베카와 형부 톰을 보며 리비와 눈을 맞추곤 같이 풋 하고 웃고 싶어 했다. 지나간 추억에 가슴이 저며왔다. 리비와 사이먼은 늘 서로의 곁에 있어주었고, 서로의 유별난 가족 일 앞에서는 더 돈독해지는 하나의 팀이나 다름없었다. 이제 와 어떻게 떨어져 지내길 바라는 걸까.

"아까 뭐랬지?"

그라인딩이 끝나자 언니가 물었다.

"그러니까, 사이먼이 진심이면 어쩌냐고. 이게 중년의 위기나 뭐 그런 게 아니고 정말 끝내자는 거면?"

"그럴 리가 없잖아. 8년이나 사귀었는데. 이렇게 끝내고 싶진 않을 거야. 정신 차릴 거라고."

"정신 차리면 난 되돌아가? 몇 년이 걸리면 어쩌고. 걜 다시 어떻게 믿어?"

"당연히 다시 믿을 수 있지. 너 사이먼 모르니? 걔가 어디 바람 피우고 그럴 애냐고? 언니 한번 믿어봐. 지금 잠깐 정신 못 차리는 것뿐이야. 몇 주 뒤면 넌 다시 그 쪼끄만 집에 들어앉아 노부부처럼 죽치고 TV나 보며 지내게 될걸."

리비가 다시 뭐라 말하기도 전에 복도에서 쿵쾅거리는 발소리가 들려왔다.

"리비 이모!"

언니네 아들 헥터가 양팔을 쫙 펼치곤 리비에게 돌진했다. 리비는 헥터를 번쩍 들어 안고 머리카락 사이에 얼굴을 파묻어 샴푸의 사과 향과 쌀 케이크 향을 쿵쿵 들이마셨다. 마음이 편해지는 향이었다.

"못 보던 사이에 많이 컸네."

헥터를 내려놓으며 리비가 말했다.

"우리 조카님이 열여덟 살이던가?"

"네 살이거든!"

헥터가 리비를 향해 코를 찡긋했다.

"이모가 부활절 때 나랑 놀아주는 거지? 엄마가 그랬어."

"내가?"

리비는 눈을 동그랗게 뜨고 뜨거운 물을 커피 가루에 붓고 있는 레베카를 바라봤다.

"자연사박물관 가자! 나 공룡 볼래."

"헥터, 할머니 드릴 그림 마저 그리고 엄마랑 이모한테 보여줄 래?"

헥터가 떠나고 레베카가 커피에 집중하는 사이 긴 침묵이 공간을 채웠다.

"그래서 여기 오라고 했구나?"

리비가 침묵을 깼다.

"헥터 돌보라고?"

"야, 말은 똑바로 해야지. 내가 동생을 돕고 싶어 하는 다정한 언니라 널 이리 부른 거지."

귀는 빨갛게 물들었지만, 목소리에는 억울함이 담겨 있었다.

"그럼, 헥터 안 봐줘도 돼?"

"싫으면 안 봐줘도 그만이야. 그치만 너 평소에 얼굴 한 번 제대로 못 본 하나뿐인 조카랑 놀아주고 싶어 하지 않았니?"

"언니네 집에 베이비시터 있잖아."

"집에 급한 일이 생겨서 잠깐 떠났어. 힘들어 죽겠다. 근데 시터가 떠난 덕에 네 방도 생겼어."

그런 거였다. 언니가 자신을 부른 데는 숨은 의도가 있을 거라 짐작했다. 언니는 자기한테 득이 되는 일이 아니면 절대로 하는 법이 없으니까.

"얼마나?"

"기껏해야 1, 2주. 로잘리타가 돌아올 때까지만. 타이밍 죽이지 않니? 시터가 올 때쯤이면 이 난리를 끝내고 너랑 사이먼은 다시 예전으로 돌아가는 거야."

레베카가 진하게 내린 커피를 건네며 떠들었다.

"언니, 나 좀 그래. 헥터랑 놀아주고 싶긴 한데 지금 머릿속이 뒤죽박죽이야. 내 꼴이 어떤지 언니도 봐서 알잖아."

레베카가 한숨을 길게 내쉬었다.

"헥터 낳고 내가 언제 너한테 도와달라고 한 적 있어?"

"없지, 근데……."

"지금 시점에 네가 시간이 있니, 없니? 사이먼이랑 시간 갖는 마당에 걔 밑에서 일하진 않을 거잖아."

"시간은 있지. 근데……."

"그렇지? 게다가, 헥터가 네 혼을 쏙 빼놓을 거라 사이먼 생각은 할 겨를도 없을 테니 일석이조 아니겠어?"

레베카는 어릴 때부터 매번 이렇게 리비를 마음대로 휘두르려고 했다. 리비에게는 레베카가 기업 변호사로 승승장구한다는 사실이 놀랍지도 않다. 리비는 항복의 향을 풍기는 쓸쓸한 커피를 한 모금 마셨다.

"커피 맛있네."

"인도네시아산 코피 루왁이야. 사향고양이가 먹고 발효시킨 뒤 대변으로 내보내. 우린 야생 사향고양이한테 나온 원두만 쓰는데 이게 얼마나 비싼지 몰라."

리비는 얼굴을 찌푸리며 머그잔을 내려놨다.

"헥터 봐주는 거다?"

레베카가 되물었다. 리비는 답을 주기 전에 뜸을 들였다. 그리 나쁘지 않다. 바쁘게 지내는 게 도움이 되긴 하겠지. 무엇보다 리비를 모지리로 여기지 않는 유일한 가족, 헥터가 너무 예쁘니까.

"알았다고."

"오케이!"

레베카는 아일랜드 식탁 위 종이 한 장을 집어 리비에게 넘겼다.

"헥터 스케줄이야. 매일 아침 축구클럽, 오후엔 여러 가지 체험 활동. 과외 선생님은 매주 화요일에 오고, 수요일엔 피아노, 금요일엔 과학박물관 전시회에 가면 돼."

"와우!"

"뭐가?"

"글쎄, 스케줄을 다 맞춰보긴 할 텐데 힘들긴 하겠어."

"힘들긴, 다 헥터를 위한 거야. 원하는 학교 가려면 선행학습도 해야 하고."

"알겠어. 최선을 다할게."

"형부랑 난 6시에 오니 네가 헥터 밥 담당이야. 내가 오카도*에서 재료 주문하면 네가 식단표에 맞춰 조리해줘. 붉은 고기랑 유제품 금지, 정제 설탕은 주말에만 주고."

"여부가 있겠습니까."

리비는 언니 말을 들으면 들을수록 헥터가 더 가여워졌다.

"무슨 생각 하는지 다 알아. 맞다, 맥도날드에 몰래 데려가서 너깃이랑 밀크셰이크 먹일 생각 말고. 넌 어떨지 몰라도 이 집 사람들은 자신의 몸을 아낀다고."

"빅맥 금지. 이것도 지킬게."

레베카는 휴대폰 진동음이 울리자 바로 집어 들었다.

"참, 휴대폰도 금지."

레베카가 문자를 읽으며 금지사항을 추가했다.

"얼마 전에 스마트폰이 두뇌 발달을 저해한다는 기사를 읽었거든."

리비가 눈동자를 굴리던 차에 레베카가 휴대폰에서 눈을 떼고 리비를 쳐다봤다.

"이의 있니?"

"아니."

"사정없이 굴러가던 네 눈동자는 그렇게 생각하지 않는 것 같던데."

---

* 영국 최대의 온라인 슈퍼마켓.

"그런 게 어딨어. 그치만 우린 어렸을 때 종일 TV를 봤어도 지금 멀쩡하잖아?"

어릴 적부터 줄곧 봐오던 그 표정으로 레베카가 리비를 지그시 응시했다. 더 말하기도 지긋지긋하다는, 사람을 업신여기는 듯한 그 표정.

"동생아, 너 애 있니 없니?"

또 시작이다.

"그렇지?"

레베카가 쏘아붙였다.

"혹시 언젠가 네가 애를 낳으면 종일 휴대폰 보게 하고 인스턴트나 먹여. 그치만 **내** 아이를 볼 때만큼은 내 양육 방식을 존중해 줘. 됐니?"

리비가 응수하려 했지만, 사향고양이 똥으로 만든 커피를 입을 헤벌리고 바라보는 리비를 혼자 두고 레베카는 쌩 가버렸다.

3

언니네 집에 온 다음 주가 리비 인생에서 제일 힘든 주였다. 헥터는 매일 아침 6시 45분 정각에 기상해 리비의 방에 쳐들어와 침대 위에서 방방 뛰었고 그때부터 다시 잠자리에 들 때까지 장장 열두 시간 동안 질문 세례를 퍼부었다. **몽골 수도는 어디야? 여자는 찌찌가 있는데 남자는 왜 없어? 햄스터의 반대는 뭐야?** 언니랑 형부가 퇴근할 때까지도 헥터는 극도의 흥분 상태여서 리비는 쓰러지기 일보 직전이었다.

좋은 점 하나는 하루가 너무 바빠 지나가 사이면 생각을 할 겨를이 없다는 거였다. 하지만 기진맥진한 채 한시라도 빨리 잠들고 싶어 침대에 누우면 현재의 비참한 상황에 대한 자각이 물밀듯 밀려왔다. 이틀, 사흘, 나흘이 지나도 연락이 없었다. 지난 금요일에 나눈 대화가 머릿속을 맴도는 유행가처럼 무한 반복으로 재생됐다. **여전히 널 사랑하지만 어느샌가 멀어진 것 같아. 연인이**

아니라 동거인 같은 느낌이야. 넌 옛날엔 재밌었는데, 지금은 일상이 권태로워. 떠올릴 때마다 벌렁거리는 마음이 진정되지 않고 산소가 빨려 나가는 듯 폐가 옥죄어왔다.

이런 일이 일어날 거라곤 꿈에도 생각 못 했다. 그와 앞날을 계획하며 함께했던 삶은 너무도 익숙하고 안락했다. 금요일 저녁 포장 음식, 일요일 아침마다 사랑을 나누던 일. 자신이 사랑했던 남자는 마음 깊은 곳에서 행복하지 않다고 외치고 있었는데 그 마음을 까맣게 몰랐다.

토요일 아침에 헥터가 리비 대신 언니와 형부를 깨운 덕에 9시가 넘어서까지 늦잠을 푹 잤다. 잠에서 깬 침대에 앉자 몸이 안 아픈 데가 하나도 없고 가슴이 조이듯 답답했다. 사이먼의 피드를 보며 자신을 고문하고 싶지 않아 한 주간 의식적으로 피했던 인스타그램에 들어갔다. 사이먼의 이름을 클릭하고 나서도 뭐가 나타날지 몰라 조마조마한 마음에 숨도 못 쉬었다. 감사하게도, 마지막으로 확인했을 때보다 사진 하나만 늘어나 있었다. 달리기. 리비는 사진을 꼼꼼히 살폈다. 사이먼은 울긋불긋한 피부에 머리카락이 부스스했다. 카메라를 향해 웃어 보이는 사이먼은 태양빛이 눈부신 듯 살짝 얼굴을 찡그리고 있었다. 다부진 인상에 잘생긴 얼굴을 보니 속이 울렁거렸다. 지금쯤 리비를 그리워해야 하건만 사진 속 모습은 어쩜 저렇게 생기 넘치고 무심해 보이는지. 리비 없는 삶이 더 행복하다는 걸 깨달았으면 어쩌지?

리비는 침대를 박차고 나와 샤워를 한 뒤 옷을 챙겨 입고 언니가 명령을 하달하기 전에 집을 몰래 빠져나왔다. 어디로 가야 할지 몰랐지만, 침대를 굴러다니면서 종일 사이먼의 인스타그램이나 훔쳐보며 안절부절못할 수는 없는 노릇이었다. 큰길에 다다라 카페에 들어가서 카푸치노와 초콜릿 크루아상을 샀다. 밖으로 나올 때 카페 앞에 버스가 정차해 문이 벌컥 열리는 게 보였다. 승객이 인도로 쏟아져 나오는 광경을 잠시 지켜봤다. 몇 번 버스인지, 어디로 가는지도 몰랐고 만일을 대비해 코트나 우산도 챙겨 오지 않았다. 버스에 올라타면 어딘가로, 언니가 주의를 주었던 위험한 동네로 갈지도 모를 일이었다. 뒤돌아서 버스를 지나치려 하는 순간 사이먼의 말이 생각났다. **사는 게 너무 일상적이고 뻔해.** 리비는 숨을 깊게 들이마시고는 버스에 올라탔다.

1층 뒤쪽 빈자리에 앉았다. **나도** 즉흥적으로 살거든? 한 방 먹였다는 기분에 취해 크루아상을 한 입 베어 물었다. 동시에 버스가 어디로 가는지도 살폈다. 클래펌 커먼으로 가는 88번 버스라고 쓰여 있었다. 그러라지.

버스가 출발하자 주변 승객들을 둘러봤다. 앞쪽에서는 10대 남자애 둘이 머리를 맞대고서 이어폰을 사이좋게 나눠 끼고 음악을 듣고 있었다. 그 자리 건너편에 모자 달린 비닐 우비를 입은 머리가 하얗게 센 할머니가 바퀴 달린 장바구니를 꽉 잡고 있었고 할머니 뒷자리, 리비 건너편에는 똥머리를 한 젊은 여자 하나가 너덜너덜해진 《오만과 편견》을 눈으로 읽으며 입으로 중얼중얼하고 있었다. 여자는 책에 푹 빠져 무의식적으로 카디건 단추를 만지작거렸다. 여자를 보고 있자니 갑자기 지난 토요일 버스에서 만난 노신사 프랭크의 말이 떠올랐다. **버스는 흥미를 끄는 다양한**

모델이 있어서 생생한 그림을 그리기에 아주 좋은 장소라는 말.

"캠던 타운 역, 캠던 스트리트입니다."

안내음이 들려왔다. 책 읽던 여자는 책에서 눈을 떼지 않고 출구로 걸음을 옮겼다. 리비는 버스에서 내려 인도를 따라 걸으면서도 책에 몰입하고 있는 여자에게 감탄했다. 그런데 정류장에서 승객이 밀려 들어오는 순간, 한 번 보고 너무 놀라서 되돌아볼 만한 외모를 지닌 남자가 있었다.

키가 크고 깡마른, 머리 한가운데다 작은 산처럼 뾰족뾰족하게 머리카락을 일렬로 세운 남자가 버스에 올라타 복도를 따라 성큼성큼 걸어왔다. 30대 중반, 검은 가죽 재킷, 딱 붙는 청바지에 닥터마틴 부츠 차림으로 벨트에 체인이 달려 있어 걸을 때마다 찰랑찰랑 소리를 냈다. 이게 말로만 듣던 펑크족인가? 오래전 멸종한 줄로만 알았는데. 앞줄에 앉은 남자애 둘이 남자를 보며 서로 쿡쿡 찔러댔지만 남자는 자신이 일으킨 잔잔한 파문을 눈치채지 못한 듯했다. 남자는 아까 책벌레 여자가 앉았던 의자에 깊숙이 몸을 묻고 긴 다리를 복도로 쭉 내밀었다.

프랭크가 남긴 말이 리비의 머릿속에 다시금 맴돌았다. 그리고 싶을 만큼 관심을 끄는 인물이 나타나긴 했는데, 과연 그릴 수 있을지. 그림을 마지막으로 그린 지 몇 년은 됐고 스케치북도 없는데……

즉흥적으로 저질러보자!

리비는 가방을 이리저리 뒤졌다. 보통은 깔끔하게 비워두는 편이지만 한 주 동안 헥터를 데리고 다니다 보니 가방 안에서 장난감 자동차며 반쯤 먹다 만 건포도 상자, 작은 노트와 색연필이 나왔다. 리비는 노트와 까만 연필을 꺼내 남자를 건너다봤다.

남자와 통로를 사이에 두고 앉아 있었기에 리비는 남자의 왼쪽 얼굴밖에 볼 수 없었다. 단단하고 각진 턱, 진한 색 눈동자에 귀에는 은 귀걸이가 줄지어 매달려 있었다. 어떤 모양인지 알 수 없는 문신이 재킷 깃 아래부터 목을 타고 올라왔다. 모호크족 스타일 뾰족 머리를 빼면 나머지 머리카락은 삭발에 가까워 만질만질한 촉감일 것 같았다. 자세가 구부정한 리비와 달리 남자는 허리를 곧게 펴고 앉아 누가 뭐라 해도 눈썹 하나 까딱하지 않겠다는 자신감을 온몸에서 뿜어내고 있었다. 시선을 단박에 사로잡는 외모. 리비는 무릎에 놓인 텅 빈 종이를 흘끗 보다가 숨을 크게 들이마시고 연필을 놀리기 시작했다.

몰두해 그림을 그리다가 얼핏 밖을 내다보니 옥스퍼드 서커스 역이라 적힌 지하철 표지판이 보였다. 버스가 북새통이 벌어진 쇼핑가를 지나고 있어 깜짝 놀랐다. 리비는 자신의 스케치를 바라보고는 속으로 한숨을 쉬었다. 몸 모양이 어색했고 머리에는 풀이 덕지덕지 묻은 듯했으며 버스가 도로 움푹한 곳을 지나다 덜컹거려 연필이 빗나가는 바람에 턱에 긴 선이 죽 그어져 있었다. 네 살 헥터나 그릴 법한 망작이었다. 그림을 노트에서 뜯어 구겨버리려던 찰나 남자의 전체 얼굴을 포착했다. 완벽하게는 아니더라도 두상과 날카로운 턱선, 음울한 눈빛을 그럭저럭 담아낼 수 있을 것 같았다. 밑그림에 불과했지만 시간이 더 허락된다면 결과물이 나아질 것도 같았다. 리비는 남자를 다시 흘끗 봤다. 남자는 미동도 없이 눈을 뜬 채 잠이라도 자는 듯 멍하니 앞을 보고 있었다. 남자가 언제 내릴지 모르고, 그림을 완성할 기회는 다시 오지 않는다. 남자 사진을 찍을 수만 있다면 그걸로 집에서 그림을 완성할 수 있을 텐데.

리비는 주변을 둘러봤다. 승객들은 모두 저마다의 세계에 빠져 창밖이나 휴대폰을 보고 있었다. 리비는 가방에 손을 넣어 휴대폰을 꺼내고 할 수 있는 한 조심스럽게 살며시 들어 사진을 찍었다.

"이런 빌어먹을, 지금 뭐 하는 짓거리야?"

카메라의 찰칵 소리에 남자가 자리에서 몸을 휙 틀어 리비를 봤다. 리비는 얼른 휴대폰을 가방에 쑤셔 넣었다.

"내 사진 찍었어?"

남자의 새까만 눈동자가 리비에게 고정되었다. 다른 승객들도 모두 이 소동을 지켜보고 있었다.

"아뇨, 아니, 네. 죄송합니다."

남자가 매섭게 노려봤다.

"내가 동물원 원숭이도 아니고 뭐 하는 짓이야?"

"아니, 저는 그게 아니고요……."

리비는 얼굴에서 핏기가 싹 사라지는 걸 느꼈다.

"죄, 죄송합니다. 바로 지울게요."

"웬 놈이 그쪽 사진을 찍었으면 어땠겠어? 어? 말해보라고."

남자 앞에 앉은 할머니가 리비를 보더니 고개를 절레절레 저었다. 리비는 창피해서 죽어버리고 싶었지만, 버스에서 내리려고 가방을 낚아채 일어섰다. 리비의 그림이 무릎에서 스르르 미끄러져

팔랑거리며 앞쪽으로 날아가 복도 한가운데 떨어졌다.

망했다! 리비는 남자가 몸을 굽혀 자기 발아래 놓인 그림을 집는 모습을 봤다. 눈을 감고 남자가 토해낼 분노의 괴성을 기다렸다. 하지만 리비가 다시 눈을 떴을 때 10대 남자애들이 틀어놓은 음악 소리만 들렸고 남자는 얼굴에 온갖 혐오를 드러내며 그림을 바라보고 있을 뿐이었다. 정적이 이렇게까지 고통스러울 수 있을까.

"정말 뭐라 드릴 말씀이 없어요."

리비의 목소리가 떨렸다. 남자는 말없이 그림을 자세히 들여다봤다. 승객들도 모두 숨죽이고 남자가 어떻게 반응할지를 기다리고 있었다.

"형편없는 그림이에요."

리비가 기어 들어가는 목소리로 말을 꺼냈다. 남자가 눈을 들자 시선이 마주쳤고 리비는 어찌해야 할지 모른 채로 남자를 바라봤다. 때마침 버스 문이 열렸고, 리비는 쏜살같이 달려 나갔다. 온몸이 수치심으로 저릿했다.

4

폐기

버스에서 소동을 지켜보는 것만큼 재밌는 일이 어딨겠어.

60년대에 74번 버스 2층에서 생난리가 났던 거 내가 얘기했나? 그 왜 있잖아, 최신 유행 옷 입고 오토바이 타고 돌아다니던 모드mod인가 뭔가 하는 무리. 그 무리 남자애 둘이 얼스 코트 정류장에서 버스에 탔더랬지. 갑자기 여기저기서 욕이 들리더니 걔네 둘이 통로를 사이에 두고 마주 보며 맥주 캔을 미사일처럼 날리는 게 아니겠어? 승객들은 싸움이 났다 싶어 자리를 떴지만 내가 어디 그럴 사람이야? 나는 내내 자리를 지키고 앉아서 경찰이 나타나 둘을 연행할 때까지 이 재미난 쇼를 무료로 관람했지.

205번 버스에서 멸치처럼 비쩍 마르고 싸구려 정장을 입은 남자가 무릎 꿇고 여자친구한테 프러포즈했던 일 기억나? 승객 모두 숨죽이고 답을 기다리다가 여자가 거절하고 나선 분위기가 어찌나 싸했던지, 그 딱한 남자는 버스에서 내리고 말았지.

어제 버스에서 있었던 드라마 한 장면을 얘기해줄게. 시작부터 엄청났어. 누가 언성을 높여서 고개를 들었더니만 내 뒷줄에 앉은 사내더라고. 승차할 때부터 내가 눈여겨보고 있었거든. 예전이나 런던에 펑크 로커가 흔했지, 요 몇 년 동안은 코빼기도 못 봤다니까. 옥스퍼드 서커스 역에서 내 장바구니가 개찰구에 껴서 못 지나갈 때 도와준 그 착한 청년 빼고는 말이야. 내가 지금 말한 이 남자는 원조 펑크가 되기엔 너무 젊긴 한데 뾰족 머리하며 진한 색 옷, 골이 잔뜩 난 표정을 보면 원조랑 비슷한 구석도 있더라고. 남자가 종이 하나를 손에 든 복도 건너편 여자를 잔뜩 노려보고 있었는데 여자가 아주 사시나무 떨듯 떨대.

처음엔 당연히 그놈이 뭘 잘못했겠거니 생각하고 내가 한 소리 하려고 했는데 남자 말을 듣고 나니 다시 앉을 수밖에 없더라니까. 내가 아주 헛다리를 짚었더라고. 여자가 **남자** 몰래 사진을 찍은 거였거든. 뭐 그럴 수도 있지. 그래도 험한 꼴 안 당하려면 들키지나 말던가. 여자는 당장이라도 눈물을 쏟을 것 같았지만 나도 도와주긴커녕 머리만 절레절레 저었어. 솔직히, 요즘 젊은 애들 나약해빠져서 세상이 흉흉해지는 게 놀랍지도 않으니까.

어쨌든, 여자는 일어나서 버스에서 내렸고 여자 무릎에 있던 종이는 그대로 바닥에 떨어졌지. 내가 집으려고 몸을 기울였는데 남자가 낚아채 가는 바람에 그러질 못했어. 흘끗 봤는데 아 글쎄 그 여자가 남자를 스케치하지 않았겠어?

버스에서 말이야!

이런 우연이 어디 있담! 신기한 일도 다 있지. 그림을 보고 있자니, 그것도 꽤 잘 그린 그림을 보고 있자니 예전 일이 주마등처럼 지나갔어. 마치 내가 손에 연필을 쥐고 거칠거칠한 스케치북 종이를 손으로 넘기는 느낌이었어. 버스가 덜컹거리며 달릴 때 그 꿀렁거림. 오래전 그때로 돌아간 듯, 난 그대로 앉아 옛 추억에 푹 빠져들었어. 그리고 갑자기 비눗방울이 팡 터지듯, 그렇게 한순간에 나는 잔뜩 나이를 먹어 다시 88번 버스에 몸을 싣고 피커딜리 서커스로 향하고 있었던 거야.

여자는 진즉 버스에서 내렸고 몸을 돌려 남자를 보니 여태껏 그림을 응시하고 있더라고. 남자가 그림을 구겨서 던져버릴 줄 알았는데, 아니 글쎄 그게 무슨 신줏단지라도 되는 듯 반으로 접어 흠이라도 생길까 조심하며 고이 재킷 주머니에 넣더라고. 남자가 날 올려다봤을 때 난 재빨리 앞을 봤지. 참견쟁이라고 생각하기 전에 말이야.

싸움 구경도 아니고 프러포즈도 아니었지만 네가 좋아할 만한 이야기잖아. 요즘엔 재미난 일이 하도 없다 보니 너한테 해줄 얘깃거리를 찾기가 여간 어려워야 말이지. 이래서 버스 타는 게 즐겁다니까. 88번 버스를 타면 언제고 이런 소동이 벌어지거나 낯선 이랑 짧게나마 수다를 떨기도 하고 쓸 만한 정보를 얻기도 해. 그리고 내가 조금 상상력을 발휘하거나 덧붙이기만 하면 너한테 얘기할 만한 소재가 된다는 말씀이야. 근데 버스에서 아무 일도 안 생기거나 다들 나한테 말도 안 걸고 휴대폰에 고개만 박고 있으면 그땐 정말 힘들더라고.

지난주에 내가 아스다 점원이랑 고양이 사료 위스카스 가격을 두고 실랑이한 거 알지? 내가 그 얘기를 하던 중간쯤에 보니 네가 더 듣지도 않길래 그때 난 내가 처량한 할망구가 됐다는 걸 깨달 았어, 친구야. 젊고 앞으로 뭐든지 이룰 수 있다고 믿던 시절이 있 었는데 지금 우리 꼴이란. 고작 고양이 사료 얘기나 하는 늙은이 둘이잖아.

5

"일어나라, 이모야!"

따뜻하고 끈끈한 물체가 얼굴을 찔러 리비는 꿈에서 번쩍 깼다. 짜증 섞인 소리를 내며 얼굴을 베개 아래 파묻었다.

"지금 몇 시야?"

"늦은 시, 잠꾸러기 이모야. 할머니랑 할아버지 와서 이모 어딨냐고 해."

헥터가 이번엔 등을 찌르며 말했다.

"지금 간다고 전해."

리비는 웅얼거리고 헥터가 조용히 걸어 나가기를 기다렸다.

리비는 또다시 잠을 설쳤다. 2주째 사이먼은 감감무소식이지만 리비를 못살게 굴려고 그러는지 매일 새벽 2시만 되면 꼬박꼬박 꿈에 나타났다. 어젯밤에는 사이먼이 달아나 잡으려고 했지만, 무슨 까닭인지 닭 모양 옷을 입은 리비는 계속해서 커다란 자기 발에 걸려 넘어졌다. 지금은 그저 실컷 자고 싶을 뿐이었지만 일요일 가족 점심 식사라 쓰고 고문이라 읽는 일에 참석해야만 했다.

리비는 시간을 확인하려다 휴대폰을 떨어뜨릴 뻔했다. 잠금화면에 떡하니 사이먼의 부재중 전화가 있었다!

리비는 바르게 앉았다. 입이 바싹 말랐다. 이제 끝인가? 안갯속처럼 앞이 보이지 않던 시간, 가슴 아팠던 긴 낮과 잠 못 이루던 밤, 훈계와 동정을 넘나드는 언니의 발언들이 14일 만에 드디어 마침표를 찍는 걸까? 숨을 한 번 크게 들이마신 뒤 통화 버튼을 눌렀다.

"리비."

사이먼이 리비의 이름을 부르자 목 뒤에 소름이 쫙 끼쳤다.

"전화해줘서 고마워."

안도감이 온몸을 휘감았지만, 목소리는 차분하게 내려 애썼다. 이제 사이먼이 무릎 꿇고 애원할 차례니까.

"잘 지냈어?"

"응, 잘 지냈어. 요즘 일이 좀 바빴어야 말이지. 너 톰이랑 고르곤 집에서 지낸다며."

리비는 이 말에 번지는 미소를 어찌할 수가 없었다. 연애 초반에 사이먼은 레베카에게 둘만 알아들을 수 있는 별명을 지어줬는데, 뱀 머리카락과 멧돼지 어금니를 지니고 눈이 마주치면 돌로 변한다는 그리스신화의 괴물 고르곤이었다.

"어, 만만치가 않네."

"치아시드 먹는 거 지긋지긋하겠다. 헥터도 잘 지내고?"

"엄청. 지난번에 퍼시 피그 젤리를 줬더니 어쩌나 신나 하던지 몰라."

사이먼이 소리 내서 웃었고 리비는 마음이 한결 편해졌다. 이 웃음소리가 얼마나 그리웠던지. 이제 사이먼이 사과하기를 기다렸다.

"저기, 전화하는 데 너무 오래 걸려 미안. 그때 기분 상하게 한 것도 사과할게. 그 레스토랑에 데려가는 게 널 위한 거라고 믿었는데 내가 생각이 짧았어. 정말 미안해."

사이먼의 음성이 흔들렸고 리비는 휴대폰 너머에 있는 사이먼을 안고 싶어졌다. 리비가 알던 사이먼은 이런 사람이었다. 매일 아침 침대로 차를 대령하고 냉장고에 사랑이 가득 담긴 쪽지를 붙여놓는 남자. 리비가 함께 미래를 계획했던 바로 그 사이먼이었다. 지금 당장은 소리라도 꽥 질러서 무릎 꿇고 빌도록 해야 맞겠지만 실은 기차에 올라타 사이먼이 있는 서리로 한달음에 뛰어가고 싶었다. 서두르면 이른 오후엔 도착하겠지.

"네가 나를 미워한다 해도 할 말 없어. 다 내 잘못이야."

마음속으론 이미 짐을 싸고 있는 리비를 방해하며 사이먼이 말을 이었다.

"상처 준 거 알아. 미안해."

리비는 깊은숨을 쉬었다.

"지난 2주는 정말 지옥 같았어. 네 말이 맞아. 네가 다 잘못했지. 그래도 널 미워하진 않아."

"진짜 다행이다."

사이먼의 목소리에 안도가 묻어났다.

"그렇게 말해줘서 고마워. 저, 부탁이 있어서."

아래층에서 엄마가 높은음으로 웃고 있었다. 사이먼과 다시 합쳤다고 말하면 가족들이 얼마나 좋아할지 머릿속으로 그려봤다. 언니는 자기 말이 맞았다며 으스대며 만족하겠지. **내가 뭐랬니? 몇 주 시간을 주면 제정신으로 돌아온댔지.**

"리비?"

"미안, 듣고 있어."

"그래, 그러니까……."

사이먼의 목소리에 긴장감이 넘쳐 리비는 하마터면 웃음을 터뜨릴 뻔했다.

"네 빈자리가 너무 커……."

리비의 얼굴에 웃음이 확 번졌다.

"……회사에서. 그래서 말인데, 혹시 다시 회사 일 좀 도와줄 수 있을까?"

그 말에 있는 대로 부풀어 오른 마음이 바늘에 콕 찔려 팡 터진 풍선처럼 쭈글쭈글해진 것 같았다. 뭐라고 응수해보려 했지만, 금붕어처럼 빠끔댈 뿐 소리가 나오지 않았다.

"떨어져 있자고 해놓고는 이런 부탁 하는 게 이상한 거 알아. 근데 일이 너무 밀려들어서 처리 못 한 이메일이며 송장이 산더미처럼 쌓여 있고, 네가 중간에서 정리를 안 해주니 스케줄 정리해놓은 다이어리가 사방팔방에 널려 있어서 말이야. 딱 죽겠어."

이 말 같지 않은 소리를 리비는 잠자코 듣고만 있었다. 외계어를 쓰고 있는 건가.

"내가 다 계획이 있어."

휴대폰 너머에서 부글부글 끓고 있는 리비의 마음을 헤아리지 못한 채 사이먼이 계속 나불댔다.

"서버에서 원격 액세스를 할 수 있도록 세팅하고 회사 전화기를 네 휴대폰으로 돌리는 거야. 그럼 넌 레베카네 집에서 일할 수 있고 우린 서로 마주칠 일이 없어."

리비의 답을 기다리려고 사이먼이 방정맞은 입을 다물었다. 리비는 마음이 만신창이가 되어 온전한 문장을 내뱉긴커녕 생각조차 제대로 할 수가 없었다.

"듣고 있어?"

"응."

"어떻게 생각해?"

"모르겠어. 난 네가……."

리비가 말끝을 흐렸다.

"어, 어? 아!"

사이먼은 지금에서야 깨달았다.

"너 혹시, 아, 젠장, 그게 아니고. 미안해, 나 아직 시간이 더 필요해. 이제 조금 내가 원하는 게 뭔지 알 거 같고, 그리고……."

"알겠다고."

리비가 말을 끊었다.

"넌 정말 괜찮은 애야. 근데 우린 너무 어릴 때 만났고 너무 빨리 진지한 사이가 돼버렸지. 난 그저 내가 진짜 원하는 게 뭔지 알고 싶어서 그래. 그래서 난 그냥 혹시나……."

"끊어."

통화종료 버튼을 누르려 했지만 손이 부들부들 떨리는 통에 바닥에 휴대폰을 내동댕이쳤다. 리비는 이불을 머리끝까지 뒤집어쓴 채 소리 없이 비명을 내질렀다.

20분 뒤 1층으로 내려가니 가족들은 주방에 옹기종기 모여 기다란 잔에 샴페인을 따라 홀짝이고 있었다. 샤워할 시간조차 없었지만, 마스카라 정도는 발라주고 가지고 있는 옷 중 그나마 제일 봐줄 만한 옷을 입었다. 리비가 주방에 들어서자 재잘대던 소리가 뚝 끊기고 모두 리비를 멀뚱히 바라봤다. 리비는 위층으로 냅다 도망가 문을 힘껏 닫고 방 안에 숨고만 싶었다.

"좀 늦었구나."

스키니 진에 실크 블라우스로 여느 때처럼 완벽하게 우아함을 갖춘 엄마 폴린이 몇 발짝 걸어 나와 리비의 뺨에 입을 맞췄다. 샤넬 넘버 5 향수 냄새를 맡자 리비는 갑자기 불끈 힘이 솟았다.

"엘리자베스, 괜찮니? 얼굴이 좀 안돼 보이네."

"괜찮아요."

리비가 주전자 쪽으로 가는데 폴린이 눈살을 찌푸렸다.

"잘 지내고 있고?"

"다 좋아요."

"사이먼한테서 연락은?"

또 시작이다.

"아직요."

"그래? 친구들은 뭐라는데? 사이먼이 무슨 생각인지 누구 하나는 알 거 아니니."

리비가 일부러 티백을 찾느라 분주한 척했다.

사실, 리비는 여태 동네 친구들한테 연락하지 않았다. 지금쯤 한 명이라도 리비가 괜찮은지 먼저 연락해주길 바랐지만 감감무소식이었다. 친구들은 사이먼 편을 들기로 작정이라도 한 듯 리비에게 연락을 끊었다.

"사이먼한테 연락은 해봤어?"

폴린은 멈출 생각이 없었다.

"안 했다고요, 엄마."

"그럼 이제 네가 한번 할 때가 됐어. 우린 사이먼이 지금쯤이면 백기투항했을 줄 알았는데. 네가 먼저 좀 찔러보면 어떻겠니? 너 없이 걔가 너무 편하게 지내면 어떡해."

"엄마 아빠 잘 지내셨어요?"

애써 화제를 돌려보았다.

"그렇지, 뭐……."

엄마는 일부러 한숨을 크게 내쉬고는 목소리를 낮추며 속닥거렸다.

"내가 봉사 다니느라 좀 바쁘니. 근데 너희 아빠는 은퇴 이후로 빈둥대기만 해. 내가 일 마치고 집에 와보면 무슨 중학생처럼 나를 피해 숨어 다니기 바쁘다니까."

"의사로 40년 가까이 진료 봤잖아요. 새로운 생활에 적응하는

데 시간이 걸릴 거예요."

"나도 알아."

폴린이 쏘아붙였다.

"그래도 그렇지. 내가 돌아버리기 전에 빨리 취미 거리를 찾아야 할 거 아니야. 그렇게 좋아하던 골프 치래도 말도 안 듣고. 안 그래도 스트레스받아 죽겠는데."

"무슨 스트레스요?"

"네가 스트레스지 뭐겠니. 우린 너희 둘이 결혼할 줄 알았어. 너 서른 되면 약혼한다고 입버릇처럼 말했잖아."

"그렇게 계획을 세우긴 했죠. 미안해요, 엄마."

"네 탓이라는 게 아니야, 얘야. 그냥 너무 이상해서 그래. 너희 아빠는 나랑 36년을 같이 살고도 아직 **나한테** 질리질 않는데."

리비가 입을 뗐지만, 언니가 가로막았다.

"점심 준비됐어요. 샐러드 좀 가져다줄래?"

레베카가 구운 연어, 퀴노아, 샐러드를 준비하는 사이 모두 식탁에 둘러앉았다. 아빠는 식단이 썩 마음에 들지 않는 듯 콧등을 찡그렸지만, 언니를 자극해봐야 좋을 게 없다는 사실을 알고 있는지 별말이 없었다. 리비는 아빠의 그런 반응이 놀랍지도 않았다. 언니의 건강 식단을 2주간 경험하고 나니 매주 일요일 즐기던 선데이 로스트의 로스트비프와 채소에 곁들인 그레이비소스가 눈에 아른거렸다. 리비와 사이먼은 일요일이면 요크셔푸딩과 와인까지 준비해 소파에서 선데이 로스트를 즐기곤 했다. 추억이 칼이 되어 생채기를 내는 듯 몸이 아팠다.

"베이비시터는 언제 다시 오는지 모르고?"

폴린이 레베카에게 물었다.

"아침에 문자 보내봤는데 생각했던 것보다 어머니가 더 편찮으신가 봐요. 수술해야 할 모양이에요."

"힘드시겠네." 리비가 말했다.

"맞아. 생지옥이 따로 없지."

리비가 언니를 똑바로 봤다.

"로잘리타가 힘들겠다고."

"아, 그래. 로잘리타도 힘들지. 내 말은 타이밍이 너무 안 좋다고. 난 새 계약 건 때문에 바쁘고 톰은 출장이 많아져서 말이야. 체외수정을 다시 시작할 건데 대체 언제 오는지를 알아야 스케줄을 잡지."

"그래도 지금은 리비가 옆에서 도와줄 수 있잖니. 듣자 하니 사이먼하고 금방 다시 합칠 것 같지도 않고."

"시간 많을 텐데 뭐 하며 지내니, 엘리자베스?"

이번엔 아빠가 물었다.

"이것저것요."

헥터를 돌보지 않을 땐 소파에 웅크리고 앉아 〈타이타닉〉을 보는 게 전부였다. 다시 그림을 그려볼까 생각도 해봤지만, 연필을 들면 버스에서 생면부지 인간한테 당했던 수치와 모욕이 떠올라 불에 덴 듯 연필을 놔버리고 말았다.

"내가 헬스장 가라고 몇 번을 말했는지 몰라요."

포크로 오이를 찍으며 레베카가 말했다.

"난 헬스장이랑 안 맞는다니까."

"시도도 안 해봤잖아. 그렇다고 네가 뭐 따로 할 일이 있는 것도 아니고."

이번엔 다시 엄마 차례였다.

"정신건강에 좋지 않겠니? 요즘엔 좀 너무 풀어진 것 같기도 하고."

"어머님도 참." 리비의 형부가 어색하게 웃었다.

"그러니까, 이제 외모를 좀 가꿀 때가 됐다는 거야."

"머리도 좀 자르고." 언니가 거들었다.

"그래, 그거 좋겠다. 사이먼이랑 처음 만났을 땐 머리가 짧았 잖니."

"우리 미용실장님 안토니가 신의 손이잖아. 리비 머리를 제대로 만져줄 거야."

리비는 연어 먹는 데 집중하려 했지만 씹는 맛이 물컹해서 속이 메스꺼웠다.

"옷도 좀 사고. 옷장 좀 상큼하게 정리해봐."

엄마는 '리비 새사람 만들기 프로젝트'에 박차를 가하고 있었다.

"내 옷이 어디가 어때서?"

리비가 발끈했지만, 언니의 입꼬리 한쪽이 올라간 꼴을 보고 곧바로 후회했다.

"잘못됐다는 게 아니고, 청바지하며 밋밋한 윗도리하며, 지금이나 중학생 때나 입는 게 비슷하잖니."

엄마가 쐐기를 박았다.

"너 이제 서른이야. 나이에 맞게 옷을 입어야 한다고."

"괜찮아. 얼마나 편하다고."

"지금 편한 게 문제니?"

레베카는 교실에서 제일 말귀 못 알아먹는 학생을 대하는 교사처럼 말했다.

"내가 뭐 치마 정장이 편해서 맨날 회사에 입고 가는 줄 알아? 스틸레토 힐 신으면 발이 얼마나 아프게? 보이는 게 중요하니까 그렇게 입고 다니는 거잖아?"

"그건 좀 페미니즘에 반하는 발언 아닌가?"

형부 톰의 말에 리비는 방울토마토가 목구멍에 걸릴 뻔했다. 리비가 여기 온 이후로 형부가 언니한테 대드는 건 고사하고 말하는 모습도 거의 못 봤는데.

"말이 쉽지." 언니가 형부를 쏘아보며 말했다.

"당신이 청바지에 운동화 차림으로 가도 누구 하나 뭐라는 사람이 없잖아. 나도 이렇게까지 말하고 싶진 않은데 여자는 뭘 걸쳤느냐가 사람들의 평가와 판단을 **좌우한다고**. 내가 회사에 당신처럼 입고 다니면 아무도 일을 제대로 할 거라고 생각 안 해."

"아니, 그럼 그건 그렇다 치고. 당신 지금 처제한테 사이먼이랑 다시 합치려면 머리 새로 하고 옷을 사야 한다고 말하는 거야? 그건 좀 고리타분한 생각 아닌가?"

"그 말이 아니지 않나."

엄마가 끼어들었다.

"그러니까, 리비가 좀, 뭐라고 해야 할까. 외모에 신경을 안 쓰니 자신을 덜 가꾼다는 느낌을 줄 거고, 자기 자신을 사랑하지 않는 사람이랑 누가 사귀고 싶겠어?"

"잔 좀 더 채워주겠어?"

아빠가 빈 샴페인 잔을 쳐다보며 말했다.

"예뻐지면 사람이 자존감이 얼마나 높아진다고."

엄마가 아랑곳하지 않고 말했다.

"헥터 태어난 지 2주 됐을 때 내가 레베카한테 임신 살 빼라고 44 사이즈 디자이너 원피스 사준 거 알지? 그러고는 넉 달 만에 살 다 뺐잖아. 안 그러니, 우리 딸?"

"그랬지."

그때 기억이 유쾌하진 않은 듯 몸이 살짝 움찔거렸지만, 레베카는 엄마 말에 수긍했다.

"그러니까 리비도 머리 예쁘게 자르고 딱 맞는 청바지 입으면 거울을 볼 때 훨씬 자신감이 생길 거라고."

"우리 가족이 날 투명인간 취급하면서 내 얘길 하지 않으면 훨씬 자신감이 생길 거 같은데."

리비가 중얼거렸지만 아무도 듣고 있지 않았다.

"언제 날 잡아서 옥스퍼드 스트리트에 있는 존 루이스*에 가볼까?"

엄마가 말을 이어갔다.

"우리 여자들끼리만 놀러 나간 지 너무 오래되기도 했고. 리비

---

* 1864년에 옥스퍼드 스트리트에 세워진 백화점.

에게 예쁜 원피스 하나 사주고 싶기도 하고."

"네, 아무렴요."

리비가 자포자기한 듯 어깨를 으쓱했다.

"안토니한테 연락해서 이번 주에 예약 구겨 넣을 수 있는지 물어볼게."

레베카가 휴대폰에 손을 뻗었다.

"엄마, 배불러. 나 기차 세트 갖고 놀아도 돼?"

헥터가 말했다.

"그럼."

레베카가 휴대폰에서 눈을 떼며 대답했다.

"이모랑 같이 놀자."

리비가 재빨리 일어섰다.

"아니, 괜찮은……."

헥터가 입을 열었다가 리비의 절박함을 읽었는지 다시 다물고는 리비의 손을 잡고 주방에서 나갔다.

6

"점심 도시락 챙겼어?"

다음 날 아침, 리비가 현관문을 열며 헥터에게 물었다.

"챙김."

"숲 학교에서 신을 부츠도 챙겼고?"

"챙김."

"화성 탐사용 분사 추진기 제트팩은?"

"챙김!"

"좋아, 출발!"

길을 따라 걸을 때 헥터는 인도를 방방 뛰고 폴짝폴짝 달리며 〈곰돌이 푸〉에 나오는 티거처럼 흥분을 주체하지 못했다. 지금쯤 이면 헥터의 넘치는 에너지에 익숙해질 줄 알았건만 2주가 지났 는데도 여전히 리비는 피곤에 절어 하품을 억지로 참으며 헥터 뒤를 따라가고 있었다. 사이먼이 잠시 떨어져 지내자고 말한 운명의 밤 이후, 리비는 몸속 배터리가 방전되고 몸과 마음이 산산이 부서져 조각난 기분이었다.

헥터를 유치원에 데려다주고 리비는 제일 가까운 버스 정류장으로 발걸음을 옮겼다. 아침부터 도로가 꽉 막혔지만 10분 만에 88번 버스가 도착했고 리비는 버스 2층으로 올라가 오른쪽 앞자리에 가방을 털썩 내려놓으며 앉았다.

집에서 일자리나 알아보며 하루를 보내려 했지만, 안토니가 빡빡한 예약 스케줄에 리비의 이름을 넣어줬다는 사실을 오늘 아침에 언니가 의기양양하게 발표했다. 리비는 어떻게든 빠져나가려 했지만 늘 그래왔듯 언니는 동생의 의견 따위는 가볍게 무시했다. 리비는 앞으로 다가올 무시무시한 미래를 상상하며 몸서리를 쳤다. 리비는 오래전부터 한결같이 머리 자르는 걸 끔찍이 싫어했다. 어릴 적 셀 수 없이 많은 미용실 실장님이 도저히 손쓸 수 없을 것 같은 리비의 적갈색 곱슬머리를 심히 우려스러운 눈빛으로 바라볼 때마다 엄마가 "머리가 지금 이만큼 되기까지도 얼마나 공을 많이 들였는지 몰라요"라고 변명하던 모습이 생생히 기억났다.

레베카의 길고 비단결처럼 부드러운 갈색 머리는 엄마가 몇 시간이고 땋아 섬세하고 아름답게 꾸미고 싶어 한 데 반해 리비의 엉킨 머리는 엄마의 짜증 섞인 빗질만 유발할 뿐이란 사실도 리비의 미용실 기피증을 부추겼다. 사이먼은 늘 리비의 머리가 예쁘다고 말했지만, 때론 픽사의 만화영화 〈메리다와 마법의 숲〉의 주인공 메리다 같다고 놀리기도 했다.

"아니, 이게 누구야!"

리비는 왼편에서 들려온 고성에 소스라치게 놀랐다. 몸을 돌려 쳐다보니 낡은 벨벳 재킷을 입은 노신사가 통로 건너편에 앉아 있었다.

"지난번에 만난 리비 **맞지?**"

노신사는 살짝 걱정하는 눈치였다.

"맞아요. 안녕하세요, 프랭크 할아버지."

"내 기억이 맞아 기쁘구먼."

프랭크가 활짝 웃었다.

"요즘 부쩍 기억이 가물가물해. 그래도 그 눈부신 머리를 어찌 잊겠어."

"잘 지내셨어요?"

"잘 지내다마다. 지난번에 말한 대로 버스에서 그림은 좀 그려 봤나?"

리비가 씁쓸한 미소를 지었다.

"안 그래도 그 얘길 꺼내려고 했는데. 한번 해봤는데, 잘 안 됐어요."

"저런, 무슨 일이 있었나?"

"눈에 확 띄는 남자 하나가 있어서 할아버지 말씀이 떠올라 스케치를 했어요. 근데, 제가 나중에 그림을 완성하려는 욕심에 몰래 사진을 찍다가 그만, 들켜버렸지 뭐예요."

"아이고, 저런."

"네, 그림이 맘에 안 들었나 봐요. 죽일 듯이 화를 내더라고요."

"딱하게 됐구먼. 버스에서 좀 사납게 구는 이들이 있어. 그래도 다시 한번 해보면 좋을 텐데."

"어, 그게……."

리비는 무릎으로 시선을 떨구었다.

"기운 내. 그깟 일로 마음이 약해지면 못써. 내셔널 갤러리는 어때? 한번 가봤나?"

리비는 고개를 저었다.

"죄송해요. 요즘 조카 보느라 바빠서……."

리비는 말끝을 흐렸다. 구질구질하게 사는 얘기를 굳이 프랭크에게 들려줘야 하는 건 아니니까.

"여기서 다시 만나 뵙다니 이런 우연이 다 있나 싶어요."

프랭크가 대꾸가 없어서 리비가 바라보니 그는 창밖을 응시하고 있었다. 오로지 버스가 서는 정류장에 정신이 팔린 듯했다. 프랭크의 눈이 승차하는 이들을 훑고 있는 게 보였다. 버스가 출발하자 프랭크는 리비에게 몸을 돌렸다.

"미안하게 됐어. 뭐라고 했지?"

"다시 만나 뵙게 돼서 놀랐다고요."

"아, 난 으레 이 버스를 타. 말하자면 내 두 번째 집이나 다름없지."

"오늘은 어디로 가세요?"

"뭐, 발길 닿는 데로."

"그럼, 왜 버스를 타신 거예요?"

리비는 시시콜콜 묻는 것처럼 보이고 싶진 않았지만, 이 노신사에겐 분명 마음이 가는 뭔가가 있었다.

"다 미련한 짓이지."

프랭크가 남부끄럽다는 듯 부스스한 머리를 쓸어 넘겼다.

"에이, 미련하다니요. 말씀해보세요."

프랭크는 털어놔도 될지 가늠하려는 듯 리비의 표정을 살폈다.

"실은, 누굴 좀 찾고 있어."

"누구요?"

"어떤 여자."

리비는 프랭크가 자세히 털어놓기를 기다렸지만, 프랭크는 말이 없었다.

"누군데요, 할아버지?"

프랭크가 씨익 웃었다.

"말하자면 긴데."

"저 시간 많아요."

대답하며 리비도 창밖을 내다봤다. 버스는 켄티시 타운 끄트머리에 닿았고 캠든 쪽으로 우회전을 하던 참이었다. 미용실에 가기까지 20분은 걸릴 것이다.

"그 얘기 꼭 듣고 싶어요."

프랭크는 고민이 되는지 콧잔등을 찡그려 보였다.

"나중에 딴소리하는 거 아니지?"

"그럴 일 절대 없어요."

프랭크는 숨을 크게 한 번 내쉬고는 목청을 가다듬었다.

"1962년 4월 어느 일요일, 미첨에 있는 삼촌 댁에서 집으로 가

려고 88번 버스를 탔지. 버스가 클래펌 커먼 스트리트 역에 섰을
때 앞 창문에서 그녀를 발견했는데……."

7

"와, 진짜 멋진 분이네요!"

프랭크가 말을 마치자 리비가 감탄했다.

"그땐 진짜 록 허드슨 닮으셨어요? 아직 그 스케치 간직하고 계세요?"

"집에서 제일 잘 보이는 곳에 뒀지."

프랭크가 말했다.

리비는 숨을 내쉬며 다시 자리에 앉았다. 시원시원하고 강단 있는 데다가 미대에 가려고 부모님에게 맞서기까지 한 굉장한 여자였다. 짧은 순간, 리비는 부모님이 원하는 대로 의대에 가지 않고 용기 내서 자기 뜻대로 미대에 갔으면 인생이 어떻게 바뀌었을지 상상의 나래를 펼쳐보았다. 2학년 때 자퇴하는 대신 무사히 졸업했을 것이고, 꼬리를 내리고 서리로 돌아가기는커녕 런던으로 이사를 왔겠지. 동네 조경 센터에 취직하지도 않았을 거고 곁

흙을 사러 와서 술 한잔하자며 리비를 꼬신 사이먼을 만날 일도 없었을 거다.

"그래서, 그다음엔 어떻게 됐어요?"

리비가 프랭크에게 몸을 돌려 물었다.

"결국, 데이트하신 거예요?"

"일이 그렇게 간단치가 않았어."

프랭크가 입을 뗐고 리비는 이어질 말을 기다렸다.

"예상했겠지만, 그녀가 하차한 뒤에 나는 내내 정신이 아득했지. 내 인생에 다이너마이트가 팡 하고 터져 만사가 뒤죽박죽이 된 것처럼. 내 머릿속은 가게로 저벅저벅 걸어가 부모님께 일 그만두고 연기학교에 가겠다고 말하는 상상으로 가득했거든. 하지만 무엇보다, 그 머리하며 눈이 파랬던 당돌하고 아름다운 여자 생각이 제일 컸지. 그런 감정은 누구한테도 느낀 적이 없었어. 그게 무슨 감정인지 곧바로 이해할 만큼 할리우드 영화를 많이 봐 온 나였지. 맞아, 이 여자야말로 내 여생을 함께 보내고 싶은 여자였어. 버스 내릴 때쯤 이미 계획이 다 섰지. 약혼이며 결혼 말이야. 나는 배우로 일하고 그녀는 화가로 활동하고, 애는 몇이나 낳을지까지. 꿈에 젖어 집으로 걸었어. 농담이 아니라, 매릴린 먼로가 내 옆을 지나쳤어도 몰랐을 거야."

리비는 박장대소했지만, 마음 한편에서는 불길한 예감이 뭉게뭉게 피어오르고 있었다.

"집에 와서 곧장 침대로 가 재킷 주머니를 탈탈 털었어. 그녀가 그려준 내 스케치랑 잔돈 몇 푼, 내 버스 티켓이 다였어. 그녀가 준 버스 티켓이 온데간데없는 거야. 전화번호가 적힌 그 티켓 말이야. 바지 주머니도 뒤져봤지만 허사였어. 혹시 열쇠 꺼내다 떨어졌나 싶어 아래층에도 가봤지만 아무 데도 없더라고. 아뿔싸, 잃어버렸던 거야."

"아니, 할아버지, 그래서 어쩌셨어요?"

"우선 버스 정류장까지 되돌아가면서 길목에 떨어진 버스 티켓은 죄다 주웠어. 혹시 그 전화번호가 적혀 있을까 싶어서. 그것도 소용이 없어서 옥스퍼드 서커스로 가는 버스를 다시 잡아탈까 고민도 했지만 그녀가 어디서 일하는지, 어느 학교에 다니는지 알아야 말이지. 이름도 모르는데."

이 대목에서 프랭크의 얼굴이 한없이 괴로워 보여 리비는 손을 뻗어 프랭크의 팔을 꼭 쥐었다. 프랭크는 한동안 말을 잇지 못했고 리비는 프랭크가 아직도 그때, 60년 전 그 시절에 갇혀 있음을 깨달았다.

"제정신이 아니었어. 버스에서 사랑이란 감정에 취해 어쩔 줄을 몰랐는데 이제 그녀를 찾을 길이 없는 거야. 가게에서는 종일 부루퉁해서 부모님 발에 걸리적거리게 걸레질이나 해댔어. 일 쉬는 그다음 일요일이 되자 아침 일찍 곧장 클래펌 커먼으로 달려가서 88번 버스 정류장에서 그녀를 기다렸지. 하늘에 구멍이라도 뚫렸는지 비가 지독하게 쏟아붓던 날이었어. 그래도 난 기다릴 만큼 기다리면 그녀가 나타날 줄 알았어. 꽃을 한 다발 샀고, 무슨 일이 있었는지 말해주면 그녀가 너털웃음을 터뜨릴 거라고 믿었어. 나중에 우리 손주들한테 우리가 만나게 된 이 재밌는 이야기를 들려줘야지 생각하면서 말이야……."

프랭크는 말을 마치지 못했고 리비는 프랭크가 다시 입을 열기를 기다렸다.

"그 정류장에서 장장 열두 시간을 기다렸어. 흠뻑 젖은 생쥐 꼴로 덜덜 떨며. 하지만 끝내 그녀는 나타나지 않았어. 난 아주 지독한 감기에 걸렸고 그날 저녁 집으로 가서는 침대에 쓰러져 이틀을 꼬박 앓았지. 진심으로, 그녀 없는 내 인생은 끝이라 생각했어."

"뭐라 드릴 말씀이 없어요, 할아버지."

"젊은이들은 극적인 일을 좋아하잖아. 안 그래? 내 인생도 끝이 나기는커녕 180도 바뀌었지. 그녀가 해준 말이 내 심금을 울려 그 전같이는 못 살겠더란 말이야. 일주일 뒤에 부모님께 가게 일은 그만두겠다고, 이제부턴 연기를 배우겠다고 폭탄선언을 했지."

"부모님이 뭐라셨어요?"

"불같이 화를 내시더라고. 아버지가 그렇게 길길이 날뛰고 고함을 지르고 위협적인 말을 내뱉으며 역정 내는 건 처음 봤어. 하지만 그녀가 말한 대로 인생은 한 번뿐이니까 밀고 나갔어. 몇 주 힘든 시간을 보내자 아버지도 진정이 되셨지. 그다음 날로 연기학교에 지원했고."

"그리고요?"

"합격밖에 더 했겠어?"

자랑스러운 마음이 그의 미소에 드러났다.

"영화 보러 뻔질나게 드나든 게 효과가 있었던 모양이야. 왕립 연극학교에 전액 장학생으로 입학해 그해 가을부터 다녔어."

"그럼, 지금은 유명한 배우세요?"

"뭐, 유명까진 아니고. 50년 넘게 주로 연극판에서 배우 일을 했지. 몇 년 전부터 대사를 자꾸 깜빡하게 되는 바람에 그만뒀고."

"진짜 대단하세요. 버스에서 만난 여자분은 어떻게 됐어요? 나중에 만났다고 말해주세요, 제발!"

프랭크는 천천히 고개를 좌우로 저었고 리비는 그때야 비로소 알아챈 듯 짧은 숨을 뱉었다.

"그래서 버스를 타시는 거군요."

"60년 동안 찾고 있어. 그녀를."

"아우, 정말!"

리비는 의자 깊숙이 몸을 묻었다. 갑자기 피로가 몰려왔다.

"말하자면 긴 얘기랬잖아."

프랭크의 말에 리비가 창밖을 보니 버스가 햄리스 장난감 가게를 지나쳐 가고 있었다. 내려야 할 정류장과 예약한 미용실은 멀어진 지 오래였다. 레베카가 죽일 듯 다그쳐대겠지만 잠자코 당할 수밖에.

"영화에서나 보던 얘기네요."

"미련스러운 영감이지, 뭐."

"아뇨, 너무 로맨틱해요."

"예의 차리긴. 거른 때도 많았어. 몇 달, 몇 년 동안 찾을 노력도 안 했던 때도 있고. 그래도 결국 항상 여기 이 버스를 타러 돌아오게 되었지만 말이야."

"그분이 아직 런던에 계신 건 어떻게 아세요?"

"나야 모르지. 여길 뜬 지 꽤 됐을지도, 아니면 이미 이 세상 사람이 아닐지도 모를 일 아니겠어? 근데 왠지 그녀가 이 도시에 살아 있다는 생각이 머릴 떠나지 않아. 이 느낌이 계속되는 한, 찾는 걸 그만둘 수가 없어."

프랭크는 이 말을 하며 자신의 버스 여정의 목적이 문득 떠올랐다는 듯 가까워지는 다음 정류장을 앞 창문으로 내다봤다.

"그래서 내가 맨 앞자리에 앉아."

프랭크가 창문을 향해 고갯짓하며 말했다.

"여기 앉으면 정류장을 바로 내다볼 수 있어서 누가 타는지 훤히 보이거든."

"그렇게 오랜 시간 찾고 계시다니, 집념이 엄청나세요."

"모두가 그렇게 생각하면 얼마나 좋겠어. 우리 딸은 아주 질색을 해."

"따님이 있어요?"

얘기를 듣고 리비는 프랭크가 혼자일 거라 생각했는데, 프랭크는 고개를 끄덕였다.

"70년대에 안 좋게 끝난 인연이 있었어. 걔 엄마랑 나는 셰필드에서 〈맥베스〉 공연을 하다 만났어. 아주 졸작이었지. 그때 생긴 유일한 좋은 일이 우리 딸 클라라야."

"결혼은 안 하신 거네요?"

"그동안 여자는 여럿 만났지만, 여태 이어진 인연은 없었어. 클라라는 늘 88번 버스의 그녀 때문이라고 해."

"왜요?"

"내가 누구한테도 제대로 기회를 줘본 일이 없대. 흔적도 없이 사라진 여자를 찾느라 노상 여기 나와 있으니까?"

"할아버지 생각은 어떠세요?"

프랭크가 짧게 키득 웃었다.

"인정한 적은 없지만 걔 말이 맞을지도 모르지. 만나는 여자마다 내 마음을 훔친 빨간 머리 예술가와 비교했거든."

"그럴 수밖에 없었을 것 같아요. 너무 대단한 분이니까요."

"세월이 지나니 생각이 바뀌더라고. 뭐 내가 세기의 러브스토리를 원해서 그녀를 찾는 게 아니야. 그러기엔 너무 늦었지. 난 그녀를 찾아서 감사 인사를 하고 싶어."

프랭크는 리비를 돌아봤다.

"내 인생을 바꿔놨으니까. 그녀가 아니었다면 부모님께 감히 대들 용기를 내지 못했을 거야. 내가 살았던 배우의 삶도 없었겠지. 이 모든 것에 감사하단 말을 그녀에게 하고 싶어."

"와, 제가 이제껏 들은 말 중 제일 로맨틱한 얘기예요."

그렇게 말하면서 사이먼을 떠올렸다. 같은 상황이었다면 사이먼은 날 찾으려 했을까? 내리자마자 기억에서 지웠을까?

"우리 딸은 내가 이 버스 타는 걸 끔찍이 싫어해. 조만간 걔가 못 타게 할 거야."

"뭐 때문에요?"

"나더러 요양원에 들어가라지 뭐야. 내가 자꾸만 위험천만한 행동을 한다나. 정말 그렇게 되면 난 다시 88번 버스를 못 타게 될 텐데, 그럼 난 산송장이나 다름없는걸."

"위험천만한 행동을 하신다니 무슨 말씀이세요?"

"요즘 자꾸 깜빡깜빡해. 지난해에 사건도 있었고. 아 글쎄 내가 그릴을 켜놓는 바람에 소방차가 출동했지 뭐야. 여자 소방관이 어찌나 친절하던지 아주 흔한 일이라고 위로를 해주더군. 그래도 요양 보호사가 방문하기 시작한 이후론 그런 일이 없었어. 그래도 딸애는 걱정뿐이지. 언젠간 내가 버스에서 길을 잃을 수도 있대."

프랭크는 이 말을 하며 코웃음을 쳤다.

"그게 말이나 돼? 이 버스 노선을 달달 외우고 있는데."

"요양원 가기 싫다고 따님한테 얘기해보셨어요?"

"해봤지. 듣지도 않아. 한번 마음먹으면 아주 끈덕지게 밀고 나가는 애야."

"우리 언니랑 똑같네요."

"사회복지 평가를 받도록 하겠다고 으름장을 놓지 뭐야. 혼자 살 수 있는지 없는지 알아보는 그거 말이야. 아니, 그게 말이나 돼? 내가 이 집에서 50년을 살았는데 어디 듣지도 보지도 못한 참견쟁이가 와서는 나더러 집에서 살라 마라야?"

"평가 결과가 잘 나오면 그대로 계셔도 돼요?"

리비가 물었지만, 프랭크는 못마땅한 듯 얼굴을 잔뜩 찌푸렸다.

"버스를 못 타게 되면 어째야 할지 도무지 알 수가 없어, 리비. 그녀를 찾을 시간이 점점 줄어들고 있어."

프랭크는 말끝을 흐리며 어깨를 축 늘어뜨렸고 한동안 둘은 말이 없었다. 리비의 머릿속엔 프랭크의 이야기가 회오리처럼 빙빙 돌고 있었다. 평생을 찾아 헤맬 만큼 강력한 끌림이란 어떤 건지 가늠조차 하기 어려웠다. 일생을 매달려온 목표가 사라진다면 프랭크는 어떻게 견딜 수 있을까?

"할아버지, 버스 말고 다른 방법으로 찾아본 적 있으세요?"

"다른 방법이라니?"

"그러니까, 선거인 명부나 뭐 그런 걸 이용해서요."

"제일 큰 문제는 이름을 모른다는 거야. 그게 나한테는 천추의 한이지. 내가 아는 거라곤 클래펌에 살고 미대를 다닌다는 것뿐. 당시 런던에 있는 미대란 미대는 다 알아봤지만, 학생 정보는 주지 않더라고. 뭐 당연한 거지. 어떤 학교 밖에서는 기다려보기도 했어. 혹시나 그녀가 들어오거나 나갈까 해서. 다 허사였지만 말이야."

"인터넷에서 찾아보면 어때요?"

프랭크는 고개를 저었다.

"내가 인터넷에 대해 뭐 아는 게 있어야지. 그런 쪽으론 아주 까막눈이야."

"저도 잘 알진 못하지만, 괜찮으시면 제가 대신 찾아봐드릴까요? 그 나이 또래 빨간 머리 여성 화가로 찾아보는 거예요."

"정말 그렇게 해줄 테야?"

"그럼요. 가능성이야 낮겠지만 그래도 해볼 만한 것 같아요."

프랭크의 입가에서 시작된 웃음이 눈까지 번졌다.

"고마운 마음이 말로 다 표현이 안 될 정도야. 누가 나한테 베풀어준 최고의 호의라고밖엔 못 하겠어."

"아유, 지금 시간이 좀 있기도 하고 돕게 돼서 저도 좋아요. 열심히 해보고 뭐 좀 건질 게 있나 볼게요."

"고맙네. 정말 고마워, 리비."

이 말을 하는 프랭크의 눈에서 눈물이 반짝 빛났다.

"정말 고마워."

8

페기

어떨 땐 내 버스 시간이랑 학생들 하교 시간이 겹칠 때도 있어. 이제 늙은이들이 애들이랑 같은 버스 타는 걸 반기지 않는다는 정도는 알아. 18호에 사는 아일린 알지? 옷도 더럽게 못 입고 잔소리를 어찌나 해댔는지 남편이 요절했다지? 아일린이 맨날 한다는 소리가 버스엔 젊은 애들이 한가득인데 걔들은 시끄럽게 떠들기만 하는 데다가 예의라고는 눈곱만치도 없어서 자리 양보 한 번을 할 줄을 모른다는 거야. 난 좋기만 하더만. 큰 소리로 떠들고 멋모르고 으스대고 피부가 갈색, 검은색, 흰색인 애들로 가득한, 땀에 절고 호르몬 넘치는 바퀴 달린 깡통이. 휠체어 구역 뒤 내 자리에 앉아 있으면 아주 영화가 따로 없어. 떠도는 소문, 실없는 농담, 뒷담화, 실연이나 연애사 듣는 재미가 아주 쏠쏠해.

그 나이 때 어땠는지 기억나? 난 내가 마흔이나 쉰이었을 때보다 더 생생해. 세상 모든 게 너무 거대해 보였지. 감정이 적당할 줄을 몰랐어. 소소하게 기뻐하거나 찔끔찔끔 짜증이 올라오는 정도가 아니었단 말이야. 세상을 다 가진 기분 아니면 이놈의 세상이 멸망한 기분, 둘 중 하나였지. 내가 얘기했는지 모르겠는데 난 10대 때 늘 일기를 썼어. 대부분 스케치나 쓸데없이 끄적인 정도였지만 나라는 인간으로 사는 게 얼마나 힘든지, 왜 날 이해해주는 이가 하나도 없는지에 대해 도저히 눈 뜨고 봐줄 수 없는 시도 썼어. 네가 보면 아주 배꼽 빠지게 웃겠지, 친구야. 다행히 내가 집을 나올 때 아버지가 다 갖다 버려서 네가 웃을 수도 없지만.

우리가 서로의 삶에 없을 때가 있었다는 걸 잊곤 해. 우습지. 내가 태어났을 때도, 학교 입학했을 때도, 엉망진창인 시를 썼을 때도 네가 내 옆에 꼭 붙어 있었던 것만 같아. 우리가 일찍 만났다면 넌 날 어떻게 생각했을까? 널 만나기 전의 나는 그렇게까지 자신감에 가득 찬 열아홉 살짜리는 아니었거든. 널 만났을 무렵의 나는 이미 내가 꽤 강하다는 걸 증명할 만큼 싸워왔고 적어도 내가 강하다고 생각하길 좋아했지만, 그전엔 낯도 많이 가리고 불안도도 높았어. 교실 맨 뒷자리에 앉아 고개 푹 숙이고 연산을 해야 할 수학책에 스케치만 하고 있었거든. 선생님은 나한테 멍청하다는 말밖에 할 줄 몰랐는데, 아니었어. 대수학이나 셰익스피어의 소네트에 관심이 없었을 뿐이었지. 내가 원하는 건 오직 그림뿐이었다고.

이 꼴을 보고 부모님이 얼마나 노하셨겠어, 특히 우리 아버지. 미대 가겠다고 했을 때 아버지가 이성을 잃고 화내던 모습을 너도 봤어야 했는데. **우리 같은 치들은 미대에 가는 게 아니야,** 라고 아버지가 고래고래 소리를 질러서 이웃들이 시끄럽다며 벽을 쳐댔지. **너도 네 언니처럼 비서학과에 진학해서 시집이나 가!** 하고 말이지. 결국엔 아버지가 원하는 대로 됐지만. 안 그래?

내 임신 사실을 알고 아버지가 어땠는지도 기억나? **미대 간다고 나댈 때 내 이 꼴 날 줄 알았지,** 라며 또다시 소리를 질러댔지. 지옥 불과 유황을 들먹이는 설교자처럼 말이야. **스물한 살 처녀가 애를 뱄으니. 내가 동네 창피해서 살 수가 없어.**

지금은 웃으며 말할 수 있지만, 친구야. 그땐 아버지가 날 명예살인이라도 할 기세였어. 내가 복도를 따라 걸어갈 땐 아버지 얼굴이 붉으락푸르락 폭발하는 줄 알았지. 우리 엄만 어땠게? 무슨 장례라도 치르듯 손수건을 들고 연신 훌쩍였어. 네가 나랑 눈을 맞추고 날 웃게 해줘서 얼마나 다행이었던지. 안 그랬으면 내가 그 지옥을 어찌 견뎠겠어.

요즘엔 옛날 생각이 점점 더 많이 나. 이것저것 생각하며 버스에 앉아 있는데 갑자기 뭔가를 보거나 듣고는 50년이나 60년 전으로 되돌아가는 거지. 참 별일이야. 옛날 기억이 다시 떠오르다니. 우리 나이가 되면 다 이런가 봐. 불평하는 건 아니야. 지난번에 88번 버스에서 학생들이 장난치는 모습을 보고 있자니 그 나이 때 내가 어땠는지가 또렷하게 기억나더라고. 두려움, 희망, 바람.

젊은 날엔 젊음을 모른다고들 하지. 하지만 그 말이 맞는지 모르겠어. 예전 그 승리와 패배감 같은 거대한 감정이 다시 생긴다면 어찌할 바를 모르게 될 거야. 지금은 버스에서 빳빳한 〈메트로〉 한 부 발견하는 게 내가 감당할 수 있는 최고의 흥분이니까.

9

리비는 프랭크의 그녀를 찾느라 한 주 내내 인터넷 검색을 하며 시간을 보냈다. 1962년 4월에 만났고 당시 열여덟이나 열아홉 살이라고 했으니 1940년대 초반에서 중반쯤 태어난 영국 출신 여성 미술가를 찾아보았다. 조건에 맞는 인물이 여럿 있었지만 머리가 빨갛다거나 1960년대 초반에 런던에서 공부한 사람은 없었다. 또, 이 사람이 저명한 예술가가 되었으리란 보장도 없었기에 검색 범위를 넓혀야 했다. 그다음 리비는 1960년대 런던 미대 동문 리스트를 뒤졌다. 그중 다수가 페이스북 그룹에 속해 있어서 거기에 글을 올려봤고 몇 가지 단서도 발견했지만 결국은 아무것도 알아내지 못했다. 나흘 동안 이 일을 하고 얻은 거라곤 색색의 스프레드시트와 의자에 깊숙이 몸을 묻고 노트북 화면을 들여다본 후유증인 거북목뿐, 프랭크의 그녀를 찾는 데는 전혀 진전이 없었다.

토요일 아침 리비는 언니가 주는 귀리우유죽을 건너뛰고 미용실 예약을 펑크냈다고 또다시 한 소리를 들은 뒤 아침을 먹으러 요즘 제일 좋아하는 카페로 향했다. 그동안의 검색 결과를 업데이트하기로 프랭크와 약속한 날이었지만, 이 여인을 온라인에서 찾긴 어려울 것 같다는 말을 하려니 차마 입이 떨어지지 않았다. 월요일에 리비가 돕겠다고 했을 때 프랭크가 얼마나 기뻐했던지, 자신의 말을 귀담아 들어줘서 고맙다며 감사하다 못해 감격했는데 이제 와 아무것도 찾지 못했다고 말해야 하다니.

리비는 카푸치노와 초콜릿 크루아상을 주문하고 카페 밖 작은 테이블 중 하나에 자리를 잡았다. 인도 반대편에 버스 정류장이 있어 리비는 커피를 마시고 버스를 기다리며 승객을 찬찬히 살펴보았다. 지난 60년 동안 프랭크는 몇천 시간을 이렇게 보낸 걸까? 그녀를 영영 찾지 못한 채 요양원으로 들어가게 되면 이 모든 노력이 허사가 된다. 너무 지쳐 있었던 탓일까, 생각이 거기까지 도달하자 갑자기 눈물이 왈칵 쏟아질 것 같았다.

식사를 마치고 카페를 나서려고 일어났다. 다시 몇 시간 동안 온라인 검색을 하고 패배를 인정한 뒤 프랭크에게 전화할 참이었다. 그런데, 버스 정류장을 지나칠 때 리비의 눈이 버스 시간표 옆에 테이프로 고정해둔 종이 한 장을 포착했다. 읽어보려고 걸음을 멈췄다.

작고 야무져 보이는 강아지의 흑백사진과 함께 '강아지 찾습니다'라고 쓰여 있었다. '스캠프는 지난 화요일에 사라졌어요. 까만 테리어 종이고 가슴팍에 흰 반점이 있습니다. 알마 로드에서 마지막으로 목격됐어요. 찾아주시는 분께 사례하겠습니다.' 그 아래에는 이메일 주소와 휴대폰 번호가 적혀 있었다. 리비는 그 포스터를 뚫어지게 쳐다보다가 가방에서 전화기를 꺼내 프랭크가 월요일에 준 번호로 전화를 걸었다. 일곱 번인가 여덟 번이 울리고 나서 리비가 끊으려는 찰나 딸깍 소리가 들렸다.

"여보세요?"

있는 힘껏 소리 지르는 프랭크의 목소리가 전화기를 타고 흘러나왔다.

"여보세요?"

"여보세요? 저 리비예요."

"누구라고?"

"버스에서 만난 리비요."

"아, 리비, 잘 지냈어?"

"저기, 소리 안 지르셔도 돼요. 잘 들려요."

"아, 미안하게 됐네. 내가 이 물건에 익숙지가 않아. 누구 하나 전화하는 사람이 있어야 말이지. 그래, 잘 지냈나?"

"네, 잘 지냈어요. 혹시 오늘 저 잠깐 만나실 수 있어요? 의논하고 싶은 새로운 아이디어가 떠올라서요."

"당연히 되고말고. 마침 팔러먼트 힐로 산책하러 나가려고 했어. 이따가 차 한잔 마시러 오겠나?"

프랭크가 알려준 주소는 레베카의 집에서 너무 멀었다. 그날 오후 집을 나설 때 비를 예보하는 회색 구름이 머리 위로 스멀스멀 모여들기에 리비는 걸어가는 대신 버스를 타기로 했다. 금방

88번 버스가 도착했고 리비는 버스에 올라 곧장 계단으로 갔다.

2층에 올라서자마자 리비는 가슴이 철렁 내려앉았다. 잔뜩 성난 펑크족, 그 인간이 눈앞에 떡하니 나타났기 때문이다. 계단 정반대 편에 앉아 있던 남자와 리비는 동시에 서로를 봤다. 남자는 안색 하나 바꾸지 않았지만, 리비는 그의 눈에서 자신을 알아봤다는 눈빛을 읽었고 지난번 잘못된 만남이 떠올라 수치심에 얼굴이 달아올랐다. 리비는 눈을 피하고 서둘러 통로를 따라 버스 뒤쪽에, 할 수 있는 한 남자와 멀리 떨어진 곳에 자리를 잡았지만, 남자가 자신을 향해 혐오의 기운을 뿜어내는 게 느껴졌다. 지난번과 같은 낡은 가죽 재킷 차림에 뾰족한 머리끝이 밝은 빨간색으로 물들어 있었다. 아니, 이렇게 도드라지는 머리 모양을 하고서 왜 남들이 쳐다본다고 불평을 하는 거야? 순간 치민 분노가 수치심과 결합해 얼굴이 한층 뜨거워졌다.

버스가 천천히 켄티시 타운 로드를 따라 이동하다가 하이게이트 로드로 접어들었다. 정류장마다 리비는 숨을 참고 남자가 내리기를 간절히 기도했지만 남자는 꼼짝도 하지 않았다. 이윽고 안내방송이 팔러먼트 힐 필즈에 가까워졌음을 알렸고 리비는 벨을 누르고 통로를 따라 걸었다. 계단 층계참에 도착했을 때 두 가지 비극적인 사건이 일어났다. 남자가 일어섰고 버스가 급정거했다. 순간, 리비가 옆으로 나자빠지면서 남자의 가슴팍에 얼굴을 부딪히고 말았다. 의도치 않게 순식간에 가죽과 비누 향을 들이켠 리비는 방금 벌어진 일에 경악을 금치 못하며 얼른 남자에게서 몸을 뗐다.

"죄송합니다."

자신의 잘못은 아니었지만, 리비가 우물거렸다.

말은 없었지만, 남자의 옆에 놓인 오른손이 움찔했다. 리비는 몸을 돌려 계단을 두 칸씩 뛰어 잽싸게 내려왔다. 1층 하차 문에 도착했을 때 서둘러 내리려다가 미처 열리지 않은 문에 몸을 부딪쳤다. 영원 같던 순간이 지나고 문이 열리자 햄스테드 히스 옆 인도로 뛰어내렸다.

프랭크의 집은 정류장에서 5분 정도 거리라 휴대폰 지도를 확인하며 하이게이트 로드를 건너 스웨인스 레인을 걷기 시작했다. 그러나 100미터도 못 갔을 무렵부터 누군가 자신의 뒤에 따라붙었다는 묘한 느낌이 들었다. 어깨너머로 살짝 보니 제길, 하필 그놈이었다! 그저 우연일 뿐이라고 자신을 타이르면서도 속도를 냈다. 프랭크 집이 있는 길 코너에 다다랐을 때 다시 뒤를 돌아보니 남자가 아직도 뒤에서 악착같이 리비를 따라오고 있었다. 심장이 요동쳤다. 지난번에 사진 찍은 일 때문에 아직도 분이 안 풀려서 무슨 복수라도 하려는 건가? 리비는 이제 뛰다시피 하며 4와 6이 적힌 커다란 집을 지나치고 있었다. 프랭크의 집은 22라고 했는데 이 남자한테 잡히기 전에 도착할 수 있을까? 다시 뒤돌아보진 않았지만, 남자가 뒤에 더 가까이 따라붙었다는 걸 알 수 있었다.

14…… 16…….

인중에 땀방울이 맺히고 숨이 턱 밑까지 차올랐다.

18…… 20…….

드디어 프랭크의 집에 도착했다. 리비는 정원 문을 지나 현관문 쪽으로 발걸음을 재촉했다. 그러는 사이 집 앞 인도에 서서 리비를 응시하고 있는 남자가 보였다. 리비는 마침내 분노를 토해냈다.

"대체 왜 따라와요?"

말이 뇌를 거치지 않고 바로 나와버렸다. 남자는 여전히 무표정하게 리비를 바라보고 있었다.

"여자 뒤나 밟고 겁줘서 복수하는 거예요? 진짜 치졸하네."

"그쪽 안 따라갔는데요."

남자는 말을 마치고 리비를 지나쳐 앞으로 걸어갔다.

"거기 서요!"

리비가 소리 질렀다.

"여긴 내 친구네 집이고, 경찰 부른댔어요."

남자의 머리가 갸우뚱했다.

"프랭크?"

"그래요!"

리비가 멈칫했다. 뒤죽박죽, 혼란스럽기만 했다.

"잠깐, 프랭크를 알아요?"

"아는데요."

남자가 주머니에 손을 넣자 리비는 혹시 이놈이 무슨 흉기라도 꺼낼까 싶어 뒤로 잔뜩 웅크렸다. 남자는 흉기 대신 열쇠를 꺼냈다.

"실례 좀 합시다."

남자가 말하고 조금 시간이 지나서야 리비는 무슨 말인지 알아들었다. 리비는 진로를 방해하지 않으려고 옆으로 비켜섰고 남자는 열쇠를 쓱 꽂아 문을 열었다. 남자는 리비에게 눈길 한 번 주지 않고 문을 활짝 열어둔 채 집 안으로 들어갔다.

리비는 현관 계단에서 잠시 서성였다. 아까의 달음박질 때문에 아직도 숨이 찼다. 집 안을 흘끔 들여다봤지만 어두침침한 복도를 따라 난 문 몇 개만 보였다. 프랭크에게 전화를 걸려던 찰나 문 하나가 열렸다.

"리비, 거기 서서 뭐 하고 있어? 어서 들어와요."

리비는 저 상종 못 할 인간과 한 건물에 머물러도 될지 긴가민가했지만, 프랭크가 목이 빠지게 기다리고 있어서 집으로 들어가 현관문을 닫았다. 퀴퀴한 냄새가 탄 아로마 향과 합쳐져 복도에 진동했다.

"어서 와요, 어서 와."

프랭크가 말하며 앞쪽 방으로 느릿느릿 걸어가자 리비도 뒤를 따랐다.

가구, 장식품, 사진으로 천장까지 꽉 찬 널따란 집이었다. 주위를 둘러보니 대형 괘종시계에 기대어놓은 갑옷, 커다란 곰 인형, 헨리 8세를 닮은 자의 머리가 있었다. 이제껏 리비가 본 제일 기괴하고 무질서한 박물관 같았다.

"내 배우 시절 기념품들이지."

프랭크가 자랑스럽게 고개를 끄덕이며 말했다.

"소품팀, 의상팀 스태프들이랑 친하게 지내버릇했거든. 연극을 마치고 나면 작은 기념품을 챙겨주더라고. 지난 세월 동안 꽤 많이 모았어."

"진짜 별의별 게 다 있네요. 신기해요."

"여기, 이것 좀 봐."

프랭크는 기다란 코트로 손을 뻗어 먼지가 뽀얗게 쌓인 까만 중산모를 들어 보였다.

"이 물건으로 말하자면, 1963년에 로렌스 올리비에 경이랑 〈더 엔터테이너〉에서 같이 연기했을 때 그 양반이 썼던 거야."

"세상에, 로렌스 올리비에랑 같이 연기했어요?"

"난 작은 배역밖엔 못 맡았지. 그분이 스타였으니까. 그리고 이건 어때 보이나?"

프랭크는 작은 손거울을 집어 리비에게 건넸다.

"〈어 리틀 나이트 뮤직〉에서 진 시먼스가 사용했던 소품이라네. 아주 대단한 배우였지. 아름다운 거야 두말하면 잔소리고. 물론, 88번 버스의 그녀보단 못하지만."

리비는 거울을 프랭크에게 되돌려줬고 프랭크는 한동안 그걸 바라봤다.

"그 오랜 시간 무대에 서면서 관람석을 바라보곤 했어. 혹시나 그녀가 있을까 해서. 한 번도 그녀가 보인 적은 없어. 조명이 하도 밝으니 관객은 그저 시꺼먼 그림자로밖엔 안 보이거든. 그래도 난 그녀가 거기 앉아 연극을 감상하면서 나를 버스에서 만난 그 청년으로 기억해주지 않을까 상상하곤 했어."

"어쩜 정말 그랬을지도 몰라요."

리비가 부드럽게 말했다. 프랭크는 거울을 내려놓고 벽으로 갔다.

"이거야말로 내가 진짜 보여주고 싶었던 거야. 이 집에서 내가 제일 좋아하는 물건이지."

프랭크는 작은 액자를 들어서 유리에 앉은 먼지를 조심스럽게 털어내고 리비에게 줬다.

종이에 연필로 그린 스케치는 세월의 흔적이 덮여 누렇게 바랬다. 하지만 리비는 앞머리가 길고 매부리코에 눈이 아몬드 모양인 사내를 알아보았다. 눈부시게 아름다운 스케치였고, 누가 봐도 프랭크를 그린 그림이었다.

"그분이 그리신 거죠?"

"응, 맞아. 아주 훌륭하지 않아?"

"정말요. 이걸 버스에서 그리다니 진짜 대단해요."

"한 10분이나 걸렸을까."

"와."

버스에서의 참담한 기억을 되살리며 리비가 감탄했다.

프랭크는 왕좌처럼 보이는 낡은 안락의자에 앉아 리비에게 가까이 오라고 손짓했다.

"마이클 갬본과 함께 〈리어왕〉을 연기했을 때 얻은 의자야."

리비가 조심스레 의자 모퉁이에 앉는데 프랭크가 말했다.

"우리가 마실 차는 어딨어? 오는 길에 딜런 만났다고 하지 않았나?"

리비는 뭔가 무례한 말을 꺼낼까 싶어 입을 다물고 있었다. 프랭크랑 친척인가? 프랭크는 딸 얘기만 했는데, 손주나 연쇄살인

마 조카가 있을지도 모를 일이었다. 주방에서 시작된 부스럭 소리가 벽 너머로 들렸다.

"외모 때문에 사람들이 기겁하지만 아주 순하고 다정하기 이를 데 없는 친구지."

리비가 여전히 입을 꾹 다물고 있자 프랭크가 말을 이었다.

"딜런 없었으면 어떻게 살았을까 몰라."

"친척이에요?"

"아니, 내 요양 보호사."

"요양 보호사!"

혼비백산한 마음을 드러내고 싶지 않았지만 어쩔 수 없이 소리가 튀어나왔다. 사람 돌보는 일을 하며 생계를 꾸려간단 말이야?

"무슨 생각을 하고 있었던 게야?"

프랭크가 킥킥대며 말했다.

"뭐, 나도 딜런을 처음 봤을 땐 달리 반응할 수가 없었어. 벨을 눌러서 나가봤는데 무슨 살인 청부업자인 줄 알았다니까."

"아니, 그게 아니라……."

리비는 딜런이 버스에서 매섭게 소리 지르던 모습을 상기하며 말을 멈췄다.

"차나 들자고."

문을 열고 펑크족이 들어오자 프랭크가 말했다. 딜런은 덮개를 덮은 찻주전자와 꽃무늬 찻잔을 쟁반에 받쳐 다소곳이 들고 오는 중이었다. 아주 괴상하기 짝이 없는 광경이었다.

"내가 지금 리비한테 자네가 얼마나 다정다감한지 말하고 있었어, 딜런."

딜런은 리비와 프랭크 사이에 쟁반을 두고 문으로 향하면서 아무 말이 없었다.

"잔이 왜 두 개뿐이야? 이리 와, 낯가리지 말고 함께 들자고."

"차 마실 시간 없어요. 다음 일터로 가야 해요."

딜런의 목소리는 낮고 걸걸했다.

"에이, 금방 한잔 마시지 않고. 여기 내 친구 리비랑 인사도 나누고."

딜런은 리비를 보는 일이 죽기보다 싫어 보였지만 찻잔을 가지러 몸을 돌려 방을 나섰다.

"주방에서 의자도 하나 가져와."

프랭크가 딜런 뒤에 대고 소리치고는 흡족하다는 듯이 뒤돌아앉았다.

"딜런이 오면 그 새로운 아이디어가 뭔지 들어보자고."

아, 망했다. 아침까지만 해도 좋은 아이디어인 줄 알았는데 이제 와 생각해보니 터무니없는 얘기인 것만 같다. 딜런이 티스푼으로 리비를 찌르지나 않으면 다행이지. 딜런은 찻잔과 주방 의자를 들고 돌아왔다.

"그래, 내가 엄마 역할을 해도 되겠지?"

프랭크는 의자를 돌리고 찻주전자를 들었다. 차를 따를 때 손이 덜덜 떨려 찻잔이 아니라 쟁반에 반절은 흘렸다. 프랭크는 전혀 눈치채지 못하고 계속 차를 따랐다. 리비가 슬쩍 보니 딜런은 그저 가만히 프랭크를 지켜보고 있었다.

"좀 도와드릴까요, 보스?"

"고맙지만 괜찮아."

날이 선 목소리로 프랭크가 단호하게 말했다. 프랭크는 잔 세 개에 모두 차를 따랐다. 물론, 찻잔보다 쟁반에 흘린 게 더 많았지만.

"우유 줄까, 리비?"

"아뇨, 괜찮아요."

차마 뭘 더 흘리는 모습을 보기가 괴로워 리비는 사양했다.

프랭크가 찻잔을 들자 손이 흔들리며 잔도 따라 흔들렸다. 프랭크가 손을 뻗을 때 자신도 모르게 숨을 참았는데 기적적으로 이번엔 뜨거운 차를 흘리지 않았다. 리비는 재빠르게 찻잔을 받았다.

"아이고, 내 정신 좀 봐. 케이크를 깜빡했네."

프랭크가 말했다.

"제가 가져올게요."

딜런이 말했지만, 프랭크는 딜런을 만류하며 밀어냈다.

"무슨 소리, 자네는 오늘 손님이야. 앉아 있어. 내 가져옴세."

딜런이 다시 입을 뗐지만, 프랭크는 이미 몸을 움직이고 있었다. 리비는 프랭크가 느리게 문 쪽으로 가는 것을 보았다. 프랭크가 카펫을 밟으며 걸을 때 나는 발소리만이 집 안에 울렸다. 프랭크가 나가자 적막이 고막을 가득 채웠다. 리비가 힐끗 보니 바닥으로 눈을 내리깐 딜런은 리비만큼 괴로워 보였다. 리비는 다시 얼굴이 달아올라 눈을 감으며 프랭크가 한시라도 빨리 돌아오기를 간절히 바랐다.

"나는⋯⋯."

"난⋯⋯."

동시에 말을 꺼낸 두 사람의 소리가 충돌하며 적막을 깨뜨렸다.

"먼저 해요." 여전히 눈을 내리깐 채 딜런이 말했다.

"그러니까, 내 말은⋯⋯."

이런 망할, 무슨 말이 하고 싶었더라? 느닷없이 머릿속이 새까매졌다.

"그, 지난번에 버스에서 사진 찍은 거 사과하고 싶어요. 공공질서에 어긋나는 짓이었죠."

"아⋯⋯ 저기, 나도 그렇게 재수 없게 굴어서 미안해요. 아침에 짜증 나는 일이 있어서 기분을 완전히 잡쳤거든요."

리비는 놀라서 입을 다물지 못한 채 딜런을 바라봤다. 이 인간한테 사과를 받으리라고는 꿈에도 생각 못 했다.

"사실, 그쪽이 좀 무례하긴 했죠."

"아버지랑 한바탕해서 화가 머리끝까지 나 있었어요. 그래도 그쪽한테 화풀이하면 안 되는 거였죠."

"네, 뭐, 저도 미안하게 됐어요."

둘은 다시 묵언수행을 하기 시작했다. 주방 서랍이 드르륵 열리며 식기가 덜거덕거리는 소리가 들려왔고 딜런이 초조한 듯 다리를 덜덜 떠는 게 보였다.

"그쪽은 화가예요?"

딜런이 마침내 침묵을 깼다.

"화가라니 턱도 없죠. 내 그림 봤잖아요. 형편없는 거……."

딜런은 코를 찡그렸다.

"형편없다고 할 순 없던데……."

"형편없거든요."

"내 머리를 좀……." 딜런이 말을 멈췄다.

"애가 그린 거 같죠?" 리비가 말을 이었다.

"그, 남자 생식기라고 말하려고 했는데."

리비는 화들짝 놀라 컥 소리를 냈다.

"생식기요?"

"네. 머리에 혹이 여러 개 달린 거 같았어요."

"아, 창피해!"

리비는 손에 얼굴을 묻었다.

"그래서 그렇게 화가 났구나. 진짜 미안해요."

"뭘요. 괜찮아요. 근데 진짜 그렇게 생겼나 집에 가서 머리를 거울에 한번 비춰보게 되더라고요."

손가락 사이로 훔쳐보니 딜런의 입꼬리가 씰룩거렸다.

"그 이후론 누구도 내 형편없는 그림의 모델로 쓴 적 없으니 안심해요. 그림하고는 이제 영원히 이별했어요."

"나 때문에……."

딜런이 말을 시작했을 때 프랭크가 문 앞에 나타났다.

"어디까지 했더라?"

조심스럽게 방을 건너오며 프랭크가 말했다. 케이크를 가져오지 않았다는 걸 깨달았지만, 딜런이 가만히 있기에 리비도 입을 다물었다.

"그래, 리비. 88번 버스의 그녀를 찾는 일에 새 소식이 있다면서 알려주기로 했지? 아직 못 찾았나?"

"네, 아직요."

이 말에 프랭크가 고개를 떨구었다.

"온라인에서 찾아보려고 안 해본 일이 없어요. 60년대 미대, 페이스북 동문 그룹, 당시 런던 미술품 전시 기록까지. 근데 그 빨간 머리 여성을 찾을 만한 단서가 아무것도 없었어요. 백사장에서 바늘을 찾는 기분이랄까요."

"아이고, 그랬구먼. 애써줘서 고마워."

프랭크는 억지로 밝은 목소리를 냈다.

"근데 아이디어가 하나 있어요. 뭐, 그다지 효과가 없을 수도 있는데 어쨌든 말씀은 드려보고 싶어서요."

"그래, 어디 한번 말해봐."

"아침에 켄티시 타운 로드에 있었는데 버스 정류장에 잃어버린 강아지를 찾는다는 포스터가 붙어 있더라고요."

"맞아, 그런 포스터 자주 보지. 이 동네에 일주일에 꼭 한 번씩 가출하는 고양이가 있어. 이름이 후디니*라나 뭐라나. 이름 때문에 그런 버릇이 들었는지 아님 그 버릇 때문에 이름을 그렇게 지었는지."

프랭크가 맞장구를 쳤다.

---

* 전설의 마술사. 탈출 마술로 특히 유명했다.

"그러니까요. 혹시 말인데……."

딜런이 짙은 색 눈에 의심을 가득 담아 바라보고 있어서 리비의 말끝이 흔들렸다.

"잃어버린 강아지 찾는 포스터 비슷한 걸 해보면 어떨까요. 그분을 찾기 위해서요. 88번 버스 노선 정류장에 사연을 써서 포스터를 붙이면 그분이 혹시 볼지 모르잖아요."

"오호."

프랭크가 전혀 예상치 못했다는 듯 반응했다.

"자네는 어떻게 생각하나, 딜런?"

딜런이 깊게 숨을 들이쉬는 사이 리비는 딜런이 정조준하는 조롱을 들을 마음의 준비를 했다.

"괜찮은 생각인 거 같아요."

말투엔 전혀 그렇지 않다는 뉘앙스가 담겨 있었지만.

"근데 보스, 걱정되는 건요. 그 여자가 아직 런던에 살고 있는지도 모르는 데다가 버스를 탈지 어떨지도 모르는데 포스터를 발견해서 읽기까지 한다는 희박한 가능성을 바라기엔 품이 엄청나게 들어가요."

"그건 그렇네요."

한풀 꺾인 자신감을 들키지 않으려 노력하며 리비가 말했다.

"아이디어가 하나 더 있는데요, 포스터에 전화번호랑 메일 주소를 적고 사람들이 그 포스터를 SNS에 올려 해시태그를 달도록 하는 거예요."

"미안한데, 도무지 무슨 소린지 모르겠구먼."

"해시태그는 특정 단어를 가려내는 방법이에요. 사람들이 트위터나 인스타그램에 해시태그로 '잃어버린 강아지'를 달면 '잃어버린 강아지'라는 해시태그가 달린 메시지가 모두 뜨는 거죠."

"그렇구먼. 그러니까, '잃어버린 강아지'로 해시태그를 달아달라고 포스터에 적으면 그게 그녀를 찾는 데 도움이 된단 말이지?"

"그게 아니라요. 우린 다른 해시태그를 쓸 거예요. 사람들이 트위터에서 그 해시태그를 언급하도록 하면 이 얘기를 더 널리 알릴 수 있다는 거죠. 그러면 찾을 가능성도 훨씬 커져요."

몇 초간 누구도 섣불리 말을 꺼내지 않았고 리비는 프랭크의 반응을 살폈다. 프랭크가 활짝 웃었다.

"아주 괜찮은 생각이야!"

"정말요?"

"그럼! 그녀가 직접 포스터를 보지 못해도 엄마나 할머니나 하여간 주변에 한 명만 그걸 보고 그녀한테 알려주면 되는 거 아닌가? 어쩌면 그녀가 직접 볼 수도 있고 말이야."

프랭크의 눈이 반짝반짝 빛났다.

"고마워, 리비. 자넨 천재라니까."

"별말씀을요."

리비도 웃으며 답했다.

"아주 신이 나는구먼! 내가 이런 걸 직접 해보게 될 줄이야."

"그러니까, 88번 버스 정류장에 몽땅 포스터를 붙인다는 거죠?"

방을 가득 메운 홍을 한 방에 가시게 하는 딜런의 이죽거리는 말투.

"그게 얼마나 걸릴 거 같아요?"

"아직 모르죠. 하루나 이틀?"

딜런이 콧방귀를 뀌었다.

"하고도 363일!"

"그럼, 한 일주일?"

"그 노선은 편도 14킬로미터가 넘고 정류장은 100개도 넘어요. 그리고, 붙이기가 무섭게 누가 떼버릴걸요."

"그럼 가로등이랑 가게 창문에도 붙이면 되죠!"

뭐든 다 안다는 식으로 말하는 이 작자의 말에 리비도 삐딱해지지 않을 수가 없어 쏘아붙였다.

"딜런 말도 일리가 있어. 한 사람이 하기엔 버거운 일이야. 내가 좀 도울 수 있으면 좋으련만 이 발이 말썽이라. 버스 내리는 데만 한나절이 걸린다니까."

"괜찮아요. 혼자 할 수 있어요."

무슨 생각이 있는지 프랭크가 웃으며 말을 꺼냈다.

"딜런은 어떤가? 도울 수 있지? 안 그래?"

리비는 딜런의 표정에서 공포를 읽었다.

"그럴 필요 없어요. 혼자서도 거뜬해요."

리비가 재빨리 끼어들었다.

"말도 안 되는 소리. 딜런은 이 집 저 집 다니면서 수시로 88번 버스에 오르락내리락하기도 하고 지금 봤다시피 아주 여러모로 도움이 되거든. 그러니까, 딜런 자네가 좀 도와주게. 응?"

"어, 잘 모르겠……."

"게다가 히긴스 여사가 돌아가셔서 시간도 좀 남잖나. 이 일 하면서 시간을 보내면 좋지."

"저 진짜 괜찮아요."

리비가 절박하게 말했다.

"둘이 하면 시간이 절반으로 줄지 않겠어?"

리비는 잠자코 딜런이 핑계를 찾느라 머리를 굴리는 광경을 지켜봤다. 마침내 그의 어깨가 한 뼘 처졌다.

"알겠어요. 도울게요. 하지만 한 번뿐이에요."

딜런은 못돼먹은 청소년처럼 말했다.

"아주 좋아."

프랭크가 손뼉을 쳤다.

"첫사랑 찾기 프로젝트 시작!"

10

월요일 아침 리비는 잠에서 깨자마자 날씨를 확인하려고 창밖을 살폈다. 비가 오지 않으면 9시 15분에 만나자고 딜런과 약속을 했다. 하늘도 무심하시지, 날이 더없이 쾌청해서 짜증 섞인 신음이 절로 나왔다. 뭐 하자고 나는 프랭크가 딜런한테 도움 요청할 때 기를 쓰고 말리지 않았는지. 그 무례하기 짝이 없고 심술 맞은 놈이랑은 1초도 같이 있고 싶지 않은데. 뭐 그건 딜런도 마찬가지일 테지만. 그저 오늘 함께 할 일을 후딱 해치우고 다시는 얼굴 볼 일이 없기를 바랄 뿐이다.

켄티시 타운 역 밖에 있는 버스 정류장에서 만나기로 해서 헥터를 유치원에 데려다준 뒤 그쪽으로 향했다. 딜런을 기다리는 동안 리비는 인스타그램을 열고 프랭크의 그녀를 찾기 위해 온라인 검색을 하느라 바빠서 하지 못했던 일, 다시 말해 사이먼의 피드를 눈에 불을 켜고 뒤지는 일에 착수했다. 사이먼의 이름을 클릭하고 사진이 나타나길 기다렸다. 마지막으로 봤을 때보다 사진 두 개가 늘었다. 모두 달리기 사진이었다. 가장 최신 것은 어제 올린 사진인데 사이먼이 뒤돌아 카메라를 들고 있는 누군가를 향해 미소 짓고 있었다. 사이먼의 밝고 파란 눈동자를 보니 리비의 몸에서 아드레날린이 폭포처럼 쏟아졌다. 그러다 속절없이 지난주 나눈 통화가 떠올랐다. 다시 같이 일하자는 사무적인 요구 그리고 그 이후의 철저한 무관심. 리비는 휴대폰을 가방에 넣었다. 지하철역 모퉁이를 돌며 다가오는 딜런이 보였다.

그 강렬한 외모를 보고 나니 또다시 한 대 세게 얻어맞은 느낌이었다. 단지 머리 모양, 문신, 피어싱 때문만이 아니었다. 큰 키, 가죽 재킷, 묵직해 보이는 새까만 부츠, 인도를 전세라도 낸 양 기세등등 걸어오는 태도가 제일 문제였다. 딜런이 걸음을 내디딜 때마다 사람들이 움찔거리며 길을 비켜줬다.

"자, 그럼." 리비에게 가까이 와서는 딜런이 말했다.

"안녕하세요."

88번 버스가 나타나길 고대하며 리비는 길 끝을 내다봤다.

"프랭크 할아버지네 집에서 오는 길이에요?"

"넵."

"프랭크 할아버지는 잘 지내세요?"

"넵."

잘나셨네. 한 음절 단어밖에 할 줄 모르는 성인 남성이라니. 리비는 스몰 토크를 하려는 노력을 접고 버스를 기다렸다.

영겁 같은 시간이 지나고 88번 버스에 올랐다. 밥벌이하러 가는 침울한 표정의 출근자들로 붐비는 가운데 리비는 1층에서 자리를 발견하고 딜런이 다른 곳에 자리 잡기를 바라며 그쪽으로 갔다. 하지만 딜런은 리비 옆에 몸을 쑥 들이밀고 기다란 다리로 리비 자리의 반을 차지하고 앉았다. 리비는 딜런과 닿지 않도록 몸을 있는 대로 구부려 창가로 바짝 붙었다.

"그래서 오늘은 뭘 해요?"

버스가 출발하자 딜런이 물었다.

"맞다."

리비는 배낭에서 종이 몇 장이 들어 있는 비닐 폴더를 꺼냈다.

"어제 버스 노선을 연구해보고 계획을 짰어요."

형광펜으로 표시한 지도를 건네고 자신이 볼 지도도 꺼냈다.

"88번 버스 노선에는 정류장이 총 96개, 편도로는 48개씩 있어요. 그래서 노선을 9단계로 분류해서 서로 다른 색으로 표시했고요."

딜런에게 쥐여준 지도를 가리키며 리비가 말했다.

"각 단계는 약 1.6킬로미터고 내가 북쪽과 남쪽 노선을 맡을 테니 총 3.2킬로미터예요. 주 3회씩 나가서 각각 다른 단계를 맡아요. 한 단계당 정류장은 열 개에서 열한 개. 내가 정류장이랑 가로등에 포스터를 붙일게요."

잘 알아듣고 있는지 보니 딜런의 이마에 뭔 소린지 모르겠소, 라고 쓰여 있었다. 슬픈 예감은 틀리는 법이 없듯, 딜런은 그리 잘 드는 도구는 아니었다.

"한 번 더 설명해요? 88번 버스 노선에는……."

"이건 뭔가요?" 딜런이 말을 끊었다.

"뭐가요?"

"이거요." 딜런은 리비가 손에 든 종이를 가리켰다.

"엑셀 스프레드시트잖아요. 이 칸에는 버스 정류장을 모두 기록해놓았고 이건 정류장 사이의 거리를 10미터 단위로 구분한 거고요. 그리고 북쪽과 남쪽 노선이 어디서 나뉘는지, 또⋯⋯."

딜런이 빤히 쳐다보는 걸 느끼고 리비가 말끝을 흐렸다.

"포스터 붙이려고 주말 내내 스프레드시트를 만들었어요?"

보고도 믿을 수 없다는 말투에 리비는 발끈했다.

"이의 있어요?"

"아니, 그냥, 이상하잖아요."

"이상하지 않아요. 정리가 잘된 거죠. 이렇게 해서 나갈 때 들이는 시간과 에너지를 최대한 효율적으로 쓰는 거라고요."

딜런은 말을 하는 대신 눈썹을 치켜올렸다.

"그럼 어쩌자는 거예요?" 리비가 다시 몰아붙였다.

"계획도 순서도 없이 내키는 데다 포스터 붙이고 그래요, 그럼?"

"아니, 뭐, 우리가 포스터 붙이는 거지 군사작전 짜는 게 아니잖아요."

사는 게 너무 일상적이고 뻔해.

즉흥적으로 일을 저지르던 시절이 그리워.

리비는 딜런의 손에서 지도를 잡아챘다.

"난 계획 짜는 게 좋아요. 그래야 예기치 못한 불쾌한 상황이 안 생기죠."

딜런이 얼굴을 찌푸렸다. "여태 그렇게 살았어요?"

넌 옛날엔 재밌었는데, 지금은 일상이 권태로워.

리비의 눈시울이 화끈거렸다. 망할, 이 재수 없는 놈 앞에서 울지 않을 거야.

"내 방식이 맘에 안 들면 꺼지시든지!"

리비는 팽 돌아서 딜런을 등지고 앉았지만 안 그래도 좁아터진 버스 좌석에서 그게 어디 쉬울까. 리비는 그대로 입술을 물어뜯으며 런던 풍경이 창 밖으로 덜컹덜컹 지나가는 걸 지켜봤다. 딜런은 대화를 시도하지 않았고 리비도 잘됐다 싶었다. 지도에 표시했듯 오늘은 1단계인 클래펌까지 갈 계획이었다. 하지만 버스가 교통체증으로 혼잡한 도로를 기어가고 있는 걸 보니 이 방자하고 무심한 긴 다리 망나니한테 허비해야 할 90분이 너무 아까웠다. 리비가 딜런 옆으로 몸을 바짝 기울여 하마터면 딜런이 자리에서 떨어질 뻔했지만 리비는 무시하고 벨을 세차게 눌렀다.

"뭐해요?" 딜런이 말했다.

"난 여기서 내려요."

"그쪽이 만든 스프레드시트에는 오늘 1단계를 진행한다고 되어 있으니 그럼 노선 남쪽 끝까지 가는 거 아니에요?"

"계획 변경이요. 여기서 시작할 거예요."

버스가 정차했고 리비는 내리려고 딜런을 밀며 지나쳤다. 인도에 발을 디디자 도무지 여기가 어딘지 알 수 없었다. 딜런이 뒤에서 기다리고 있는 게 느껴졌다.

"여긴 올버니 스트리트예요."

관심법이라도 쓰는지 딜런이 중얼거렸다.

"그쪽 계획의 7단계 중간쯤 돼요."

"그럼 서둘러서 하죠."

리비가 가방에 손을 넣어 자신이 만든 노란 포스터 하나와 셀로판테이프 롤 하나를 꺼냈다. 버스 정류장에 성큼성큼 다가가 포스터를 겨드랑이에 낀 채 테이프 끝을 찾는데, 딜런이 뒤에서 리비를 지켜보고 있었다.

"도와줘요?"

"됐어요. 혼자 할 수 있어요."

리비는 간신히 테이프 끝을 찾아 길게 한 줄 잘라낸 뒤 한 손으로 포스터를 높이 들고 다른 한 손으로 테이프를 붙이려 했다. 불행하게도 테이프는 정류장에 붙거나 손에 들러붙을 뿐 좀처럼 포스터에 붙질 않았다. 리비는 분한 마음에 바득바득 이를 갈며 테이프를 떼어내려고 흔들어보았으나 노력한 보람도 없이 머리에 착 하고 달라붙어 움찔했다.

"내가 할게요."

딜런이 느닷없이 리비 옆으로 왔다. 몸을 리비 얼굴 쪽으로 기울여 깜짝 놀란 리비가 한 걸음 뒤로 물러섰다. 딜런은 손을 올려 리비의 머리카락에서 부드럽게 테이프를 뗐다.

"내가 포스터를 고정할 테니 그쪽이 붙이는 게 어때요?"

딜런이 말했다.

"그래요."

리비는 쉿소리가 나는 바람에 목청을 가다듬으려 헛기침을 했다. 딜런은 포스터를 가져가 높이 들었고 너무 높아 리비 손이 닿지 않자 낮춰 들었다. 리비는 다시 테이프 한 줄을 떼 포스터 양옆에 붙였는데 어쩌다 보니 딜런의 엄지손가락도 같이 붙여버렸다. 딜런이 손가락을 비틀어 털어냈다. 포스터 양쪽에 테이프를 세 줄이나 붙이면서 리비는 딜런과 몸이 닿지 않도록 안간힘을 썼다. 포스터 붙이기를 마치고 둘은 내용을 자세히 읽어보려 한 발짝 뒤로 물러섰다.

88번 버스의 그녀를 찾습니다.

1962년에 저는 클래펌에서 옥스퍼드 서커스로 가던 88번 버스 안에서 한 여인을 만났습니다.
그녀는 당시 10대 후반이나 20대 초반의 나이였고 밝은 빨간색 머리를 한 미대생이었습니다.
지난 60년 동안 고맙단 말을 전하려고 그녀를 찾고 있습니다. 그녀를 찾을 수 있게 도와주세요.
어떤 정보라도 아시는 분은 girlonthe88bus@gmail.com으로 메일을 보내주세요.

#88번버스의그녀

리비는 흘러나오는 미소를 어쩌할 수 없었다. 밝은 노란색 포스터는 너무도 눈에 잘 띄어 사람들의 눈길을 사로잡았다.

"사람들이 진짜 멈춰 서서 이걸 읽을 거 같아요?"

딜런의 말에 리비가 정색했다.

"그럼요."

"그리고 또…… 뭐랬죠? 자기네 나이 많은 여자 친척한테 말하고요? 트위터를 하고? 그쪽을 도우려고 자기 삶은 팽개쳐두고?"

리비는 심호흡했다.

"**날** 돕는 게 아니고 프랭크를 돕는 거죠. 그리고, 다들 그쪽처럼 성질 고약하고 마음씨 나쁘고 사람을 싫어하진 않거든요? 인류애 넘쳐서 난생처음 보는 이들을 돕는 사람들도 있다고요. 버스에서 조롱하고 소리나 꽥꽥 지르는 누구랑 다르게!"

리비는 딜런이 대차게 반격하길 기다렸지만, 딜런은 말이 없었다. 돌아보니 시선을 떨어뜨려 발치를 바라보고 있었다.

"하던 거 계속하죠?"

딜런이 웅얼거렸다.

둘은 말없이 계속 일만 했다. 조금 하다 보니 손발이 착착 맞았다. 눈을 마주치거나 몸이 닿지 않도록 하며 딜런이 포스터 위치를 잡고 리비가 테이프를 붙이고 나면, 두 사람은 곧장 다음 가로등이나 정류장으로 갔다. 45분 정도 지나 포스터를 다섯 개나 붙였건만 두 사람은 여전히 말 한마디 없었고 리비는 긴장으로 꽁꽁 얼어붙어 있느라 기진맥진해버렸다.

"오늘은 여기까지 하죠."

유스턴 로드에서 가까운 정류장에 도착하자 리비가 말했다.

"그쪽 계획대로라면 한 방향으로 1.6킬로미터는 해야 하는데요?"

"오늘은 못 해요. 난 켄티시 타운으로 돌아갈 거예요."

"난 반대 방향으로 가요."

딜런과 더는 시간을 같이 보내지 않아도 된다고 생각하니 안도 감이 몰려왔다. 딜런이 키가 커 포스터 드는 데 도움이 될지는 모르겠지만, 시간이 세 배 더 들더라도 혼자 해버리고 싶은 마음이 간절했다. 리비는 건널목 쪽으로 몸을 돌려 잰걸음으로 가버렸다.

"잘 가요."

딜런이 뒤에서 소리쳤지만, 리비는 뒤돌아볼 생각이 없었다.

11

"리비, 어딨어?"

호통인 듯 아닌 듯한 레베카의 목소리가 아래층에서부터 울렸다.

"간다고!"

리비는 꽉 조여오는 청바지를 입으며 인상을 썼다. 이제 카페에서 사 먹는 초콜릿 크루아상은 끊어야지. 빠르게 트위터를 확인했지만 '88번버스의그녀' 해시태그는 전혀 없었다. 어휴.

1층 주방에서 헥터가 아침을 먹으며 아이패드를 들여다보고 있었다. 언니가 헥터를 오롯이 돌볼 때만큼은 영상 금지 규정이 예외인가 보다.

"헥터네 유치원에서 문자가 왔어."

레베카가 휴대폰에서 눈을 떼며 말했다.

"땅에서 가스가 새는 것 같아서 점검하느라 오늘은 유치원을 닫는대."

"헥터는 오늘 쉬어서 좋아하겠네."

"난 수요일 정기 팀 미팅이라 일정 취소 불가, 톰은 발표가 있어. 그래서 오늘은 네가 헥터 돌봄 당첨."

레베카는 명령 전달을 마치자 더 볼일 없다는 듯 가버리려 했다.

"나 오늘 안 되는데."

"왜 안 되는데?"

"바빠. 선약 있어."

레베카는 뒤돌아 눈썹을 치켜올렸다.

"리어나도 디캐프리오 영화 보면서 패밀리 사이즈 메리 밀크바 먹는 건 선약이 아닌 줄 아뢰옵니다."

"실은, 나……."

리비는 여기서 말을 멈췄다. 오늘 아침이 딜런과 포스터를 붙이기로 약속한 두 번째 날인데 레베카에게 그 일을 말할 순 없었다. 런던 버스에서 만난 알지도 못하는 사람의 잃어버린 옛사랑을 찾아준단 얘기를 하면 부리나케 현장실사를 나올 게 뻔했다.

"뭐 한다고?" 레베카가 다그쳤다.

"아냐. 헥터 볼게."

레베카는 흐뭇하게 고개를 끄덕이며 옷을 입으려고 성큼성큼 주방을 나섰다. 헥터가 아이패드에서 눈을 뗐다.

"동물원 갈 수 있어?"

"그럼."

리비는 주전자 불을 켜려고 일어났다가 다시 헥터를 돌아봤다.

"아니, 대신 오늘 특별모험을 할까?"

"그게 뭔데?"

"포스터를 붙여야 하는데 우리 조카가 그걸 좀 들어줄 수 있을까 해서. 우리 둘만의 비밀 프로젝트라서 엄마한테도 말하면 안 돼."

리비는 최대한 재밌게 설명해보려 했지만, 헥터의 반응은 뜨뜻미지근했다.

"끝나고 레고 가게 갈 수도 있어."

"하자!" 헥터가 식탁에서 방방 뛰며 말했다.

둘은 집에서 9시에 나와 버스 정류장을 향해 걸었고 헥터는 늘 그러듯 질문 기관총을 사정없이 다다다다 발사했다. **공룡은 누가 죽였어? 우린 왜 배꼽이 있는 거야? 사자한테 잡아먹힐 거야 아니면 상어한테 잡아먹힐 거야?**

"사자한테 먹힐래." 정류장에 가까워졌을 때 리비가 말했다.

"왜?"

"상어한테 먹히려면 우선 물에 빠져야 하는데 난 물에 빠지는 거 딱 싫거든."

"사자는 날카로운 이빨이랑 발톱도 있어서 엄청 아플 거야."

"그치. 근데……."

리비는 정류장에 서 있는 남자를 보고 말을 멈췄다. 장신에, 골이 잔뜩 난 모호크족 머리 남자.

딜런이 리비를 보자 놀라서 눈을 깜빡였다. 잠시나마 리비는 딜런이 돌아서서 자신을 못 본 척하지 않을까 생각했지만, 딜런도 그건 불가능하단 걸 깨달았을 것이다.

"왔어요?" 딜런이 말했다.

"여기서 뭐 하는 거예요?"

몰상식하게 들린다는 건 알고 있었지만, 상관없었다.

"프랭크네 집에 가는 길이에요."

"누구야, 이모?"

헥터가 리비의 손을 잡고 눈이 똥그래져서는 리비를 올려다봤다.

"딜런이야."

리비가 한숨을 쉬며 답했다. 리비는 꼬마를 본 딜런의 얼굴에 놀라움이 스치는 걸 포착했다.

"안녕하세요. 저는 헥터고요, 네 살하고도 9개월이에요."

헥터가 딜런을 유심히 바라보며 말했다.

"아저씨 키가 크네요."

88번 버스가 정차하자 리비는 딜런을 먼저 들여보내려고 그의 뒤에 섰다. 오늘 아침엔 버스가 꽉 차서 1층에 빈자리가 없었다. 딜런이 계단으로 향했고 리비는 1층 휠체어 구역에 섰지만, 헥터는 생각이 다른 듯했다.

"헥터, 이리 와!"

리비가 소리쳐 불렀지만 못 들었거나 못 들은 척했거나, 어쨌든 헥터는 딜런을 따라 계단을 오르고 있었다. 리비는 하는 수 없이 헥터 뒤를 따랐다. 2층은 좀 더 조용했고 딜런이 버스 중간쯤에, 헥터는 바로 그 뒷줄에 앉아 있는 게 보였다. 얼씨구.

리비는 헥터 옆에 앉아 딜런의 길고 꼿꼿한 허리와 목을 타고 올라간 문신을 의식하고 있었다. 너무 가까운 곳에 앉아 딜런도 거슬려 하는 낌새였다. 운이 좋으면 금방 내릴 수도 있으니 그때까지만 서로를 투명인간 취급하면 될 것이다. 하지만 천지 분간 못 하는 헥터가 딜런의 어깨를 쿡 찔렀다.

"아저씨 머리가 왜 그 모양이에요?"

"헥터! 예의 없이 굴면 못써."

리비는 딜런이 분노로 폭발하기를 기다렸지만 놀랍게도 딜런은 뒤를 살짝 돌며 말했다.

"모호크족 머리 모양이야."

헥터가 코를 찡긋했다.

"왜 그 머리를 했는데요?"

"난 펑크거든."

"그게 뭔데요?"

"헥터, 쓸데없이 참견 좀 하지 마."

리비가 애걸하다시피 했지만 이제 딜런은 헥터와 눈을 마주치려고 몸을 완전히 돌렸다.

"펑크는 70년대에 시작된 하위문화의 한 종류야. 우리는 권위주의, 조합주의, 소비지상주의 문화를 지양하지. 그리고 무엇보다, 시끄러운 음악을 사랑해."

헥터의 눈이 반짝 빛났다.

"나도 시끄러운 음악 좋아하는데. 어떨 땐 내가 음악을 너무 크게 틀어서 옆집 아줌마가 벽 두드리면서 뭐라고 해요."

"그거 완전 펑크 스타일인데."

딜런의 눈이 기쁨으로 빛났다. 헥터가 자랑스러운지 씨익 웃었다.

"우리 집에 놀러 와서 그 시끄러운 노래 좀 틀어줄래요? 난 맨날 슬프고 따분한 노래만 들어야 해서요."

"아니거든."

리비가 왈칵 성을 냈다.

"맞거든. 막 우는 거 같고 구슬프거든."

"엄마 음악 취향이 그렇게까지 나쁘진 않을 거야."

딜런이 담담하게 말했다.

"엄마 아니에요!"

헥터가 머리를 뒤로 젖히며 웃어댔다.

"이모예요."

"아, 난……."

딜런은 어리둥절해하며 리비와 헥터를 번갈아 쳐다봤다.

"오늘 얘네 유치원이 문을 닫아서 하루 봐주는 거예요."

리비가 설명했다.

"이모는 우리 집에 살아요. 사이먼 삼촌이랑 헤어져서 살 데가 없어요."

"헥터!"

리비는 아연실색했다. 딜런은 창밖을 쳐다볼 뿐이었다. 이런 사적인 내용을 공유하다니 끔찍하다고 생각했을 테지.

"나도 아저씨처럼 펑크가 되고 싶어요."

리비가 얼마나 남부끄러워하는지 까맣게 모른 채 헥터가 천진난만하게 물었다.

"펑크가 되려면 어떻게 해야 해요?"

"네가 원하기만 하면 될 수 있어. 나처럼 이상한 머리 모양을 할 필요도 없고."

"무슨 직업을 가져야 해요?"

"아무거나 네가 원하는 거."

"아저씨는 무슨 일 하는데요?"

"난 요양 보호사야."

헥터가 딜런을 향해 눈을 가늘게 떴다.

"그게 뭔데요?"

"집에서 도움이 필요한 사람들을 돌봐줘."

"그니까, 우리 집 시터 로잘리타처럼요?"

"맞아, 비슷해. 근데 난 보통 좀 나이 든 분을 도와. 뭐, 늘 그런 건 아니지만."

"그 사람들 엉덩이도 닦아요?"

딜런이 빙긋 웃었고 웃는 딜런을 처음 본 리비는 이 생경하고도 근사한 광경을 다시 한번 바라봤다. 빛나는 눈동자와 입 주변에 잡힌 주름 덕에 인상이 완전히 달라 보였다.

"대개는 안 닦아. 그래도 필요하면 할 거야."

딜런의 대답에 헥터는 못마땅한 듯 끙 소리를 냈다.

"별로 안 좋은 직업 같아요. 우주비행사나 카레이서 하지 뭐 하러 그런 일을 해요?"

"이 일을 좋아해. 사람들을 만나고 얘기 듣는 게 재밌어."

"할아버지 할머니들은 시시해."

"헥터, 그런 말 하는 거 아니야."

혹시나 주변에 있는 노인 승객이 들었을까 싶어 한 바퀴 둘러보며 리비가 타일렀다.

"예전엔 나도 그렇게 생각했어. 비밀 하나 알려줄까……."

딜런이 목소리를 낮추자 헥터가 귀를 쫑긋 세우며 앞으로 몸을 기울였다.

"노인들이 시시해 보일 수는 있는데 그건 네가 그분들 말을 귀담아듣지 않아서야. 내 친구 프랭크를 예로 들게. 프랭크는 엄청 나이가 많지만, 리비한테 놀라운 얘기를 해줘서 리비가 프랭크를 돕는 임무를 수행하고 있어. 이건 시시하지 않지, 안 그래?"

"그런 거 같네요."

헥터는 그다지 감흥이 없는 듯했다.

"아저씨가 하는 일 하면 돈 많이 벌어요?"

"아니. 그치만 난 일하면서 행복하고, 그게 더 중요하다고 생각해."

헥터가 미간을 찌푸렸다. 뭔가를 열심히 생각한다는 뜻이었다.

"우리 엄마는 일 때문에 맨날 화가 나 있어요. 행복한 게 아니라."

"아이고, 우리 조카."

리비가 헥터의 머리를 쓰다듬으려고 손을 뻗었다.

"너희 엄마도 일을 좋아하지만, 스트레스를 받는 것뿐이야."

"스트레스 많은 일을 좋아하는 사람들도 있어."

딜런이 헥터를 달랬다.

"또, 어떤 사람들은 창의적인 일이나 종일 밖에서 일하는 직업을 좋아해. 사람은 다 달라. 난 사람들이랑 부대끼면서 일하고 돕는 게 좋아. 이게 세상에서 느낄 수 있는 제일 짜릿한 기분 같아."

"음……."

헥터는 계속 생각에 잠겨 있었다.

"너는 어때, 헥터? 넌 커서 뭐 되고 싶어?"

딜런이 물었다.

"우주비행사랑 축구선수요."

헥터가 빠르게 대답하고는 잠시 말을 멈췄다.

"이 중에 사람들을 돕는 게 있어요?"

"당연히 있지. 네가 원하기만 하면 너는 사람들을 돕는 우주비행사나 사람들을 돕는 축구선수가 될 수 있어."

이 말이 아주 마음에 들었는지 헥터가 만족스러워하며 자리로 돌아왔다. 딜런은 다시 몸을 돌려 앞을 바라봤고 리비는 딜런의 뒤통수를 바라보며 상당히 혼란스러운 감정을 느꼈다. 이 남자에게 선입견을 많이도 품고 있었지만 네 살짜리 아이와 이렇게 잘 놀아주는 건 해당 사항이 아니었기 때문이다.

12

"아저씨, 어느 축구팀 좋아해요? 런던 동물원 간 적 있어요? 머리 그렇게 하고 잠도 자요?"

10분 동안 헥터가 딜런을 심문하는 바람에 리비는 그가 피자보다 파스타를 좋아하고 〈토이 스토리 2〉는 봤지만 〈카〉는 못 봤으며 상어 대신에 사자에게 잡아먹히는 편이 낫다고 생각한다는 쓸데없는 정보를 많이도 얻었다. 심지어 헥터가 딜런 옆으로 자리를 옮겨준 덕에 비교적 평화롭게 시간을 보낼 수 있었다.

"레고 좋아해요?" 헥터가 또 물었다.

"완전." 딜런이 기다렸다는 듯 대답했다.

"엑스 윙 스타파이터 오리지널 레고가 아직도 집에 있어."

리비는 눈동자를 굴렸다. 아직도 레고를 간직하는 성인 남성이라니. 어련하시겠어.

"컴벌랜드 테라스 역입니다."

버스 안내음이 울려 리비가 창밖을 보니 버스가 올버니 스트리트에 정차하고 있었다. 딜런과 함께 월요일에 포스터를 붙인 곳이었다. 포스터가 잘 붙어 있나 보려고 창 가까이 다가갔는데 정류장에 붙인 포스터가 감쪽같이 사라져 있었다. 리비는 버스가 길을 따라 출발할 때까지 눈을 씻고 찾아봤지만 먼 가로등에 붙인 것 또한 사라지긴 마찬가지였다. 전부 깨끗이 자취를 감춰버렸다.

딜런도 이 사실을 눈으로 확인했는지 리비 쪽으로 몸을 돌렸다.

"포스터가 다 살아남지는 않았네요."

그럼 그렇지. 본모습이 어딜 가겠어. 다정하고 아이랑 잘 놀아주는 사람이 아니라 말끝마다 내가 그럴 줄 알았지, 내가 제일 잘났어, 거들먹거리는 분이시겠지. 리비의 실패가 자신의 행복이라는 듯이.

"거봐, 내가 뭐랬어요, 라고 말할 참이었어요?"

리비가 팔짱을 끼며 불편한 심기를 드러냈다.

"아뇨, 난……."

"그쪽이 이 아이디어 탐탁지 않게 생각하는 건 알고 있지만 난 첫 번째 장애물에 걸렸다고 포기하는 그런 사람이 아니거든요."

"내가 언제 그렇게 말했어요?"

딜런이 억울하다는 듯 대꾸했지만, 리비는 딜런이 그렇게 생각했다는 데 한 치의 의심도 없었다.

"그쪽은 프랭크가 그 오랜 기간 애타게 첫사랑을 찾고 있는 모습을 보고도 일말의 감정도 없을지 모르지만 난 그게 세기의 러브스토리라고 생각해요. 그리고 난 프랭크의 딸이 프랭크를 요양원에 가두기 전에 힘닿는 데까지 도와드릴 생각이에요."

"일말의 감정도 없다고 한 적 없어요." 딜런이 인상을 썼다.

"그럼 왜 내가 하는 일에 사사건건 시비예요? 그쪽이 프랭크를 아낀다면 돕고 싶은 마음이 드는 게 당연하지 않아요?"

"난 프랭크를 진심으로 아껴요. 하지만 그쪽 생각보다 상황이 복잡해요." 딜런이 뾰족하게 말했다.

"왜죠?"

딜런은 잠시 숨을 고르고 삭발한 부분을 손으로 더듬었다.

"프랭크는 치매에 걸렸어요."

"뭐라고요?" 리비의 눈이 커졌다.

"작년에 진단받았는데 도무지 받아들이려 하질 않아요. 그래서 따님이 날 고용해서 하루에 두 번 약 잘 챙겨 먹고 식사를 제때 하는지 확인해요. 근데 요즘 들어 정신을 놓는 일들이 생겨나고 있어요."

"세상에. 그래서 클라라가 그 평가를 받게 하려는 거군요. 집에 혼자 있거나 버스 탔을 때 정신을 놓을까 봐요?"

리비는 프랭크가 깜빡깜빡한다는 건 알았지만 치매일 거라고는 꿈에도 생각하지 못했다.

"그래서 그 여자분을 찾는 데 더 집착하는 거네요. 치매가 악화되기 전에요."

"포스터 몇 장 붙인다고 900만 명이 사는 런던에서 여든 먹은 할머니를 찾을 수 있을 거라고 진심으로 믿어요?"

일을 제대로 해보기도 전에 포기부터 하려는 딜런의 속셈에 리비는 분노가 삐죽하게 솟았다.

"포기부터 하느니 노력하는 편이 낫지 않아요? 그러니까, 가능성이 희박해도 희망이 없는 것보단 좋지 않냐고요?"

딜런이 답답하다는 듯 한숨을 쉬었다.

"난 그저 프랭크가 너무 기대하고 있어서 걱정돼요. 프랭크는 그쪽이 그 여자를 진짜로 찾아서 자신의 문제가 싹 해결되고, 동화처럼 오래오래 행복하게 살게 될 거라고 굳게 믿고 있다고요. 오늘 아침엔 어땠는지 알아요? 다시 만나는 게 시간문제라고 생각하더라니까요. 그렇게 안 됐을 때 그 실망감을 견딜 수가 없는 상태예요. 정신이 쇠약해질 대로 쇠약해져 있다고요."

리비는 가슴이 훅 내려앉았다.

"그러니까, 나더러 찾는 걸 포기하기라도 하란 말이에요?"

"그 말이 아니잖아요."

이전에는 들어보지 못한 부드러운 어조로 딜런이 말했다.

"그쪽이 프랭크를 돕고 싶어 하는 거 알아요, 아무나 할 수 없는 대단한 일인 것도 알고요. 그 덕에 지난 몇 달 중에 프랭크가 요즘 기분이 제일 좋아요. 내 말은, 기대치를 너무 높이지 않게 조심할 필요가 있단 말이에요. 불가피하게 88번 버스의 그녀를 찾지 못해도 프랭크가 실망감에 망가지지 않도록요."

딜런이 말을 마칠 때까지 리비는 아무 말도 할 수 없었다. 분명 리비가 도움을 제안했을 때 프랭크는 뛸 듯이 기뻐했다. 하지만 혹시라도 딜런의 말이 맞고 리비가 그녀를 찾을 수 없다면? 프랭크의 상태가 좋지 않다는 사실은 전혀 알지 못했다. 그녀를 찾는 노력이 수포가 되어 프랭크의 상태가 악화된다면? 리비는 아찔함에 숨을 깊게 쉬었다. 실패하지 않는다는 보장이 필요했다. 실패했을 때의 일은 너무 끔찍해서 상상조차 하기 두려웠다.

"헥터, 우린 다음에 내려."

버스가 옥스퍼드 서커스에 가까워져 스피커에서 안내음이 나오자 리비가 말했다.

"딜런 아저씨는 같이 안 가?"

"같이 안 가."

"아, 제발!" 헥터가 딜런의 팔을 꼭 붙들며 외쳤다.

"이모가 포스터 다 붙이면 레고 가게 간댔잖아. 아저씨랑 스타워즈 레고 같이 보고 내 생일선물로 갖고 싶은 닌자고 보여줄 거란 말이야."

"헥터, 딜런 아저씨는 갈 데가 있어." 리비가 엄하게 말했다.

"사실, 아닌데요."

딜런의 말에 리비가 기겁하며 돌아봤다.

"진짜 괜찮아요. 헥터 비위 맞춰주지 말아요."

"신난다. 같이 가요! 같이 가!"

의자에서 엉덩이를 들썩들썩해가며 헥터가 말했다.

"다음 일할 집에 가기까지 몇 시간 비어요. 그쪽만 괜찮으면 나도 나쁠 거 없어요."

리비는 오만상을 썼다. 처음 같이 포스터 붙였을 때의 그 어색함과 냉랭함을 생각하면 같이 시간을 보내기가 극도로 꺼려지는 건 어쩔 수 없었다.

"그럼, 그러든가요."

딜런의 얼굴에 미소 비슷한 무언가가 스쳐 지나갔다고 느낀 순간 딜런이 빠르게 일어나, 리비는 그게 미소였는지 확신할 수 없었다. 딜런이 버스를 세우려 하차 벨을 눌렀다.

옥스퍼드 서커스에서 피커딜리 서커스까지 걷는 데 두 시간은 족히 걸렸다. 딜런은 리비의 스프레드시트는 깡그리 무시하기로 작정했는지, 길 한쪽을 먼저 끝내고 반대편을 하는 대신 리젠트 스트리트 한쪽에 포스터를 붙이기 위해 지그재그로 왔다 갔다 했다. 헥터가 카나비 스트리트를 돌아서 햄리스 장난감 가게로 가자고 떼를 부려 속도가 처지기도 했다. 리비는 오늘 할 부분을 마치고 얼른 집으로 돌아가 점심을 먹으려는 계산으로 조급했지만, 헥터가 기어이 레고 층을 찾은 데다 딜런까지 합세해서 온갖 레고 세트에 대고 감탄사를 날리는 바람에 30분은 족히 잡아먹었다. 간신히 가게를 빠져나왔지만, 관광객 두 무리가 딜런을 불러 세워 사진을 함께 찍어달라고 부탁했다. 리비는 딜런이 그들에게 분노의 불을 뿜으려니 생각하다 부탁에 순순히 응하는 걸 보고 수상하게 여기기까지 했다. 피커딜리 서커스에 도착했을 땐 이미 12시를 훌쩍 넘긴 시간이었다.

"이모, 배고파. 간식은 없어?"

헥터가 징징거렸다.

"미안, 이렇게 오래 걸릴 줄 몰랐네. 근처에 음식점 있을 거야."

리비가 건강 음식을 파는 식당을 찾으려 휴대폰을 꺼냈지만, 헥터는 그들 머리 위 눈부시게 빛나는 거대한 'M' 간판을 가리켰다.

"이모, 나 맥도날드 사주라."

"아유, 엄마가 우리 패스트푸드 먹는 거 알면 혼나."

"패스트푸드를 안 먹어요? 설마 한 번도 안 먹어봤어요?"

딜런은 기절초풍할 기세였다.

"우리 언니께서 건강한 생활에 아주 철저하셔서요."

"엄마 여기 없잖아."

"조카야……."

"이번 한 번만 먹게 해주면 엄마한테 말 안 할게. 약속해. 제발, 이모. 제에바아알……."

리비는 애원하는 조카의 얼굴을 보고 있자니 마음이 약해졌다.

"알겠어. 이번 한 번뿐이다."

"좋아!" 헥터가 폴짝 뛰었다. "아저씨도 같이 가는 거죠?"

리비는 딜런은 가지 않는다고 말하려 했지만, 딜런이 이미 헥터를 보고 고개를 끄덕이고 있었다. 그리하여 셋은 맥도날드에 입성했고 리비는 헥터에게 줄 해피밀과 자신이 먹을 치킨너깃 밀을 주문했다. 딜런이 커피를 산 뒤 셋은 2층에 올라가 빈 테이블을 차지하고는 섀프츠베리 애비뉴의 혼잡한 거리를 내다봤다. 헥터는 감자튀김을 우걱우걱 입에 넣고 맛에 취해 음 소리를 냈다.

"이거 진짜 대박 맛있는 펑크푸드*예요, 그죠?"

---

* 정크푸드의 잘못된 발음.

125

헥터가 딜런에게 말했다.

"나중에 배 안 아프게 조심해, 친구."

"그치만 너무 맛있어요."

"우리 언니가 알면 난 죽은 목숨이에요."

말은 이렇게 하면서도 신세계를 경험하는 듯 만족스러운 헥터의 얼굴을 보자 덩달아 미소가 새어나왔다.

"에이, 그래도 한 번은 눈감아주지 않겠어요?"

딜런이 반신반의하며 물었다.

"그런 말 말아요. 절대 그럴 사람 아니니까. 그래도 괜찮아요. 불량 이모는 규칙을 어겨야 제맛이죠."

"그쪽은 꽤 괜찮은 이모 같은데요."

딜런의 말에 하마터면 감자튀김이 목구멍에 걸릴 뻔했다. 리비는 딜런을 빤히 쳐다봤지만, 딜런은 아무렇지 않게 창밖을 바라보고 있었다.

"우리 언니는 그렇게 생각 안 할걸요. 특히 요즘처럼 같은 집에 살고 있을 땐요."

"말해봐요."

딜런이 어두운 질문을 던졌다. 리비는 딜런의 뒷말을 기다렸지만 딜런은 애먼 커피만 한 모금 들이켰다.

"먹고살자고 하는 일은 뭐예요? 애들한테 어둠의 경로로 정크 푸드를 먹이는 일 말고요."

리비는 대꾸할 말을 생각하면서 너깃을 한 입 베어 물었다. '남자친구 조경회사에서 실무를 도왔는데, 걔가 나랑 사귀고 싶은지 아닌지 좀 재보겠다고 해서 현시점엔 무직이에요'라고 말하는 건 과하게 복잡한 것 같았다.

"지금은 일시적으로 일을 쉬는 중이에요."

자신의 깔끔한 답에 리비는 왠지 으쓱했다.

"이모는 돈 많고 머리 나쁜 사람들한테 못생긴 정원 파는 일을 해요. 엄마가 그렇게 말해줬어요."

헥터가 딜런에게 정답을 알려줬다.

"엄마가 그래? 엄마가 이모 일에 대해 또 뭐라고 하디?"

"이모가 의사 학교 그만둔 거 잘못했다고. 엄마랑 할머니가 그 얘길 가끔 하는데 할머니는 얼굴이 엄청 빨개져서 막 화를 내요."

리비는 망치로 머리를 한 대 세게 얻어맞은 느낌이었다. 딜런도 리비가 당황한 걸 알아챘는지 얼른 헥터에게로 몸을 돌렸다.

"해피밀에 딸려 오는 장난감 받았어?"

헥터는 딜런에게 조그만 플라스틱 장난감을 보여주기 시작했고 리비는 의자에 깊숙이 몸을 묻었다. 우리 가족이 그 고릿적 의대 그만둔 얘기를 아직도 한단 말이야? 당시엔 서로 화내고 말로 물어뜯으며 온 집안에 난리가 났다. 리비가 애초에 의대에 가고 싶지 않았고, 의대에서 공부했던 2년 반 동안 매 순간 괴로워했다는 사실은 누구도 개의치 않았다. 부모님이 보기엔 철없는 막내 딸이 당신들의 기대를 매정하게 밀어내고 배척한 사건일 뿐이었다. 그래도 리비는 지난 10년 동안 그간의 상처가 아물었다고, 리비가 원치 않았던 학위를 내던진 게 리비를 위한 최선의 선택이었다고 깨달았을 거라 믿었다. 헥터의 말을 들어보니, 아닌 게 분명했다.

"괜찮아요?"

리비가 고개를 들자 딜런이 리비를 빤히 보고 있었다.

"그럼요, 괜찮죠. 헥터, 이제 집에 가야지."

식사를 마치고 맥도날드를 나서서 피커딜리 서커스로 되돌아 걸어갔다.

"난 여기서 버스 타요. 반대쪽으로 가거든요."

리젠트 스트리트 끝에서 딜런이 말했다.

"우리랑 같이 가면 안 돼요? 아저씨 시끄러운 음악 듣고 싶단 말이에요." 헥터가 응석을 부렸다.

"오늘은 안 되겠는데. 다른 손님이 기다리고 있어서."

리비는 고갯짓으로 인사를 대신했다. 오늘 딜런은 생각보다 덜 적대적이었고 헥터랑 이상하리만치 잘 지내줬지만, 그럼에도 같은 버스를 타고 되돌아가지 않아도 된다는 사실이 달가웠다.

"딜런 아저씨, 잘 가요!"

리비가 헥터의 손을 잡고 길 반대편으로 갈 때 헥터가 소리쳤다.

"리비!"

리비가 반대편 인도에 발을 딛는데 자신의 이름이 들려 뒤돌아보니 딜런이 차들 사이로 목을 빼고 건너다보고 있었다.

"금요일 같은 장소 같은 시간에 만나요?"

리비가 미처 대답하기 전에 88번 버스가 와서 딜런이 시야에서 사라져버렸다.

13

페기

일요일에 데이비드가 집에 들렀어.

마지막으로 왔던 게 언제인지 너무 오래돼서 가물가물해. 뭐 우리 아들 탓은 아니고, 일도 너무 바쁘고 힘든 데다 개 처 에마가 사람을 좀 쪼아야지. 집 밖으로 나가게 해준 것만으로도 황송할 지경이라니까. 며느리 흉봐봐야 누워서 침 뱉기지만 난 우리 아들이 어떻게 자기 마누라를 그렇게 오랫동안 참아줬는지 도무지 알 수가 없어. 혹시 에마를 데려올까 싶어 내심 걱정했는데 금요일에 전화해서는 제 처가 감기에 걸려 못 온다고 해서 얼마나 안심했다고.

데이비드가 점심 먹으러 온다기에 마트 가서 개가 좋아하는 건 죄다 쓸어 왔어. 양고기랑 우리 아들이 좋아하는 촉촉한 으깬 감자를 해놓고 후식은 셰리 트라이플*을 만들었지. 트라이플 만든 지가 하도 오래돼서 그 손가락 모양 스펀지케이크를 찾으려고 가게를 세 군데나 돌아다녔는데 아무 데도 없더라고. 너랑 내가 먹던 대로 통조림 과일을 쓰려고 했는데 내가 마지막으로 이걸 만들었을 때 에마가 한 잔소리가 기억나서 그냥 생과일을 샀어. 돈이 아주 수월찮이 들었어. 그래도 너도 알지? 내가 우리 아들한테는 늘 제일 좋은 것만 주는 거.

개 온다고 집을 구석구석 다 청소했지. 더러워서가 아니라 먼지 한 톨 없게 하려고. 너한테만 하는 말이지만 내가 좀처럼 닦지 않는 옛 그림에 쌓인 먼지도 다 털었다니까. 내가 그린 그림을 자세히 들여다보니 기분이 이상했어. 예전 집에 살 때는 실력이 훨씬 좋았는데도 매일같이 그림 곁을 지나다니면서 아무런 관심을 안 줬는데. 오늘 청소하느라 멈춰서서 자세히 살펴보니, 퍼시, 꽤 괜찮더란 말이야. 내가 버스에서 그린 인물화들은 봐줄 만한 데다가, 그거 있잖아, 〈몽상가〉. 그건 어디 자그만 아트 갤러리 구석에 걸어놔도 손색없겠더라니까.

넌 분명 '내가 뭐랬니'라고 하겠지. 그도 그럴 것이 친구야, 넌 언제나 내게 재능이 있다고 말해줬으니까. 그치만 내가 그걸 알지 못했어. 어떤 면에선 우리 아버지 때문이기도 하지. 나한테 시간 낭비라고 귀가 닳도록 얘기하는 사람 밑에서 자라다 보면 그 말을 무시하기가 어려운 법이거든. 하지만 반면에, 내게 재능이 없다고 생각해야 미술을 그만두는 게 덜 고통스러웠을 거란 생각

---

* 셰리에 담근 스펀지케이크나 커스터드 케이크와 휘핑크림, 젤리 등을 교대로 쌓아 올린 디저트.

은 해. 만일 내가 진심으로 재능이 있다고, 인생에서 내가 목표한 바를 이룰 수 있다고 믿었다면 그만둬야 했을 때 뒤돌아서기 버거웠을 거야. 무슨 말인지 알겠어?

게다가 나한테 선택의 여지가 있었던 것도 아니잖아. 데이비드를 임신한 순간 내 부질없는 꿈을 좇을 일말의 희망마저 사라졌으니까. 요즘엔 여자들이 애 키우면서도 온갖 직업을 다 갖더라고. 우리 메이시만 봐도 그래. 우리 때랑은 아주 딴판이야. 네가 누구보다 잘 알겠지만, 난 내가 엄마라는 게 좋아. 할머니, 증조할머니 되는 일도 신나고. 우리 손주들이 지구 반대편에 있다 해도 말이야.

말하다 보니 생각이 났는데, 데이비드랑 메이시랑 애들이 크리스마스 때 올 수도 있다고 내가 얘기했던가? 그 얘길 듣자마자 아주 어깨춤이 절로 나서는 애들한테 어떤 선물 줄지 고민하고 있었어. 애들 본 지 2년이나 돼서 요즘 애들이 뭘 좋아하는지 도통 알 수가 있어야지. 안 올지도 모르니 너무 기대는 말라고 데이비드가 핀잔을 주더라고. 그래도 말이야, 난 다음 주에 아르고스** 에 가서 카탈로그나 한번 훑어볼 작정이야. 크리스마스까지 일곱 달이나 남았지만, 미리 좀 알아본다고 손해 볼 것도 없으니까.

어제 데이비드를 봐서 너무 좋았어. 여러 가지 새로운 소식을 전해주더라고. 데이비드가 승진 대상이었는데 회사에서 그 자리에 데이비드 나이 반밖에 안 된 애송이를 앉혔다나 뭐라나. 아니,

---

** 영국 최대의 완구, 소형 전기장치 및 가정용품 체인점.

이게 말이 되는 얘기야? 데이비드는 몇 년 안에 퇴직할 생각이라는데 에마가 퍽이나 반기겠어. 우리 아들이 생일선물이라고 아주 고운 스카프를 선물로 줬어. 작년에 준 거랑 비슷하지만 뭐 어때. 내 맘에 쏙 들고 스카프야 많을수록 좋으니까. 다른 스카프랑 같이 서랍에 넣어놨어. 잃어버리지 않게.

데이비드는 결국 점심은 못 먹고 갔어. 같이 먹고 싶지만 친구들이 저녁에 오기로 해서 일찍 가봐야 한다지 뭐야. 셰리 트라이플은 내가 두고두고 먹게 생겼네.

14

금요일 저녁 레베카와 톰은 헥터를 리비에게 맡겨두고 저녁 식사를 하러 나갔다. 리비는 인도 음식을 배달시키고 TV 앞에 풀썩 앉아 음식이 오기를 기다리고 있었다. 하루가 정신없이 지나갔다. 헥터와 함께 수요일에 끝냈던 피커딜리 서커스에서부터 시작해서 레스터 광장, 헤이마켓을 따라 트래펄가 광장까지, 그러고는 화이트홀부터 국회의사당까지 딜런과 함께 포스터를 붙였다. 일을 같이 하며 책이며 음악, 영화에 대한 얘기를 재잘재잘 나눴는데 둘의 취향이 상당히 달랐다. 리비는 딜런이 자신의 취향을 비웃을 거라 생각했지만 전혀 그러지 않아 조금 놀랐다. 오히려 리비가 〈타이타닉〉이 얼마나 훌륭한지 열과 성을 다해 10분간 일장 연설을 하자 딜런이 꼭 보겠다고 약속까지 했다. 둘은 빅벤 아래서 헤어져 리비는 북쪽으로 딜런은 일을 하러 남쪽으로 향했다. 둘이 작별인사를 할 때 딜런이 리비에게 전화번호를 주며 월요일 아침 늘 만나던 버스 정류장에서 보자고 했다. 리비는 딜런이 왜 이러는지 당혹스러워졌지만, 딜런 덕에 일이 훨씬 빠르게 진행된다는 건 부정할 수 없었다. 엉뚱한 구석은 있지만, 딜런과 가볍게 나누는 대화도 즐거웠다.

배달음식이 도착하자 리비는 주방으로 가져가 접시에 담았다. 찐 생선과 채소를 몇 주나 억지로 먹은 터라 식욕을 돋우는 배달음식의 향긋함에 감탄하며 포크에 한가득 음식을 담는데, 휴대폰 화면이 깜빡였다. 순간, 리비는 프랭크의 그녀에 관한 누군가의 연락이 아닐까 기대했으나 휴대폰을 들자 가슴이 미친 듯이 뛰기 시작했다.

사이먼.

대재앙이었던 저녁 식사 뒤 정확히 4주, 다시 회사로 돌아오라던 연락 이후 2주가 지났다. 이번엔 대체 원하는 게 뭘까, 그것도 금요일 저녁 8시에? 리비는 전화를 받기 전, 후 하고 숨을 깊게 들이마셨다.

"리비, 잘 지냈어?"

사이먼의 목소리가 가늘고 날카롭게 들렸다.

"사이먼."

"괜찮아?"

"응, 고마워, 넌?"

"응, 다 좋아."

대답은 그렇게 했지만 사이먼에게서 뭔가 심상치 않은 기운을 감지한 리비는 잠시나마 승리감에 젖어들었다. 좋아. 네가 날 힘들게 했듯 너도 한번 당해봐.

"가족들은 잘 지내? 헥터도 잘 지내고?"

"사이먼, 나 식사 중이야. 할 말 있음 빨리해."

"아."

날이 선 리비의 말에 사이먼은 당황했다.

"저기, 할 말이 좀 있어서."

올 게 왔구나. 리비는 마음속 소용돌이를 느꼈다. 다시 합치자
고 하든가 완전히 헤어지자고 하려는구나.

"해봐."

"그러니까…… 다른 사람한테 듣기 전에 내가 너한테 말해줘야
할 것 같아서."

"뭘 말이야?"

전화기 너머로 사이먼이 숨을 크게 한 번 들이마시는 소리가
들렸다.

"뭐냐니까, 사이먼?"

"나다른사람생겼어."

사이먼의 속사포 랩을 해독하는 데 시간이 걸렸다.

"이름은 올리비아. 달리기 하다 만났어."

사이먼이 눈치 없이 계속 입을 놀렸다. 리비는 포크 한가득 카
레를 들고 있다는 사실을 뒤늦게 깨닫고 쨍 소리가 나게 식탁에
내려놨다. 딴 여자. 뛰다가 만났다니. 사이먼의 인스타그램 사진
을 떠올려보니 사진을 찍고 있던 누군가를 향해 사이먼의 눈이
빛나고 있었다. 이걸 눈치채지 못하다니. 어쩜 이렇게 미련했지?

"이렇게 전화로 말하게 돼서 미안해. 근데 우리가 내일 더 램 식당에 가는데 거기서 분명히 아는 사람 한둘은 만날 거라, 네가 다른 사람 통해서 얘길 듣지 않았으면 했어."

리비와 사이먼은 토요일에 종종 더 램에 갔었다. 사이먼의 가족은 지난 몇 년 동안 거기서 술을 한 잔씩 했고 그 가게에 모르는 단골이 거의 없을 정도였다. 사이먼이 그 여자를 거기 데려간다는 말인즉슨, 그의 부모님을 만난다는 말이고, 그 말인즉슨, 둘 사이가 보통이 아니라는 뜻이었다.

"만난 지 얼마나 됐어, 사이먼?"

"아, 얼마 안 됐어. 아직 진지한 사이 아니야. 서로 알아가는 단계야."

하지만 리비의 직감은 다른 말을 하고 있었다. 조경 예약을 이 중으로 받고서는 자기 잘못이 아닌 척할 때, 혹은 포르노를 보다가 들켰을 때 우연히 튀어나온 거라고 주장할 때와 같은 목소리였다.

당장 사이먼에게 분노를 가득 담아 상처주는 말을 퍼붓고 싶었다. 하지만 리비는 심호흡을 하고 통화종료 버튼을 눌렀다.

레베카와 톰이 집에 돌아왔을 때 리비는 불도 켜지 않은 컴컴한 주방 식탁에 손도 대지 않은 카레를 놓고 앉아 있었다.

"불도 안 켜고 웬 청승?"

전등 스위치를 켜며 레베카가 잔소리했다.

리비는 뭔가에 홀려 있었던 듯 깜짝 놀라 주위를 둘러봤다. 지금이 몇 시인지, 얼마나 이러고 있었는지 전혀 감이 오지 않았다. 엉엉 울고 싶었지만, 눈물이 한 방울도 안 나온다는 사실만은 확실했다.

"무슨 일 있었어?"

레베카가 물었다.

"사이먼이 전화했어."

리비는 쉰 목소리를 냈다.

"지 새 여자친구 얘기하디?"

"뭐?"

리비가 눈을 동그랗게 뜨고 언니를 봤다.

"그걸 언니가 어떻게 알아?"

"엄마가 아까 전화했어. 사이먼네 엄마가 오후에 전화로 알려줬대. 사이먼의 새 여자친구를 만나기로 했다고. 예의상 친히 알려주신다고 했단다."

리비는 눈을 깜빡였다.

"엄마는 사이먼이 딴 여자 만나는 걸 알고 있으면서 나한테 말을 안 했어?"

"엄만 사이먼이 직접 너한테 말했으면 했나 봐."

"언닌 언제 알았고?"

"몰라, 몇 시간 안 됐어. 지금 왜 나를 닦달하니? 딴 여자 때문에 널 버린 놈 놔두고."

"나 잘래."

너무 빨리 일어섰는지 리비는 현기증이 났다.

"가기 전에 한 가지만 말할게."

레베카는 자리에 앉아 리비가 다시 앉을 때까지 기다렸다.

"너한테 알려줄 좋은 소식이 있어."

"좋은 소식?"

"뭐, **그 자체로는** 좋은 소식은 아닌데. 로잘리타 어머니가 수술 합병증이 생겼대. 심각한 건 아닌데 앞으로 8주간 침대에서 꼼짝할 수가 없어서 로잘리타가 8월까지는 여기 못 온대."

"그게 왜 좋은 소식이야?"

"네가 그때까지 여기서 지낼 수 있잖아. 지금 네가 얼마나 스트레스를 받을진 안 봐도 뻔하지. 그래서 네가 좀 오래 지낼 만한 곳이 있다고 안심시켜주는 거야."

"그렇네."

리비는 고마움이 눈곱만큼이라도 담긴 말을 하려 애썼지만 어마어마한 피로감이 몰려왔다.

"고마워, 언니. 나 자러 갈게."

15

다음 날 아침, 리비는 프랭크와 햄스테드 히스에서 만나기로 했다. 취소하고 침대에서 한 발짝도 벗어나지 말까 고민했지만, 프랭크를 실망시키고 싶지 않았고 맑은 공기를 마시는 게 그나마 도움이 될 것 같았다. 연주대 옆에 있는 카페에서 만나기로 했는데 리비가 도착했을 땐 프랭크가 야외 테이블에 앉아 테이크아웃 잔에 음료를 마시고 있었다.

"안녕하세요, 프랭크 할아버지."

프랭크는 자신의 이름을 부르는 소리에 적잖이 놀란 듯 커피를 쏟았다.

"아, 놀라게 해서 죄송해요."

프랭크는 리비를 올려다보며 눈썹을 찌푸렸다.

"클라라?"

"아뇨, 전 리비예요."

"리비?"

"버스에서 만난 리비요. 88번 버스의 그 여자분 찾는 거 도와드리고 있잖아요."

"그렇지, 리비."

프랭크가 옅은 미소를 지었지만, 웬일인지 이마에는 주름이 잡혔다.

"미안하게 됐어. 오늘 아침에 잠에서 깰 때 머리가 지끈지끈한 거야. 그래서 제정신이 아니었나 봐."

"산책 미룰까요? 괜찮으시면 다음에 같이 가요."

"아냐, 이럴 때일수록 산책하러 가야지."

프랭크는 자신의 가방을 들고 테이블을 밀며 몸을 일으켰다. 일어서는 순간 중심이 흔들려 리비가 한 발짝 앞으로 나가 팔을 잡아주었다.

"난 괜찮아."

프랭크는 사양했지만, 리비의 팔을 뿌리치지는 않았다.

"어느 길로 가면 될까요?"

"팔러먼트 힐에 올라가본 적 있나?"

프랭크가 물었고 리비는 고개를 저었다.

"그렇다면, 이쪽으로 가지."

프랭크는 리비를 카페 밖으로 이끌고 나무들 쪽으로 완곡히 뻗은 넓은 길로 안내했다. 프랭크는 느릿느릿 조심조심하며 걸었지만, 리비는 시간이 아무리 걸린대도 상관없었다.

"그래, 포스터 붙이러 몇 번 나간 일은 어땠어?"

프랭크가 질문을 던졌다.

"목요일에 88번 버스 타러 갔다가 옥스퍼드 스트리트 근방에서 몇 장 봤어."

"잘되고 있어요. 처음엔 시간이 좀 걸리더니 이젠 손에 익었나 봐요. 절연 테이프를 사용하는 게 제일 효과가 컸어요. 금방금방 붙더라고요."

"딜런도 계속 같이 도왔다고 들었는데?"

"그랬죠."

프랭크는 더 듣고 싶어 했지만, 리비가 스프레드시트와 색색으로 표시된 지도 얘기로 화제를 돌려버렸다. 20분쯤 지나 언덕 등성이에 올랐을 땐 둘 다 숨을 헐떡이고 있었다. 리비가 처음 보이는 벤치 쪽으로 다가갔지만, 프랭크는 리비를 데리고 더 먼 쪽으로 걸음을 옮겼다.

"내가 제일 좋아하는 자리야."

의자에 나란히 앉으며 프랭크가 말했다.

"이제 가만히 경치를 감상해보라고."

리비는 하늘을 바라보곤 환희에 차 숨을 한 번 크게 쉬었다. 아침 햇살에 빛나는 런던이 눈앞에 펼쳐져 있었다. 지평선에서 가장 높은 빌딩인 더 샤드가 제일 먼저 눈에 들어왔고 그 아래 있는 세인트 폴 대성당이 보였다. 그 왼편으로는 여기가 역시 런던이라고 말해주는 고층 건물들이 옹기종기 모여 있었다. 리비는 거킨타워를 비롯해 TV에 나온 빌딩 몇 개를 알아봤다. 오른편 멀리로는 88번 버스 노선에서 봤던 BT 타워가 우뚝 솟아 있었다.

"런던 지붕에 앉아 있는 거나 진배없어. 안 그래? 여기, 내가 자네 주려고 뭐 좀 가져왔네."

프랭크는 가방에 손을 넣어 갈색 종이로 포장된 작은 꾸러미를 꺼냈다. 리비는 꾸러미를 열어 스케치북과 연필 세트를 발견하고는 너무 감동한 나머지 순간적으로 숨을 멈췄다.

"버스에서 그림 그리는 거, 내키지 않아 한다는 거 알지만 혹시 풍경 연습은 할까 싶어서."

"뭐라 말해야 할지 모르겠어요. 정말 감사합니다."

"감사는 무슨. 연필 꺼내서 스케치나 시작해봐."

"여기서요? 이 풍경은 못 그릴 것 같아요. 어디서부터 손을 대야 할지 모르겠는걸요."

"소소한 디테일을 골라보라고. 더 샤드는 어때?"

리비는 남들 시선을 의식하며 망설였다. 하지만 프랭크가 지켜보고 있었기에 부끄러움을 무릅쓰고 스케치북을 열었다.

"여기 자주 올라오세요?"

리비가 연필을 고르며 가볍게 물었다.

"일주일에 한 번씩은 오지. 내가 이 동네 이사 온 뒤로 쭉. 내 단짝 윌리엄과 맨스폰드에서 수영을 하곤 했는데 그놈이 세상을 뜬 뒤로는 그만뒀어. 벌써 몇 년 됐지."

프랭크가 뒤를 가리켜 리비가 몸을 돌려보니 언덕 맨 아래에 작은 호수 몇 개가 보였다.

"요즘 난 여기서 허리를 꼿꼿이 펴고 앉아 런던을 관찰해. 내가 여기 처음 온 이후로 도시가 천지개벽한 정도로 변했다는 걸 믿기 어려울걸?"

리비는 어디서부터 시작해야 할지 고민하며 더 샤드를 노려보다시피 하고 있었다.

"런던 토박이세요?"

"여기서 나고 자랐어. 부모님이 셰퍼드 부시에서 식료품 가게를 하셔서 그 위층에 살았지. 연기학교 2학년 때 독립한 뒤 노팅힐에서 동기들이랑 월셋집 얻어 살았고. 클라라랑 걔 엄마 가까이 살려고 70년대에 여기다 집을 장만했지."

"따님은 아직도 근처에 살아요?"

"아니, 걘 에든버러로 대학을 가더니 거기서 아주 자릴 잡았어."

프랭크는 무덤덤하게 말했지만, 목소리엔 서글픔이 배어 있었다.

"그럼 손주들은 스코틀랜드에 살아요?"

"웬걸, 걘 일이랑 결혼했어. 뭐, 지 혼자 아주 즐겁게 사니까 됐지."

프랭크가 리비에게 시선을 돌렸다.

"자네는 어때? 런던 토박이는 아닌 거 같은데?"

"맞아요. 전 서리 길퍼드 출신이에요. 브리스톨에서 잠깐 대학 다녔을 때 빼고는 줄곧 거기서 살았어요."

"그럼 런던에는 무슨 일로 왔나?"

리비는 한숨을 길게 내쉬고는 연필을 내려놨다. 이젠 프랭크에게 털어놓는 편이 낫겠다는 결심이 섰다.

"남자친구가 저를 찼어요. 8년을 사귀었고 결혼하는 줄만 알았는데 나한테 질렸다며 이제 다른 사람을 만나요."

"아이고, 이런. 정말 안됐구먼."

프랭크가 탄식하고는 팔을 뻗어 리비의 손을 꽉 쥐었다.

"얼마나 상심했을고."

"전 괜……."

리비는 목구멍에 뭐가 꽉 막힌 듯 말이 나오지 않았다.

"괜찮은 거야?"

"네, 괜찮아요."

목소리가 마구 떨려왔다. 눈시울이 뜨거워져 두 손으로 얼굴을 꽉 눌렀다.

"죄송해요."

"사과는 왜 해. 마음껏 울라고, 리비."

이 몇 마디 말에 지난 몇 주 동안 꾹꾹 참아왔던 눈물이 쓰나미처럼 터져 나왔다. 몇 초 지나지 않아 리비는 온몸을 떨며 대성통곡을 하고 있었다. 리비가 한없이 목 놓아 우는 동안 프랭크는 말없이 그저 리비의 등에 손을 대고 부드럽게 문질러주고 있었다.

마침내 리비의 눈물이 멎자 프랭크는 깨끗한 손수건을 건넸다.

"정말 죄송해요."

리비가 훌쩍였다.

"괜한 소리를."

"저 진짜 잘 안 울어요, 그냥…… 할아버지가 그 말을 저한테 해준 첫 번째 사람이라 그래요."

"무슨 말?"

"상심했을 거라고요."

"아이고, 리비."

"전 이제 괜찮아요."

리비가 눈물을 닦으며 말했다.

"우리 가족은 감정이나 공감을 그렇게 표현하는 편은 아니거든요."

"난 아주 울보야. 어렸을 적부터 그랬지. 동물이나 애기들 나오는 거엔 아주 맥을 못 춰. 딜런도 마찬가지야. 데이비드 애튼버러 감독 다큐멘터리를 볼 때 우리 둘이 꺼이꺼이 우는 걸 봤어야 해."

리비는 프랭크가 농담을 하는가 싶어 슬쩍 봤다. 딜런은 남들 앞에서 눈물 한 방울 흘리지 않을 사람인 줄 알았는데.

"딜런은 아주 마음이 여려."

프랭크가 킬킬 웃으며 말했다.

"지난밤 〈타이타닉〉을 보면서 후반부 내내 울었다고 오늘 아침에 얘기하지 뭐야."

무엇 때문인지 이 말을 듣고 가슴 한편에 따뜻한 기운이 퍼지는 걸 느꼈다. 리비는 프랭크가 이런 마음을 눈치채지 못하게 고개를 돌렸다.

"자, 그래서 둘이 노선을 다 도는 데 얼마나 걸릴 것 같나?"

프랭크가 물었다.

"계획대로 움직여서 주 3회 동안 하면 2주 안팎요."

"내가 어찌나 신이 나는지. 생각해봐. 지금 우리가 여기서 수다 떨고 있는 시간에 88번 버스의 그녀가 버스에 타서 포스터를 볼

지도 모른다고. 지금 우리가 말하고 있을 때 메시지를 작성하고 있을지도 몰라!"

리비는 수요일에 딜런이 기대치를 너무 높이지 말라고 했던 게 기억났다.

"포스터를 안 볼 수도 있고 우리가 찾는 걸 모를 수도 있어요. 그러니 너무……."

"그만하려무나, 클라라. 꼭 딜런 같은 소릴 하고 있어."

프랭크가 면박을 주며 말을 끊었다. 리비는 프랭크가 잘못 말한 부분을 지적해줘야 할까 싶었지만, 프랭크가 말을 이었다.

"딜런은 날 잘 보살펴주긴 하지만 걱정이 너무 많아서 탈이야. 내가 여든두 살이긴 해도 오래되고 질긴 부츠처럼 끄떡없다고."

"그렇고말고요. 저는 그저 나중에 그분을 못 찾아도 너무 실망하지 않으셨으면 해서요."

"내가 한두 살 먹은 어린애도 아니고. 날 애 취급하지 마."

프랭크의 말투가 전에 없이 날카로워 리비는 깜짝 놀랐다. 둘 다 한동안 말이 없었다. 리비는 주변 경치를 다시 바라봤다. 반려견 산책시키는 사람들, 조깅하는 이들, 어린아이와 나들이 온 가족들 무리로 언덕 위가 북적거렸다. 리비가 뒤를 보니 무리 몇이 피크닉 준비를 하고 있었다. 한 가족은 연을 가져와 날렸는데 하늘 높이 날아오른 연이 푸른 하늘을 배경으로 진홍빛 점처럼 보였다.

리비는 다시 프랭크 쪽으로 몸을 돌렸다.

"저기, 저 연 날리는 남자애를 스케치해볼까 해요. 어떻게 생각하세요?"

프랭크는 눈앞에 펼쳐진 광경을 보느라 답이 없었다.

"할아버지?"

이름을 불러도 프랭크는 미동이 없었다. 리비는 팔을 뻗어 프랭크의 팔에 손을 가만히 놓았다.

"괜찮으세요?"

여전히 움직임이 없었다. 리비는 몸을 가까이 기대서 프랭크의 얼굴에 자신의 얼굴을 들이밀어보았지만, 눈동자조차 움직이지 않았다. 최면에라도 빠진 것만 같았다. 프랭크가 정신을 놓은 듯 행동했던 일을 두고 딜런이 뭐라고 말했더라?

"할아버지, 제 말 들리세요?"

리비는 프랭크의 팔을 약하게 흔들어보았다. 몸은 움직였지만, 여전히 대답이 없었다. 턱에는 침이 흐른 자국이 연하게 남아 있었다. 리비는 맥박이 빨라졌다. 이제 어떻게 해야 한담? 프랭크가 얼마나 오래 이러고 있을지, 병원에 연락을 취해야 할지 갈피를 잡을 수 없었다. 뇌졸중이면 어떡하지? 리비는 재빨리 휴대폰을 꺼내 번호를 눌렀다.

"여보세요?"

낮고 걸걸한 남자 목소리가 들렸다.

"딜런, 저 리비예요."

"리비, 무슨 일 있어요?"

"전 괜찮아요. 지금 프랭크랑 같이 있는데 지난번 말한 그 증상을 보여요. 같이 대화를 하다가 돌연 정신을 놓고 허공을 바라보고 있는데 반응이 전혀 없어요."

"지금 버스에 있어요?"

"아뇨, 팔러먼트 힐 꼭대기예요. 벤치에 앉아 있어요."

전화기 너머에서 바스락거리는 소리가 들렸다.

"그 상태가 얼마나 됐어요?"

"모르겠어요. 처음엔 그냥 풍경을 바라보고 있는 줄 알았어요. 무슨 일이 벌어졌는지 몰랐고요. 5분 아니면 그보다 좀 더 됐어요."

"전에 정신을 놓았을 땐 그렇게 오래가지는 않았어요. 지금 같이 있을 수 있겠어요?"

"그럼요. 정신이 다시 돌아오게 뭔가를 해야 할까요?"

"아뇨, 그냥 두는 게 최선이에요. 정신 차리면 좀 혼란스러워할 거예요. 리비를 몰라볼 수도 있고 겁을 먹거나 공격성을 보일 수도 있어요."

리비는 문이 쾅 닫히는 듯한 소리를 들었다.

"진정시키도록 해봐요. 내가 가능한 한 빨리 갈게요."

"올 필요 없어요. 혼자 할 수 있을 것 같아요."

리비가 말했지만 이미 전화는 끊어졌다.

이후 30분 동안 리비는 망부석처럼 앉아서 사람들이 왁자지껄 떠드는 모습을 바라봤다. 연 날리던 가족은 자리를 치우고 돌아갔다. 강아지 한 마리가 다른 강아지에게 짝짓기를 시도하자 반려견을 산책시키던 두 사람이 말싸움을 벌였다. 어떤 할머니가 다가와 프랭크 옆에 앉았지만, 프랭크의 상태가 심상치 않음을 눈치채고 곧바로 자리를 옮겼다. 이 모든 일이 벌어지는 내내 프랭크는 꼼짝 않고 허공만 바라볼 뿐이었다. 리비가 프랭크의 찬 손을 잡으면 손이 파르르 떨려와서 때때로 프랭크를 안심시켜주는 말을 낮게 읊조려야 했다.

"리비."

리비가 몸을 돌려보니 벤치 뒤에 키가 멀대같이 큰 남자가 서 있었는데, 리비는 그 남자가 누군지 곧바로 알아볼 수가 없었다. 모호크족 머리 모양은 감쪽같이 사라졌고 대신 짙은 색 머리카락이 각진 얼굴을 감싸고 있었다. 완전 다른 사람 같아 보였다. 리비는 자신이 그 남자를 물끄러미 쳐다보고 있다는 걸 알아챘다.

"프랭크는 좀 어때요?"

딜런이 물었다.

"아까 통화한 이후로 전혀 움직이질 않아요."

딜런은 프랭크 앞에 무릎을 꿇었다.

"괜찮으세요, 보스?"

목소리가 부드러웠다.

프랭크는 여전히 움직이지 않았지만, 리비는 프랭크의 얼굴이 씰룩거리는 걸 보았다.

"이제 가봐요. 더는 자리 지킬 필요 없어요."

딜런이 프랭크에게서 눈을 떼지 않으며 말했다.

"괜찮아요. 기꺼이 여기 있어도 돼요."

"진심으로, 괜찮아요. 여기서 토요일을 낭비하긴 싫을 거 아녜요."

한순간, 리비는 달리 갈 곳이 없다고 말할까 고민했다. 남자친구는 리비를 뻥 차버렸고 언니는 집에 친구들을 초대해 점심을 먹기로 했으니 리비에게 나가 있으라고, 애매하지 않게 아주 직설적으로 말했다고.

"진짜 내가 도울 수 있는 일이 전혀 없어요?"

"네."

딜런이 리비를 올려다봤다.

"프랭크랑 같이 있어줘서 고마워요. 정말로요."

딜런은 리비에게 엷게 웃어 보이고는 다시 프랭크에게로 시선을 돌렸다. 리비는 프랭크가 눈을 깜빡이고 자기 앞에 서 있는 남자를 응시하는 모습을 쳐다봤다.

"딜런?"

프랭크의 가느다란 목소리에서 쇳소리가 났다.

"괜찮아요, 보스. 제가 여기 있어요."

딜런이 손을 뻗어 프랭크의 어깨를 어루만졌다. 이 애정 어린 몸짓에 리비는 마음이 아릴 지경이었다. 두 사람을 마지막으로 한 번 더 눈에 담고 리비는 몸을 돌려 서둘러 언덕을 내려갔다.

16

"헥터, 이러다 늦는다!"

리비가 계단 위에 대고 소리를 질렀다. 복도에 있는 거울을 흘 끗 본 뒤 포스터로 빵빵하게 차 있는 배낭을 집으려고 몸을 굽히 는데, 헥터가 계단 꼭대기에서 나타났다.

"이모, 옷을 왜 그렇게 입었어?"

"뭐가?"

"이모 치마 안 입잖아."

"아니, 청바지 입기엔 날이 너무 덥길래."

헥터가 콧잔등을 찡그렸다.

"이모 안 예뻐."

"고맙다, 얘야. 칭찬 고마워."

리비는 가방을 낚아채고 집 밖으로 나섰다. 올해 들어 가장 더 운 날이니 치마를 입는 게 당연했다. 청바지만 입으란 법이 있는 것도 아니고.

"이모 립스틱도 발랐어?"

길을 따라 걸으며 헥터가 또 물었다.

"이제 대화 그만. 서두르지 않으면 유치원 늦어."

헥터를 유치원에 데려다주고 나서 집에 다시 들어가 옷을 갈아입을까 고민했지만 이미 9시 10분. 딜런이 금방 도착할 것이다.

리비가 버스 정류장에 도착하자 휴대폰 진동이 느껴졌다. 꺼내보니 딜런이 문자를 보냈다.

미안, 5분 늦어요.

잠시 뒤 문자가 또 왔다.

에스메 데려갈 예정.

리비는 휴대폰을 도로 주머니에 넣었다. 딜런이 친구 에스메 얘기를 몇 번 했었다. 다운 증후군이 있는 젊은 여성인데 프랭크의 사연에 푹 빠져 포스터 붙이는 일을 돕고 싶다고 했다. 노란 원피스 옷매무시를 가다듬으며 리비가 중얼거렸다. 돕는 사람이 많으면 일이 빨리 끝날 테고 곧 다시 예전 생활로 돌아갈 수 있겠지.

리비는 딜런이 자신을 보기 전에 먼저 딜런이 인도를 따라 걸어오는 걸 보았다. 머리 모양은 다시 평소 모습으로 돌아갔지만, 날이 더워져서 가죽 재킷은 포기했는지 딱 붙는 까만 티셔츠를 입고 있었다. 덕분에 리비는 비로소 처음으로 딜런의 다부진 팔을 타고 올라간 문신을 제대로 볼 수 있었다. 리비는 문신을 싫어했지만, 딜런에겐 어울린다고 생각했다. 아직 리비를 발견하지 못한 채 딜런은 옆에서 걷고 있는 여자를 돌아보며 이야기하고 있었다. 여자는 딜런보다 30센티미터는 족히 작았는데, 빨간색과 까만색 땡땡이 드레스에 빨간 선글라스를 걸친 탓에 둘은 마치 화려한 무당벌레와 까만 긴 다리 거미 커플 같았다.

딜런이 머리를 앞으로 돌리고 마침내 리비를 발견했다. 리비의 드레스를 감상하던 눈길이 가슴 부위에 너무 오래 머물러 리비는 볼이 발그레해지는 걸 느꼈다.

"괜찮아요?"

리비에게 가까이 오자 딜런이 말을 건넸다. 오늘따라 목소리가 여느 때와 다르게 들렸다.

"괜찮아요, 고마워요."

"그래요, 이쪽은 에스메예요. 에즈, 이 사람은 리비야."

"만나서 반가워요."

리비는 한 손을 에스메에게 내밀었지만, 이 젊은 여자는 웃지도 않고 멀뚱멀뚱 서 있었다. 에스메는 선글라스를 벗지 않았지만, 리비는 선글라스 너머로 자신을 빤히 바라보는 시선을 희미하게 느낄 수 있었다. 리비가 팔을 거두지 않아 멍청이처럼 보이는, 어색하기 이를 데 없는 몇 초가 흘렀다.

"버스 와요."

딜런이 88번 버스를 세우려 손짓을 하며 말했다.

딜런이 앞장서 타고 리비가 그다음에 타려 했지만, 에스메가 재빠르게 새치기를 하고 들어왔다. 딜런은 창 옆에 자리를 잡았고 에스메가 민첩하게 딜런 옆자리를 차지해버리는 바람에 리비는 통로 건너 빈자리에 앉을 수밖에 없었다.

버스가 출발하자 에스메는 선글라스를 벗고 리비를 정면으로 바라봤다.

"물어볼 게 몇 가지 있어요."

"그러세요."

리비가 고분고분하게 대답했다.

"몇 살이에요?"

"스물아홉요. 에스메는요?"

"스물다섯요. 별자리가 어떻게 돼요?"

"7월 23일에 태어났으니까 사자자리네요."

에스메는 조용해졌고 리비는 에스메가 고개를 절레절레 젓는 걸 보았다.

"나쁜 거예요?"

리비가 딜런을 건너다보며 말했다. 딜런은 무심하게 앞쪽을 응시하고 있었지만 웃음을 참으려 애쓰는 게 보였다.

"어떤 음악 좋아해요?"

리비의 질문은 들은 체 만 체 하며 에스메가 또다시 질문을 던졌다.

"가리지 않고 다 좋아해요. 니나 시몬. 스티비 원더."

에스메는 짧게 쯧 소리를 냈다.

"버즈카스* 좋아해요? 아니면 더 바이브레이터스**? 더 슬릿츠***는?"

에스메는 리비에게서 눈을 떼지 않았고, 리비는 민망한 밴드 이름들을 들으며 식은땀을 흘렸다.

"아뇨, 별로요. 미안해요."

에스메는 딜런에게로 몸을 돌렸다.

"안 되겠어."

딜런은 재밌어 죽겠다는 표정을 감추지 못했다.

"에밀리 마이틀리스, 살살 좀 해."

"둘이 공통점이라곤 눈을 씻고 찾아봐도 없으니 여자친구 되긴 글렀어."

딜런의 얼굴에서 웃음기가 싹 사라졌다.

"아니, 잠깐만. 리비는 내 여자친구가……."

"도대체 할 얘기가 없을 거 아니야?"

에스메가 딜런의 말을 끊었다.

"둘이 별자리도 안 맞아, 음악 취향도 안 맞아."

에스메는 딜런의 심기가 불편한 것도 눈치채지 못한 채 별안간 다시 리비에게로 몸을 돌렸다.

"난 우리 자기랑 첫 데이트할 때 물어볼 말이 줄줄 나왔어요. 리비도 취향이 비슷한 연인을 원할 거 아니에요."

---

* Buzzcock. 여성용 자위기구 바이브레이터의 속어.
** Vibrator. 여성용 자위기구.
*** Slit. 여성의 생식기 혹은 성적으로 문란한 여성을 나타내는 속어.

리비는 이 어린 여자의 진심 어린 걱정에 웃음이 툭 터져 나왔다.

"진짜 피가 되고 살이 되는 충고네요."

"내가 딜런한테 몇 번을 말했는데 꿈쩍도 안 해요. 그러니까 애인이 없지."

얼굴을 잔뜩 구기고 있는 딜런의 모습이 리비에게 웃음을 자아냈다.

"에스메같이 진정으로 생각해주는 친구가 있다니 딜런은 복 받았네요."

"그렇고말고요."

에스메가 리비를 만난 뒤로 처음 눈을 반짝이며 웃어 보였다.

"딜런은 내가 결혼해도 외롭지 않게 여자친구가 필요해요."

"외로워서 벌써부터 눈물이 날 지경이다."

못 말린다는 듯 딜런이 머리를 흔들었다.

"새 옷 좀 사. 예쁜 여자친구 만들려면 유채색으로. 시꺼먼 옷은 작작 입고."

에스메는 딜런 여자친구 만들어주기 캠페인에 동맹을 얻었다는 자신감과 희망에 차서 리비를 바라봤다.

"딜런은 자기가 원하는 대로 안 입으면 탈 날걸요."

리비가 외교적 수완을 발휘하며 말을 덧붙였다.

"그래도 언제고 색감이 좀 들어간 옷을 입는 건 나쁘지 않죠."

"거봐, 내 말이 맞잖아!"

에스메가 이번엔 다시 딜런에게 몸을 돌렸다.

"둘이 잘 안 어울려서 속상해 죽겠어. 난 리비가 맘에 드는데."

딜런이 낄낄 웃었다.

"난 너 없으면 안 되는데?"

리비는 딜런과 에스메가 도란도란 얘기를 주고받을 때 그 안에 담긴 따뜻함과 애정을 담뿍 느낄 수 있었다.

"리비는 몇 주 전에 런던으로 이사 왔어."

버스가 포틀랜드 플레이스를 지날 때 딜런이 에스메에게 말했다. 이 지점부터 에스메는 리비의 투어 가이드를 자처하며 내릴 때까지 버스가 지나가는 길목에 있는 주요 관광지를 하나하나 설명해주었다.

"여기가 피커딜리 서커스예요. 딜런이랑 여기 레인 포레스트 카페에서 점심 먹었어요."

"여기는 군인들이 행진 연습하는 호스 가즈 퍼레이드고요."

"여긴 템스강. 나랑 딜런은 그리니치까지 보트 타고 갔어요."

어느새 버스는 클래펌 하이 스트리트에 도착했다. 리비가 88번 버스 노선의 남쪽 끝까지 온 건 처음이었고 커먼이 눈에 들어오자 프랭크의 이야기가 떠올랐다.

"프랭크가 그녀를 처음 본 곳이 바로 여기예요."

버스가 정차할 때 리비가 딜런에게 나지막이 말했다.

"아직도 그분이 여기 살까요? 어쩌면 오늘 버스 타러 나와서 우리 포스터를 발견하진 않을까요?"

딜런을 봤지만 딜런이 눈을 맞추지 않아 리비는 문득 자신이 얼마나 실없었는지 깨달았다. 60년이나 지난 지금, 그녀가 여전히 이곳에 살 리가 없지 않은가. 어쩜 이렇게도 세상 물정을 모르는지.

"이제 뭐 하면 돼요?"

에스메가 리비에게 물었다.

"정류장에 포스터 붙이고 버스 노선을 따라 걸어가면서 가로등에도 붙이고⋯⋯."

리비가 말을 채 마치기도 전에 에스메는 손에 포스터를 한 움큼 쥐고 커먼 쪽으로 향하는 길을 건너고 있었다.

"딜런!"

에스메가 딜런을 부르자 딜런이 에스메 쪽으로 달려갔다.

"우린 나무엔 포스터 안 붙여, 에즈."

딜런이 난감해하며 말했지만, 에스메에게는 다른 꿍꿍이가 있는 듯 보였다.

17

페기

세상에나. 오늘 아침에 무슨 일이 있었는지 알면 놀라 뒤로 자빠질걸!

우선 내가 마크스앤스펜서 블라우스에 차를 흘려서 옷을 갈아입은 사건부터 시작됐지. 그러고는 집을 나서려는데 전화가 울리지 않겠어? 휴대폰 말고 집 전화 말이야. 그래서 난 무조건 전화를 받아야 했지. 너도 알다시피 우리 집으로 전화할 사람이 데이비드밖에 더 있니? 그리고 데이비드 전화라면 중요한 일이니 꼭 받아야지. 예전에 데이비드가 오밤중에 전화해서 에마가 진통이 왔는데 차가 고장 났다고 하는 바람에 우리가 새벽 2시에 런던으로 달려가 걔네 병원에 데려다준 일 기억나지? 어찌나 액셀을 밟았던지 경찰한테 잡혀가는 줄 알았다니까.

아무튼, 내가 전화를 받았는데 데이비드가 아니었어. 어떤 여자가 다짜고짜 내가 최근에 무슨 차 사고에 연루됐는데 내 잘못은 아니라는 거야. 이게 무슨 뚱딴지같은 소리야? 그래서 나는 차 사고에 연루된 적이 없고 차를 안 탄 지도 아주 오래됐다고 설명 했지. 6호에 사는 베리 씨가 내 정맥 진료 예약에 데려다준다고 해서 같이 탔을 때 빼고 말이야. 그랬더니 그 여자가 "에?" 이러 대. 그래서 난 정맥 시술에 대해 설명해줘야겠다고 생각했지. 혹 시라도 나중에 이 여자한테 필요할까 싶어서. 내가 한참 설명하 고 있는데 뚝 끊어버리는 거야. 이런 고얀 인간 같으니!

아무튼, 이렇게 사건들이 줄지어 일어났단 건 내가 버스 타러 갈 시간이 늦어졌단 뜻이야. 그리고 내가 여기 팔러먼트 힐에 도 착하자마자 곧바로 빙고 게임을 하러 자리를 떠야 한다는 뜻이 고. 네가 뭔 말 할 줄 알고 있어, 퍼시. 빙고 게임이야 한 주쯤 빠 질 수도 있지. 그치만 아르피타가 손주들 보려고 인도에 다녀왔 으니 내가 그 사진을 안 보고 배길 수가 있어야지. 아르피타는 돌 아올 때면 늘 예쁜 원단을 가져오는데 내가 안 가면 베티 핀처가 좋은 건 다 빼돌릴 테니까.

그래서 버스 정류장으로 서둘러 가려고 커먼을 가로지르는데 글쎄 길에 온통 노란 종이 쪼가리가 붙어 있는 거야. 너도 내가 길에 쓰레기 널려 있는 거 얼마나 싫어하는지 알지? 특히 커먼이 라면 더더욱 참을 수 없지. 예전에 우리가 데이비드랑 피크닉 갔 을 때 어떤 가족이 쓰레기 버려두고 가길래 내가 쫓아가서 기어 이 치우게 했잖아. 사람들이 길가에 포스터를 덕지덕지 붙여놓으 면 얼마나 흉하니. 주위를 둘러보니 빨간 바탕에 까만 땡땡이 원 피스 입은 여자가 나무에 포스터를 붙이고 있길래 뒤돌아서서 성큼성큼 가 잔소리를 한 바가지 퍼부어주려고 하는데 누가 내 어깨를 턱 잡는 거야. 누구였는지 맞춰볼래?

싫어? 딴소리하기 없다?

18호에 사는 일레인 애트우드!

못되게 말하려는 건 아닌데 아주 더럭 겁이 났어. 너도 알겠지만, 일레인이 한번 말을 시작하면 끝이 없잖아. '열다섯 단어로 말할 수 있는 걸 왜 군이 다섯 단어로 말해?' 이게 일레인 사고방식이야. 그리고 날 보자마자 자기 아들 제러미가 로펌 파트너가 됐다는 얘기부터 시작해서 걔네 부부가 그걸 축하하려고 두바이에 가는데 일레인도 초대했지만, 비행시간이 길어 자신이 없었다는 얘기까지 줄줄이 늘어놓네. 거기 가는 게 좋을지 어떨지 내 조언을 들어보고 싶어서 나한테 얘기한다지만 일레인이 자기 아들이랑 그 잘난 직업 과시하는 거로밖엔 안 들리더라고. 어쩌나 주저리주저리 말이 많던지 내가 고개를 떨구니까 듣고 있는지 확인까지 하지 뭐야. 그리고 결국 제일 자랑하고 싶었던 건 최신 스타나 계단 리프트였어. 나는 관심 있는 척 내내 고개를 끄덕였지만 실은 울화가 치밀어서, 어디 한번 두바이행 일등석에 계단 리프트도 처넣어보라고 말하고 싶었…….

그 찰나. 세상 우스꽝스러운 일이 벌어졌어. 난데없이 바람이 세차게 불어 가로등에 붙어 있던 노란 종이가 저 혼자 떨어지더니 길을 가로질러 쌩하고 날아와서는 일레인 얼굴에 철퍼덕하고 붙었네! 무슨 만화의 한 장면처럼 정말로 철퍼덕 소리가 났다니깐! 일레인이 아주 질색팔색을 하면서 고래고래 소리를 질러가며 얼굴에서 노란 대형 박쥐를 떼듯 그걸 떼려고 뒷걸음질을 치다가 개가 싼 똥 한 무더기를 밟았지 뭐야.

개가 싼 똥 안 치우는 몰지각한 견주를 너랑 나랑 어떻게 생각하는지는 두말하면 입 아프지. 하지만 그땐 그 몰지각한 분과 너저분한 포스터 붙인 여자한테 마음속으로 얼마나 고마웠는지 몰라. 너도 일레인 얼굴을 봤어야 해. 얼굴이 연보라색으로 질려서는 제러미랑 같이 점심 먹으러 가야 하는데 오늘 처음 신은 신발이 이 꼴이 됐고, 이 냄새를 풍기며 갈 수는 없다며 울부짖더라니까. 그러고는 신발에 묻은 개똥 닦으려고 노란 포스터를 박박 문지르는 거야. 나는 거기 서서 웃음을 참느라 혼났어. 천만다행으로 88번 버스가 와서 일레인한테 가봐야겠다고 말한 뒤 혼잣말로 욕을 욕을 하면서 폴짝거리며 신발을 닦는 일레인을 남겨두고 와버렸지.

세상에 그렇게 우스운 꼴이 어딨는지, 친구야! 너도 봤다면 웃다가 숨이 넘어갔을 거야.

18

한 시간 뒤, 리비와 딜런, 에스메는 나무, 가로등, 난간에 일일이 노란 포스터를 붙이느라 첫 번째 정류장에서 30미터밖에 전진하지 못했다.

"에스메 방법이 좋긴 한데 잘 계산해보지 않으면 종이가 금방 동날 것 같아요."

자전거에 종이를 붙이는 에스메를 보며 리비가 딜런에게 속닥거렸다.

"이렇게 하니까 확실히 다른 때보다 사람들이 더 관심을 두긴 하네요."

딜런이 뒤를 가리켜 리비가 쳐다보니 몇몇 사람이 노란 종이를 자세히 읽어보려고 멈춰 서 있었다.

"공원 갈까?"

가지고 있던 포스터가 바닥나자 에스메가 물었다.

"좋지."

딜런이 흔쾌히 대답했다.

셋은 놀이터로 걸어갔고 에스메는 그네에 폴짝 뛰어올라 앞뒤로 몸을 흔들며 그네를 타기 시작했다. 리비와 딜런은 맞은편 벤치에 앉았다.

"에스메 성격이 진짜 좋아요."

하늘 높이 그네를 타는 에스메를 보며 리비가 말했다.

"어떻게 만났어요?"

"몇 년 전에 에스메 엄마가 넘어져서 엉덩이뼈가 부러지는 바람에 몇 달 집에서 도와줄 사람이 필요했어요. 에스메랑 나는 그때 이후로 친해졌죠. 우리는 런던 관광지랑 가라오케 바는 있는 대로 다 놀러 다녔어요."

"에스메 곧 결혼해요?"

"네, 11월에요. 약혼자 조니랑 에스메는 결혼하고 생활지원시설 아파트로 들어갈 거예요. 결혼 이후엔 나 만나줄 시간이나 있을지 모르겠어요. 에스메는 내가 아는 사람 중 최고로 외향적인 친구거든요."

그렇게 말하며 딜런은 가볍게 웃었다. 리비는 그네 타는 에스메를 바라보는 딜런을 보며 지난 토요일에 그가 프랭크를 얼마나 세심하고 다정하게 대했는지 떠올렸다. 딜런이 프랭크의 요양 보호사임을 알고 경악을 금치 못했던 게 불과 일주일 전 일이란 사실이 신기할 따름이었다.

"요양 보호사가 원래 꿈이었어요?"

"아뇨, 원래는 뮤지션이 되고 싶었죠. 어렸을 때부터 밴드를 했고 지금도 하고 있어요. 뭐, 뮤지션이 원래 배고픈 직업이잖아요."

"그럼 이 일은 어떻게 시작하게 됐어요?"

"어쩌다가요. 열여섯에 학교를 자퇴했어요. 영국 교육 시스템이 안 맞았거든요. 한동안 방황하면서 밴드 활동을 하고 사고도 치고. 15년쯤 전에 대행사에서 단기 일자리를 구했다가, 그 이후 얘기는 말 안 해도 알겠죠."

"딜런한텐 이 일이 정말 천직 같아요."

"모르겠어요. 좋아하기도 하고 근무 시간도 잘 맞고요. 밤 당번이 많으니 낮에 시간이 많아서 좋아요. 9시부터 5시까지 근무하는 회사 출퇴근은 생각만 해도 끔찍해요."

"직업 바꿀 생각도 해봤어요?"

딜런은 빈 콜라 캔을 발로 이리저리 굴리며 한동안 말이 없었다.

"몇 년 전에 간호대를 갈까 하는 턱도 없는 생각을 한 적이 있어요. 학습 장애 전문 간호사들하고 일할 때 보니 정말 대단하더라고요. 그래서 자세히 알아봤는데 A 학점에 학위에 아무튼 자격이 까다롭더라고요. 사실, 내가 이런 말 하는 거 자체가 우습죠."

딜런이 캔을 발로 차자 캔이 쭉 미끄러지며 놀이터 밖으로 떨어졌다.

"우습다고 생각 안 해요."

"30대는 학교로 되돌아가긴 늦은 나이잖아요. 안 그래요? 여드름투성이 10대 어린애들 틈에 끼어서 바보 같아 보이기밖에 더하겠어요."

"정말 간호사가 되고 싶은 거라면 너무 늦지 않았어요."

이 말을 하며 리비도 자신이 10대에 품었던 원대한 꿈을 떠올려보았다. 꿈을 좇으라고 말할 수 있는 입장은 아니었다.

"그쪽은 어때요? 어릴 적부터 조경 업계에서 일하고 싶었어요?"

이번엔 딜런이 물었다.

"그럴 리가요. 내 남자친구, 아니 전 남자친구가 하던 사업이었는데 일손이 필요하다길래 시작한 것뿐이에요."

리비가 딜런에게 사이먼 얘길 꺼낸 건 이번이 처음이었다. 헥터 덕분에 사이먼의 존재는 진작에 까발려졌지만.

"어릴 때 꿈이 뭐였어요?"

리비는 입술을 깨물었다. 어설프게 그림 한번 그려보겠다고 설쳤던 리비의 모습을 본 딜런에게 사실을 말하면 비웃지는 않을까?

"화가가 되고 싶었어요."

딜런은 웃지 않았다. 오히려 진지한 눈빛으로 리비를 바라봤다.

"그다음엔요?"

"부모님이 미대 가는 걸 반대하셨어요."

"와, 88번 버스의 그녀처럼 말이죠?"

"그러니까요. 신기하죠?"

"왜 가지 말라고 하셨어요?"

"3년 내내 대마초나 피우다가 백수가 될 거라고요. 부모님은 지극히 목표 지향적이시거든요."

"부모님 뜻을 거역할 생각은 안 해봤어요?"

리비는 고개를 저었다.

"전 프랭크의 그녀처럼 대범하지 못해요. 게다가 부모님 도움 없이 학비 낼 능력도 없었고요."

"상황이 거지 같네요. 힘들었겠어요."

48시간 안에 누군가에게 들은 두 번째 다정한 말이었지만 다시 눈물을 쏟고 싶진 않았다.

"뭐, 어차피 미대에 가지도 못했을 거예요. 실력이 형편없었거든요."

"실력 꽤 있었어요. 내가 본 바에 따르면."

"그 생식기 머리요?"

딜런은 풋 하고 웃음을 터뜨렸다. 리비까지 덩달아 웃게 하는 매혹적인 소리였다.

"그 스케치 정말 잘 그렸어요. 내 눈 그린 걸 보면 내가 무슨 생각을 하는지까지도 정확하게 담은 거 같았어요."

"'이 정신 빠진 여자가 날 그만 그렸으면 좋겠다'라는 생각을 하고 있었어요?"

"아뇨. 그땐 아버지한테 잔뜩 화가 나 있었는데 그림에 그게 담겼더라고요. 아무나 할 수 있는 일이 아니잖아요. 그게 바로 재능이에요."

"따뜻하게 말해줘서 고마워요."

리비는 자신이 신은 플립플롭을 내려다보며 말했다.

"진심이에요, 리비."

딜런이 리비의 이름을 입 밖으로 내어 다정하게 부르자 리비는 살갗에 흐르는 전율을 느꼈다.

"헥터가 그러던데 의대 다녔다면서요?"

딜런이 물었다.

"네, 아빠가 의사라 자식 중 하나는 아빠 뒤를 잇길 바랐어요. 언니는 어릴 때부터 법조계 일을 하겠다고 했고. 말싸움을 즐기거든요. 그래서 내가 원하든 말든 의대에 가는 건 나로 정해졌죠. 모두에게 안됐지만 난 의대를 죽도록 싫어했고 결국 2학년 때 자퇴했어요."

"그게 리비가 할 수 있는 최선이었겠죠."

"맞아요. 우리 가족은 이날 이때까지 그 일에 한이 맺혀 있어요. 10년이나 지났는데."

남자친구랑 헤어진 것, 인생 실패한 것도 포함해서요, 라고 생각하며 리비는 몸을 떨었다.

"뭐, 내가 상관할 바는 아니지만 이제 가족들이 어떻게 생각하는지에는 신경 끄는 게 좋을 것 같아요."

딜런이 조언했다. 리비는 딜런 쪽으로 몸을 틀었다.

"무슨 말이에요?"

"가족이 실망했다고 몇 번이나 얘기하던걸요. 하지만 이제 다 큰 어른이잖아요. 왜 그렇게 신경을 써요?"

"말이 쉽죠, 무정부주의자 펑크 씨."

"무정부주의자 아니에요. 그저 다른 이들이 내 인생의 선택을 두고 뭐라 생각하든, 우리 아버지가 뭐라 생각하든 **절대로** 개의치 않을 뿐이죠."

"가족 말이 틀렸다면 이렇게까지 신경 썼겠어요? 솔직히, 내 인생이 성공작은 아니잖아요? 대학은 중퇴했지, 나한테 질렸다는 남자한테 미련이 철철 넘치고, 현시점 백수, 곧 집도 절도 없는 신세가 될 몸이라고요. 내가 이런 삶을 계획했겠어요?"

"성공작이 아니라고 누가 그래요? 그 '학위다운 학위를 따고, 가정을 꾸리고, 애를 2.4명 낳는' 인생은 다 헛소리라고요. 이 중에서 아무것도 원하지 않는다고 해버린 순간, 나는 사는 게 훨씬 쉬워졌어요."

"본인한테 맞는 길을 찾았네요."

리비의 말투가 씁쓸했다. 딜런은 확실히 현실적인 삶과는 담을 쌓고 있었다.

"지금은 인생이 시궁창 같겠지만 길게 보면 지금 하는 일이 인생에서 제일 잘한 일로 기억될 수도 있잖아요? 앞으로 미대에 가서 머리에 생식기 이고 다니는 사람을 그리는 세계적으로 유명한 화가가 될지 누가 알아요?"

리비는 딜런의 말에 박장대소하며 딜런의 옆구리를 쿡 찔렀다.

"아야!"

딜런은 일부러 크게 소리쳤지만, 시원하게 웃고 있었다. 한 순간, 둘의 시선이 포근하게 서로를 감쌌다.

"뭐가 그렇게 웃겨?"

에스메가 둘 사이에 끼려고 다가오고 있었다.

"아무것도 아니야."

딜런이 일어나 옆구리를 비볐다.

"이제 집에 가실까요, 아가씨?"

에스메는 리비의 손을 잡았고 셋은 노란 포스터 물결 사이를 걸으며 버스 정류장으로 향했다.

"포스터 붙이는 아이디어 정말 좋았어요."

많은 사람이 포스터를 보려고 서 있는 모습을 보며 리비가 에스메를 칭찬했다.

"사람들의 관심을 끌어야 해요. 한두 개뿐이면 사람들이 무심코 지나친단 말씀이죠."

셋은 몇 분 동안 88번 버스를 기다렸다. 이번엔 승차할 때 에스메가 리비를 밀치고 앞으로 가지 않았고 되레 선심을 써서 딜런 옆자리로 안내했다. 에스메는 둘의 앞줄에 앉았고 그 옆에선 어떤 아주머니가 신문을 읽고 있었다.

"이거 〈러시아워 크러시〉 아니에요?"

버스가 출발할 때 에스메가 아주머니에게 물었다.

"저 좀 읽어봐도 돼요?"

아주머니는 언짢은 듯 헛기침을 했지만, 신문을 찔끔 옮겨 에스메가 볼 수 있도록 해줬다.

"〈러시아워 크러시〉가 뭔데요?"

리비가 물었다.

"버스나 지하철에서 우연히 마주친 맘에 든 사람을 찾는 신문이에요. 딜런이랑 내가 제일 좋아하는 읽을거리죠."

"난 아니거든."

딜런이 창피한 듯 일부러 헛기침을 했다.

"한 번도 못 들어봤는데. 나도 봐도 돼요?"

리비가 몸을 앞으로 기울이며 말했다.

"세상에 별꼴을 다 보겠네. 그냥 아가씨들 봐요."

아주머니가 신경질을 내며 신문을 에스메에게 쑥 내밀었다.

"고맙습니다."

에스메가 해맑게 대답하고는 리비가 읽을 수 있도록 높이 들었다.

오늘 아침 중앙선에서 본 짙은 색 머리에 빨간 배낭을 맨 남자분에게.

우리 본드 스트리트에서 눈 마주쳤는데 제가 너무 부끄러워서 인사를 못

했어요. 언제 술 한잔 할래요?

— 녹색 가방을 멘 금발 여자가

"이 사람들, 원하는 사람을 찾긴 해요?"

리비가 의심스러운 눈으로 말했다.

"이거야!"

리비가 에스메의 외침에 깜짝 놀랐다.

"프랭크를 위해서 이걸 하는 거예요."

"아주 좋은 생각이야, 에즈. 여기는 발정 난 젊은 애들이 원나 잇 하려고 글 올리는 데니까."

딜런이 비아냥거렸다.

하지만 리비는 자리에서 벌떡 일어났다.

"아니, 에스메 말이 맞아요. 통근자 수천 명이 매일 이걸 볼 거잖아요? 에스메가 말했듯 사람들의 이목을 끌어야 해요."

"내 말이."

에스메가 딜런을 향해 의기양양하게 웃어 보이며 말했다.

집에 가는 내내 리비와 에스메가 어떻게 글을 써야 할지 궁리한 덕에 캠든에 도착할 때쯤 리비는 완성된 글을 신문사에 이메일로 보낼 수 있었다.

'#88번버스의그녀'에게.

1962년 4월 우리는 88번 버스 2층에서 만나 클래펌 커먼부터 옥스퍼드 서커스까지 대화를 나누며 갔어요. 그때 당신이 내 인생을 송두리째 바꿔 놨죠. 그날 이후로 당신을 애타게 찾고 있어요.

　　　　　　　　　　　　　ー《길 위에서》를 읽던 젊은 남자가

19

"피넛버터 아니면 마마이트*?"

"두말하면 잔소리, 피넛버터! 시골 아니면 도시?"

"당연히 도시. 〈심슨 가족〉 아니면 〈사우스 파크〉?"

"음…… 둘 다 별로."

"뭐라고요?"

딜런이 짐짓 공포에 질린 표정으로 리비를 쳐다봤다.

"아니, 어떻게 〈심슨 가족〉을 안 좋아할 수가 있어요?"

"몰라요. 그냥, 제대로 본 적이 없어요."

"장난해요? 이건 꼭 짚고 넘어가야 할 문제예요. 언제 날 잡아서 나랑 종일 〈심슨 가족〉 보기로 해요."

리비는 두근대는 마음을 숨기려고 버스 밖을 내다봤다. 포스터

---

* 영국인이 주로 빵에 발라 먹는 이스트 추출물로 만든 제품.

붙이기는 어느새 3주 차 종반에 접어들었다. 리비는 매번 만남의 설렘과 끝이 다가온다는 두려움을 동시에 느끼며 이 외출을 고대하는 자신을 발견했다. 실현하고자 하는, 온 마음을 쏟을 수 있는 뚜렷한 목표가 있어서 좋았다. 이렇게까지 의욕이 샘솟았던 게 언제인지 기억조차 나지 않았다. 사이먼 밑에서 일할 땐 이런 기분을 몰랐다는 사실을 새삼 깨달았다. 사이먼의 사업이었고 그의 꿈이었기에 리비는 최선을 다해 사이먼 곁에서 도왔을 뿐, 지금처럼 들떠 있을 이유가 없었다.

단지 프랭크를 돕는 데서 솟는 마음이 아니란 걸 리비는 누구보다 잘 알고 있었다. 리비는 돌돌 말린 포스터 두 개를 빠른 리듬에 맞춰 드럼 스틱인 양 무릎에 치고 있는 딜런을 물끄러미 바라봤다. 전에 알지 못했던 자신의 모습을 딜런의 옆에서 발견했다. 재미있고 차분했으며, 즉흥적으로 일을 저지르게 되는 순간이 점점 늘었다. 마음이 한결 편안했고, 무엇보다 지난 3주 동안 딜런 곁에서 까르르 웃음을 터뜨리며 그 전에도 이렇게까지 많이 웃었던가 궁금해하기까지 했다. 하지만, 포스터 붙이기 작업이 88번 버스 노선의 남쪽 끝으로 빠르게 다가가고 있었다. 스톡웰에서부터 클래펌 하이 스트리트까지가 마지막 구간이었고 이 길을 따라 포스터를 쭉 붙이고 나면 이 프로젝트는 대단원의 막을 내리게 된다. 그 이후엔, 이제 막 새로 발견한 새로운 버전의 리비는 어떻게 될까? 새 리비는 지금의 목표 없이도 남아 있을까? 딜런 없이도?

"실례합니다."

뒤에서 나지막한 목소리가 들려와 딜런과 리비가 돌아보니 웬 젊은 남자가 정장 차림에 넥타이를 매고 머리는 단정하게 한쪽으로 빗어 넘긴 모습으로 뒷자리에 앉아 있었다.

"방해해서 죄송합니다."

남자가 조금 떨리는 목소리로 말했다.

"기분 나쁘실지 모르겠는데, 들고 계신 게 눈에 띄어서요."

"아, 이거요?"

딜런이 포스터로 만든 드럼 스틱을 들어 올리며 되물었다.

남자가 고개를 끄덕였다.

"네, 런던 여기저기서 본 적이 있는데, 그게 뭔지 궁금합니다."

"예전에 88번 버스에서 만난 여자를 찾는 지인 한 분을 돕고 있어요."

리비가 조곤조곤 설명하자 남자가 열심히 고개를 끄덕였다.

"네, 제가 궁금한 건, 그 지인 성함이 프랭크가 맞을까요?"

리비는 소스라치게 놀라 딜런을, 그러고 나서 다시 남자를 쳐다봤다.

"네, 근데 그걸 어떻게 아세요?"

남자의 한쪽 입꼬리가 올라가더니 미소가 생겼다.

"맞네요! 틀림없다고 생각했어요. 흔한 얘기가 아니잖아요."

"프랭크를 어떻게 아세요? 지인이세요?" 딜런이 물었다.

"아, 지인이나 뭐 그런 건 아니고요. 예전에 프랭크에게 도저히 갚을 수 없을 만큼 큰 호의를 받았어요."

남자가 망설이는 사이 리비는 귀를 쫑긋 세우고 다음 얘기를 기다렸다.

"저는 리비고 이쪽은 딜런이에요."

리비는 남자가 빨리 남은 얘기를 마저 들려주길 바라며 소개를 했다.

"저는 수닐이라고 합니다. 다들 서니라고 불러요."

"프랭크는 어떻게 만나셨어요?"

"여기 88번 버스에서요."

리비가 호탕하게 웃었다.

"프랭크가 생전 처음 보는 사람들이랑 수다를 떤다고 하더니 진짜였네요. 저도 그렇게 프랭크를 만났거든요."

"아주 좋은 분이에요." 서니가 올려다보며 말했다.

"프랭크 만난 얘기를 해드려도 될까요? 저한테 어떻게 해주셨는지 아셨으면 해서요."

"너무 좋죠."

리비는 서니를 잘 보려고 몸을 완전히 그쪽으로 돌렸다.

서니는 말을 시작하기에 앞서 소매에 묻은 현미경으로나 보일 만한 먼지를 털어냈다.

"2014년이었을 거예요. 제가 여기 영국으로 온 다음 해요. 전 인도 출신이고 킹스칼리지런던에서 컴퓨터 공학 석사를 따려고 왔어요. 유명하기도 하고 들어가기 어려운 대학이라 저희 부모님이 얼마나 자랑스러워하셨는지 몰라요.

첫해는 더할 나위 없이 잘 지냈어요. 월셋집 얻어서 다른 외국 학생들이랑 같이 살면서 일도 열심히 했죠. 그런데 두 번째 해에 갑자기 아버지가 돌아가셨어요. 아직 젊으셨는데 저희도 얼마나

176

황망했는지 몰라요."

"정말 너무 슬프셨겠어요."

리비가 위로했다. 서니는 리비를 보며 눈을 깜빡였다.

"위로 감사합니다. 어머니랑 동생들을 부양하려 인도로 돌아가려고 했지만, 가족들은 제가 여기 남아 학위를 마치길 바랐어요. 아버지가 그걸 얼마나 원하시겠냐면서요."

서니는 다음 말을 잇기 전 창밖을 잠시 내다봤다.

"더 열심히 공부해서 졸업한 뒤 좋은 직장을 구하겠다고 다짐했지만 상황이 녹록지 않았어요. 청소 알바를 했는데 학생 비자 규정이 아주 빡빡했거든요. 주당 스무 시간밖에 일할 수 없었고 번 돈은 대부분 가족에게 보냈어요. 허리띠를 졸라매고 식비도 줄였지만 여전히 생활고에 허덕거렸죠. 크리스마스쯤엔 월세를 내지 못하니 같이 살던 친구들이 저를 쫓아내더라고요."

잠시, 서니는 버스 창밖으로 펼쳐지는 도시 풍경을 감상했고 리비는 서니가 뒷얘기를 더 하기를 기다렸다.

"죽을 만큼 힘들었어요."

들릴 듯 말 듯 한 목소리로 서니가 간신히 말을 이었다.

"런던은 화려한 도시지만 돈도 집도 없는 인도 청년한테는 가혹한 곳이었죠. 친구들한테 말하기도 창피했고 어머니가 걱정하실까 쉽사리 말을 꺼낼 수가 없었어요."

서니는 다시 말을 멈추고 한 손으로 머리를 다듬었다.

"그때 프랭크를 만난 거예요?"

딜런이 다정하게 물었다.

서니는 고개를 끄덕여 답을 대신하고는 다시 둘을 바라봤다.

"2월이나 3월이었을 거예요. 교회가 운영하는 노숙인 쉼터에서 지내던 때였어요. 그곳에서 복도에 침대를 놔두고 쓸 수 있게 해줬는데 밤 9시부터 아침 7시까지만 머무를 수 있었죠. 주중엔 수업을 듣거나 학교 건물에서 시간을 보낼 수 있어서 그럭저럭 지낼 만했어요. 그런데 주말엔 어떻게 할 수가 없더라고요. 버스나 도서관 말고는 따뜻하고 축축하지 않은 곳에서 지낼 수가 없었으니까요. 학교를 그만두고 아버지에게 실망을 안기기 일보 직전이었어요."

리비는 서니의 말을 들으며 고개를 끄덕였다. 지난달에 가방을 가슴에 꼭 끌어안고 버스에서 잠을 청하는 이를 몇 본 적이 있었다. 대체 어떤 사연이 있는지 궁금했던 참이었다.

"그날은 88번 버스에 있었어요. 어머니에게 귀국하겠다고 이메일을 보낼 작정이었는데 프랭크가 통로 건너에 앉았죠. 나한테 말을 걸었을 땐 좀 경계했어요. 음흉한 속셈이 있는 사람도 많으니까요."

"그럼요." 리비가 추임새를 넣었다.

"그치만 프랭크는 한없이 친절했어요."

말을 시작한 뒤로 서니가 처음으로 미소를 보였다.

"처음엔 인도가 어떤 나란지 묻더라고요. 오랜 시간 저한테 그런 걸 묻는 사람이 없어서 제 가족 이야길 하는 게 좋기만 했어요. 프랭크는 자기가 어떻게 살아왔는지도 얘기해줬죠. 영국 배우로 일한 얘기, 로렌스 올리비에랑 공연했던 얘기도요."

리비는 프랭크가 보여줬던 중산모를 떠올리니 풋 웃음이 났다.

"클래펌 커먼에서 작별인사를 나눴는데 프랭크가 저를 점심 식사에 초대해줬어요. 그땐 너무 허기가 져서 체면 차리느라 거절할 수가 없었죠. 프랭크가 점심을 샀는데 내가 먹는 동안 88번 버스에서 만난 어떤 여자 얘기, 지금껏 그녀를 찾아 헤맨 얘기를 들려줬어요. 얘기를 듣고 있자니 저희 아버지 생각이 났어요. 아버지가 어머니를 정말 사랑하셨거든요. 저희 아버지라도 프랭크처럼 행동했을 거란 생각이 들었죠."

"맞아요. 세기의 로맨스죠." 리비도 동의했다.

서니는 고개를 한쪽으로 기울였다.

"마음씨 좋은 사람이니까 그 오랜 시간이 지난 다음에도 사랑했던 사람을 찾아 헤매는 거겠죠. 포기하지 않는 데도 엄청난 용기가 필요하니까요."

"정말 맞는 얘기예요."

가슴 한편이 시큰해지는 걸 느끼며 리비가 거들었다. 포스터를 수없이 붙이고 〈러시아워 크러시〉에 광고도 냈지만 88번 버스의 그녀를 찾기엔 역부족이었다. 리비와 딜런이 번갈아 가며 이메일의 받은 편지함을 매일 확인해봤지만 스팸메일뿐, 해시태그를 단 사람도 없다시피 했다. 그러는 사이 프랭크에게 남은 시간은 점점 줄어들고 있었다.

"점심 식사 후에 프랭크하고는 어떤 일이 있었어요? 다시 만났어요?"

딜런이 궁금해했지만 서니는 고개를 저었다.

"서로 인사를 하고 각자 갈 길을 갔죠. 하지만 프랭크와 함께 보낸 시간이 저한테는 인생을 바꾸는 계기가 됐답니다. 프랭크는 저를 진정으로 인간답게 대해줬거든요. 노숙자로 여기고 무시하거나 하찮게 생각한 게 아니라요. 저를 존중해주고 친절하게 대해줬어요. 몇 달 동안 그런 대접을 받지 못했는데 말이에요."

"프랭크답네요." 리비가 뿌듯해했다.

"그날 오후 집으로 돌아오면서 어머니께 메일을 보내지 않기로 결심이 섰어요. 학위 마치기까지 6개월이 남았으니 꿈을 포기하지 않겠다고요. 프랭크가 자신의 꿈을 저버리지 않은 것처럼요. 끝까지 공부했고 수석으로 졸업했어요."

"정말 잘하셨어요. 너무 대단해요."

벅찬 마음으로 서니를 향해 웃으며 리비가 말했다.

"그럼 지금은 컴퓨터 공학자가 되신 거죠?"

서니는 자랑스레 고개를 끄덕였다.

"네. 런던에 있는 대기업에서 일해요. 거기서 아내도 만났고 올여름엔 첫 아이도 태어난답니다. 지금 아이 초음파 보러 가는 길이에요."

"세상에, 프랭크가 이 소식을 들으면 얼마나 반가워할까요!"

"아마 절 기억하실 거예요."

서니가 수줍게 말했다.

"이렇게 제 얘길 들려드릴 수 있어 얼마나 기쁜지 몰라요. 그동안 프랭크 생각도 많이 났고 잘 지내는지 정말 궁금했어요."

"잘 지내고 계세요. 여전히 버스에서 처음 보는 사람들한테 살갑게 대해주시니 변한 게 없는 셈이죠."

리비가 프랭크의 소식을 전했다.

서니의 표정이 다시 진지해졌다.

"리비, 딜런. 제가 꼭 좀 부탁드리고 싶은 게 있어요."

"뭔데요?"

서니는 딜런의 손에 들린 포스터를 보며 고개를 까닥였다.

"프랭크를 돕고 싶어요. 프랭크가 절 도왔듯 말이에요. 제가 두 분을 대신해 포스터를 붙여도 될까요?"

"말씀 감사해요. 근데 포스터 붙이는 일이 거의 끝나가서요. 이제 조금만 더 하면 노선에 다 붙이게 돼요."

"아, 그렇군요. 무슨 말씀이신지 알겠어요."

서니가 자신의 무릎을 바라봤다.

"당연히 도울 수 있죠."

딜런이 리비를 팔꿈치로 꾹 찌르며 말을 가로챘다.

"이거 절반 가져가실래요?"

"정말요?"

서니가 딜런이 내민 포스터 더미를 올려다봤다.

"오늘 스톡웰 주변에 포스터를 붙이기로 했는데, 그 주변에 포스터 없는 곳에 다시 좀 붙여주실래요?"

"그럼요. 요령 안 피우고 잘할 자신 있어요."

서니는 포스터가 구겨지지 않도록 가방에 조심히 넣으며 말했다.

"내일 포스터랑 테이프 들고 나가서 떨어진 곳에 채울게요."

"시간 괜찮으세요?"

"아유, 그럼요. 도울 수 있어서 말할 수 없이 기쁜걸요. 오랜 시간 프랭크가 제게 베풀어준 온정에 마음에 빚이 있었고 그걸 갚을 날을 손꼽아 기다리고 있었어요. 이제 조금이나마 갚을 길이 생겼어요."

"들어본 중 제일 따뜻하고 정감 있는 이야기예요."

서니와 헤어지고 스톡웰 역에 내렸을 때 리비가 입을 열었다.

"그다지 새롭지도 않아요. 프랭크가 그동안 88번 버스 승객 절반이랑은 친구 먹었을걸요. 남 돕는 일이라면 발 벗고 나서니까요."

"그러니까 아직 시간이 있을 때 프랭크를 돕는 게 더 중요하죠."

딜런은 대꾸 없이 가방에 손을 넣어 포스터를 꺼냈다.

"왜 말이 없어요?"

"어제 프랭크가 또 그랬어요. 갑자기 정신을 놓는 거요. 내가 본 중 제일 길었던 터라 클라라한테 알릴 수밖에 없었어요."

"세상에, 클라라는 뭐랬어요?"

"조만간 검사를 받게 하겠다고 난리죠. 뭐, 당연해요. 그런데 프랭크는 계속 안 받겠다고 고집을 피우고요. '요양원'의 '요' 자도 못 꺼내게 한다니까요."

"너무 안됐어요. 버스를 못 타면 어떻게 될지 상상도 안 돼요."

"그러니까요. 버스 타고 팔러먼트 힐에 가는 일을 몇십 년 동안 해왔으니 말이에요. 프랭크가 맑은 정신 유지하는 데 제일 중요한 걸 못 하게 하면 오히려 상태가 더 나빠지지 않을까요. 하지만 치매 증상이 심해지는 것도 사실이니까요."

"제가 할 수 있는 일이 더 있다면 얼마나 좋을까요."

리비가 테이프를 떼며 말했다.

"계속 친구로 곁에 있어주는 것밖엔 답이 없네요."

딜런이 버스 정류장 옆에서 포스터를 들자 리비가 테이프 첫
줄을 붙였다. 리비가 테이프를 붙일 때 딜런이 엄지를 살짝 비켜
서 리비의 손가락에 테이프가 붙지 않도록 했다. 둘은 포스터 붙
이는 작업에 호흡이 척척 맞아 이젠 예술의 경지에 이르렀을 정
도였다. 예행연습을 수십 번 한 발레리나와 발레리노처럼 서로의
손을 움직였다. 그런데, 테이프를 마지막으로 붙이려고 하는 순
간 리비의 손이 딜런의 손에 닿았다. 리비의 몸에 찌릿찌릿 전류
가 흐르는 느낌이 왔다. 딜런도 순간 몸을 움직이지 못했기에 같
은 느낌을 받았다고밖엔 설명할 수 없었다. 딜런의 몸이 리비의
몸 뒤에 밀착되다시피 해서 딜런의 심장박동이 리비에게 고스란
히 전해졌다. 리비는 아주 짧은 순간, 상상했다. 몸을 돌려 딜런을
마주하고는 얼굴을 들어 올려⋯⋯.

"이봐요, 거기서들 뭐 합니까?"

둘은 누가 먼저랄 것도 없이 동시에 낯선 이의 목소리에 몸을
돌렸다. 경찰관 둘이 서 있었다.

"이 포스터, 댁들 겁니까?"

여자 경찰이 리비가 정류장에 붙인 게 분명한 노란 종이를 가
리켰다. 도무지 무슨 말을 해야 할지.

"정말 죄⋯⋯."

"딱히 할 말 없습니다."

딜런이 손을 리비의 팔 위에 놓으며 끼어들었다.

두 경찰은 딜런을 위아래로 훑었다.

"포스터 부착이 불법인 줄은 알고 있어요?"

이런! 리비는 범법행위라는 걸 전혀 몰랐다.

딜런은 팔짱을 낀 채 경찰관을 노려보며 입을 다물고 있었다.

"이 정류장 소유주의 허가가 없으면 불법이고 벌금 부과 대상입니다."

경찰관이 설명을 계속했다.

"정말 죄송합니다. 몰랐어요. 저희가……."

"딱히 할 말 없습니다." 딜런이 같은 말을 반복했다.

경찰관이 들으라는 듯 크게 한숨을 쉬었다.

"이 포스터랑 그동안 붙인 포스터 모두 제거하십시오."

리비는 딜런이 동의하나 싶어 쳐다봤지만, 딜런은 꼼짝하지 않았다.

"선생님, 제 말 안 들립니까? 지금 한 행위가 불법이라고요."

"제길, 기분 진짜 더럽네."

첫 만남에서 들었던, 분노가 치밀 대로 치민 그 목소리로 딜런이 말했다.

"그만해요."

리비가 낮게 중얼거렸다.

"아니, 그만 못 해요."

딜런이 두 경찰을 표독스럽게 노려봤다.

"반려묘 잃어버려서 포스터 붙이는 사람한테도 똑같이 그래요? 그만두라고? 내 외모가 마음에 안 들어서 갈구는 건 아니고?"

남자 경찰관이 한 발 앞으로 나섰다.

"이봐, 젊은 친구. 포스터가 한두 개라야 말이지. 램버스를 포스터로 도배해놓고선 무슨 소리야. 시 의회에서 벌금 안 물린 걸 고맙게 생각하라고."

"누구보고 친구래?"

딜런은 팔짱을 풀지 않았고, 상대를 위축되게 하려고 몸을 최대한 꼿꼿이 세워 덩치를 키웠다.

"두 번 말 않겠습니다. 지금 당장 포스터 떼세요."

첫 번째 경찰이 말했다.

"포스터 때문에 사람이 죽기라도 해요? 우린 그냥 친구를 도와주고 있는 겁니다."

딜런이 지금 대체 무슨 짓을 하는 걸까? 이런 식이면 둘 다 유치장에 갇히는 신세가 될 게 뻔했다.

경찰관들이 서로 눈빛을 주고받았다.

"선생님, 이것 때문에 벌금 내실 거죠? 계속 이런 식으로 포스터 제거 요구에 응하지 않으면 우리는……."

경찰이 말을 채 마치기도 전에 딜런이 리비의 손을 낚아채며 소리치는 바람에 리비는 나머지 말을 들을 새가 없었다.

"뛰어!"

20

딜런의 손을 꽉 잡고 경찰관들과 멀어지며 인도를 따라 달리던 그 짧은 시간에 리비는 무슨 일이 일어나고 있는지 깨달았다. 발에 걸려 넘어질 뻔했지만, 딜런이 팔에 힘을 줘 리비를 받쳐준 덕에 용케 넘어지지 않고 젖 먹던 힘을 다해 뛸 수 있었다. 대체 무슨 생각으로 경찰관한테서 도망치고 있는 걸까? 이러다가 결국엔 체포되고 포스터 불법 부착 죄까지 더해져서 기소될 판이었다. 리비는 속도를 냈다. 딜런은 리비의 손을 꽉 붙들고 있다가 갑자기 차로 꽉 찬 길로 방향을 틀었다. 차들 사이를 이리저리 피하느라 리비는 소리를 꽥꽥 질렀고 반대편 인도에 발을 디딜 때까지 끊임없이 소리를 질러댔다. 경찰관들이 뒤를 쫓고 있는지 어떤지는 알 길이 없었지만 뒤돌아보느라 속도를 줄일 수는 없는 노릇이었다.

"온몸이 쑤셔서 더는 못 뛰겠어요."

몸 오른편이 결리고 숨이 가빠진 리비가 말했다.

"이리로 와요."

가게들 사이 좁은 골목, 공장에서 대량생산된 초록색 쓰레기통이 줄지어 서 있는 곳으로 리비를 이끌며 딜런이 말했다. 달리기를 멈추자마자 손을 놓은 리비가 몸을 앞으로 숙이고 헐떡거리며 말했다.

"아, 진짜 십년감수했어요."

리비 옆에서 딜런은 경련이 왔는지 움찔움찔하며 바퀴 달린 쓰레기통에 기댔고, 이 모습을 본 리비는 혹시 발작인가 싶어 자세히 살폈다.

"괜찮아요? 혹시 구급차……."

딜런이 위를 올려다봤을 때 리비는 딜런의 몸이 웃느라 들썩들썩하는 걸 알 수 있었다.

"아니, 뭐가 그렇게 웃겨요?" 리비가 소리쳤다.

"재밌잖아요!"

"장난해요?"

"아, 왜 그래요. 경찰 피해서 도망간 적 한 번쯤 있잖아요?"

"당연히 없죠! 도망은 고사하고 경찰이 불러 세운 적도 없어요."

"대박! 학창시절에 친구들이랑 술 퍼마신 적도 없다고요?"

"없거든요! 학생 때 선생님 속 한 번 썩인 적 없는 모범생이었는데 법을 어길 리가 있어요?"

딜런은 도무지 믿을 수가 없다는 듯 고개를 절레절레 저었다.

"이런 범생이는 내 평생 처음 봐요, 리비."

"나도 이런 말썽꾼은 처음 보거든요!"

리비와 딜런은 동시에 서로를 바라봤다. 둘 다 말없이 서로의 눈을 피하지 않았다. 리비의 심장이 요동치고 있었지만 조금 전 뜀박질 때문이 아닌 건 분명했다.

"이젠 정말 운동 제대로 해야 할 거 같아요."

빨갛게 달아오른 얼굴에 붙은 머리카락을 손으로 밀어내며 리비가 말했다.

"물 좀 갖다줄까요?"

"아뇨, 금방 괜찮아질 거예요. 경찰이 아직도 우릴 찾고 있을까요?"

"우리가 뭐 보니와 클라이드도 아니고, 애초에 뒤를 쫓지도 않았을걸요. 그래도 혹시 불안하면 여기 더 있어요. 앉을 데 있나 한번 볼게요."

딜런이 주위를 둘러봤지만, 이 좁은 골목엔 쓰레기통과 버려진 상자뿐이었다. 딜런이 상자 두 개를 집어 왔다.

"왕좌에 앉으시지요, 마마."

"황송합니다, 딜런 경."

리비가 먼저 앉자 딜런도 옆에 자리를 잡았다. 신나게 추격전을 벌인 뒤의 골목은 고요하기 그지없었다.

"아까 경찰들한테 왜 그랬어요?" 리비가 물었다.

"무슨 말이에요?"

"아까 완전 열받았잖아요."

딜런은 긴 다리를 쭉 뻗었다.

"나도 내가 경찰한테 왜 그러는지 도통 모르겠어요. 내가 이렇게 입고 다닌다고 매번 불러 세우고 나랑 친구들 수색하고 하면서 하도 골탕을 먹여서 그런가 싶어요. 내 옷차림이 아주 수상쩍어 보이나 봐요."

"아까 그 경찰들은 그런 의도가 아닌 것 같던데요? 그러니까, 범법이 맞고 그래서 포스터를 떼라는 말이었잖아요."

"아뇨, 잘못돼도 한참 잘못됐어요. 포스터 붙이지 말라는 이유는 순전히 대기업들이 자기네 광고할 곳이 없어져서 그런 거라고요. 광고를 해야 사람들이 필요도 없는 잡동사니를 사대느라 돈을 쓸 테니까요. 우린 선의로 하는 일인데 뭐 대단한 범죄자라도 된다는 식으로 취급하잖아요. 다 헛소리예요."

딜런은 다시 몸을 벽으로 기대며 한숨을 쉬었다.

리비가 딜런의 다리 옆으로 자신의 다리도 쭉 펴서 둘의 신발이 닿을락 말락 했다.

"경찰들이 우리 포스터를 다 떼서 박박 찢을까요?"

"그럴지도 모르죠. 그럼 내일 가서 다시 붙이면 돼요."

"늙어 죽을 때까지 반복할래요. 우리 둘이 88번 버스를 타고 떨어진 포스터 다시 붙이는 일이요."

"포스교* 칠하는 거랑 똑같네요. 끝이 안 나는 게."

"우리 프랭크처럼 되는 거 아니에요? 나이 여든에 맨날 버스

---

* 스코틀랜드 동부의 포스강 하구를 가로지르며 파이프와 에든버러 사이를 철도로 연결하는 다리.

타고 다니고."

"아이고 리비 여사, 그런 말 말아요."

딜런은 노인 말투를 잔뜩 과장해 말했다.

"88번 버스 탈 시간이에요. 아직도 붙여야 할 포스터가 잔뜩 있다고요."

"딜런, 나 틀니 끼고 금방 갈게요."

리비가 할머니 목소리를 내자 딜런이 머리를 젖히고 웃어댔다.

"상상이나 돼요?"

딜런의 웃음소리가 잦아들자 리비가 말했다.

"그렇네요. 아주 좋은 생각은 아니죠. 이번에 마무리하고 나면 그만둬야겠어요. 안 그러면 평생 가도 안 끝날 거 같아요."

이 프로젝트의 끝이 가까워져 온다는 사실을 둘 중 하나가 언급한 건 이번이 처음이었다. 한동안 둘 다 말이 없었다.

"그럼…… 금방 끝난다는 거죠?"

리비가 입을 뗐다.

"스프레드시트 만든 사람이 제일 잘 알겠죠. 뭐, 한 번만 더 만나면 끝날 거 같긴 해요."

둘은 서로를 바라보지 않고 반대편에 있는 애꿎은 쓰레기통만 멍하니 쳐다봤다. 이 일을 마치고 나면 둘은 언제 다시 만나게 될까, 리비는 궁금했다. 프랭크를 만날 때 우연히 마주칠 수도 있겠지만, 그럴 확률이 얼마나 될까. 리비는 조금 전 느꼈던 짜릿함을 떠올렸다. 딜런과 리비의 몸이 너무나 가까웠고 그래서 리비의 얼굴이 달아올랐던 그때. 리비의 얼굴에 다시 열이 올랐다.

"일상이 다시 예전으로 돌아갈 날을 손꼽아 기다리고 있겠네요."

"내 삶이 다시 예전으로 돌아갈 수 있을지 모르겠어요."

리비는 입 밖으로 말을 뱉은 순간 자신의 단어 선택을 후회했다.

"내 말은, 요즘에 있었던 일 때문에요."

리비가 후다닥 덧붙였다.

"맞는 말이에요."

딜런은 물끄러미 부츠를 보고 있었다.

"앞으로 뭘 하며 살지 생각해봤어요?"

"솔직히, 진짜 아무 생각 없었어요. 살 데도 필요하고 직장도 찾아야죠. 지난 몇 주 동안 프랭크 도우면서 기분 좋게 잊고 있었는데 이젠 정말 결심해야 해요."

"서리로 돌아갈 수도 있죠?"

딜런은 별 뜻 없이 물었지만, 리비는 이 질문이 얼마나 공허한지 알고 있었다.

"그럴 일 없어요. 절대."

"그래요. 음, 혹시 그 헤어졌다던 사람이랑 무슨 일 있었는지 물어봐도 돼요?"

전에도 둘의 대화가 이 질문 근처를 맴돌곤 했지만, 리비가 항상 솜씨 좋게 피해갔다. 이제 리비는 잠시 말을 멈추고 무슨 설명이 제일 좋을지 곰곰이 생각하고 있었다.

"사이먼이랑은 8년을 사귀었는데 이젠 내가 질렸대요. 틀에 박혀 사는 게 지루하고 뻔하대요. 내가 해줄 수 있는 것보다 하고 싶은 게 더 많대요."

옆에서 딜런이 숨을 크게 내쉬었지만, 말을 하지는 않았다.

"우리가 좀 안 어울리긴 했어요. 사이먼은 거칠고 나돌아다니길 좋아하거든요. 폭우가 쏟아지는 토요일 아침에 럭비할 때만큼 행복할 때가 없는 사람이죠. 나는 집에서 스프레드시트랑 지도에 색깔 입히는 거나 좋아하고."

리비는 이 말을 하며 헛웃음이 났지만, 딜런은 웃지 않았다.

"행복하긴 했어요?"

행복했냐고? 사이먼과의 관계에 이런 질문을 던진 사람은 없었다. 이때껏.

"그땐 행복했다고 생각했어요. 사이먼을 사랑했어요. 함께하는 일상과 안정감이 좋았어요. 미래 계획을 다 세워놨거든요. 서른에 약혼하고 서른하나에 결혼해서 바로 아이 갖기로요. 함께 여생을 보내는 걸 의심해본 적이 없었어요."

이 말을 하면서 리비는 지난주 딜런이 한 말을 떠올렸다. 결혼도, 자녀 2.4명도 싫다던.

"사이먼이랑은 장기연애라는 쳇바퀴에 갇혀서 다른 미래를 원한다는 생각을 가져본 적이 없었어요."

리비가 덧붙였다.

"무슨 말인지 알아요. 이놈의 사회는 사람들한테 정해진 대로 살라고 강요하죠. 가부장적 자본주의 계획에 맞춰 일하고, 결혼하고, 종족 번식을 하라고요."

"내 일생이 그렇게 흘러가야 한다고 믿어 의심치 않았어요. 착한 딸, 예쁜 여자친구, 언젠가는 참한 아내, 좋은 엄마. 근데 런던에서 몇 주 살아보니 그게 삶의 유일한 방식은 아니라는 깨달음이 왔어요."

"무슨 말이에요?"

딜런이 물었다.

"프랭크랑 88번 버스의 그녀를 봐요. 그녀는 부모님을 거역하고 미대에 갔고, 프랭크는 딱 한 번 만난 여자를 평생에 걸쳐 찾아 헤매잖아요. 딸이 아무리 반대해도요. 둘 다 자신의 꿈에 확신을 갖고 밀어붙이는데 난 주변 사람 비위 맞추느라 내 꿈은 포기한 지 오래예요."

"바꾸기에 늦지 않았어요. 얼마든지 미대에 갈 수 있어요. 이제 고작 몇 살이죠?"

"막 서른이 되려는 참이죠. 지난번에 나한테 뭐랬어요. 30대는 대학 가기 늦었다면서요. 그림 안 그린 지도 몇 년은 됐고요."

"프랭크가 준 스케치북은 어딨어요?"

"솔직히 말하자면, 침대 옆에 처박혀 있어요. 먼지 마시면서."

리비 옆에서 딜런이 자세를 고쳐 섰다.

"관심 있을지 모르겠지만, 사우스 런던에 있는 어떤 펍에서 주 1회 실제 모델 그리기 클래스가 열려요. 친구한테 들었어요. 사람들이 편하게 와서 한잔하고 모델 그리기 연습하는 거예요. 한번 해보면 어때요?"

"말은 고맙지만 생전 처음 보는 사람들이 꽉 찬 방에서 그림 그릴 용기가 생길지 모르겠어요."

"괜찮으면 내가 같이 가줄 수도 있는데."

딜런이 하도 빠르게 말하는 바람에 놀라서 리비는 뭐라 답해야 할지 잠시 망설였다.

"뭐, 난 미술엔 일자무식이라."

딜런답지 않게 두서없이 말을 이었다.

"학교 다닐 때 미술 시간에 친구를 그렸더니 내 그림이 돼지같이 보였나 봐요. 선생님이 내가 일부러 열받게 했다고 생각해서 정학을 준 적이 있어요. 근데, 리비랑 같이 가면 재밌을 것도 같아요."

"그래요, 재밌을 것 같아요. 고마워요."

리비는 온몸으로 표현하고 있는 들뜬 마음을 딜런이 알아주길 바랐다.

"좋아요."

리비가 슬쩍 보니 딜런이 올라가는 입꼬리를 애써 내리려 하고 있었다.

"자, 그럼 슬슬 한번 시작해볼까요? 아시다시피, 이 포스터들은 스스로 척척 붙는 놈들이 아니라서요."

21

"리비, 오늘 아주 눈이 부시게 아리땁네그려."

리비가 버스 정류장에 서 있는 프랭크를 향해 다가가자 프랭크가 반갑게 인사했다. 토요일 아침이었지만 프랭크는 팔러먼트 힐에 오르는 대신 집 근처 버스 정류장에서 만나자고 제안했다.

"고맙습니다, 할아버지. 오늘은 좀 어떠세요?"

"더없이 좋아. 마침 버스가 오고 있구먼."

버스가 정차할 때 프랭크가 손은 들어 올렸고 둘 앞에서 문이 열렸다. 프랭크는 버스에 오르며 휘청거리지 않으려고 옆을 잡았다.

"바이스 아저씨!"

머리가 새까맣고 곱슬곱슬한 중년 여성 버스 운전기사가 운전대 뒤에서 프랭크를 향해 환하게 웃고 있었다.

"페이션스! 잘 지냈어? 아버지도 안녕하시고?"

"말도 마세요. 난리도 아니에요. 토요일에 면회 갔는데 지미 클리프 노래 부르면서 환자들 위문 공연을 하신다고 간호사가 얘기하더라고요."

프랭크는 껄껄 웃었다.

"그래, 안부 좀 전해줘. 어머니께도."

"그럼요."

페이션스가 개폐 버튼을 눌렀다. 리비는 프랭크가 계단 쪽으로 이동하길 기다렸지만, 프랭크는 옆에 있는 봉을 잡고 가만히 그 자리에 머물러 있었다.

"여기는 리비."

리비는 프랭크가 페이션스에게 자신을 소개할 때 목소리에 왠지 모를 자랑스러움이 묻어나는 걸 느꼈다.

"88번 버스의 그녀를 찾는 걸 도와주고 있어."

"어머나, 정말요?"

페이션스는 시선을 정면에 고정한 채 도로에 늘어선 차들 사이로 버스를 끼워 넣으며 말했다.

"그렇고말고. 리비랑 내 요양 보호사 딜런이 88번 버스 노선에 포스터를 붙여주고 있지. 자네도 봤을 텐데?"

"지난 몇 주 사이에 나타난 그 노란 포스터 말씀이시죠?"

프랭크가 고개를 끄덕였다.

"맞아, 맞아. 그녀가 포스터를 보거나 누군가 내가 찾고 있단 걸 그녀한테 말해주길 바라고 있어."

페이션스가 킬킬 웃었다.

"잘하고 계시네요. 아저씨가 포기 안 한 걸 알면 아버지가 기뻐하실 거예요."

"포기라니 당치 않은 소리! 자네 부모님이 결혼 생활을 해나가는 모습을 보면서 내가 느끼는 게 많아. 힘든 세월 함께 견디면서 둘이 서로를 위하고 아껴주는 그 모습 말이야. 그거야말로 진정한 사랑 아니겠나."

눈앞 도로 사정에 집중해야 해서 대답을 하진 못했지만, 리비는 페이션스가 잠시나마 감상에 젖는 걸 알 수 있었다.

"이러면 안 되는 거 알지만, 혹시 포스터 몇 장 주시면 차고에 붙여볼게요. 게시판에도 글 올리고요. 버스 기사들이 가십이라면 아주 환장하거든요. 기사 중 하나가 혹시 그녀를 찾아줄지도 모르는 일이잖아요?"

"정말 그렇게 해줄 수 있겠어?"

프랭크가 되물었다.

"두말하면 잔소리죠. 그동안 저희 아버지한테 얼마나 잘해주셨어요. 그에 비하면 이건 보잘것없죠."

"리비, 방금 들었지? 이 얼마나 잘된 일이야!"

리비는 가방에 손을 넣어 포스터를 한 줌 꺼내 내밀었다.

"진짜 감사드려요."

"버스 기사 인터넷 모임에 얘기 퍼뜨릴게요."

페이션스가 고개를 끄덕거리며 말했다.

일렬로 승객이 늘어선 다음 정류장에 버스가 멈췄다.

"우린 이만 물러남세. 얼굴 보니 좋구먼. 조만간 내 찾아간다고 아버지께 전해."

"네, 바이스 아저씨. 건강 잘 챙기세요."

버스 문이 열리고 승객들이 몰려들 때 페이션스가 인사했다.

리비는 늘 앉는 자리가 있는 2층으로 가기 위해 느릿느릿 계단을 오르는 프랭크의 뒤를 따랐다.

"좋은 분 같아 보여요."

프랭크의 옆에 앉으며 리비가 말했다.

"그렇다마다. 페이션스는 아기 때부터 봐서 내가 잘 알아. 페이션스 아버지도 버스 기사였어. 여기서 만나 둘도 없는 친구가 됐지. 지금은 요양원 신세를 지고 있지만. 몹쓸 파킨슨병……."

프랭크는 말을 마치지 못했다. 아래층에서 페이션스가 승객들과 인사를 나누는 소리가 들렸다. 리비가 프랭크를 보니 미간을 잔뜩 찌푸리고 있었다.

"딜런이 서니 얘기 했어요?"

문득 어제 일이 떠올라 리비가 물었다.

"서니가 누구지?"

리비는 서니가 해준 얘기를 그대로 다시 들려주었다. 듣고 있던 프랭크의 얼굴이 점점 밝아졌다.

"아이고, 기억하고말고!"

손뼉을 치며 프랭크가 반색했다.

"아주 총명한 젊은이였어. 내가 한 번도 못 가본 인도 얘기를 해줬지. 아주 훌륭한 친구였어."

"할아버지도 서니한테 잊지 못할 호의를 베푸셨던데요. 돕고 싶다며 포스터를 붙이겠다고 나섰어요."

"이렇게 고마울 데가!"

프랭크가 감탄했다.

"딜런, 리비, 서니가 포스터를 붙이고 페이션스까지 합세해서 기사들한테 얘기를 퍼뜨려주면 순식간에 그녀를 찾을 수 있을 게야."

"할아버지, 딜런 얘기 잊으시면 안 돼요. 예전에 런던을 떠났을 수도 있고, 아니면……."

"아직 런던에 있는 게 느껴져."

프랭크가 리비의 말을 막았다.

"본 적은 없지만, 기운이 느껴진단 말이야. 카페에서 들리는 여자 웃음소리, 지하철 에스컬레이터에서 스쳐 지나가는 빨간 머리. 가까이에 있다고 생각 안 했으면 그녀를 찾는 데 이렇게 긴 시간을 보내지도 않았어."

"저도 그 말씀이 맞았으면 좋겠어요."

"틀림없어. 포스터를 보거나, 〈메트로〉를 한 부 집어 들거나 아니면 누가 한마디 거들어주면 반드시 만날 수 있어. 시간 안에……."

리비가 바라보자 프랭크는 또다시 말끝을 흐리며 창밖을 응시했다.

"무슨 말씀이세요?"

"뭐가?"

프랭크가 리비를 돌아봤다.

"시간 안에 만날 수 있다고 하셨잖아요."

"내가 그런 말을 했어?"

"무슨 일 있었어요?"

프랭크가 이마를 문질렀고 리비는 프랭크가 뭔가를 기억해내려고 애쓰고 있다는 걸 알 수 있었다. 프랭크가 별안간 고개를 젓더니 절망을 담아 한숨을 뱉었다.

"미안허이."

"별말씀을요. 천천히 생각해보세요."

"겁이 나, 리비. 자꾸만 잊어. 별것 아닌 일들을. 명색이 배운데 말이야. 〈헨리 6세〉에서 글로스터 공작의 독백을 죄다 암송했던 난데. 지금은……."

말을 하다 말고 리비를 향해 있는 프랭크의 모습에서 리비는 스스로에 대한 불신이 그득한 얼굴을 보았다.

"아침에 일어났을 때 88번 버스의 그녀를 까맣게 잊으면 어쩌지?"

"그럴 일 절대 없어요."

"기억력이 하루가 다르게 나빠져. 다른 일들을 잊는 것처럼 그녀도 잊을지 몰라. 그럼 그녀를 되찾을 길이 없잖아."

"절대 잊지 않으실 거예요. 그동안 이렇게 생생히 기억하고 계셨잖아요."

프랭크는 가망이 없다는 듯 고개를 저었다.

"우리 딸이 최악의 상황에 대비하고 있어. 치매라는 게 어느 날 갑자기 내 이름조차 모르게 되는 병이라며."

리비는 프랭크의 입에서 치매라는 단어를 처음 들었다.

"이런 일을 겪고 계셔서 저도 마음이 너무 아파요. 세상 참 불공평하죠."

"클라라가 그 평가를 다시 받게 하려고 단단히 벼르고 있어. 근래 내가 정신이 오락가락하니까 다음 달에 평가받을 준비를 하고 있나 봐."

"어떻게 하고 싶으세요?"

프랭크는 대답하기 전에 깊게 숨을 쉬었다.

"그녀를 찾아야지. 시간이 촉박해."

"자, 그래서 오늘 어디 가는지 궁금해?"

버스가 헤이마켓 끄트머리에 닿자 프랭크가 물었다.

"그럼요."

"오늘이야말로 내셔널 갤러리를 다시 방문해야겠다고 마음먹었어. 런던에 온 지 몇 주나 됐는데 아직도 안 가봤다는 건 말도 안 되지."

"너무 좋아요. 고마워요!"

"2층에 있는 르네상스 걸작부터 시작하자고. 그다음에 내 오랜 벗 같은 〈바쿠스와 아리아드네〉를 보고 카페에서 점심을 먹는 거야. 배를 채우고 나면 1층에서 모네와 르누아르를 감상하는 거지."

버스가 트래펄가 광장 쪽으로 좌회전할 때 프랭크가 흥에 겨워 말했다.

"미술관을 손바닥보다 훤히 알고 계시니까 저는 할아버지 뒤만 졸졸 쫓아다닐래요."

"그녀가 알려준 뒤로 60년 동안 내 집 드나들 듯 다녔으니 말다 했지. 처음엔 어디서부터 시작해야 할지 몰라 벌벌 떨고 친구들이 비웃을까 얘기도 못 꺼냈어. 세계 곳곳에 있는 미술관을 다 다녀봤지만, 여기야말로 세계 최고야."

"학생 때 한 번 갔는데 너무 좋았던 기억이 있어요. 천장이 널따란 돔으로 되어 있는 방에 작품이 너무 많아서 뭘 봐야 할지 몰랐어요. 그렇게 기막힌 광경은 본 일이 없었거든요."

프랭크가 환하게 웃고 있었다.

"이제 다시금 돌아볼 시간이지."

프랭크가 하차 벨을 누르려고 리비 쪽으로 팔을 뻗으며 몸을 일으켰다. 프랭크를 도우려고 일어선 순간 리비는 갑작스레 피가 머리로 몰리는 느낌이 들었다.

"괜찮은 게야?"

리비가 몸을 가누려고 봉을 잡자 프랭크가 걱정스레 물었다.

"괜찮아요. 좀 어지러워서 그래요."

"그럼 어서 내리자고."

리비는 프랭크의 느린 속도에 새삼 고마움을 느끼며 프랭크를 따라 계단을 내려갔다. 인도에 발을 딛는 순간 폐까지 닿도록 크게 숨을 들이마셨다.

"이제 좀 나아?"

프랭크가 물었다.

"네, 괜찮아요. 아침을 걸러서 당이 떨어졌나 봐요."

"그렇다면, 카페로 가서 뭐 좀 먹자고."

두 사람이 트래펄가 광장으로 걸음을 옮기기 시작한 뒤로 프랭크가 동상을 구석구석 설명해줬지만, 리비는 전혀 집중할 수가 없었다. 머릿속엔 탈지면이 꽉 찬 듯 갑갑했고 눈앞엔 허연 점들이 둥둥 떠다니고 있었다.

"저기 저 네 번째 주추가 현대미술 시설로 사용되고 있지."

사자 석상 옆을 지날 때 프랭크가 설명했다.

"아주 훌륭한 작품들이 많았지……. 아니, 정말 괜찮은 거야, 리비?"

"좀, 앉아야 할 것 같아요."

몸이 휘청거리는 걸 느끼며 리비가 말했다.

"그래, 그럼 앉자고……."

프랭크가 말했지만, 리비는 나머지 말을 들을 수가 없었다. 무릎이 폭삭 주저앉으며 눈앞에 칠흑 같은 어둠이 펼쳐졌기 때문이었다.

22

폐기

오늘은 자리 오래 못 지켜도 이해해줘, 친구야. 오늘 아침 전에 없이 이상한 일이 있었거든.

왜, 그런 날 있잖아. 아침에 눈 떴을 때부터 나쁜 일이 생길 것만 같은 불길한 예감이 드는 그런 날. 콕 집어 말할 수는 없지만, 뼛속까지 전해지는 그 느낌. 나쁜 일이 나를 향해 스멀스멀 다가오는 느낌. 우리 엄마는 그게 누가 내 무덤 위를 걷는 것 같은, 온몸이 서늘해져서 몸서리를 치게 되는 그런 느낌이라고 얘기하곤 했어.

오늘 아침에 딱 그런 느낌이 왔어.

데이비드나 손녀 메이시, 메이시의 자식들한테 뭔 일이 생긴 게 아닐까 염려 돼서 휴대폰을 보니 연락 온 게 없더라고. 확인차 데이비드한테 전화나 넣어볼까 했지만, 데이비드는 귀찮아하고 내가 호들갑 떤다고 타박이나 하겠지. 그래서 아무 일 아니라고

혼잣말을 하고는 차를 한잔 마셨지. 그런데 도무지 그 느낌을 떨칠 수가 없는 거야. 집 안 어느 방에 가도 날 자꾸 따라와. TV라도 볼까 싶어 〈디스 모닝〉을 틀었어. 거기 진행자 필립 스코필드라면 내가 껌뻑 죽는 거 너도 알잖아. 근데도 아예 눈에 들어오질 않았어.

어쨌든 간에, 아침을 먹고 옷을 입은 뒤에 버스를 타러 집을 나섰지. 하지만 나는 저승사자가 내 뒤를 졸졸 따라오기라도 하는 듯이 연신 뒤를 돌아봤어. 88번 버스에 앉아서 다른 승객들이 하는 말이나 들으며 예사롭지 않은 기운을 떨쳐버리려고 했어. 마침 어떤 젊은 아빠랑 아들이 연을 들고 탔네. 그걸 보고 있자니 불현듯 생각이 났지.

마지막으로 이런 느낌이 들었던 때가 언제였더라? 간담이 서늘해졌던 그때가?

바로 네가 죽다 살아난 그날이었어.

내가 너한테 말했는지 모르겠는데, 그날 아침도 오늘처럼 불길한 기운을 느끼며 잠에서 깼어. 그때만 해도 데이비드가 학교에서 온갖 말썽을 피우던 때라 또 무슨 사고를 쳤을까 싶었지. 온종일 집에서 안절부절못하고 교장 선생님 호출을 기다렸어.

그런데 생각지도 못하게 누가 현관문을 두드렸지. 들릴 듯 말듯 한 소리여서 하마터면 놓칠 뻔했어. 문을 열었더니 글쎄 네가 떡하니 서 있는 게 아니겠어? 금방이라도 쓰러질 듯 문에 기대서는 살날 얼마 안 남은 사람같이 다 죽어가는 꼴이었어.

너도 기억나, 퍼시? 아니, 아마 기억 못 하겠지. 병색이 완연했으니까. 네가 시체처럼 온몸을 나한테 의지했던 터라 널 어떻게 침실로 끌고 들어왔는지도 모르겠어. 겨우겨우 널 침대에 눕혔을 때 네 몸은 돌덩이처럼 차가웠고 입술은 새파랗게 질려 있었어. 내가 의사를 부르겠다고 하니 다 죽어가는 사람이 어디서 힘이 났는지 내 손을 꽉 움켜쥐고는 놔주지를 않았지.

하는 수 없이 내가 네 옆에 눕고 널 품에 안았어. 네 숨이 얼마 남지 않았다고 생각해서 기도 말고 다른 건 할 수가 없었지.

그 후로 오랫동안 그날을 떠올리지 않았어. 일단 네가 나아지고 나니까 그 기억을 봉인해버렸거나 아니면 그다음에 일어난 일 때문이었을지도 모르지. 오늘 아침 버스에 앉아 있자니 그 간담 서늘한 기분이 선명하게 떠올랐어. 마치 내가 다시 그때로 돌아가 내 품에서 쉴 새 없이 몸을 떨던 네 옆에 누워 제발 네가 목숨을 건질 수 있길 바라고 또 바라기라도 하는 것처럼.

이 모든 일들을 전부 떠올리던 바로 그때 요란한 소리가 들렸어. 내가 탄 버스 뒤에 따라붙은 구급차의 사이렌 소리였지. 구급차가 쌩하고 버스 옆을 지나치더니 트래펄가 광장 앞으로 방향을 홱 틀더라고. 버스가 차들 사이를 꾸물꾸물 지나갈 때 버스 승객들은 무슨 일인지 궁금해서 너 나 할 것 없이 앞쪽으로 고개를 쑥 빼고 있었지. 사자 동상 옆 바닥에 누가 누워 있었어. 밝은 빨간 머리를 한 젊은 여자 같았고 그 옆에선 노인 하나가 종이로 연신 부채질을 하며 무릎을 꿇고 있었어. 마침 버스가 움직이기 시작해서 더는 볼 수 없었지.

아직 젊어 보이던데 딱하기도 하지. 안 그래?

아무튼지 간에 오늘 아침 그 별난 느낌이 뭔지는 끝끝내 알 수가 없었어, 퍼시. 그치만 거짓말이 아니라 오전 내내 안절부절 어찌할 수가 없었어. 그냥 집으로 얼른 가서 뜨끈한 차 한잔 마시고 털어버리는 수밖에. 밤에 데이비드한테 별일 없는지 전화나 한번 하려고.

23

"리비, 정신 차려봐. 리비, 내 말 들려?"

리비는 눈을 떴지만 밝은 햇빛 때문에 눈이 가늘어졌다. 시꺼먼 얼굴 그림자가 가까이에 있었고 등에 차갑고 딱딱한 촉감이 느껴졌다.

"프랭크 할아버지?"

몸을 일으키려 했지만, 프랭크가 잡은 손을 꼬옥 오므려 몸을 움직이지 말라는 신호를 전했다.

"아직 움직이면 안 돼. 다시 정신 잃으면 안 된다고. 구급차가 오고 있으니 염려 마."

"무슨 일 있었어요?"

"자네가 정신을 잃었지 뭐야. 응급 구조 요원들 올 때 됐으니 걱정할 것 없어."

"저 진짜 아무렇지 않아요. 그냥 뭐든 먹으면 돼요."

이 말을 하는 사이 눈앞이 다시 흐려져 리비는 눈을 감았다.

"그대로 있으라고. 괜찮아질 거야."

프랭크가 리비를 안심시켰다.

주위에서 웅성거리는 소리가 들려와 리비는 사람들이 두 사람을 지켜보려 둘러쌌다는 걸 알 수 있었다.

"소란 피우고 싶지 않아요."

리비가 중얼댔다.

"그런 거 아니야. 이제 걱정은 그만해."

리비는 눈을 감은 채 가만히 누워 있었다. 프랭크는 신문을 부채 삼아 리비에게 살랑살랑 바람을 보내며 리비 옆에 무릎을 꿇고 꼭 붙어 있었다.

금방 사이렌 소리가 들렸고 이내 다가오는 발소리가 들렸다. 프랭크가 무슨 일인지 설명했고 리비는 누군가 옆에 앉는 걸 느낄 수 있었다.

"리비, 저는 응급 구조 요원 조너선이라고 합니다. 좀 어떠세요?"

"현기증이 나요."

"네, 그럼 몇 가지 확인해볼게요. 우선 혈압부터 재고요. 괜찮죠?"

리비는 팔에 줄을 채우는 조너선을 향해 고개를 살짝 끄덕였다. 위를 쳐다보니 구경꾼 무리가 있었고 그중엔 사진 찍는 이도 있었다.

"번거롭게 해서 죄송합니다."

혈압 재는 줄이 팔을 조여오자 리비가 말했다.

"아침을 걸렀어요. 그게 다예요."

조너선은 말없이 모니터를 응시했다.

"전에도 이런 적 있었나요, 리비?"

"열여덟 살 때 파티에서 사과주 과음으로 정신을 잃은 적이 한 번 있어요."

"최근에는요? 현기증이 지속됐나요?"

리비는 뭔가를 말하려다 그만뒀다.

"어제 그랬는데 그 전에 뛰어서 그랬던 것 같아요."

"이제 혈중 산소 농도 잴게요."

조너선은 리비의 검지에 클립을 끼우고 숫자를 살피더니 동료 와 상의하려고 일어섰다.

프랭크가 다시 리비에게로 몸을 기울였다.

"좀 어때?"

"창피해요. 솔직히 말하면."

리비의 생명에 지장이 없다는 걸 알자마자 구경꾼들이 사라져 서 기분이 나아졌지만, 신경이 쓰였다.

"죄송해요. 내셔널 갤러리에서 좋은 시간 보낼 수 있었는데."

"그런 말 마. 내셔널 갤러리는 언제고 갈 수 있지. 자네가 회복 하는 것보다 중요한 일은 없어."

"이제 제발 내 몸을 돌보라는 계시인가 봐요."

"그래, 아침도 챙겨 먹고. 아침 식사가 제일 중요해."

조너선이 다시 나타났다.

"산소 농도엔 문제가 없지만 혈압이 낮고 기절까지 했으니 의사에게 제대로 확인받아야 해서 병원에 같이 가셔야겠어요."

"병원이라고요? 정말 그럴 필요가……."

"이분 말씀 들어."

프랭크가 단호하게 말했다.

"건강에 요행을 바라면 안 돼."

"진짜 어지러웠을 뿐이에요. 집에 가서 누워 있을게요."

리비가 다급하게 말했지만 조너선과 프랭크가 동시에 눈에 힘을 주고 쳐다보고 있었기에 소용없다는 걸 깨달았다.

"알겠어요. 하지만 전 정말 괜찮아요. 믿어주세요."

두 시간 뒤, 리비는 응급실 침대에 앉아 있었다. 현기증은 가신 지 오래였다. 심전도 측정선을 몸에 달고 채혈을 하고 플라스틱 통에 소변도 받았다. 간호사가 준 치즈 샌드위치와 바나나를 먹으며 바쁘고 중요한 일을 하는 이들의 귀중한 시간을 잡아먹고 있다는 생각에 마음이 더욱 불편해졌다. 최소한 프랭크에게 병원에 동행할 필요까진 없다고 설득할 수 있어서 다행이었지만 새로 뭘 알게 되면 즉시 전화하겠다고 몇 번이고 다짐해야 했다.

며칠 같은 몇 시간을 보내자 젊은 의사 하나가 차트를 들고 파란 커튼을 젖히며 들어왔다.

"엘리자베스 니콜라스 씨? 저는 싱 박사입니다. 좀 어떠세요?"

"괜찮아요. 고맙습니다. 다들 바쁘신데 제가 민폐를 끼쳐 죄송해요."

"민폐라니요. 그런 거 아닙니다."

싱 박사가 침대에 걸터앉아 차트를 읽으며 말했다.

"심전도 정상, 혈액도 문제없네요. 다행입니다."

"잘됐네요. 이제 앞으로 아침 꼬박꼬박 챙겨 먹을게요."

"한 가지 아셔야 할 게 있어요."

싱 박사가 리비를 올려다봤다.

"소변과 채혈 검사에서 HCG 수치가 아주 높게 나왔어요. 무슨 뜻인지 아세요?"

리비가 고개를 저었다.

"HCG는 임신 중에 생성되는 호르몬이에요. 검사 결과, 니콜라스 씨는 임신하셨어요."

"네? 그럴 리가 없는데요!"

리비는 너무 황당한 나머지 헛웃음이 터지려는 걸 간신히 참았다.

"마지막 생리가 언제였죠?"

리비는 기억을 더듬어보려 했으나 피가 귀로 쏠려 영 집중을 할 수가 없었다. 이 의사가 왜 지금이라도 깔깔대고 웃으며 농담이었다고 말하지 않는 거지?

"섹스 안 한 지 몇 달은 됐어요."

"재촉하고 싶진 않은데 마지막 생리가 언제였는지 알려주시면 제일 도움이 될 것 같아요."

리비는 휴대폰을 꺼냈다. 보통은 앱에 생리 날짜를 기록해놓았다. 사이먼과 아이를 갖기로 하면 날짜 기록이 필요하다는 언니의 말을 듣고 나서부터였다. 지금에 와서 앱을 켜보니 지난 3월

초 기록이 마지막이었다. 분명 그 뒤로 생리를 했을 텐데? 리비는 절박한 마음으로 지난 몇 달을 돌이켜보았다. 사이먼과 헤어지고 런던으로 이사 오는 인생의 소용돌이를 겪으며 몸을 돌볼 겨를 따윈 없었다. 언젠가 출혈 비슷한 게 있긴 했는데 그게 생리를 제대로 한 건지 긴가민가했다.

리비가 의사를 올려다보며 물었다.

"3월 5일에 했던 것 같아요."

"네, 그렇다면⋯⋯."

싱 박사가 계산하느라 멈칫했다.

"그럼, 지금 임신 14주 차입니다."

"말도 안 돼요! 그럼 제가 지난 석 달 동안 임신 사실도 모르고 있었다고요? 다른 사람 검사 결과랑 헷갈리신 거 아닌가요?"

"다른 증상은 없었나요? 메슥거림, 피로, 체중 증가?"

리비는 동작 그만 상태가 되었다. 속이 메스꺼운 건 스트레스 때문, 몇 킬로 살이 붙은 건 동네 카페 크루아상이 원흉이라고 여겼다. 쉬어도 쉬어도 피곤한 건 헥터 탓으로 돌렸다.

"아 정말, 미치겠네!"

현기증이 또다시 몰려와 리비가 큰 소리를 냈다. 고개를 두 손 깊이 묻었다.

"임신은 **안 돼요.** 이럴 순 없어요!"

"놀라셨겠죠. 지금 전화해야 할 사람 없나요? 지금 연인 관계인 분은요?"

"없어요!"

리비가 한층 큰 소리를 내는 바람에 의사가 적잖이 놀랐다.

"네, 잠시 시간을 드릴 테니 천천히 정리하시겠어요? 산부인과
에 등록해야 하니 전화 한 통 할게요. 그러고 나면 가셔도 돼요.
알겠죠?"

싱 박사가 커튼으로 향하다가 주춤했다.

"지금 전화로 알려야 할 사람 없는 거 확실해요? 함께 사는 누
구 없어요?"

리비는 전화로 언니에게 임신 사실을 알리면 언니가 어떻게 반
응할지 떠올리며 눈을 질끈 감았다.

"없어요, 전화할 사람."

24

그다음 주는 어떻게 지나갔는지도 모르게 흘러갔다. 먹고, 자고, 헥터 돌보기를 반복하며 단순 노동을 이어나갔다. 그저 명할 뿐이었다. 아직도 임신 사실을 받아들이기가 어려웠다. 사이먼과는 늘 피임에 신경을 썼다. 하지만 어느 순간 일이 어긋나 이제 자신을 원하지도 않고 다른 여자를 만나는 남자의 애를 배 속에 품고 있는 신세가 됐다. 애 키우는 일엔 문외한이며, 백수이자 곧 노숙자가 될 판인 데다가 저축해둔 돈은 바닥을 드러내는 중이었다. 두려움이 마음을 좀먹고 암울한 현실이 머릿속을 사정없이 두드리고 있었다.

가능하면 언니와 마주치지 않으려고 애썼다. 아직은 털어놓기 겁이 났다. 프랭크에겐 집에 무사히 돌아왔다고 안심시켰지만, 자세한 건 말하지 않았다. 월요일 아침 딜런이 버스 정류장에서 기다리고 있다고 보낸 왓츠앱 메시지에는 답을 하지 않았다. 이후 자신이 노선에 포스터 붙이는 작업을 모두 마무리했으며, 리비의 몸은 괜찮은지 궁금하다며 보낸 보이스메일 또한 모른 척했다. 한두 번쯤은 딜런에게 전화해 약속을 어긴 이유를 고백할까도 생각해봤지만, 매번 지레 겁이 났다. 딜런은 정말 좋은 사람이지만 임신 사실을 알리면 둘 사이에 흐르던 묘한 기류가 흔적도 없이 사라질까 두려웠다. 다시 어색한 사이로 돌아가기 싫었다. 리비는 이제 포스터 붙이기 작업이 끝났으니 그저 딜런이 보내는 메시지를 무시하고 자신를 잊도록 내버려두는 편이 오히려 쉬울 거란 생각이 들었다.

하지만 사이먼은. 사이먼에게는 털어놔야 한다는 걸 알았지만 그 생각만으로도 몸에서 거부반응이 올 지경이었다. 이미 새 여자를 만나 새 생활을 만끽하고 있는데 헤어진 여자친구가 임신했다고 말하면 대체 어떻게 반응할까? 옴짝달싹 못 하게 손발을 묶는다고 오해하며 화를 낼까? 아이를 지우기를 원할까? 임신이 계획에 없던 일이었음은 명백하지만 그렇다고 평생 안 하려던 건 아니었다. 리비는 어렸을 때부터 엄마가 되고 싶었다. 하지만 엄마가 되는 일에는 결혼이라는 대전제가 필요했고 가족이라는 울타리 안에서 아이를 키우길 바랐지, 혼자 엄마가 되고 싶진 않았다. 한 주 내내 같은 생각에 도돌이표를 달아 고민을 반복했다. 남은 거라곤 깨질 듯 아픈 머리와 퉁퉁 부은 눈뿐이었다.

토요일 오전, 집에 아무도 없다는 걸 확인하고 거실로 내려가 책장에서 언니의 책을 꺼냈다. 지난주에 발견했지만, 감히 쳐다볼 엄두도 내지 못한 책이었다. 주방으로 가져와 아일랜드 식탁 앞에 앉았다. 책 표지에는 《초보 부모를 위한 임신 계획》이라고 적혀 있었고, 빵빵하게 부풀어 오른 배를 내민 여자 뒤에 한 남자가 서서 흐뭇하게 웃고 있었다. 리비는 책을 대충 훑다가 자신이 속한 주에서 멈췄다.

15주 차에 접어들면 아기는 10센티미터 정도의 길이에 사과 한 개만 한 크기가 됩니다.

리비는 손을 배에 갖다 댔다. 자궁 안에 사과 한 개만 들어 있을 리 없는데. 지금쯤이면 배가 이렇게 평평하지 않고 제대로 부풀어서 배 나온 아저씨 정도는 돼야 마땅한데. 리비는 책을 계속 읽었다.

첫 임신이라면 아직 배가 봉긋할 때는 아닙니다. 체중이 늘어나는 속도는 조금 빨라졌을 것입니다. 사람마다 임신 양상은 모두 다르니 걱정되는 부분이 있으면 담당 의사와 상의하십시오.

그래, 걱정돼 죽겠다. 리비는 책을 몇 장 더 읽어보았다.

아기의 눈은 빛에 민감하며 손톱이 자라기 시작합니다.

자기도 모르게 리비는 이 사실에 무릎을 탁 쳤다. 헥터가 막 태어났을 때 그 쪼끄만 손가락을 보며 놀랐던 기억이 났다. 늙은이처럼 자그맣고 쪼글쪼글했던 손.

15주 정도에 아기는 엄마의 목소리를 듣기 시작하므로 언제든 말을 해줘도 됩니다.

리비는 책을 내려놓았다.

"안녕, 아가야."

텅 빈 집에 울리는 목소리가 한층 크게 들렸다.

217

"내가 네 엄마야."

두 손으로 아랫배를 살짝 힘줘 누르며 그 안에 웅크리고 있는 사과만 한 아기를 머릿속에 그려보았다.

"그동안 잘 보살펴주지 못해 미안해. 네가 있는 줄도 몰랐으니 시작이 좋았다곤 할 수 없지. 이번 주에 계속 울기만 한 것도 미안. 놀라서 그랬어. 그게 다야."

옆집 마당에서 바스락거리는 소리가 들려와 잠시 말을 멈췄다.

"네 아빠랑 난, 일을 이렇게 만들고 싶진 않았어. 그래도 이제 신경 쓰지 마. 이번 주에 생각할 시간을 충분히 가졌고 **네가** 와줘서 내가 얼마나 기쁜지 알아주면 좋겠어. 어찌해야 할지 몰라 허둥지둥해서 정말 미안하고, 네 앞에서 욕하고 실수한 것도 다 잘못했어. 지금은 살 집도 없고 너를 어떻게 먹여 살려야 할지 막막하지만, 방법을 찾아볼게. 알았지? 엄마가 약속할게."

리비는 손 아래서 뭔가 느껴지는지 보려고 잠시 숨을 멈췄다. 아기가 듣고 기뻐하는 게 혹시라도 느껴질까 싶었다. 하지만 아기와의 애틋한 교감은커녕 화장실에 가고 싶은 느낌만 강하게 들었다.

해야 할 일을 머릿속으로 정리하며 화장실 세면대에서 손을 씻고 있자니 아래층에서 현관문이 딸깍하고 열리는 소리가 들렸다. 언니, 형부, 헥터는 매주 토요일엔 점심때까지 축구 연습을 하기에 리비는 급히 손을 말리고 복도로 나갔다.

"누구세요?"

"리비, 어딨어?"

레베카의 목소리가 위층까지 쩌렁쩌렁 울려 퍼졌다.

"2층에. 왜 이렇게 일찍 왔어?"

"엄마랑 브런치 먹기로 했잖아. 그새 잊었니?"

망할. 새까맣게 잊고 있었던 데다가 가족 식사만은 정말 피하고 싶었다. 엄마는 곁눈질만으로도 리비가 어떤 상태인지 기가 막히게 알아맞힐 테니까.

"아직도 침대에서 꾸물거리고 있지는 않겠지, 엘리자베스?"

폴린의 목소리가 들려왔다.

"아니에요, 엄마."

궁상맞은 잠옷 차림을 내려다보며 리비가 힘없이 대답했다.

"그래야지. 어서 내려와. 훈제연어랑 에그 스크램블 준비를 도우렴."

리비는 화장실 거울로 꾀죄죄하고 핏기 없는 얼굴을 들여다봤다. 머리를 하나로 묶고서 마스카라를 바르고 아래층으로 향했다.

"어디 아프니?"

리비가 주방에 발을 들이기도 전에 엄마가 물었다.

"아니요."

"근데 꼴이 그게 뭐니?"

"제 꼴이 뭐가 어때서요. 그냥 피곤해서 그래요. 달걀 어딨어요?"

"장바구니 안에."

엄마는 아일랜드 식탁에 놓인 커다란 갈색 종이 쇼핑백 몇 개를 고개로 가리켰다.

리비는 식탁으로 가다가 그대로 얼음이 돼버렸다. 쇼핑백 아래 아까 리비가 읽던 임신 책이 뾰족 튀어나와 있었기 때문이다. 임신 15주 차 설명이 있는 페이지가 그대로 펼쳐져 있었다. 엄마나 언니 모두 아직까진 눈치채지 못했지만, 이 책을 어서 주방 밖으로 치워버려야 했다. 쥐도 새도 모르게. 리비가 언니랑 엄마를 건너다보니 모두 리비를 등지고 서서 냉장고 음식을 가지고 실랑이를 하고 있었다. 슬그머니 쇼핑백을 들어 올려 아래에 깔려 있던 책을 스르륵 집었다.

"리비, 훈제 연어 좀 줄⋯⋯."

엄마가 리비에게로 고개를 돌리다 리비가 책을 들고 있는 모습을 보고는 입이 쩍 벌어졌다. 순간 엄마는 누군가 잠시 멈춤 버튼을 누른 듯 미동도 없이 있다가 돌연 얼굴빛이 환해졌다.

"레베카!"

엄마의 환호 탓에 레베카는 냉장고에서 꺼내던 오렌지 주스를 떨어뜨릴 뻔했다.

"왜 엄마한테 말 안 했어?"

상황 파악이 된 리비는 긴장감에 갈비뼈가 뻐근하고 욱신거렸다. 설명하려고 입을 벙긋거렸지만, 레베카가 빨랐다.

"엄마, 무슨 얘기예요?"

"그래서 날 불렀구나. 중대 발표 하려고. 그럼 그 책은 펼쳐놓지 말았어야지, 바보같이!"

레베카는 여전히 감을 잡지 못해 어리둥절한 표정이었다. 리비에게 설명 좀 해보라고 돌아봤을 때 시선이 책으로 향했다. 침묵이 흘렀고 리비는 언니의 목이 새빨갛게 달아오르는 걸 두 눈으로 똑똑히 봤다.

"몇 주?"

레베카가 목을 쥐어짜는 듯한 소리로 물었다.

"난 모르지, 네가 얘길 해보렴, 애야."

엄마가 미소를 띠며 대답했다.

"배를 보니까 아직 12주는 안 된 것 같은데."

레베카는 리비를 지그시 바라봤다. 표정은 여전히 아무것도 드러내지 않았지만 이제 목에서 올라온 분홍빛이 뺨을 물들여 레베카의 마음을 여실히 드러냈다.

"15주."

리비가 조용히 말했다.

"미안해, 언니, 얼마 전……."

"아니, 대체 이게 무슨 일인지 누가 설명해봐."

목소리에서 웃음기가 가신 엄마가 이제 두 딸을 번갈아 쳐다보고 있었다.

"레베카?"

"저 임신 아니에요."

레베카가 흔들리는 목소리로 말했다.

"마지막 체외수정 실패했어요."

"아…… 근데, 이해가 안 되는구나, 그 책은 왜……."

"**리비**예요. 임신한 사람은. 제가 아니라."

괴로운 침묵이 몇 초간 흘렀다.

"엘리자베스?"

엄마가 눈을 크게 뜨고 불렀다.

"아니, 어떻게?"

"사이먼이랑 헤어지기 전 임신이 됐어요."

리비가 기어 들어가는 목소리로 답했다.

"그럼 사이먼이 아이 아빠라고?"

폴린의 얼굴이 안도로 밝아졌다.

"천만다행이지 뭐니. 그럼 이건 나쁜 소식이라고 할 수가 없지."

엄마는 주방을 가로질러 리비 쪽으로 걸어왔다.

"아니, 오히려 아주 잘된 일이야. 축하한다, 우리 딸!"

폴린이 리비를 꼭 껴안았다.

"어, 고마워요, 엄마."

리비의 두 눈은 움직일 생각도 없이 서 있는 언니를 떠나지 못
했다. 엄마는 리비의 귀에 속삭이려 목소리를 낮췄다.

"딸 둘 중 하나는 유난 안 떨고 임신이 돼서 엄마가 얼마나 안
심했다고."

언니는 뺨이라도 한 대 얻어맞은 듯 몸을 움츠렸다가 곧바로
평정심을 되찾았지만, 리비는 놓치지 않았다. 고통이 순간적으로
격렬하게 솟구치는 그 광경을.

"레베카, 냉장고에 샴페인 남은 거 있니?"

폴린이 레베카에게 고개도 돌리지 않고 물었다.

"리비한테 생긴 경사를 축하해야지."

레베카는 느릿느릿 냉장고로 걸어갔다. 허리도 굽히지 않고 뻣

뻣한 자세로 술병을 꺼냈다.

"사이먼이 이 소식을 들으면 얼마나 좋아하겠니. 아빠 되는 게 소원이라고 입이 닳도록 말했잖아. 사이먼은 뭐라고 하디?"

리비는 책을 들고 있다는 사실을 이제야 알아채고 식탁에 다시 내려놓았다.

"아, 아직 말 안 했어요."

"아니, 왜?"

"저도 너무 놀랐거든요."

"임신은 언제 알았는데?"

폴린은 레베카한테 샴페인 병을 받아 들고 코르크 마개를 열었다.

"지난주에나 알았어요."

"그래? 어머, 난 너희들 임신된 날 바로 알았는데. 두 번 다 내가 너희 아빠한테 말했잖니. '로저, 우리 방금 생명을 창조했어'라고."

리비는 오만상을 찌푸리며 언니와 눈을 맞추려고 했지만, 레베카는 리비를 외면하며 창밖 정원을 바라보고 있었다.

"적어도, 몸무게가 늘어난 이유는 밝혔네."

폴린이 샴페인을 잔에 따르며 말했다.

"그렇지만 말이야, 애야, 이게 여러 가지로 너한테 아주 똑똑한 처사란다. 이제 사이먼은 부질없는 불장난을 관두고 너를 다시 만날 테니. 그럼 이 같잖은 소동이 다 끝나는 거야."

"정말 그렇게 될지는 잘 모르겠어요."

리비가 힘없이 말했다.

"당연히 그렇지. 사이먼이 얼마나 괜찮은 젊은이라고. 너한테 애 팽개쳐두고 돌아설 사람이 아니라니까."

"지금은 딴 여자 사귀잖아요, 엄마. 그리고 터놓고 말해서 그 난리를 겪고도 걔랑 다시 합치고 싶은지 확신이 안 서요."

"애가 어디서 말도 안 되는 소릴 하고 있어. 네가 사이먼 애를 가졌다는 말이 끝나기가 무섭게 그 말라비틀어진 올리비안가 뭔가 하는 애는 싹 잊을 거야. 두고 보면 알아."

"애는 **낳을** 거지?"

내내 말이 없던 레베카가 처음으로 던진 말에 리비가 레베카를 올려다봤다. 의심쩍어하는 레베카의 눈과 마주쳤다.

"당연하지, 뭘 물어."

"사이먼한테 **얘기할** 거고?"

리비가 살짝 오래 망설이는 바람에 언니가 쓴소리하려는 듯 숨을 들이마셨다.

"말해야 해, 리비! 걔가 애 아빠잖아."

"말할 거야."

폴린이 장녀에게 혀를 찼다.

"레베카, 좀. 동생 일에 같이 기뻐해주려고 애라도 쓰면 안 되겠니?"

"저도 기쁘다고요."

레베카는 말과 다르게 감정이라곤 없는 목소리였다.

"그럼 건배해야지."

샴페인 잔을 두 딸에게 내밀며 폴린이 말했다.

"리비와 임신을 위하여."

"리비와 임신을 위하여."

레베카가 말하고는 순식간에 잔을 비웠다.

25

고통스러웠다고밖에 달리 표현할 수 없는 브런치였다. 폴린은 내내 쉬지 않고 리비에게 임신에 대해 설교를 늘어놓았다. 몸매 유지를 위해 산전 요가 클래스를 수강해야 하는 까닭, 런던 병원보다 수준이 높은 서리 병원에서 산모 등록을 해야 하는 이유, 사이먼의 부모님이 임신 사실을 알게 되면 얼마나 기뻐하실지. 리비는 주제를 바꿔보려고 수차례 시도했으나 엄마가 숨도 쉬지 않고 말을 쏟아내는 걸 보고 두 손 두 발 다 들어버렸다. 게다가, 너무도 언니의 눈치가 보였다. 레베카는 에그 스크램블이 딴딴하게 굳을 때까지 말 한마디 없이 음식엔 손도 대지 않고 계속해서 샴페인을 들이켜고 있었다. 무엇보다, 엄마의 가시 돋친 말에 찔려 마음에 생채기가 난 언니의 표정이 두고두고 잊히지 않았다. 레베카와 단둘이 얘기할 시간이 필요했다. 드디어, 몇 시간처럼 느껴진 일방적인 대화가 끝나고 엄마가 말을 멈췄다.

"이제 집에 가봐야겠어."

엄마가 가방을 챙기며 말했다.

"앞으론 널 훨씬 자주 보게 되겠구나, 리비. 네가 사이먼이랑 다시 합치고 나면 말이야."

리비가 입을 열었지만, 폴린의 말은 끝나지 않았다.

"오늘 꼭 얘기하렴. 이번 주에 사이먼네 엄마랑 웨이트로즈*에서 마주칠 게 뻔하니까. 그때 같이 이 기쁜 소식을 축하해야 마땅하지 않겠니?"

엄마가 리비의 어깨를 힘주어 주무르고 사라졌다.

리비는 현관문이 쾅 닫히는 소리가 들릴 때까지 기다렸다가 언니 쪽으로 돌아섰다.

"언니, 이렇게 소식 전하게 돼서 너무 미안해. 둘만 있을 때 얘기하고 싶었는데 그동안 내가⋯⋯."

"일해야 해."

쌀쌀맞게 말한 뒤 일어서려다 레베카는 비틀거리며 빈 샴페인 잔을 넘어뜨렸다. 리비가 언니를 잡아주려고 벌떡 일어났지만, 언니는 역병이라도 옮을 것처럼 리비의 손을 매몰차게 뿌리치고는 서둘러 방을 빠져나갔다.

리비는 식탁 앞에 힘없이 주저앉았다. 언니랑 형부가 둘째 아이를 가지려고 갖은 노력을 다하고 있다는 걸 모르는 바가 아니었다. 언니가 두 번째 임신에 성공하기 위해 고군분투하다 지칠

---

* 영국의 마트.

대로 지친 모습도 확연히 티가 났다. 이런 상황에서 리비가 노력도 없이 우연히 아이를 가졌으니 언니에게 치명타를 날린 거나 다름없는데 엄마는 언니의 상처에 소금을 아낌없이 뿌렸다.

깊은 한숨을 쉬고 리비는 휴대폰을 들었다. 지금 엄마는 분명 아빠한테 이 소식을 알리느라 전화를 하고 있겠지. 곧 친구들에게 알리고 눈 깜짝할 새에 사이먼 가족의 귀에 들어갈 것이다. 더는 미룰 수가 없었다. 리비는 2층으로 올라가 언니의 굳게 닫힌 방문 앞을 까치발로 살금살금 지나쳐 침대에 걸터앉아서 사이먼의 번호를 눌렀다.

신호가 두 번이 채 울리기 전에 사이먼이 전화를 받았다.

"리비, 무슨 일이야?"

"왜 속닥거리고 있어?"

"지금은 타이밍이 별론데. 나 지금 뭐 하는 중이었어."

"알았어, 빨리 말할게. 중요한 할 말이 있어."

"어, 잠깐만."

리비는 희한한 웡웡 소리 뒤에 문 열리는 소리를 들었다. 사이먼이 다시 말을 시작했을 땐 방음 시설이 된 방 안에 있는 듯 소리가 답답하게 전달됐다.

"뭐야, 할 말?"

"너 지금 어디야?"

"1층 화장실."

리비는 1층 화장실을 머릿속에 떠올렸다. 조그맣고 창문도 없는, 벽장 겸용인 화장실이라 변기에 앉아 있으면 사실상 얼굴 앞에 남의 코트가 걸려 있는 꼴이 되는 공간이었다. 무엇 때문인지, 사이먼이 거기 숨어 있다는 사실이 리비에게 없던 용기를 심어주었다. 리비는 숨을 한 번 크게 쉬었다.

"너한테 꼭 해줘야 할 말이 있어."

어서, 이 짐을 내려놓자.

"나 임신했어."

휴대폰 너머에선 아무런 소리도 들리지 않았다.

"사이먼?"

침묵.

"사이⋯⋯."

"내 애?"

"뭐? 그럼!"

"확실해?"

"당연한 거 아니야? 지금 15주야. 3월에 임신한 거라고."

또다시 침묵. 그리고⋯⋯.

"아, 나 좀 살려줘라⋯⋯."

사이먼이 얼마나 당황했는지가 고스란히 목소리에 묻어났다. 손바닥만 한 변기에 앉아 손으로 머리를 쥐어뜯고 있을 사이먼이 눈앞에 아른거렸다.

"나도 많이 놀랐어. 지난주에야 알았고."

"그럼 넌⋯⋯."

"어, 낳을 거야. 내가 늘 아이 원했던 거 알잖아. 비록 원하는 시기에 생긴 건 아니지만."

"후…… 하…… 진짜 받아들이기 쉽지가 않다."

"나도 알아. 너한테 부담 주고 싶지 않아. 다시 합치길 바라는 것도 아니고. 원만하게 대처할 방법을 찾으리라 믿어. 헤어진 커플들 많이들 그렇게 해."

"그 많은 날을 놔두고 왜 하필 오늘인지 모르겠다."

"그게 무슨 말이야?"

휴대폰 너머는 다시 침묵이 점령했다. 인기척 없는 시간이 너무 길어져 리비는 사이먼이 전화를 끊었나 싶었다.

"사이먼?"

"나도 너한테 이런 식으로 말하고 싶진 않았는데. 올리비아가 우리 집으로 들어왔어. 그러니까, 어제."

방금 귀로 들어온 정보를 제대로 이해하는 데 시간이 걸렸다.

"들어왔다는 게 무슨 말이야, 사이먼? 내 물건이 아직도 집 안에 떡하니 있는데."

"사실, 있는데, 없어. 그러니까. 내가 차고로 치웠어. 네 물건."

"뭐라고?"

"물건은 다 잘 있어. 까만 쓰레기 봉지에 잘 담아뒀어. 안전해."

목구멍에서 분노가 솟구쳐 새까맣게 타들어가고 있었다.

"너, 내 손때 묻은 물건을 다 쓰레기 봉지에 처박아놓고 우리 집에 딴 여자를 들였다고? 그러고도 나한테 입 벙긋 안 했다고?"

"**내** 집…… 이야. 사실이 그렇잖아."

사이먼이 구시렁거렸다. 리비는 이제 발가락 끝까지 힘을 줘 움켜쥐었다.

"내 이름으로 대출받았으니까."

"네 이름으로 대출받았으니 네 집이지, 사이먼. 그치만 아주 최근까지 **우리가** 함께 살던 집이란 사실엔 변함이 없어."

"아니, 네가 임신할 거란 걸 내가 무슨 수로 알아?"

사이먼의 목소리가 높아졌다.

"올리비아랑 난 진지한 사이야. 니가 내 애를 가진 걸 알면 올리비아가 기절초풍하지 않겠어?"

"아, 네, 불편을 끼쳐드려 정말 죄송하게 됐네요."

리비가 비아냥을 한껏 뿜어냈지만, 사이먼은 꿈쩍도 하지 않았다.

"나는 이 소식에 뭘 해야 할지 모르겠어, 리비."

"좋든 싫든 네가 수습해, 사이먼. 네가 원하든 아니든 이게 현실이야. 네가 선택할 수 있는 건 아이에게 아빠 노릇을 하느냐 마느냐 하는 것뿐이야."

또다시 이어진 기나긴 침묵에 리비는 속이 울렁거렸다. 사이먼이 무슨 말을 할지 알고 있었다. '나 임신했어'라고 말한 순간부터 직감했다. 그럼에도 리비는 지금, 이 순간 긴장하며 숨을 참고 있었다.

"미안해, 리비." 사이먼이 기어 들어가는 목소리로 말했다.

"못할 것 같아. 아이에게, 아빠 노릇."

전화가 뚝 끊겼다.

리비는 이 상황에서 울어야 할지 웃어야 할지 아니면 소리라도 질러야 할지 알 수가 없었다. 사이먼이 임신 사실을 알면 만사

제쳐두고 맨발로 뛰어올 거라고 호언장담한 엄마를 원망할 일도
아니었다. 이 썩을 놈은 겁쟁이 양아치 이상도 이하도 아니었다.
이 인간이 이렇게 나올 걸 예상했어야 했다. 제까짓 게 무슨 자선
단체에 내놓듯 쓰레기 봉지에 내 물건을 쑤셔 넣어놔? 리비는 다
시 한번 분노가 용솟음치는 걸 느꼈지만, 실은 그 이면에 다른 감
정이 도사리고 있었다. 지금 당장 사이먼을 얼마나 미워하든, 또
다시 거절당했다는 깊은 상처가 지워지지 않는 문신처럼 남았다.
사이먼은 리비 없이 잘 먹고 잘 살고 있었고 리비나 아이에겐 조
금도 관심이 없었다.

순간 휴대폰이 울려 리비는 경기할 만큼 놀랐다. 발신자 번호
제한. 사이먼이 매번 하는 짓거리다. 다시 한번 심호흡을 하고 전
화를 받았다.

"이번엔 또 뭐?" 리비가 쏘아붙였다.

사이먼은 답이 없었다.

"더 시간 낭비하기 싫어. 바로 말하거나 아니면 그냥 꺼져줄래?"

"나…… 딜런이에요."

전혀 예상치 못한 목소리의 주인공 때문에 리비의 온 신경이
곤두섰다.

"딜런, 아, 잘 지냈어요? 난……."

"됐어요."

딜런의 목소리는 차갑고 사무적이었다.

"88번 버스의 그녀 계정에 이메일이 와서 알려주려고요."

"아, 네."

"어떤 여자가 자기가 실마리를 줄 수 있을 것 같대요."

리비가 숨을 쉬다 말고 물었다. "그래요? 누군데요?"

"한번 읽어봐요." 여전히 감정 없는 목소리로 딜런이 말했다.

"그럴게요. 딜런, 나는……."

"끊을게요. 잘 지내요."

사이먼이 전화를 끊고 5분도 채 지나지 않아 통화가 또 일방적으로 끊겼다. 리비는 딜런의 무뚝뚝한 말투에 마음이 상해 한동안 휴대폰을 멀뚱히 쳐다봤다. 딜런이 리비를 미워하고 있는 게 너무도 확실했지만, 딜런에겐 잘못이 없었다. 리비는 눈을 깜빡여 눈물을 삼키고는 88번 버스의 그녀 계정 이메일을 열어봤다. 수많은 스팸메일을 거치고 나서야 딜런이 말한 메시지를 찾을 수 있었다.

안녕하세요.

며칠 전에 핌리코에서 그 포스터를 봤어요. 제가 도울 수 있을 것 같아 연락드립니다. 클래펌 근처에 사는 할머니 한 분이 계시는데 60년대에 미대에 다녔다는 말씀을 하신 적이 있어요. 여쭤보니 당시에 빨간 머리를 했었고 버스에서 한 남자를 만났는데 그 이후로 연락이 없었다는 얘기도 하시더라고요. 그 남자 이름은 기억이 안 나지만 아주 잘생긴 분이었대요! 그분을 만나 옛날 얘기를 나누고 싶다고 하시네요. 그분 이름은 스톡스 여사님이에요. 약속을 잡아보아요!

— 나시마

26

페기

친구야, 안녕. 미안해. 화요일엔 좀 늦을지 몰라. 내가 남자 만난다고 얘기한 거 기억나지? 화요일 오후로 약속을 잡았어. 끝나면 바로 와서 다 얘기해줄게. 행운을 빌어줘!

27

리비와 나시마는 다음 며칠간 이메일을 주고받았다. 프랭크와 스톡스 여사는 화요일에 옥스퍼드 서커스에서 만나기로 했다.

동행해달라는 프랭크의 부탁을 리비가 흔쾌히 수락했다. 리비 또한 지난 6주 동안 세대를 앞서간 이 멋진 여성을 시도 때도 없이 떠올렸고 그녀를 실제로 만날 수 있다는 사실에 프랭크만큼이나 흥분한 상태였기 때문이다. 하지만 딜런에게는 감히 오겠냐고 물어볼 엄두도 못 내고 있었는데, 일요일에 딜런이 함께할 수 없다는 문자를 보내왔다. 리비는 안도해야 할지 실망해야 할지 갈피를 잡을 수 없었다.

오늘은 지난번 내셔널 갤러리에 가려다 일이 어그러진 이후 프랭크를 처음 만나는 날이어서 리비는 뭘 입을지 고심에 고심을 거듭했다. 임신 사실을 언제까지나 숨길 수 없다는 걸 알고 있었지만, 오늘은 아직 밝힐 때가 아니라는 예감이 들었다. 임신 4개월 차라는 깜짝 발표 말고도 프랭크의 머릿속은 이미 충분히 복잡할 테니. 고심 끝에 리비가 선택한 건 볼록 나온 배를 가려줄 평퍼짐한 선 드레스였고 그 위에 청재킷을 걸쳐 배를 가릴 이중 보호 장치를 마련했다.

프랭크 집 근처 버스 정류장에 가까워질 때쯤 프랭크가 눈에 들어왔다. 늘 입던 낡은 벨벳 재킷이 아니라 연하늘색 리넨 정장을 차려입었다. 한때 몸에 맵시 좋게 어울렸을 정장은 이젠 구부정한 어깨에 축 늘어져 있을 뿐이었다. 날이 날이니만큼 산발에 가까운 새하얀 머리를 어떻게든 정리하려고 노력한 흔적이 엿보였으나 삐뚜름한 앞머리가 이마에 납작 붙어 있었다. 가까이 가보니 푸른색 벨벳 구두를 다소곳이 신었다. 머리끝부터 발끝까지 꽤 근사한 모습이었다. 리비가 큰 소리로 인사를 하려는 찰나 누군가 버스 정류장에서 나오며 빼꼼 모습을 드러냈다. 리비는 가슴이 철렁 내려앉았다.

딜런이 리비를 건너다봐 잠시 둘의 시선이 마주쳤다. 무표정한 딜런의 표정에 리비는 재빨리 시선을 피했다.

"리비!"

프랭크가 양팔을 활짝 펴 리비를 꼭 안자 진한 애프터셰이브 향이 확 풍겨 질식할 뻔했다.

"얼마나 신나는 일이야? 내가 그녀를 다시 만나는 순간에 함께 해줘서 얼마나 기쁜지 이루 다 말할 수가 없어."

"저도 함께하게 돼서 기뻐요, 프랭크 할아버지."

"딜런이 안 오겠다고 고집 피우는 걸 내가 억지로 끌고 왔지 뭐야. 말도 마, 어찌나 생떼를 부리던지."

"그분께 너무 부담 주고 싶지 않아요."

딜런이 우물거렸지만, 리비는 이 뻔한 거짓말을 진작에 눈치챘다. 리비가 연락을 무시했고 전화를 퉁명스럽게 받아서 오지 않으려고 했던 거다. 잠시나마 리비는 딜런과 함께했던 순간을 마음속에 그렸다. 짜릿하게 전기가 통하는 느낌, 미술 클래스에 같이 가자던 달콤한 초대. 하지만 그 모든 기억을 머릿속에서 밀어버렸다. 그때 이후 모든 것이 변했으니까.

"오늘 이 기적 같은 만남은 다 리비와 자네가 열심히 해준 덕분에 가능했어. 그런데 자네가 안 오는 게 말이 돼?"

프랭크가 딜런에게 말했다.

"그래도 내가 그녀를 직접 만날 때 단둘이 보낼 시간은 좀 줘."

프랭크가 리비를 향해 눈을 찡긋했다.

"정장 너무 잘 어울려요."

"고마워. 오래전에 어디 기부라도 한 줄 알았는데 딜런이 이걸 찾아냈지 뭐야. 이상해 보이거나 하진 않아?"

"무슨 말씀이세요. 오늘 얼마나 잘생겨 보이신다고요."

"그녀가 지난번 날 봤을 땐 훨씬 근사했는데. 마지막으로 본 지 그토록 오랜 시간이 지났어도 난 오늘 나름대로 최선을 다했다고."

88번 버스가 정류장에 도착하자 프랭크가 올라타 변함없이 버스 기사와 활기차게 담소를 나누었다. 리비는 프랭크 뒤에 서 있었고 가까이 있는 딜런이 신경 쓰여 재킷을 여몄다. 나온 배를 조금이라도 가려주면 좋겠다는 희망을 품고. 프랭크의 담소가 끝나자 셋은 위층으로 올라갔다. 프랭크의 다리가 유난히 불안정해 보여 딜런이 옆에서 부축했다. 노선의 첫 정류장이라 버스 안이 휑했다. 리비가 프랭크 옆에 앉고 딜런은 통로 건너에 자리를 잡았다.

"그분한테 무슨 말씀 하실지는 생각해놓으셨어요?"

버스가 출발하자 리비가 물었다.

"전화로 그 이메일 얘길 들은 뒤로 다른 일은 아무것도 생각할 수 없을 정도로 머리를 쥐어짰어. 지난 60년 동안 이날만을 손꼽아 기다렸는데 막상 닥치니 머릿속이 하얘지지 뭐야."

"여기서 그분 만나고 싶은 마음은 여전하신 거예요? 카페가 더 나을 수도 있어요. 차 한잔 마시면 마음이 차분해지잖아요."

프랭크가 머리를 저었다.

"카페는 너무 시끄러워. 게다가 우리가 마지막으로 봤을 때 그녀가 옥스퍼드 서커스에서 내렸잖아. 그러니 우리의 재회 장소로는 옥스퍼드 서커스가 안성맞춤이지."

버스가 남쪽으로 꺾어 켄티시 타운을 통과해 캠든으로 들어섰다. 버스를 타고 가는 내내 프랭크의 수다가 끊이지 않았다. 프랭크가 너무도 초조해 보인 나머지 진정시켜주려고 리비가 계속해서 질문을 던졌다. 딜런은 통로 건너편에 앉아 부루퉁한 10대처럼 반대편을 바라보고 있었다.

"오늘 무슨 일 있었어, 딜런?"

버스가 유스턴 로드에 다다르자 프랭크가 물었다.

"오늘 아버지랑 또 한판 한 게야?"

"에이, 아무 일 없었어요. 저기요, 보스, 지금 얼마나 기대에 부풀어 계신지는 아는데요, 그래도 마음의 준비를⋯⋯."

"무슨 말 하려는지 알지만 듣고 싶지 않아."

프랭크가 말을 싹둑 잘랐다.

"그치만⋯⋯."

"아니라니까, 딜런. 내 몸으로 할 수 없는 일을 보조하는 게 자네 일이란 걸 알아. 하지만 내 감정까지 보조할 순 없어. 그러니 이번 한 번만 지레짐작 말고 내 일생일대의 순간을 즐기도록 해 주겠어?"

딜런은 할 말이 더 있는 듯했지만, 입을 다물었다.

누구도 말이 없는 가운데 각자 창밖만 하릴없이 바라봤다. 리비는 프랭크와 트래펄가 광장에 마지막으로 갔던 그 운명의 날 이후 처음으로 88번 버스에 올랐다. 리비와 딜런이 공들여 붙인 노란 포스터는 누군가 떼냈거나 얼마 전 지나간 폭풍우에 날아가 흔적도 없이 사라졌다. 리비는 딜런을 건너다봤지만, 딜런은 앞만 바라볼 뿐 리비와 눈도 맞추려 하지 않았다. 리비는 눈을 깜빡여 야속한 마음을 씻어내고 다시 창밖을 내다봤다. 마침, 달랑 하나 남은 노란 포스터가 가로등에 붙어 있었다. 이렇게 오래 살아남아 있는 걸 보면 테이프를 제대로 잘 붙였던 모양이다. 버스가 앞으로 나아가자 하나가 더 눈에 들어왔다. 그다음에 또 하나. 하나같이 처음에 붙인 모습 그대로 멀쩡했다. 리비는 의자에서 허리를 펴고 바르게 앉았다. 어찌 된 영문인지 혼란스러울 따름이었다. 바로 그 순간이었다.

"서니!"

리비가 갑작스럽게 큰 소리를 내는 바람에 옆자리 프랭크가 몸을 움찔했다. 리비는 프랭크 쪽으로 몸을 쑥 내밀어 버스 정류장에 서 있는 서니에게 들리도록 창문을 쾅쾅 두들겼다. 서니는 정류장에서 포스터를 들고 버스를 등진 채 서 있었다.

"아니, 저 사람이 서니란 말이야? 서니!"

프랭크도 덩달아 창문을 두드렸다.

서니는 뒤돌아본 뒤 리비와 프랭크를 발견하고는 환하게 웃음지었다. 곧바로 서니가 시야에서 사라졌고 잠시 뒤 계단을 달려오는 발소리가 들렸다.

"리비! 프랭크! 아, 딜런도 있었네요!"

가까이 다가오며 서니가 말했다.

"이렇게 다시 뵙다니 오늘 억세게 운 좋은 날이네요."

"서니, 대체 뭐 하는 중이었어요?"

서니가 재빨리 뒷자리로 오자 리비가 웃음을 감추지 못하고 물었다.

"실은, 점심시간마다 포스터를 계속 붙여왔어요. 그렇게 하라고 한 적은 없지만, 회사에서 복사를 좀 해놨어요. 혹시 화난 거아니죠?"

"화가 나다니, 당치 않아."

프랭크가 서니의 팔에 손을 뻗으며 말했다.

"얼굴 다시 봐서 너무 좋구먼. 우리 서니. 지난번보다 얼굴이 폈어."

"그럼요. 형편이 많이 나아졌어요. 고맙습니다. 저도 다시 뵙게 돼서 얼마나 기쁜지 몰라요. 리비랑 딜런이 그 여자분 찾는 얘기를 했을 때 기분이 좋아서 저까지 다 어쩔 줄 모르겠더라고요. 버스에서 만난 여자분 얘기를 한시도 잊어본 적이 없어요."

"오늘 우리가 누굴 만나러 가는지 알면 놀라 자빠질걸?"

프랭크가 속내를 감추지 못하고 말했다.

"정말요?"

서니의 눈이 휘둥그레졌다.

"설마!"

"맞아, 그녀를 찾았어!"

프랭크가 서니의 놀란 표정에 껄껄 웃었다.

"그녀의 친구가 포스터를 보고 말해줬다나 봐. 자네가 붙인 포스터일지도 몰라, 서니!"

"너무 잘됐어요, 프랭크."

리비는 서니의 얼굴에서 환희 그 자체를 보았다.

"프랭크가 아니면 누구에게 이런 해피엔드가 어울리겠어요. 진짜로요. 그분 어디서 만나세요?"

"옥스퍼드 서커스 버스 정류장에서."

프랭크가 알려줬다.

"옥스퍼드 서커스 얘기가 나와서 말인데요."

버스가 올 세인츠 교회와 리젠트 스트리트 모퉁이를 돌 때 리비가 말하며 휴대폰을 꺼냈다.

"스톡스 여사님한테 문자 보내서 우리 도착한다고 알리려고
요."

옆에 있던 프랭크가 크게 숨을 들이마셨다.

"이게 꿈이 아니고 생시 맞지, 그치?"

"기분이 어떠세요, 프랭크?"

서니가 물었다.

"구름 위를 걷는 기분이야. 하지만 무섭기도 해. 이 순간을 얼
마나 오랫동안 기다렸는지 몰라. 아직도 꿈만 같아. 이 순간이 온
게 도무지 믿기지가 않아."

버스가 신호등 앞에 정차했다. 저만치 앞에 왼편으로 버스 정
류장이 보였다. 리비가 눈으로 버스를 기다리는 승객을 훑었다.
머리가 짧고 하얀, 나이 든 여성이 지팡이에 의지해 서 있었다. 버
스가 정류장에 다가가자 할머니의 눈이 버스에 고정되었다.

"저분이 맞을까요?"

서니가 물었다.

"틀림없어요."

리비가 급격히 창백해진 프랭크에게 몸을 돌렸다.

"괜찮으신 거죠?"

"그럼. 난……."

프랭크의 갈라진 목소리가 흔들렸다.

"내가 정신이 오락가락하면 어쩌지? 허튼소리를 하거나 갑자
기 또 정신을 놓거나 하면?"

"그럴 일 없어요. 혹시 무슨 일이 있더라도, 저랑 딜런이 여기

있잖아요."

"그녀가 나한테 화가 나 있진 않을까? 그 옛날 내가 바람맞힌 건 사실이니까."

오만 가지 걱정을 하는 프랭크를 보고 리비는 웃음이 나오는 걸 막을 수 없었다.

"화가 났다면 할아버지 만나러 이 먼 길을 왔겠어요? 할아버지한테 호통이라도 치려고요?"

"아, 아니 그러진 않겠지."

"그분도 지금 엄청나게 긴장하고 있을 거예요."

"아니야, 그럴 리가 없어. 60년 전 내가 만난 그녀는 세상에 두려울 게 없었다고."

신호등이 녹색으로 바뀌어서 버스가 앞으로 나아갔다.

"그녀를 맞으러 아래층으로 내려가 있어야 할까?"

"아뇨, 여기 그냥 계세요."

입에서 군내가 나도록 입을 다물고 있던 딜런이 말했다.

"제가 내려가서 맞이하고 그분에게 도움이 필요하면 같이 올라올게요."

"고마우이."

프랭크는 또다시 계단을 오르내리는 수고를 덜어 마음이 한결 가벼워 보였다.

"저는 가볼게요. 회사로 가봐야 해서요. 행운을 빌어요, 프랭크. 일이 잘되도록 저도 마음속으로 기도할게요."

"고마워, 서니."

"저도 내려갈게요. 두 분이 오붓한 시간 보내세요."

리비가 말하며 프랭크의 손을 꼬옥 쥐었다.

"파이팅! 할아버지. 혹시 필요하실지 모르니 저희는 아래층에 있을게요."

프랭크는 고개를 끄덕였지만 무슨 말을 해야 할지 모르겠는 눈치였다. 리비가 용기를 주려고 웃어 보이고 나서 일어서려고 복도 쪽으로 몸을 향했다. 동시에 딜런도 자리에서 일어나 한순간 둘의 얼굴이 맞닿을 만큼 가까워졌다.

"어, 먼저 가요."

딜런이 시선을 피하며 말했다.

둘은 1층으로 내려가 정류장에서 버스 문이 열릴 때 서니에게 인사를 했다. 리비는 계단 맨 아래에서 승객들이 탑승하는 모습을 바라보며 기다렸다. 그 할머니는 가장 마지막으로 버스에 탄 뒤 계단으로 향하는 통로를 지나가기 전 주변을 두리번거리며 다른 승객들을 살폈다.

"스톡스 여사님?"

리비가 물었다.

스톡스 여사도 긴장하긴 마찬가지였다. 화장은 너무 진했고 립스틱이 입 주변 주름에 살짝 번져 있었다.

"아가씨가 리비예요?"

"네, 안녕하세요. 이렇게 만나 뵙게 돼서 정말 반가워요."

"프랭크가 여기 있어요?"

"위층에요."

"올라가시는 거 좀 도와드릴까요?"

딜런이 상냥하게 물었다.

스톡스 여사는 딜런의 남다른 외모를 보고도 눈썹 하나 까딱하지 않았다.

"아니요, 젊은이. 괜찮아요."

"네, 그럼 저희는 1층에 있을게요. 필요하면 알려주세요."

리비가 말했다.

스톡스 여사가 고개를 까딱하고는 몸을 돌렸고 계단을 오르기 전 심호흡을 한 번 했다. 리비는 스톡스 여사가 계단 꼭대기에 올라 시야에서 사라질 때까지 지켜봤다. 리비도 심호흡을 하고 딜런을 마주하기 위해 몸을 돌렸다.

28

두 사람은 잠시 엉거주춤 서 있었다. 둘 다 서로를 바라보지 않았다. 버스가 정류장에서 갑자기 출발하는 바람에 리비가 중심을 잃고 앞으로 기우뚱하면서 딜런 위로 넘어질 뻔했다. 다행히 딜런이 손을 뻗어 리비를 잡아줬다. 리비가 날쌔게 몸을 바로 세우고는 한 발 물러섰다.

"앉을래요?"

딜런이 권하자 리비가 동의의 뜻으로 고개를 끄덕였다. 창피해서 어쩔 줄 몰라 하며.

마침 계단 맞은편에 빈자리가 하나 있어서 리비가 앉았다. 딜런이 옆에 앉았지만 서로 몸이 닿지는 않았다. 버스가 리젠트 스트리트를 따라 움직이는 내내 두 사람은 말이 없었다. 리비는 딜런에게 시선을 주지 않으려고 쇼핑객들과 관광객들로 붐비는 거리를 바라보았다. 둘이 같이 수도 없이 이 버스를 타고 돌아다녔지만 지금 옆에 앉아 있는 사람은 완벽한 타인이었다.

"어떻게 지냈어요?"

이 숨 막히는 분위기를 더 견디지 못하고 리비가 먼저 대화의 물꼬를 텄다.

"잘 지냈어요. 리비는?"

"저도요. 에스메도 잘 있어요?"

"네, 오늘 못 왔다고 속상해했어요. 우리 셋 합한 것보다 더 호들갑이었거든요."

"안부 전해줘요."

버스가 피카딜리 서커스에 가까워졌다. 둘은 말없이 멀뚱히 앞만 보고 있었다.

"헥터는 어떻게 지내요?"

"잘 지내죠. 맨날 시끄러운 음악 틀어서 엄마 화나게 만들고. 옆집 아줌마가 그거 듣고 하도 벽을 두드려대서 조만간 무너질지도 몰라요."

딜런이 코를 훌쩍였다.

"미안해요, 혹시 나 때문에 시끄러운 음악을 틀게 된 거 아닌가 싶어요. 헥터가……."

"할 말이 있어요."

리비가 딜런의 말을 가로채며 불쑥 말을 꺼냈다.

딜런은 이제 리비를 빤히 보고 있었고 리비는 머뭇거렸다. 도대체 하고 싶은 말이 뭐였을까?

"나, 나는. 음, 사과하고 싶어요. 포스터 붙이는 마지막 날 안 나간 거랑 메시지 씹은 거랑 그리고 전화 통명스럽게 받은 거요."

"괜찮아요."

딜런은 아무렇지 않게 대답하고 다시 앞을 보려고 몸을 돌렸다.

"괜찮지가 않아요, 딜런. 지난 몇 주를 평범하지 않게 보냈거든요. 어떻게 말을 해야 할지……."

"아무것도 설명할 필요 없어요."

"필요 있어요! 그러니까……."

리비가 또다시 멈칫했다. 말을 이어나가야 할지 문득 마음이 흔들렸다. 하지만 무슨 상관이람? 딜런을 보는 게 오늘이 마지막이 될지도 모르는데 사실을 말한다고 무슨 상관이 있을까 싶었다.

"임신했어요."

버스에서 이런 말을 하자니 거북하게 느껴졌다. 딜런이 숨을 들이켰다.

"와, 정말…… 축하해요."

"고마워요."

리비가 형식적으로 답했다. 이 말밖에 딱히 할 말이 없었다.

"전혀 뜻밖의 일이라, 받아들이기까지 시간이 걸렸어요."

"이해해요. 지금은 어때요?"

"아기가 생겨서 너무 좋아요."

딜런의 얼굴을 보니 표정이 한결 누그러져 있었다.

"리비가 기쁘다니 나도 기뻐요. 좋은 소식이에요."

"네, 맞아요. 그러니까, 계획 임신은 아니었지만 그래도 복 받았다고 생각해요."

"지금 몇 주예요?"

"16주요."

"아."

딜런이 아리송하다는 표정을 지었다.

"그러면……?"

"맞아요. 사이먼이 애 아빠예요."

"와."

딜런은 이 한 글자에 이해라는 속뜻을 담았다. 돌이켜보니, 리비가 사이먼에 대한 감정을 있는 그대로 털어놓은 유일한 사람은 딜런뿐이었다.

"사이먼은 임신 소식을 듣고 뭐래요?"

"좋아 죽죠, 뭐. 나랑 같이 살던 집에 새 여친을 들이고서는 자기 계획에 없던 임신이니까 아기한테 아무것도 해줄 게 없다며 나 몰라라 해요."

리비는 최대한 밝게 말했지만, 딜런의 얼굴이 순식간에 험악해졌다.

"속상하겠어요. 진짜 개소리가 따로 없네요."

"괜찮아요. 뭐, 지난 몇 달 동안 행동한 꼬락서니를 보면 어차피 장한 아버지상 받기는 애당초 그른 인간이라서요."

"인간쓰레기 같아요."

"네, 그렇게 말할 만해요."

"내가 가서 두들겨 패주고 올까요?"

"뭐라고요?"

리비가 당혹스러운 얼굴로 딜런을 봤다.

"아뇨! 그, 마음 써줘서 고맙지만……."

딜런이 킬킬거리며 웃고 있어 말을 멈췄다.

"장난이에요, 리비."

"아우, 진짜."

"욕조에 있는 거미 한 마리 못 죽이는 내가 무슨 사람을 때려요."

"미안해요. 딜런이 막 사람 패고 다니는 그런 부류라는 뜻은 아니었어요."

"괜찮아요. 이렇게 생겨먹었으니 온 동네 사람들이 다 내가 싸우려고 안달 난 줄 알아요. 지난번에 경찰관들이랑 맞닥뜨렸을 때 봤듯이, 나는 상대를 등지고 전력 질주로 줄행랑치기가 전문이에요."

"누가 딜런하고 싸우려고 들겠어요."

"싸우려고 들어요. 한시도 쉬지 않고. 근데 난 겁쟁이거든요. 실은, 비밀 하나 알려주자면……."

딜런이 불쑥 가까이 다가와 리비는 뜻밖의 거리 유지 실패에 숨을 멈췄다.

"나, 무서워서 피를 잘 못 봐요. 좁쌀만큼만 있어도 놀라서 애처럼 경기해요."

리비가 박장대소했다.

"간호사 되고 싶다고 하지 않았어요?"

"그랬죠. 그래서 더 쪽팔린 거죠."

버스가 남쪽으로 향하는 사이 둘은 재잘재잘 이야기꽃을 피웠고 리비는 긴장으로 뻣뻣했던 몸이 어느새 편안해진 걸 느꼈다. 딜런과 함께 보내는 시간, 물 흐르듯 자연스럽게 이어져 시간 가는 줄 모르는 즐거운 대화가 얼마나 그리웠는지 미처 깨닫지 못하고 있었다. 딜런과 함께 있을 때면 주변 사람들을 모두 지우개로 지워버린 듯, 둘만 있는 느낌이었다. 바로 뒤에 앙앙 울어대는 아기나 과자 달라고 떼를 부리는 어린아이가 있는 만원 버스에 있어도 말이다. 딜런과 눈을 맞추는 짧은 시간 동안 마음이 더욱 가벼워졌다. 하지만 그 생각을 재빨리 떨쳐버렸다. 딜런은 친구일 순 있지만 결국 그 이상은 아니었다. 적어도 지금은 때가 아니었다.

"2층에서 얘기가 잘되고 있는지 궁금해요."

버스가 세노타프 전쟁 기념비*를 지나고 빅벤이 눈앞에 모습을 드러낼 때 리비가 불현듯 궁금해했다.

"모르죠. 뭐, 아직 아무도 소리 꽥꽥 지르며 내려오지 않은 걸 보면 좋은 징조 아니겠어요."

"프랭크가 그렇게까지 긴장할 거라곤 예상 못 했어요. 아까 봤을 땐 얼굴이 백지장처럼 하얗던걸요."

"지난 60년을 이 순간만 그리며 살아온 사람이잖아요. 머릿속에서 그녀를 무슨 여신처럼 꾸며놓았을 텐데 당황하는 게 당연하죠."

"잘됐으면 좋겠어요. 진심으로."

"나도요."

한동안 둘 다 말이 없었다. 리비는 위층에서 프랭크가 말하는

---

* 제1차 및 제2차 세계대전에서 전사한 군인들을 기리기 위한 기념비.

소리가 들릴까 싶어 귀를 쫑긋 세웠지만, 아이들 떠드는 소리밖엔 들리지 않았다.

"헥터는 동생 생겨서 신났겠어요?"

딜런이 물었다.

"아직 말 못 했어요."

"네?"

"언니랑 형부가 아기 가지려고 노력하는 중이라 둘 다 예민해서요."

"무슨 말인지 알겠어요."

"아이 태어날 때쯤엔 거기 살지 않을 거예요. 그 집 베이비시터가 다음 달에 돌아오니 나는 바로 나갈 거거든요."

"살 집은 구했어요?"

"아뇨. 이번 주 내내 인터넷을 뒤졌는데 런던 집값이 장난 아니네요."

"괜찮으면 주변에 남는 방이나 월셋집 있는지 물어봐줄까요?"

"고맙지만, 누가 갓난아기랑 같은 집에 살고 싶겠어요."

"살 데 없으면 시에서 도와줄 수 있을지도 몰라요. 임신까지 한 몸이니까, 시에서 어쩌면……."

계단에 스톡스 여사가 나타나 딜런의 말이 끊겼다. 리비와 딜런은 누가 먼저랄 것도 없이 잽싸게 자리에서 튀어 올랐다.

"이 장소 기억나요. 아주 고급스러웠죠."

스톡스 여사가 맨 아래 계단으로 발을 딛고 웃으며 말했다.

"저기 둘 다 있구먼."

프랭크가 스톡스 여사 뒤에서 나타났다.

"옛 시절 얘기를 재미지게 나눴어."

"잘됐네요."

안도감이 온몸에 전해지는 걸 느끼며 리비가 말했다. 딜런을 보니 리비처럼 희망에 찬 표정을 지으며 리비를 보고 있었다.

"프랭크랑은 온종일도 수다 떨 수 있겠어."

눈을 반짝이며 스톡스 여사가 말했다.

"이제 우리 영감 만나러 갈 시간이라 아쉬워. 요양원에 있어서 거의 매일 가다시피 하거든."

버스가 정차하자 기사에게 감사 인사를 하며 모두 버스에서 내렸다. 버스가 출발하고 스톡스 여사와 프랭크가 작별인사를 하는 동안 리비와 딜런은 멀찍이 물러서 있었다.

"오늘 대화 너무 즐거웠어요, 프랭크."

스톡스 여사가 말했다.

"아이고, 저야말로 참 즐거웠습니다."

프랭크가 팔을 뻗어 스톡스 여사의 손을 잡았다.

"이렇게 만날 기회를 줘서 다시 한번 고맙다고 인사하고 싶어요."

"무슨 말씀을요. 내 전화번호 드렸으니 조만간 또 봐요."

둘은 서로를 향해 미소를 띄웠고 프랭크가 스톡스 여사의 손을 놓았다.

"조심히 가요."

스톡스 여사는 뒤돌아 길을 따라 걸어갔다. 리비, 프랭크, 딜런은 그녀가 멀어지는 모습을 지켜봤다. 스톡스 여사가 저만치 가자 리비가 프랭크에게 몸을 돌렸다.

"어땠어요?"

"리비, 이렇게 도와줘서 정말 고맙네."

"그분 맞아요?"

리비가 프랭크의 팔을 쥐었다.

"정말 신기하고 놀라워요, 프랭크 할아버지. 우리가 정말 그녀를 찾았다니 믿기지가 않아요!"

프랭크의 얼굴에 슬픈 미소가 어른거렸다.

"아니, 아니. 그녀가 아니었어."

29

페기

어제는 다사다난한 하루였어. 생각지도 못한 일들이 마구잡이로 튀어나오더라고.

데이비드가 소개해준 변호사 양반 만나기로 했다고 얘기했지? 위임장 때문에 말이야. 아주 따분해 죽는 줄 알았어. 도심에 있는 그 양반 사무실로 갔더니만 내 생각이랑은 영 딴판인 거야. 고급스러운 데가 눈곱만치도 없어. 차 한잔을 내줬는데 맛대가리도 없고, 입가심할 비스킷, 심지어 그 목 막히는 다이제스티브도 없지 뭐야. 그 사람이 나한테 일이 어떻게 돌아가는지 설명해줬는데, 까놓고 말해서 데이비드가 왜 만나라고 했는지 알 수가 없더라니까. 그래도 우리 아들이 좋아한다면야 뭔들 못하겠어.

아무튼, 그날의 하이라이트는 집으로 오는 버스 안에서 벌어졌지.

뉴 캐번디시 스트리트에서 88번 버스를 탔는데 만원이다시피 했지만, 휠체어 구역 뒤 내가 제일 좋아하는 자리는 꾸역꾸역 말을 수가 있었어. 거기에 앉아 이런저런 생각에 잠겨 있는데 헤이마켓 거리 초입에서 교양이 철철 넘쳐 보이는 애 엄마가 유모차를 가지고 버스에 올라탔어. 왜, 그런 유모차 있잖아. 갓난쟁이는 아래 칸에 태우고 그보다 좀 큰 애는 위 칸에 태우는 이따시만 하고 비싼 복잡한 기계 덩어리. 애 엄마가 그 탱크 같은 물건을 휠체어 구역에 놓더라고. 근데, 초보인지 제대로 하지를 못해. 어쩔 줄을 몰라 진땀을 흘려가며 반대 방향으로 밀어 넣으려니 그게 되겠어? 내가 일이 분 지켜봤는데 도무지 눈 뜨고 볼 수가 없어서 결국 나서서 한마디 했지. 지금 반대 방향으로 유모차를 넣고 있다고.

참 나, 그때 그 여자 표정이 아주 가관이었어.

내 쪽으로 돌아서서는 눈을 요러고 가늘게 뜨면서 내가 무슨 비렁뱅이라도 되는 듯이 못마땅하게 쳐다보더니 말이야. 세상 시건방을 떨면서 이렇게 말하는 거 있지.

"어떻게 하는지 제가 잘 알아요. 고맙습니다."

가증스럽기 짝이 없지 않아?

내가 이성을 놓고 한마디 시원하게 할까 했지만, 끝내 잘 참고는 입을 꾹 닫았어. 나 정말 장하지 않아, 퍼시? 난 자리에 얌전히 앉아 팔짱을 끼고 이 우스운 광경을 감상했어.

애 엄마가 유모차 뒷바퀴를 봉 옆에 끼우려고 갖은 애를 쓰고 있자니 얼굴이 점점 새빨개지는데 유모차가 꼼짝할 리가 있어? 그런데도 미련하게 계속 그러고 있는 꼴이라니. 네가 입에 달고 다니던 말이 맞다니까. 비싼 돈 내고 졸업장을 살 수는 있을지

언정 상식을 살 수는 없다고. 애 엄마가 욕을 중얼중얼하더니만 갑자기 유모차 바퀴를 냅다 걷어차더라고. 그래도 유모차는 꼼짝도 안 하고 곤히 자는 아기만 깨웠지 뭐야. 애는 자다 놀라 깼으니 악을 쓰며 울어대더라고. 솔직히, 나도 모르게 히죽 웃음이 났어. 메이시가 하던 말에 내가 맨날 깔깔거렸는데 그게 뭐였는지 알아? **쌤통이다, 요것아.**

애는 울지, 유모차는 통로까지 비쭉 튀어나와 승객들 오가는 길목을 막고 있지, 엎친 데 덮친 격으로 위 칸에 탄 애가 칭얼거리는 거야.

"엄마, 나 배고파."

한 세 살쯤 됐으려나. 내 생각엔 유모차 타기엔 애가 너무 컸어. 암튼 애가 어찌나 짜증을 내고 징징거리던지.

"금방 줄게, 아가."

애 엄마는 아주 지가 무슨 왕세자빈이라도 되는 줄 아는지 온갖 교양 있는 척은 다 하며 주접을 떨고 있었어.

"엄마 나 까까 줘, 지이이이이금."

애가 엄마 말엔 아랑곳하지 않고 소리를 지르고 다리를 막 흔들어대다가 동생이 탄 요람 끝을 발로 차서 동생이 더 시끄럽게 울기 시작했어.

이 버르장머리 없는 놈한테는 까까가 아니라 맴매를 줘야 했는데. 하지만 애 엄마는 아이한테 화를 내기는커녕 몸을 숙여 유모차에서 동생을 안아 들었어.

그 쪼끄만 애기는, 친구야, 심장이 멎을 만큼 예뻤어.

태어난 지 며칠 안 됐는지 아주 작았어. 애 엄마는 한 손에는 여자애를 안고 한 손으로는 유모차를 미친 듯이 뒤지며 뭔가를 찾고 있는데 아기 오빠는 쉬지 않고 외쳐댔지.

"까까! 까까! 까까!"

아기는 고개를 젖히고 울부짖고 애 엄마는 금방이라도 얼굴이 폭발할 것처럼 빨개져서는 허둥지둥하고 있었어.

그래서 내가 어떻게 했게?

몸을 앞으로 굽혀 두 팔을 내밀고는 애 엄마한테 말했어.

"아기 나 줘요."

애 엄마가 돌아서서 날 보더니만 내가 연쇄살인마인지 아닌지 알아보려고 열심히 머리를 굴리고 있더라고. 그러더니 금방 나한 테 아기를 건네줬어.

솔직히 말해서, 친구야, 아기가 너무 작아서 안고 있어도 팔에 아무 느낌이 없었어. 그리고, 내가 아기를 보면서 누굴 떠올렸는 지 알아?

잭.

그렇게 오랜 시간이 흘렀는데도, 잭이 떠올랐어.

병원에서 걔 품에 안았을 때 너무도 자그마해서 내 손바닥에 올려놓을 수 있을 정도였잖아. 내가 잭 주려고 뜨개질을 했는데 상체를 덮을 만큼 너무 컸던 일 기억나지?

버스에서 안았던 아기는 당연히 잭보다는 컸지. 안 그랬으면 계속 병원 신세를 졌어야 했을 테니. 그래도 여전히 아기를 안고 있자니 그때로 돌아가 너랑 잭이랑 같이 병원에 있는 기분이었어. 잭이 태어난 그날로 돌아가서.

가까스로 애 엄마가 감자칩 한 봉지를 찾아서 줬더니 아들은 고함을 멈추고 입에다가 과자를 우걱우걱 넣고 먹더라고. 쪼끄만 놈이 욕심도 많지. 애 엄마가 내 옆에 풀썩 주저앉길래 나는 아기를 돌려달라고 말하려는 줄 알았는데 아니었어. 그저 긴긴 한숨을 내쉬더니만 눈을 감고 꼼짝 않고 있었어.

내가 애 엄마를 지그시 쳐다보고 있다가, 글쎄 뭘 봤는지 알아?

눈물.

널 보는 듯했어. 병원에서 돌아오던 버스에서, 내 옆자리에 앉아 울고 있던 너. 나한테 충격이었던 건, 친구야. 울보는 언제나 나였는데, 네가 어깨를 들썩들썩하며 소리도 없이 하염없이 흐느끼고 있었던 거야. 난 어찌할 바를 몰랐어. 나 또한 엄청난 고통속에 있었기에 널 위로해야 할지 우는 널 못 본 척해야 할지 판단할 수가 없었거든. 난 그저 가만히 앉아 회색빛 런던을 창문 밖으로 내다보는 일밖엔 할 수가 없었어. 내가 돌아봤을 때 넌 더는 울지 않았지.

그 이후로 네가 눈물짓는 모습을 본 적이 있는지 모르겠어. 그때 버스에서 눈물이 말라버릴 때까지 울었으니 말이야.

30

그다음 화요일에 리비는 팔러먼트 힐 카페 밖에 앉아 프랭크가
오기를 기다렸다. 잉그리드 스톡스 여사를 만나려고 버스를 탄
지 일주일이 지났고 리비는 그동안 종일 프랭크 걱정이 머릿속을
떠나지 않았다. 딜런이 문자로 프랭크는 괜찮다고 소식을 알렸지
만, 기분이 가라앉아 있고 버스에서 있었던 일을 도통 말하려 하
지 않는다고 전했다. 설상가상으로 매번 말도 안 되는 핑계를 대
며 88번 버스를 타러 가지 않고 있다고 했다. 만남을 은근히 권하
는 리비의 문자에 답도 없었다. 어제가 돼서야 비로소 산책하러
가자는 리비의 말에 프랭크가 알겠다고 답장을 보내왔다. 리비는
저 멀리에서 늘 입는 벨벳 재킷을 입고 길을 따라 느릿느릿 걸어
오는 프랭크를 보았다. 서둘러 프랭크에게 다가갔다.

"안녕하세요, 할아버지."

"잘 지냈어, 리비?"

프랭크가 희미하게 웃었지만, 리비는 프랭크의 눈에 그득하던 생기가 사라진 걸 알아챘다.

"다시 뵙게 돼서 너무 좋아요. 늘 하던 대로 팔러먼트 힐에 올라갈까요? 스케치북도 가져왔어요."

"그냥 연못 쪽으로 걸어갈까? 오늘 팔러먼트 힐까지 올라갈 체력이 될까 모르겠구먼."

"좋죠."

프랭크 입에서 뭔가를 할 수 없다는 말이 나온 건 처음이라 리비의 마음이 근심으로 한층 무거워졌다. 프랭크가 88번 버스의 그녀를 찾지 못했을 때의 실망감을 감당하기 어려울 수 있다고 딜런이 미리 언질을 줬건만. 그래도 리비는 계속 찾겠다고 고집을 피워댔다. 자신이 더 잘 안다고 자만했다. 대체 무슨 짓을 한 걸까?

둘은 방향을 바꿔 연못으로 이어지는 길을 따라 걷기 시작했다.

"어떻게 지내셨어요?"

유아용 놀이터를 지날 때 리비가 물었다. 아이들이 까르르 웃는 소리가 귀를 간지럽혔다.

"딜런이 그러던데 이번 주엔 88번 버스를 통 안 타셨다면서요."

"그럴 기분이라야 말이지."

"괜찮으세요?"

"몸이 좀 안 좋았어. 코감기에 걸렸는지. 그 덕에 그동안 못 본 자연 다큐멘터리를 재밌게 봤어."

"그러셨군요."

"내가 TV를 얼마나 좋아한다고. 좀 더 봐야겠어."

"지난주에 있었던 일에 대해선 어떤 기분이세요?"

"지난주?"

"네, 스톡스 여사를 만나셨잖아요."

프랭크는 아주 짧은 순간 머뭇거리다가 억지로 쾌활한 목소리를 짜내며 말을 이어나갔다.

"아주 좋은 여자였지, 안 그래? 상냥하고."

"네, 정말 좋은 분처럼 보였어요."

리비가 신중하게 말했다.

"두 분 무슨 얘기 나누셨어요?"

"뭐, 이것저것. 날씨, 스톡스 여사 손주들, 요즘 런던 물가가 왜 이렇게 하늘 높은 줄 모르고 치솟나. 버스에서 외로운 두 늙은이가 나눌 수 있는 평범한 대화지, 뭐."

리비는 프랭크가 이렇게 기운 없이 얘기하는 데 좀처럼 익숙해지질 않았다. 결국, 가던 길을 멈췄다.

"그분이 아니어서 정말 죄송해요, 프랭크 할아버지. 너무 속상해요."

"아니, 왜? 그녀가 아니었던 건 **자네** 잘못이 아니야."

"알아요. 그치만 찾는 방법 제안한 사람도 저고, 기대치 높인 사람도 저예요. 제가 아니었으면 이렇게 크게 낙담하실 일은 없었을 거예요."

프랭크가 고개를 저었다.

"언젠가는 일어날 일이었어. 지금껏 환상 속에 살아왔고 이제 그 환상을 깨고 진실을 직시할 때가 된 것뿐이야."

"무슨 진실요?"

"그녀를 영영 찾지 못할 거란 진실."

"할아버지, 그게 아니라⋯⋯."

프랭크가 손을 들어 리비의 말을 막았다.

"극단적인 소리란 거 알아, 리비. 하지만 난 정말 괜찮아. 내 기분 낫게 해주려고 애쓸 필요 없어. 그녀는 이미 수십 년 전에 런던을 떠났거나 저세상 사람이 됐겠지."

"아니에요. 스톡스 여사가 그녀가 아니었다고 해서 그녀가 어디에도 존재하지 않는다는 뜻은 아니잖아요."

프랭크는 몸을 돌려 길가에 있는 벤치에 몸을 축 늘어뜨리고 맥없이 앉았다.

"설사 그녀가 **살아 있다** 해도 내가 그녀를 찾을 확률은 아주 희박하지 않겠어, 안 그래?"

리비가 옆에 앉을 때 프랭크가 말했다.

"버스에서 다시 만나리라는 원대한 꿈이 있었지만 다 어리석고 터무니없는 소리였어. 이제 알 것 같아."

"저도 찾을 수 있을 거라 믿었어요. 안 그랬으면 애초에 찾자는 말을 꺼내지도 않았을 거예요."

"자네가 정이 많아서 그랬지."

"아니에요. 저도 찾고 싶었어요. 그분의 얘기가⋯⋯."

리비는 말을 멈췄다. 대체 왜 그녀를 찾는 데 그렇게 열을 올렸던 걸까? 대체 왜 그 많은 시간과 에너지를 쏟아부었을까? 프랭크를 위해 찾고 싶었던 것도 사실이다. 하지만 그게 전부는 아니었다.

"제가 하지 않아 이날 이때껏 후회해온 일을 그분은 했어요. 부모님께 대들고 미대에 갔죠. 반면에 저는 부모님 말씀에 따라 그만뒀고요. 그분의 선택이 옳았는지 확인하고 싶었어요. 꿈을 위해 그 많은 걸 희생할 만한 가치가 있었던 걸까? 그래서 행복했을까?"

리비가 말을 이어나가는 동안에 프랭크는 묵묵히 리비를 바라봤다.

"부디 내가 자네 도움을 고맙게 여기지 않는다고는 생각하지 말아줘, 리비. 그치만 이젠 정말 그만둘 때가 됐어. 우리 둘 다 그녀를 찾는다는 핑계 뒤에 숨어 있었지. 이젠 우리 각자의 삶과 마주해야 해."

"무슨 말씀이세요?"

프랭크가 턱을 들었다.

"금요일에 클라라한테 말했어. 요양원 입소 평가를 받고 요양원에 들어가겠다고."

"뭐라고요?"

리비는 목소리에 깃든 경악한 마음을 숨기려고 노력했다.

"아니, 왜요?"

"클라라가 원하는 거니까. 그동안 개한테 걱정을 너무 많이 끼쳤어. 그게 내가 지금 해줄 수 있는 최소한의 일이야."

"하지만, 할아버지. 그렇게 말씀하셨잖아요. 요양원에 들어가면 다시는 버스를 탈 수가 없다고."

"아니, 내 말 못 들었어, 리비? 88번 버스 타고 유랑하던 시절은 이제 끝이라고."

"팔러먼트 힐을 누비던 건요? 팔러먼트 힐을 마음껏 오르며 누리던 자유를 스스로 포기하고 싶으신 거예요?"

프랭크는 힘없이 고개를 저었다.

"난 치매야, 리비. 조만간 자네가 말한 그 일들을 아무것도 할 수 없게 된다고. 내 존엄성이 온전히 남아 있는 지금 그만두는 게 나아."

"아, 할아버지……."

리비가 말을 하려 했지만, 프랭크가 또다시 손을 들어 리비의 말을 막았다.

"나를 가엾게 생각하진 말아줘. 난 이미 내 결심을 가슴 깊이 받아들였으니까. 3주 안에 입소 평가를 받고 사회복지사한테 혼자 집에서 지내기 어렵다고, 요양원에 들어가고 싶다고 말할 거야. 이게 모두를 위한 최선이야."

"그럼 딜런은요?"

프랭크가 어깨를 으쓱했다.

"앞으로도 계속 친구로 남아 있겠지. 그건 확실해."

리비는 벤치로 몸을 깊숙이 밀어 넣었다. 그동안 그녀를 찾으려 애써왔던 모든 일이 끝난다는 사실이 실감이 나지 않았다.

"자네도 이젠 자네 인생을 살아."

프랭크가 부드럽게 말했다.

"지난 몇 달 동안 자네 없이는 안 돌아가는 프로젝트를 맡았지만, 이제는 다 접고 다른 일을 해야 할 때야. 젊고 홀몸이고 걱정도 없잖아. 나 같은 늙은이랑 버스나 타며 시간을 허비하지 말라고."

"할아버지, 저는 젊지도, 걱정이 없지도 않아요. 몇 주 뒤엔 서른이 되고 임신도 한 데다가 전 남자친구는 저나 아이를 책임지려고 하지 않아요."

프랭크의 눈이 휘둥그레졌다.

"임신을 했어?"

리비는 하루가 다르게 불러오는 배를 프랭크에게 보이려고 헐렁한 원피스를 몸에 밀착시켰다.

"세상에, 아니 왜 여태껏 말을 안 했어?"

"병원에서 몇 주 전에야 알았어요. 처음엔 너무 놀랐거든요. 그러던 차에 나시마가 연락을 해와서, 스톡스 여사님을 만나기 전엔 알려드리고 싶지 않았어요."

"아니 이런 경사를, 리비. 자네는 정말이지 좋은 엄마가 될 게야."

"감사해요."

"이제 곧 생일이라고? 축하 파티 계획은 있어?"

"아직 아무 계획도 없어요. 언니네 가족은 연휴에 휴가를 떠나고 부모님도 그 주 주말에 언니네랑 함께 지낼 거예요. 아마 저는 혼자 TV나 보며 조용히 밤을 보내게 될 것 같아요."

"아니 왜, 가족이랑 휴가 같이 가지 않고."

"초대받지 못했기도 하고 솔직히, 언니랑 엄마랑 좁은 공간에 같이 있는 게 편하지 않아요."

리비가 얼굴을 찌푸리며 말했다.

"언니나 엄마랑 그렇게 살갑게 지낼 처지가 아니거든요, 지금은."

"서른 번째 생일을 혼자 보내다니 당치 않아. 친구들이랑 같이 축하해야지."

"고맙습니다. 근데 정말 파티 같은 거 할 기분이 아니에요."

"나야말로. 하지만 우리 둘 모두한테 좋을 거야. 자네 생일하고 묶어서 내 평가 전에 마지막으로 신나게 놀아보는 거야."

리비가 걱정되는 마음에 얼굴을 살짝 찡그렸다.

"정말 괜찮으시겠어요?"

"아무렴. 당연히 딜런도 부르고 에스메도 부르자고. 자네 집에서 모여도 괜찮아? 우리 집은 어수선하기도 하고. 내가 샴페인 가져갈 테니 우리가……."

리비는 프랭크가 파티 계획을 늘어놓는 모습을 조용히 바라보았다. 생일맞이를 좋아하지는 않아서 최근 몇 년 동안엔 사이먼과 생일을 소박하게나마 기념하지도 않았다. 하지만 프랭크의 말에도 일리가 있었다. 지금은 모두에게 긍정적인 에너지와 삶의 재미가 필요한 시기였다. 특히나 프랭크에게. 리비는 가방에 손을 넣어 스케치북을 꺼내 리스트를 작성하기 시작했다.

31

생일 당일 저녁 8시경, 리비는 꽃단장하고 주방에서 음식을 준비하느라 바빴다. 큰맘 먹고 산 비싼 양 다리는 오븐에서 샐러드용 채소와 함께 노릇노릇 구워지고 있었고, 샐러드에 곁들일 소스인 살사 베르데 만들기가 막바지에 접어들고 있었다. 오랜만에 제대로 된 한 끼 식사를 준비하는 일은 꽤 즐거웠다. 리비는 요리를 좋아했지만 '특별식' 준비는 사이먼 담당이어서 보통은 주중에 대충 때우는 저녁 식사를 도맡아 했다. 이 식사를 위해 리비가 주방에 있는 온갖 요리 도구와 팬을 다 꺼내서 사용하는 모습을 봤다면 레베카가 입에 거품을 물었을 거다.

현관 벨이 울리자 리비가 문 쪽으로 다가가면서 복도 거울을 흘끗 보았다. 미용실에 대한 거부감을 이겨내고 아침에 동네 미용실에 갔다. 실장님의 노련한 솜씨로 우아하게 다듬고 드라이로 풍성하게 볼륨을 넣었더니 도무지 정리가 안 되고 사방으로 향하던 곱슬머리가 탱글탱글 윤기 나는 컬로 재탄생했다. 리비는 립스틱을 살짝 덧바르고는 현관문을 열었다.

"생일 축하합니다!"

프랭크, 에스메, 딜런이 계단 맨 위에 활짝 웃으며 서 있었다.

오늘을 위해 연한 파란색 정장을 입은 프랭크가 가장 먼저 한 발 앞으로 나와 리비에게 샴페인과 초콜릿 한 상자를 안기며 뺨에 가볍게 입을 맞췄다. 뒤에 서 있던 에스메는 꽃무늬 점프슈트를 입고 리비를 따뜻하게 꼬옥 안아줬다. 딜런이 제일 마지막으로 들어섰다. 늘 입던 가죽 재킷을 걸쳤지만, 안에는 깃 달린 검정 셔츠를 받쳐 입었다. 리비에게 인사를 건네며 작게 헛기침을 했다.

"생일 축하해요, 리비. 오늘 정말 예뻐요."

볼이 빨갛게 물드는 걸 느끼며 리비는 나지막히 감사 인사를 건넸고 손님들을 정원으로 안내했다.

"아니, 이렇게 아름다울 데가. 여길 혼자 다 꾸몄어?"

리비가 고개를 끄덕였다. 자그마한 정원일 뿐이었지만 채비에 오전 시간을 다 쏟았다. 안마당에 어지럽게 늘어놓은 헥터의 장난감을 치우고 테이블을 정리하고 작은 꽃병에 꽃을 담아 배치했다. 다락에서 레베카의 케케묵은 크리스마스용 꼬마전구를 발굴해서 뒷벽에 달아놓았고 잼 병과 유리잔을 씌워놓은 양초 스물네 개를 정원을 빙 둘러 세워서 켜놓았다. 해가 뉘엿뉘엿 넘어가는 배경과 어우러져 정원은 동화 속 한 장면 같아 보였다.

딜런은 프랭크가 가져온 샴페인 뚜껑을 열었다. 화기애애한 공기 속에 대화가 오고 가며 금세 분위기가 무르익었다. 한잔 들이

켜고 나니 프랭크가 연극 하던 시절에 있었던 재밌는 얘기를 해서 연신 박장대소가 터져 나왔다. 리비는 구운 양고기와 따뜻한 채소 샐러드를 대접해 모두에게 찬사를 들었다. 식사 중에 에스메가 11월에 있을 결혼식 계획을 들려주었다. 리비는 귀담아들으며 여러 가지 좋은 아이디어를 나눠줬지만, 왠지 식탁 맞은편에 앉아 있는 딜런 생각에 내내 집중을 하기가 어려웠다. 몇 번인가 시선을 건넸을 때 자신을 바라보고 있던 딜런과 눈이 마주쳤지만, 딜런은 바로 시선을 돌려버렸다. 여전히 리비는 가슴이 심하게 두근거리고 배 속이 울렁거리는 느낌이었다. 그게 배 속에서 꼬물거리는 아기 때문이 아닌 것만은 확실했다.

식사를 마치고 프랭크가 목소리를 가다듬었다.

"모두에게 할 말이 있어요."

프랭크는 대화가 잦아들기를 기다렸다.

"우선, 딜런에게 사과하고 싶어. 요즘 내가 기분이 많이 가라앉아 있었던 거 알아. 심술궂게 굴어서 미안하네."

"아우, 전적으로 동의합니다."

딜런이 눈썹을 치켜올리며 말했다.

"스톡스 여사를 만난 일로 제정신이 아니었어. 버스에서 만난 그녀일 거라고 믿어 의심치 않았었는데 아니었으니…… 수치스러웠어. 못난 늙은이같이."

프랭크가 리비에게로 몸을 돌렸다.

"지난번 산책하려고 자네와 만나기 바로 전에 클라라랑 통화했어. 요양원 입소 평가를 받으라고 잔소리를 해댔는데 말싸움할 기력도 없었지. 그저 다 관두고 싶었어."

잔을 집어 든 프랭크의 손이 떨리고 있었다. 한 모금 홀짝일 동안 모두 숨죽여 기다렸다.

"하지만 생각하고 또 생각했지. 내가 틀렸다는 결론에 도달하게 되더라고. 그래서 어제 클라라한테 다시 전화를 걸어 요양원에 가지 않겠다고 선언했어. 언젠간 필연적으로 가게 되겠지만 적어도 아직은 나 홀로 잘 꾸려온 삶을 포기하긴 이르다고."

"따님이 뭐라셨어요?"

리비가 참지 못하고 물었다.

"좋아할 리가 없잖아, 알다시피. 화요일에 예약해놓은 입소 평가는 받아야 한대. 취소할 수가 없다나. 하지만 평가 때 딜런이 곁에 있기로 했어. 복지사한테 내가 혼자 살며 스스로를 돌보는 데 어려움이 전혀 없다는 걸 보여줄 작정이야. 그걸 증명할 수 있으면 내가 원치 않는 한 누구도 나를 요양원으로 밀어 넣을 수 없을 게야."

"그럼 그 여자분을 찾는 일은 어떻게 하실 거예요?"

이번엔 에스메가 물었다.

프랭크가 빙긋 웃었다.

"오늘도 88번 버스 타고 다녀왔어."

"아, 보스랑 그 지긋지긋한 버스."

말은 이렇게 하면서도 딜런은 싱글벙글 웃고 있었다.

"무슨 생각 하는지 알아, 딜런. 하지만 내 약속함세. 이젠 더 현실적으로 굴 거야. 그녀를 영영 찾지 못할지도 모르지만, 그래도 괜찮아. 내가 할 수 있을 때까지 계속해서 그녀를 찾아다닐 셈이야."

"정말 잘 생각하셨어요."

리비가 잔을 들었다.

"프랭크 할아버지와 할아버지의 독립을 위하여!"

다 같이 잔을 들어 짠 하고 부딪혔다.

"생일 케이크 있어요?"

에스메가 물었다.

"당연하죠!"

리비가 빈 접시를 정리하기 시작했다.

"도와줄게요."

딜런이 일어나 접시 몇 개를 들고 리비를 따라 주방으로 들어왔다.

"음식 정말 맛있었어요."

"고마워요. 즐거운 마음으로 요리한 지 오래돼서 내가 얼마나 요리를 좋아했는지 잊고 있었어요. 프랭크는 이제 괜찮은 것 같아요. 그죠?"

"오늘 모임 덕에 본래 모습으로 돌아갔어요. 그저 얘기를 들어 줄 관객이 필요했을 뿐인가 봐요."

접시들을 식기세척기에 넣으며 리비가 깔깔 웃었다. 딜런이 가만히 리비 옆으로 다가왔다.

"와, 이것도 혼자 만들었어요?"

딜런이 아일랜드 식탁에 놓인 초콜릿 케이크를 가리키며 물었다. 리비가 어제 구워 다크, 밀크, 화이트 초콜릿 조각들로 장식해 놓은 케이크였다.

"작품이 따로 없네요."

"맛도 괜찮아야 할 텐데. 저것 좀 건네줄래요?"

리비가 딜런 옆에 놓인 그릇을 가리켰고 딜런이 집어 리비에게 넘겨줬다. 또 한 번, 딜런의 손이 리비의 손에 닿았고 찌릿한 전기가 오르는 낯설지 않은 느낌이 전해졌다. 바로 옆에서 딜런이 숨을 크게 들이마셨다. 리비는 그릇을 식기세척기에 넣었다. 아직도 온몸이 저릿저릿해왔다.

"저기, 줄 게 있는데……."

딜런이 아일랜드 식탁에 있는 가방으로 가 얇은 포장지로 포장한 조그마한 물건을 꺼내 리비에게 수줍게 건넸다.

"너무 기대하진 말아요. 비싼 거 아니니까."

"뭐 이런 걸 다 준비했어요."

"별거 아닐 수도 있어서 민망하네요."

리비가 딜런의 시선을 느끼며 선물 포장을 풀기 시작했다. 안에는 반으로 접힌 흰색 천이 들어 있었는데 펴보니 아기 우주복이었다. 앞에는 빨간색 런던 버스가 그려져 있었다.

"와, 딜런!"

"88번 버스예요."

버스 정면에 쓰인 숫자를 가리키며 딜런이 말했다.

"캠든 스트리트에서 노점을 하는 친구가 하나 있는데 부탁해서 특별히 수제 제작했어요."

"너무 앙증맞아요, 고마워요."

리비는 눈물이 슬금슬금 차오르는 걸 느끼고 우주복을 내려놓았다. 일부러 접시 하나를 집어 들어 식기세척기에 넣으며 딜런이 자신의 얼굴을 보지 못하도록 했다. 이렇게까지 자신을 배려하는 마음으로 가득한 선물을 받아본 일이 있었던가.

"시시한 거라 미안해요. 그리고 또 할 말이 있는데……."

딜런이 말을 다 마치지 않아서 리비가 딜런을 올려다보니 우주복에 시선을 고정한 채 입술을 지그시 깨물고 있었다. 다시 말을 시작하기 전 목청까지 가다듬었다.

"우리 서로 안 지 얼마 안 됐죠. 88번 버스를 같이 타고 다닌 일을 빼면 둘이 제대로 좋은 시간을 보낸 적도 없는 것 같아요. 뭐, 버스 타고 왔다 갔다 한 걸 제대로 된 데이트라고 할 수도 없고요. 지난 몇 달은 전 남자친구가 양아치같이 굴어 힘들었을 테고, 런던으로 이사 온 데다가 임신한 사실까지 알게 돼서…… 미안해요. 내가 지금 너무 빙빙 돌려서 말하고 있죠?"

딜런의 두 뺨이 아기 우주복의 버스 색깔만큼이나 새빨갛게 물들었다.

"그러니까, 내가 하고 싶은 말은, 당신은 정말 눈부시게 빛나는 사람이에요."

딜런이 독백을 이어나갔다.

"프랭크를 도우려고 공들여 포스터 붙이는 계획을 짜는 모습, 임신을 대담하게 받아들이는 모습, 전부 다요. 홀로 아이 키우기 불안한 거 알지만 당신은 정말 좋은 엄마가 될 테니까 아이는 당신 같은 엄마를 만나 복이 터진 거죠. 누가 곁에서 도울 필요 없이 아이 키우는 일을 혼자 척척 해낼 수 있다는 거 알아요."

딜런은 다시 한번 숨을 들이쉬려고 말을 멈췄다. 눈은 여전히 선물에 고정되어 있었다.

"하지만, 그렇다고 해서 이 모든 걸 혼자 **해야 하는 건** 아니에 요. 혼자 하고 싶지 않다면요. 난 아기에 대해 아는 게 없지만, 그 래서 내가 의지가 될지는 모르겠지만, 그렇지만 난, 당신 곁에 있 고 싶어요. 당신만 좋다면. 친구로든 아니면……."

"아니면?"

자신도 모르게 리비의 입에서 말이 새어 나왔다.

이제 딜런은 시선을 우주복에서 리비의 얼굴로 옮겼다. 어느새 딜런의 표정에 담긴 긴장은 사라지고 말로 설명할 수 없는 묘한 표정이 리비의 심장을 꽉 움켜쥐고 놓지 않았다.

"아니면 친구 이상으로요."

리비를 뚫어지게 바라보며 딜런이 마침내 말을 마쳤다.

리비는 말이 없었고 잠시 둘 다 미동도 없었다. 드디어 딜런이 아주 느리게 앞으로 걸어 나왔다. 둘 사이가 너무 가까워서 키가 큰 딜런의 얼굴을 마주 보려면 리비가 고개를 한껏 젖혀야 하는 거리까지. 딜런의 까만 눈동자가 리비의 입술을 향했고 리비는 감정의 파동에 몸을 맡기며 눈을 감았다. 곧바로 딜런의 입술이 리비의 입술을 아주 살짝 포갰다. 너무도 가볍게 포개져 느낄 수 없을 만큼. 딜런의 손이 리비의 뺨을 감싸고 얼굴에서 머리카락 을 부드럽게 넘기자 리비는 가만히 숨을 내쉬었다. 리비가 눈을 떠 자신의 얼굴을 어루만지는 딜런을 바라보자 딜런이 다시 리비 에게 키스했다. 이번엔 조금 전보다 더 거칠고 빠른 리듬으로 리비를 살짝 놀라게 했다. 리비는 손을 올려 딜런의 머리 뒤를 쓰다듬으며 말랑말랑한 맨살 아래 골격을 하나하나 손가락으로 느꼈다. 딜런이 낮게 음 소리를 내자 리비의 머리끝부터 발끝까지 울림이 전해졌다.

"아, 마침 우린 자네 둘이 어디로 갔는지 궁금해하던 참이었어."

프랭크는 리비가 다시 정원으로 걸어 들어오는 모습을 지켜보고 있었다. 해가 저문 지 오래전이라 이미 어두워져 빨개질 대로 빨개진 볼을 들키지 않는 게 감사할 따름이었다.

"죄송해요. 제, 제가 케이크용 포크를 찾지 못해서요."

프랭크의 눈을 애써 피하며 리비가 말을 더듬었다. 케이크를 자르려고 칼을 들었는데 아직도 손이 바들바들 떨리고 있었다.

"아직요! 생일 축하 노래 먼저 불러야죠."

에스메가 말했다.

"아유, 생일 노래는 무슨."

리비가 손사래를 쳤지만, 에스메는 이미 생일 축하 노래를 부르기 시작했고 딜런과 프랭크도 따라 불렀다. 리비가 생글생글 웃으며 딜런과 눈을 마주쳤다. 은은한 촛불 아래서도 딜런의 얼굴이 발그레 물든 게 보였다. 갑자기 딜런을 다시 주방으로 끌고 가 조금 전 했던 행동을 더 이어나가고 싶은 강한 충동이 일었다. 축하 노래가 끝나자 모두 열렬히 손뼉을 쳐주었다.

"건배 제의를 하고 싶은데, 그래도 되려나?"

박수 소리가 가라앉자 프랭크가 제안했다. 프랭크는 자신의 와인 잔을 높이 들더니 리비에게로 고개를 돌렸다.

"리비, 자네한테 고맙다고 말하고 싶어. 지난 몇 달 동안 보여준 진심 어린 친절에 말이야. 우리가 바라던 결과가 나오지 않았을진 모르지만……."

"아직 안 나온 거죠."

에스메가 말을 가로챘지만, 프랭크는 온화하게 웃었다.

"맞는 말이지, 에스메……. 하여튼, 어떤 일이 생기든 간에 자네가 베풀어준 모든 것에 감사할 뿐이야, 리비. 자네를 내 친구라 부를 수 있어서 얼마나 축복받은 기분인지. 딜런과 에스메도 나와 같은 마음일 거라 생각해."

리비는 딜런의 시선을 느끼며 미소를 지었다.

"엄마라는 이름으로 인생의 전환점을 맞게 될 앞으로도 우리 셋이 곁에서 도울 거야. 당장은 좀 힘겹다는 생각이 들 수도 있겠지만 앞으로 매 순간 우리가 의지가 되어줄 거란 사실을 잊지 말아줘. 그러니, 모두 잔을 들자고. 행복한 서른 번째 생일을 맞은 사랑하는 리비를 위해!"

네 사람이 서로의 잔을 쨍하고 부딪히며 외치는 '건배'가 메아리가 되어 테이블 주변을 맴돌았다.

다시, 리비의 눈에 눈물이 차올랐다.

"고마워요."

눈을 깜빡여 눈물을 삼키며 리비가 말했다.

"지난 몇 달은 정말이지…… 내 인생을 송두리째 바꿔놓았죠. 여기 있는 세 분 덕분이에요. 여러분이 내 인생에 함께해준 게 제

인생 최고의 행운인 것 같아요."

"암요, 복 받았고말고요."

에스메가 씨익 웃으며 말했다.

"이제 케이크 좀 먹읍시다!"

"네, 보스!"

리비가 크게 조각을 자르기 시작할 때 집 안에서 현관문 벨 소리가 들려왔다.

"내가 가서 누군지 볼까요?"

딜런이 물었다.

"괜찮아요. 내가 갈게요."

리비가 식탁에서 벌떡 일어나 손가락에 묻은 케이크 크림을 핥으며 집 안으로 들어갔다. 뒤에서 에스메의 말에 딜런이 웃는 소리가 들렸다. 딜런의 웃음소리에도 온몸에 전율이 일었다. 번져오는 미소를 참지 못하고 문을 열었는데, 하마터면 심장이 멎을 뻔했다.

"짜잔, 놀랐지!"

32

사이먼은 자신이 들고 온 거대한 꽃다발에 파묻히다시피 했지만, 꽃들 사이로 겨우 얼굴이 삐죽 보였다. 리비는 할 말을 잃었다. 불과 몇 분 전에 다른 남자와 키스를 나눴는데 지금은 현관 앞에 떡하니 버티고 서 있는 전 남자친구를 보자니 귀신이라도 마주친 듯 그만 질겁을 하며 그 자리에 우뚝 서버렸다.

사이먼은 당당하게 앞으로 걸어와 꽃잎 사이로 리비의 얼굴을 빼꼼히 바라봤다.

"생일 축하해!"

사이먼이 리비에게 꽃다발을 안기려 했지만 비틀비틀하는 바람에 넘어지지 않으려면 벽에 기댈 수밖에 없었다.

"미안, 나 혼자 축하주를 먼저 좀 마셨어."

사이먼이 즐겼을 라거 냄새가 코를 찌른 뒤에야 리비는 가까스로 할 말을 생각해냈다.

"뭐 하는 짓이야, 사이먼?"

"네 생일이잖아!"

"그래서?"

"레베카 인스타그램을 보니 가족여행을 갔더라고. 네가 혼자 슬프게 서른 번째 생일을 맞는다고 생각하니 내가 마음이 너무 안 좋아서."

"걱정 고맙지만, 난 아무렇지 않아. 이제 좀 가라."

"너한테 할 말도 있고, 리비. 아기랑 모든 상황에 대해 생각을 해봤는데……."

"리비, 냉장고에서 와인 더 꺼내도 돼요?"

딜런의 목소리가 주방에서 울려왔다.

"네, 마음껏 마셔요."

리비가 대답했다.

안에서 들려온 낯선 사내의 목소리에 사이먼이 당혹감을 감추지 못하고 리비를 똑바로 봤다.

"지금 파티 중이야?"

"저녁 식사에 친구들을 초대했어."

"친구 누구?"

사이먼이 리비와 문 사이로 머리를 쑥 집어넣어 집 안을 보려고 했다.

"네가 모르는 사람이야. 있잖아, 네가 여기 왜 왔는지 모르겠지만……."

"내가 들어가서 만나봐도 될까?"

"안 돼! 좀 가라고, 사이먼."

사이먼이 고개를 떨궜다.

"나 보고 무지하게 좋아할 줄 알았는데."

"연락도 없이 오면 안 되지. 그 생난리를 쳐놓고서."

"근데, 난 너 보고 싶었어. 그리고……."

사이먼은 말을 잇지 못했다. 열두 자리 곱셈이라도 하는 양 골똘히 생각하느라 미간을 잔뜩 찌푸린 채 리비를 쳐다보고 있었다.

"그럼, 나 갈게."

사이먼은 리비에게 꽃다발을 휙 내밀었고 이번엔 리비가 받아줬다. 이 인간을 사라지게 하려면 다른 방법이 없었으니까.

"잘 있어, 리비."

사이먼은 몸을 지나치게 빨리 돌리는 바람에 계단 맨 위에서 휘청했다. 계단을 내려가려고 내딛는 발에 온 신경을 써야 할 정도로 취기가 돈 사이먼을 보며 리비도 마음이 조마조마했다. 마침내 계단 맨 아래에 발을 딛자 안심이 되어 한숨을 훅 내쉬었다. 뒤돌아 집 안으로 들어가려는데 쿵 하고 둔탁한 소리가 들려 돌아보니 사이먼이 포석에 얼굴을 처박고 대자로 뻗어 있었다.

"이런, 젠장, 야!"

리비는 꽃다발을 내동댕이치고는 사이먼에게 냅다 뛰어갔다.

"괜찮아?"

사이먼은 옆에서 몸을 굽힌 리비에게 반응하지 않았다. 미동도 없었다. 리비가 도움을 청하려 소리를 지르려는 찰나 사이먼이 고개를 돌려 리비를 보고 바보처럼 웃었다. 개운하게 욕이라도 날려주려고 입을 열었는데 사이먼의 얼굴에 피가 흐르고 있었다.

"하, 너 이마 찢어졌어!"

사이먼이 이마에 손을 대더니 오만상을 썼다.

"아우, 쪽팔려 죽겠네."

"들어가서 피 좀 닦자."

"아냐, 괜찮아."

걸음마 배우는 아이처럼 사이먼이 조심스럽게 몸을 일으켰다. 리비가 팔을 잡아 부축했다.

"집에 이 꼴로 갈 순 없잖아. 얼굴이 피범벅이라고. 들어와. 주방에 붕대 있어."

리비가 사이먼을 부축해 계단을 올랐다. 사이먼이 양옆으로 기우뚱거리는 바람에 쉽지 않았지만, 현관에 널브러진 쓸데없이 큰 꽃다발을 지나 복도를 거쳐 겨우겨우 주방으로 들어갔다.

"여기 어딘가에 구급약 상자가 있을 텐데."

정원에 있는 손님들이 듣지 못하기를 바라며 리비가 중얼거렸다. 하지만 사이먼은 들은 체 만 체 하며 주방을 지나 뒷문으로 저벅저벅 걸어갔다.

"가지 말라고……."

리비가 말리려 했지만, 한발 늦었다.

"우우, 파아티이이!"

사이먼이 몸을 양옆으로 흔들거리며 정원으로 걸어 나갔다.

리비가 서 있는 주방 자리에서 바깥 광경이 보였다. 프랭크, 에스메, 딜런이 동시에 말을 멈추고 사이먼을 멀거니 바라봤다. 프랭

282

크와 에스메는 예상치 못한 불청객의 등장에 당황했을 뿐이었지만 딜런의 표정은 사뭇 다른 말을 하고 있었다. 자리에 허리를 꼿꼿이 펴고 앉아서 실눈을 뜨고는 사이먼을 노려보며 혐오감을 만천하에 드러내고 있었다. 리비가 정원으로 한달음에 달려 나갔다.

"여기는 사이먼이에요."

모두에게 사이먼을 소개하면서도 리비의 두 눈은 오직 딜런만 바라보고 있었다.

"잠깐 들른 거예요……."

"제가 리비가 가진 아이 아빠 되는 사람입니다."

사이먼이 리비가 말을 채 마치기도 전에 불쑥 끼어들었다. 자신의 의심이 확신으로 바뀌며 딜런의 실눈이 한결 가늘어졌다.

"반갑소이다."

프랭크가 인사하며 손을 사이먼 앞으로 내밀었지만, 사이먼은 이를 가볍게 무시하고 딜런을 뚫어지게 쏘아보고 있었다. 잠깐 동안 누구도 감히 말을 꺼내지 못했고 주변 공기가 일순간에 차갑게 얼어붙었다.

"머리에서 피가 나요."

에스메가 꼭 집어 가리켰다.

"보내기 전에 붕대나 감아주려고요."

리비가 말했지만, 사이먼은 꼼짝도 하지 않았다. 테이블을 사이에 둔 사이먼과 딜런이 서로를 잡아먹을 듯 노려보고 있었다.

이 숨 막히는 긴장감을 눈치챈 프랭크가 크게 헛기침을 했다.

"한잔하겠소, 사이먼? 물이라도?"

"맥주는 없어요?"

드디어 딜런에게서 눈을 뗀 사이먼이 의자에 엉덩이를 반쯤 걸치고 앉아 물었다.

리비가 잽싸게 주방으로 달려갔다. 레베카가 찬장 어딘가에 구급약을 놔뒀을 텐데 어떤 건지 알 수가 없어 할 수 있는 대로 빨리 찬장 문을 일일이 열어젖혔다. 정원에서 사이먼의 혀 꼬부라진 소리가 들리는 가운데 미친 듯이 약을 찾으며 손님들에게 말같지 않은 소리를 해대고도 남을 사이먼의 모습을 머릿속에 그려 보았다. 특히 딜런에게. 다행히도 녹색 상자를 찾아 정원으로 쏜살같이 튀어 갔다. 역시나 리비의 걱정대로 사이먼이 말 같지 않은 소리를 한창 내뱉는 중이었다.

"언젠가 생일에 더 아이비*에 데려갔는데 거기 들렀다가 우리가……."

"여기, 약 찾았어."

리비가 사이먼의 말을 막았다.

사이먼이 리비에게로 몸을 돌렸다.

"고마워, 피글렛."

둘이 사귈 때 쓰던 별명을 듣고 리비가 질색하며 인상을 썼다. 전에는 이 유치한 별명으로 부르는 걸 대체 어떻게 참았을까? 리비는 구급약 상자를 열었다. 손이 파르르 떨렸다. 살균제와 탈지면, 붕대를 꺼냈다.

---

* 영국의 유명 식당.

"붕대 감기 전에 소독부터 흐라그."

사이먼에게 응급약 상자를 떠안기며 리비가 어금니를 깨물었다.

"네가 좀 해주면 안 돼? 나 어지러운 거 같아."

리비가 약이 올라 이를 바득바득 갈았지만, 이것만 해치우고 나면 사이먼이 자리를 뜰 것이었다. 모두가 지켜보는 가운데 탈지면에 살균제를 듬뿍 발랐다. 사이먼에게 한 발 다가가자 키스라도 기다리는 듯이 사이먼이 눈을 꼭 감았다. 리비는 인내의 한숨을 쉬고는 이마의 찢어진 부분에 탈지면을 문질렀다. 자신의 일거수일투족을 감시하는 딜런의 날카로운 시선이 느껴졌다.

"네가 맨날 이렇게 나 다친 데 치료해줬잖아."

사이먼이 눈을 뜨고 배시시 웃으며 리비에게 아양을 떨었다.

"고마워, 리비."

"올리비아는 잘 지내?"

리비가 붕대를 뜯으며 묻자 사이먼의 얼굴에서 웃음기가 사라졌다.

"잘 지내."

"올리비아가 누구예요?"

"사이먼의 새 여자친구요."

리비가 붕대를 필요 이상으로 세게 상처 부위에 짓누르며 발랄하게 대답했다.

"사이먼이 나한테 진지한 관계를 맺을 준비가 안 됐다고 말했거든요. 알고 보니 **나** 빼고 다른 여자랑은 진지한 관계를 맺을 만발의 준비를 하고 있었더라고요."

285

"리비, 그런 말이 아니잖아. 우리 헤어질 때 상처받은 거 알아. 하지만 그게 다 나 때문은 아니거든?"

"아이고, 그러셔요? 그럼 누구 잘못일까?"

리비의 매서운 말투에 사이먼이 놀란 얼굴로 리비를 봤다.

"우리가 헤어진 데는 네 책임도 있어. 그니까, 만약에 네가 좀 더……."

"이 쓰레기가 어디서!"

사이먼이 온 이래로 딜런이 처음으로 뱉은 말이었다. 차분하기 이를 데 없는 목소리였다.

"방금 뭐라고 했어요?"

사이먼이 어안이 벙벙해서 물었다.

"감히 리비 탓으로 돌릴 생각 꿈에도 마."

"죄송한데요, 이게 당신하고 무슨 상관이죠? 그리고 그쪽은 대체 어디서 굴러먹던 분이세요?"

딜런은 이 질문을 가볍게 무시했다.

"너 같은 인간은 내가 잘 알아. 여자 알기를 개똥으로 알고 매사 여자 탓이나 하는 생양아치들."

사이먼이 싸늘하게 웃었다.

"같잖은 소리 지껄이고 있네."

"네가 같잖은 인간이란 정도는 아주 잘 알지."

"여기 이 사람들이 네가 말하는 친구들이야?"

리비를 돌아보며 사이먼이 물었다.

"여기 이 사람들이 내 아이 주변에 둘 만한 사람이란 생각은 안

드는데."

"사이먼, 그만!"

리비가 제지했지만, 사이먼은 그만둘 기색이 전혀 없었다.

"네가 동정심이 넘친다는 건 알고 있었지만 이건 좀 심하네. 아무리 너라도."

"입 닥치고 꺼져."

딜런이 으르렁댔다.

"가긴 내가 왜. 너야말로 사라져. 이 괴물 새끼야."

난데없이 의자 끄는 소리가 났고 눈 깜짝할 새 사이먼과 딜런이 누가 먼저랄 것도 없이 벌떡 일어났다. 인사불성 사이먼은 몸을 이리저리 흔들거리다가 테이블 위로 엎어져 레드 와인 잔을 넘어뜨리며 와인을 사방에 흩뿌렸다.

"자리에 앉아, 둘 다!"

프랭크가 전에 없이 엄한 목소리로 소리를 질렀지만 둘 다 꿈쩍없이 테이블을 사이에 두고는 금방이라도 앞으로 튀어 나갈 준비를 하고 있었다.

"너 얘랑 자고 싶어서 그래? 그런 거야?"

사이먼이 딜런에게 막말을 내뱉었다.

"넌 오르지도 못할 나무 쳐다보고 있는 꼴이라고, 이 양반아. 리비는 남자다운 남자 좋아해. 액세서리나 주렁주렁 매달고 머저리 같은 머리 하는 놈은 별로라니까."

"너 이……."

에스메가 높은음으로 날카롭게 소리를 질렀고 리비는 몸을 던

287

져 두 남자 사이를 가로막고 섰다.

"그만해요!"

리비가 있는 힘껏 소리 질렀다.

"둘 다, 당장 그만두라고!"

둘 다 움직이지 않았다. 일촉즉발의 상황이었다. 두 남자 모두 있는 대로 성질이 나서 얼굴이 험악하게 일그러져 있었다. 누구 하나 죽어 나가기 전에 둘 중 한 명은 집 밖으로 내보내야 했다.

"사이먼, 너……."

"나 몸이 안 좋아."

사이먼이 별안간 끙끙거리며 의자로 한층 깊이 몸을 밀어 넣고는 두 손으로 얼굴을 감쌌다.

"왜 그러는데?"

"어지러워……."

"이마는 어쩌다 찢어진 거야?"

프랭크가 물었다.

"밖에서 맨 아래 계단으로 넘어졌어요."

리비가 답했다.

"뇌졸중 아니야?"

"뇌졸중 아니에요. 지금 연기하는 거라고요."

딜런이 쏘아붙였다.

하지만 리비 눈엔 사이먼의 얼굴이 정말로 창백해 보였다.

"구급차 부를까?"

"아니, 괜찮아. 잠깐만 쉬었다가 갈게."

"머리 부딪혔으면 움직이면 안 된다고."

리비가 쳐다보자 프랭크가 미안하다는 의미로 어깨를 한 번 으쓱했다.

"미안해, 리비. 그치만 대중교통 이용은 위험해. 이 상태라면."

"아, 진짜. 연기하는 거 모르겠어요?"

"시끄러워."

사이먼이 딜런을 쩨려보며 말했다.

"나 진짜……."

"둘 다 어지간히 좀 하라고요."

리비가 말하고는 딜런을 보았다.

"미안해요. 프랭크 말이 맞아요. 이 상태로는 사이먼 혼자 서리까지 가게 두면 안 돼요."

"당신이 사이먼을 돌볼 필요는 없어요, 리비."

딜런의 목소리에서 공격성은 눈 녹듯 사라지고 어느새 리비에게 애원하고 있었다.

"사이먼한테 잘못한 거 하나도 없잖아요."

"알아요. 그래도 이렇게 취한 채로 길거리를 돌아다니게 할 순 없잖아요. 버스에 치이거나 할 수도 있고."

딜런은 대꾸를 하려고 입을 벌렸지만 이내 입을 닫았다. 온몸에 기운이 빠져 축 늘어져 있었다.

"알겠어요."

한창 파티를 할 때의 흥겨움과 웃음은 이미 날아가버렸고 리비가 친구들 얼굴을 보니 모두 표정이 어두웠다.

"우린 이만 가봐야겠네."

프랭크가 몸을 일으키며 말했다.

"우리 중 하나가 남아 같이 사이먼을 도울까?"

"아뇨, 괜찮아요. 고맙습니다."

프랭크와 에스메가 주방으로 걸음을 옮기기 시작했다. 딜런은 자리에 조금 오래 머물며 사이먼을 살기등등하게 노려봤다. 그러고는 몸을 돌려 프랭크와 에스메를 따라 안으로 들어갔다.

복도에서 모두 코트를 입자 리비가 현관문을 열어 손님들을 밖으로 안내했다.

"이렇게 재밌는 파티를 준비해줘서 고마워요."

에스메가 말하며 리비를 꽉 안아주었다.

"월요일에 산책 갈 시간 있어?"

프랭크가 묻자 리비가 고개를 끄덕였다. 프랭크가 리비의 뺨에 입을 맞추고 에스메와 함께 밖으로 나섰다.

딜런은 꼴찌로 집을 나섰다. 딜런은 벽 앞에 서 있는 리비를 지날 때 몸을 최대한 납작하게 해 서로 몸이 스치지 않게 했다. 좀전의 애틋한 마음은 온데간데없고 밖으로 나갈 때 리비에게 눈길 한 번 주지 않았다.

"잘 자요, 딜런."

딜런이 현관에서 잠시 주춤하다가 몸을 돌렸다. 둘의 눈이 오랜만에 마주쳤다.

"이렇게까지 하지 않아도 돼요. 알죠?"

딜런이 조용히 말했다.

"사이먼한테 아무것도 해줄 필요가 없다고요."

"알아요……."

딜런은 그대로 서 있었다. 리비의 눈을 가만히 바라보며. 짧은 순간, 리비는 딜런이 자신에게 키스할까 궁금해서 애가 탔다. 하지만 딜런은 말없이 다시 몸을 돌려 계단을 걸어 내려갔다. 끝내 뒤를 돌아보지 않았다.

33

다음 날 아침 리비는 주방에서 달그닥거리며 들려오는 그릇 부 딪히는 소리에 잠을 깼다. 지난밤에 손님들이 떠난 뒤 곧장 침대 로 갔다. 사이먼을 헥터 방으로 밀어 넣고 톰의 낡은 티셔츠를 입 으라고 던져놓고는 물 한 잔을 놔두었다. 자신이 일어나기 전에 사이먼이 떠났기를 바랐지만 아래층에서 들려오는 소리는 사이 먼이 서둘러 가지 않을 거라고 알려주고 있었다. 리비는 느리게 샤워를 하고 옷을 입으며 사이먼을 대면할 시간을 최대한 미뤘다.

끝내 내키지 않는 걸음으로 주방에 들어섰더니 눈을 의심할 수 밖에 없는 광경이 눈앞에 펼쳐졌다. 지난밤의 흔적은 모두 말끔 히 치워졌고 설거지를 하지 못한 그릇도 깨끗이 닦여 있었으며 주방 바닥은 먼지 한 톨 없이 반들반들했다. 사이먼은 믹서기 옆 에서 그릇에 넣을 밀가루를 계량하고 있었다. 허벅지 근처에도 닿지 않는 레베카의 실크 가운을 입고 있다가 리비가 어이없다는 눈으로 바라보자 어깨를 으쓱으쓱 엉덩이를 씰룩쌜룩 하며 꼴값을 떨었다.

"내 옷 어때? 섹시하지, 응?"

"뭐 하냐?"

"팬케이크 만들어. 일반 밀가루를 못 찾겠더라고. 이건 글루텐 프리 같아. 으, 먹을 수 있는 거겠지?"

달걀을 깨 밀가루에 넣고 우유가 들어 있는 계량컵으로 손을 뻗었다. 리비가 팔짱을 꼈다.

"가라고."

사이먼은 리비에게 시선을 주지 않았다.

"어젯밤에 멍청하게 굴어서 미안. 내가 몇 잔 마시면 그런 거 알잖아. 누구 기분 상하게 하려는 의도는 아니었다고."

"너 정말 쓰레기 같았어."

"뭐, 네 분이 좀 풀릴진 모르겠지만 숙취 때문에 죽을 지경이야. 머리가 지끈지끈 터져버릴 거 같아. 뭐 좀 먹어야겠어."

"어젯밤에는 왜 왔던 거야?"

사이먼이 망설이다가 리비 쪽으로 돌아섰다.

"어제 아침에 깼는데 네 생일이지 뭐야. 우리가 함께한 잊지 못할 순간들이 스쳐 지나가더라. 네 생일 때 깜짝 여행으로 유로스타 타고 파리 간 거 기억나? 그리고 주말 내내 〈스타워즈〉 전편 보느라 침대에서 한 발자국도 안 움직인 것도?"

"어쩌라고?"

"추억을 되새기다 보니 내가 너한테 얼마나 잘못했는지 깨달았어. 특히 임신 소식을 알렸을 때. 울적해서 펍에 가서 부어라 마셔라 하다 보니 500밀리리터 다섯 잔이 금방이더라고. 그러고는 기차에 올랐지. 너 보러."

사이먼은 손목을 살짝 흔들어서 반죽에 소금 한 꼬집을 추가했다.

"지금은 여기 왜 있는 거야, 사이먼?"

"말했잖아. 술 취했고 서글펐다고. 너 보고 싶었고. 네⋯⋯."

"아니, 왜 아직도 여기 있냐고? 팬케이크 나부랭이나 만들면서? 너 딴 여자랑 살잖아."

"맞아. 그치만 사정이 복잡해. 그러니까, 널 봐봐⋯⋯."

사이먼이 리비를 가리켰다.

"임신했잖아. **내** 아이를."

리비는 헛웃음이 났다.

"**님한테** 일이 복잡하게 되어 죄송해서 몸 둘 바를 모르겠네요. **님은** 얼마나 끔찍하시겠어요."

리비는 냉장고를 열어 오렌지 주스를 꺼내고 귀청 떨어지는 소리가 나길 바라며 문을 쾅 닫았다. 사이먼이 불쌍한 척하며 머리를 흔들었다.

"내가 처신을 잘못했어, 피글렛."

"그거 하지 말라고!"

리비가 쏘아붙였다.

사이먼은 미간을 찌푸리며 말을 이었다.

"지난번에 전화했을 땐 나도 제정신이 아니었다고. 올리비아가

자기 물건을 집 안에 들여놓은 직후라 상자가 여기저기 널려 있었어. 그치만 내가 여기 있잖아. 사과하려고. 노력해서 내 잘못을 만회하고 싶어."

사이먼이 리비의 팔을 만지려고 손을 뻗었지만, 리비는 사이먼의 손이 닿지 않도록 몸을 움츠렸다.

"네 멋대로 이랬다저랬다 하지 마, 사이먼. 인사불성 돼서 불쑥 나타나 팬케이크 한 장 굽는다고 내가 널 용서할 거라 착각하지 말란 말이야."

"알아. 그러니까 내게 설명할 기회를……."

"설명할 게 뭐가 더 남았어? 날 뻥 차버리고 지낼 곳 없는 날 쫓아내고 내가 임신한 사실을 말했더니 나랑 아기를 다 나 몰라라 했으면서. 그 정도면 설명하고도 남아, 안 그래?"

"내 말은 그게 아니야. 내가 그렇게 말한 건 **잘못했어.** 너무 놀라서 그랬지만 그게 진심은 아니었다고."

리비는 갑자기 두통이 밀려오는 걸 느끼고 코 양옆을 꾹 눌렀다.

"그래서 할 말이 뭐야?"

"나도 잘 모르겠어. 하지만 한 가지 확실한 건 아이 아빠 노릇을 하고 싶다는 거야. 지금 당장은 어떤 방식이 될지 모르겠지만 너랑 진지하게 대화하면서 차차 계획을 세워나갈 수 있으면 좋겠어."

"올리비아도 너 여기 있는 거 알아?"

사이먼이 의뭉스럽게 얼굴을 구겼다.

"올리비아는…… 나랑 헤어졌어. 집에서 나갔고."

어처구니없는 대답에 리비는 큰 소리로 웃고 싶어졌다. 그래서 사이먼이 취한 채로 집 앞에 찾아온 것이었다. 올리비아한테 뻥 차여서.

"봐봐, 이건 올리비아랑은 상관없어. 우리랑 우리 아기에 관한 얘기야. 우리 편하게 앉아서 아침 식사 하면서 얘기할까?"

"내가 나가라고 했다."

"리비, 제발. 제발 내 말 좀 들어봐. 그러고 나서 평생 날 다시 보든 말든 결정해."

리비는 숨을 들이마셨다. 사이먼을 집에서 당장 내쫓고 싶은 마음이 굴뚝같았지만, 사이먼의 황소고집을 누구보다 잘 아는 리비였다.

"알았어. 이 일을 빨리 매듭짓자고. 그 전에 옷 좀 제대로 입어. 제발!"

사이먼이 팬케이크를 만드는 동안 리비는 말없이 주방 식탁 앞에 앉아 있었다. 휴대폰을 확인해보니 프랭크에게서 아침 일찍 문자가 와 있었다. 리비의 안부를 물으며 내일 팔러먼트 힐에서 만나기를 고대한다는 내용을 보내왔다. 에스메도 아침에 문자를 보냈는데 대문짝만한 글씨로 이런 내용이 쓰여 있었다.

네 전남친 완전 별로야. 딜런이 백만 배 나아.

그렇지만 리비가 애타게 기다리는 문자는 아직 오지 않았다.

지난밤 주방에서 있었던 일을 곱씹어봤다. 버스가 그려진 우주복…… 딜런의 고백…… 달콤한 키스……. 휴대폰을 집어 들고 자신의 마음을 온전히 담아낼 수 있게 머리에 쥐가 나도록 문자를 써 내려갔다. 문자를 쓰다가 문득 어젯밤 사이먼이 정원으로 난입했을 때 딜런의 눈에 담겼던 살기가 떠올랐다. 테이블을 사이에 두고 사이먼을 죽이기라도 할 것처럼 덤비기 일보 직전의 모습. 그전에도 딜런이 화난 모습을 본 적이 있었지만 지난밤의 분노에 비할 바는 아니었다. 그렇게 따지면 지금까지 리비에게 문자 한 통 없는 게 이해 못 할 일도 아니었다. 어쩌면 다시는 리비를 보고 싶지 않을 수도 있었다. 배 속 아기가 불편한 듯 태동을 하자 리비는 조용히 휴대폰을 내려놓았다.

"팬케이크 대령했습니다요."

사이먼은 리비 앞에 팬케이크가 담긴 접시를 놓았다.

"찬장 뒤쪽에서 시럽을 찾았지 뭐야. 레베카가 집 안에 이런 요물을 두다니 기절초풍할 일 아니야?"

"됐고, 할 말이 뭐야?"

리비가 물었다. 오랜 친구처럼 마주 앉아 아침 식사를 하며 친목을 도모하고 일상 대화를 주고받는 모습을 사이먼이 연출하도록 내버려둘 수는 없었다.

사이먼이 팬케이크를 한 입 베어 먹고 우물거리며 답했다.

"우선, 임신 사실 알렸을 때 내가 한 행동에 대해 사과하고 싶어."

"이미 했어. 다음은?"

사이먼의 얼굴에 화가 스쳐 지나갔다. 리비는 사이먼에게 이런 언행을 한 적이 단 한 번도 없었다. 말투에 언제나 공손함이 묻어나던 리비의 이 생소한 모습을 사이먼이 반길 리 없었다. 하지만 사이먼은 꿋꿋하게 말을 이어나갔다. 별일 아니라는 듯 가볍게.

"지난 몇 주 동안 생각을 좀 해봤는데 말이야. 아기한테 아빠 노릇을 하고 싶지 않다고 한 게 큰 잘못이란 걸 깨달았어. 너도 알잖아. 내가 언젠가는 아빠가 되고 싶다고 입버릇처럼 말해왔던 거. 그런데 이제 와서 내 새끼를 모른 체할 순 없지."

리비는 숨을 크게 한 번 내쉬었다. 처음 리비가 듣고 싶던 말이 바로 이 말이었다. 사이먼이 양육에 제 몫을 하고 싶다는 말. 지금에 와서 겨우 뱉는 그 말은 이제 리비에게는 환멸로 다가올 뿐이었다.

"그래서 어쩌자고?"

"첫 번째로, 금전적으로 도움을 주고 싶어. 네가 3개월이나 일을 못 했으니 그동안 모아놓은 돈을 다 써버렸을 테고. 육아 비용을 기꺼이 부담하고 싶고 네가 원하기만 하면 우리 회사의 네가 있던 자리에서 다시 일해도 돼."

"그래. 또 뭐?"

"그, 아기 인생에 일부분이 되고 싶어. 내 딸 혹은 아들을 정기적으로 만나고 아이가 좀 더 크면 주말이랑 연휴도 같이 보내고 싶어. 우리 집에 빈방도 있으니 거길 아예 아이 방으로 만들고 싶고. 아이 얼굴도 안 보는 데면데면한 사이가 되고 싶진 않아. 이를테면, 축구 경기장 사이드라인에 서서 아이를 응원하는 그런 열성 부모 말이야, 뭔 말인지 알겠지?"

리비는 입에 팬케이크 한 조각을 넣었지만, 목이 바짝 말라 삼킬 수가 없었다. 헛구역질하지 않으려고 물을 한 모금 마셨다.

"어디서 살지는 생각해봤어?"

사이먼이 시럽을 더 먹으며 질문을 던졌다.

"아직. 이 근처에 렌트할 데 있나 인터넷으로 알아보고 있어."

사이먼이 치아 사이로 시럽을 쪽쪽 빨아들였다.

"네 예산으로 이 동네에서 집 구하기 힘들 텐데."

"좀 먼 데도 알아보고 있어."

"서리로 돌아오는 건 생각해봤어?"

"아니, 다른 데는 몰라도 거기서는 절대 살고 싶지 않아."

"아이고 아파라!"

사이먼이 칼에 찔렸다는 듯이 가슴을 움켜쥐고 과장되게 연기를 했다.

리비가 자신도 모르게 풋 웃음을 터뜨렸다. 곧바로 표정을 가다듬었지만, 사이먼은 한 건 했다는 우쭐함에 취해 히죽히죽 웃었다.

"서리가 그렇게 별로야? 학군 좋고, 야외활동 공간 많고, 가족이랑 친구들도 있잖아……. 무엇보다 내가 가까이 있어. 신생아 돌보기가 얼마나 힘든데. 내가 언제든 달려갈 수 있다고. 진짜 널 돕고 싶어."

"그전이랑 말이 아주 다르네?"

"말했잖아. 실수였다고."

"네 맘이 또 바뀌면 어쩔 건데?"

"안 바뀌어."

테이블 건너에서 사이먼이 그 파란 눈으로 뚫어져라 쳐다봐서 리비는 눈을 피할 수밖에 없었다.

"진심이야, 리비. 네가 가까이 살면 내가 너랑 아이를 돌볼 수 있어. 많든 적든 네가 원하는 만큼만."

리비는 팬케이크 접시를 치웠다.

"그래서 지금 하고 싶은 말이 뭐야? 너네 옆집으로 이사하라고? 고것 참 편하고 좋겠네. 아이랑 난 네가 데이트하는 여자랑 언제든 일요일 점심 식사를 같이할 수 있을 테고."

사이먼이 인상을 썼다.

"왜 이래, 정말. 나 진지하다고. 서리 월세가 훨씬 싸. 그리고 우리 부모님이랑 너희 부모님도 거기 계시잖아."

"내가 우리 부모님이랑 사이 어떤지 뻔히 알면서, 픽이나 도움이 되는 말 하고 있네."

사이먼이 시원시원하게 웃었다.

"알았어. 그럼 너희 엄마한테는 말하지 말자. 그치만 애 하나 키우는 게 어디 보통 일이야? 너 주변에 애들 있으면 스트레스받잖아. 안 그래? 그런데 정말 혼자 애를 키우겠다고?"

"혼자 **아니야.**"

딜런의 얼굴이 스쳐 지나가며 리비가 대꾸했다. 지난밤에 뭐라고 했더라? **당신 곁에 있고 싶어요.** 하지만 그건 사이먼이 들이닥치기 전의 일이었다. 딜런을 집에서 쫓아내다시피 하기 전.

"네가 새 친구 몇 사귄 거 알고, 잘됐다고 생각해. 근데 막말로 그 늙은이랑 번쩍번쩍한 옷 입고 다니는 놈이 네 가족만큼 너한테 의지가 될 수 있다고 생각해?"

"내 친구들에 대해서 함부로 말하지 마!"

리비가 날카롭게 받아쳤다.

"어제 그 깽판을 쳤으니 내 친구들도 널 두고두고 잊지 못할걸."

"미안해."

사이먼이 양손을 들며 사과했다.

"그냥, 생각 한번 해봐. 알았지? 처음엔 좀 어색하겠지만 사람들은 이런 유의 일이 어떻게든 굴러가게 하잖아. 그리고 아이한테는 아빠가 가까이에 있는 게 최고야. 안 그래?"

"말 끝났니?"

리비가 사이먼의 빈 접시를 보고 고개를 까딱했다.

"응."

아까 봤던 분노가 또다시 사이먼의 얼굴에 툭 튀어나왔다. 이번엔 사이먼이 용케 재빨리 꾹 눌렀지만. 사이먼은 일어나 휴대폰과 열쇠를 챙겼다. 리비는 가만히 앉아 있었다.

"그럼 난 이만 가볼게."

사이먼이 가려다 멈췄다.

"내 말 꼭 생각해보기다? 지난 몇 달 동안 우리 사이가 좋지는 않았지만, 그 일은 잊고 이제 미래를 생각해야 해. 아기를 위해서, 응?"

사이먼의 강렬한 눈빛이 리비의 마음을 꿰뚫어 보는 듯했다. 잠시 둘 다 가만히 있었고 리비가 마지못해 머리를 한 번 끄덕였다.

사이먼은 입꼬리를 살짝 올렸지만 눈은 여전히 웃지 않은 채 말했다.

"그래. 어쨌든 내가 아빠니까. 나한테도 권리가 있다고."

34

리비는 월요일 아침에 프랭크와 팔러먼트 힐 꼭대기에서 만나
자고 약속했다. 리비가 정상에 다가갈 때쯤 늘 앉는 벤치에 앉아
풍경을 감상하는 프랭크가 보였다. 리비가 자리에 앉자 프랭크가
몸을 틀어 리비를 바라봤다.

"잘 지냈어? 오늘 좀 고단해 보이는구면."

"전 괜찮아요. 신경 써주셔서 감사해요. 어젯밤에 잠을 좀 설쳐
서 그래요."

"나도 같은 신세야. 언제 밤잠을 제대로 자봤는지 아주 까마득
해."

"내일 평가인데, 기분은 어떠세요?"

프랭크가 고개를 저었다.

"솔직히 말해서, 긴장돼 죽겠어. 사회복지사가 어려운 일 시키
면 어쩌지?"

"에이, 안 그럴 거예요. 딜런도 옆에서 기 팍팍 불어넣어줄 거고요."

"고마워. 클라라도 와본다고 했어."

프랭크가 딸의 이름을 말하며 마뜩잖은 표정을 지었다.

"너무 미리부터 걱정하지 마세요, 할아버지. 이건 시험이 아니니까요."

"그런데 자꾸만 시험 같은 생각이 들어."

프랭크가 크게 한숨을 쉬었다.

"이제 내 얘기는 그만하지. 우리 간 뒤에 사이먼하고는 어떻게 됐어?"

"사이먼 얘기 말인데요. 어제 망나니처럼 군 일 제가 대신 사과할게요."

"사과는 무슨, 자네가 무슨 잘못이 있어."

"사이먼이 원래 그렇게 막 나가지는 않아요, 정말. 술을 너무 많이 마셨고, 그리고……."

"괜찮대도, 리비. 사이먼 대신 핑계 댈 거 없어."

"그치만 사이먼이 저녁을 망쳐놔서 저도 기분이 안 좋았어요. 에스메가 많이 놀라 안쓰러웠고요."

"에스메 걱정은 하지 마. 누구보다 야무지니까. 하루 자고 나니 사이먼은 괜찮아졌어?"

"괜찮아졌어요."

리비는 앞에 놓인 경치를 물끄러미 바라봤다. 런던 위로 짙은 아침 안개가 드리워져서 더 샤드가 구름 사이로 거의 모습을 드러내지 않았다.

"사이먼하고 임신 얘기를 할 기회는 있었어?"

프랭크가 조심스레 물었다.

"사이먼이 마음이 바뀌었다면서 아기 인생에서 자기 역할을 하고 싶대요. 저보고 서리로 다시 이사 오라고 하더라고요. 그러면 가까이서 나를 도울 수 있다고요."

프랭크는 낮은 소리로 휘파람을 휘이 하고 길게 불었다.

"참 나, 자네 기분은 어떻고?"

"모르겠어요. 여기 런던에서 아이를 혼자 키우겠다는 결심이 굳어졌는데 그 얘기 듣고 나니 어찌해야 할지 모르겠어요. 게다가, 사이먼이 또 변심이라도 하면 어떻게 해요?"

"그놈이 그럴 거 같아?"

리비는 답하기 전 곰곰이 생각했다.

"아뇨, 그럴 것 같지는 않아요. 어제 그 얘기를 할 땐 진심인 것 같았거든요."

"자넨 생각은 어때? 어떤 걸 원해?"

"솔직히요? 잘 모르겠어요. 언니는 남편이랑 베이비시터까지 있는데도 아이 키우는 걸 너무 힘들어했거든요. 대저택에 살고 돈이 그렇게 많은데도. 제가 혼자 할 수 있을지 확신이 없어요."

"당연히 혼자 할 수 있고말고. 물론 쉬운 일은 아니야. 하지만 자네는 자네 생각보다 강한 사람이라고, 리비."

"하지만 사이먼은 원하면 아기 아빠 노릇을 할 수 있는 권리가 있잖아요. 생물학적 친부니까요."

프랭크가 고개를 끄덕였다.

"그렇지. 하지만 그렇다고 해서 자네가 서리로 이사 가야 한다는 법은 없지. 런던에 살면서 사이먼이 아빠 노릇을 하게 해줘도 된다고."

"하지만 서리로 이사 가는 게 여러모로 낫지 않을까요? 더 큰 집을 구할 수 있고 우리 부모님이랑 사이먼 부모님도 가까이 사시니까요. 여기저기 도움 받을 데가 많아요."

"그럼 딜런은 어쩌고?"

리비가 프랭크의 얼굴을 빤히 들여다봤다. 프랭크의 입에서 딜런의 이름이 나오다니 의외였다.

"딜런이 토요일 밤에 있었던 일 얘기했어요?"

"아니, 자네가 케이크 가지고 돌아왔을 때 얼굴이 발그레해진 걸 보고 **무슨 일**이 있었는지 짐작했지."

리비의 얼굴이 또다시 달아오르자 프랭크가 빙긋 웃었다.

"단지 그 일 뿐만이 아니었어요. 딜런이…… 꿈만 같은 얘길 했어요. 저랑 아기 인생의 한 부분이 되고 싶다고요."

프랭크가 말없이 전경을 내려다봤다. 프랭크가 미소를 감추는 모습이 엿보였다.

"딜런은 좋은 남자야."

프랭크는 이 말만 하고 나머지 말을 아꼈다.

"알아요, 좋은 남자란 거. 그래서 지금 상황이 너무 혼란스러워요."

"그럴 테지. 그 유명한 버스 속담 있잖아. 목 빠지게 한 대를 기다렸는데 두 대가 한꺼번에 온다고."

"지금이랑은 경우가 달라요. 버스 중 한 대가 이젠 나를 태우고 싶지 않을까 봐 걱정이거든요."

"왜 그렇게 생각해?"

프랭크가 물었다.

"사이먼 나타났을 때 딜런이 어땠는지 보셨잖아요. 사이먼한테 얼마나 열받아 있었는지요. 내가 사이먼이 집에 있게 해주니 저한테도 화가 났고요."

"딜런은 자네한테 화가 난 게 아니었어, 리비. 사이먼한테만 분노했지. 그건 의심할 여지가 없어."

"딜런의 그런 면은 처음 봤어요."

"딜런은 남 괴롭히는 놈들 꼴은 못 봐. 특히 자기가 아끼는 사람이 괴롭힘을 당했을 땐 말이야."

"사이먼은 남 괴롭히고 그런 사람은 아니에요. 그러니까, 어젯밤 행동은 욕먹어도 싸지만 심성이 나쁜 사람은 아니에요."

"딜런이 자기 부모님 얘기를 한 적이 있나?"

프랭크가 넌지시 물었다.

"아뇨, 왜요?"

"내가 해도 될 얘긴지는 모르겠는데, 딜런의 가족사를 알게 되면 사이먼에 대한 딜런의 반응이 이해가 될 거야."

리비가 벤치 등받이에 몸을 기댔다.

"저는 어쩌면 좋아요, 할아버지?"

"토요일 이후로 딜런하고 얘기해봤어?"

"아뇨, 딜런한테서 연락이 없었어요."

"아마 딜런이 자네한테 시간을 주는 걸 거야. 딜런은 자네를 압박할 그런 사람이 아니거든."

"그 일 이후로 저를 피하고 있는 게 아닐까 하는 생각이 들었어요. 딜런이 저한테 한 말을 후회하고 있을까요?"

"장담컨대, 그렇지 않아. 자네를 존중하고 아껴주려고 시간을 주고 있는 게 아닐까."

"아, 진짜 엉망진창이에요."

리비가 손으로 머리를 쥐어뜯으며 말했다.

"조만간 언니네 집에서 나와야 해서 빨리 결정을 내려야 해요. 저 정말 어떻게 해요, 할아버지?"

"이 일을 결정할 사람은 자네뿐이야, 우리 리비. 하지만 결정을 내리기 전에 딜런하고 꼭 한 번 얘기를 해야 해. 지금 문자해서 딜런이 오후에 근처에 있는지 알아보면 어때?"

"지금요?"

"왜 그런 말 있잖아. 지금만큼 좋은 기회는 없다고."

"알겠어요."

리비가 주머니에서 휴대폰을 꺼내 문자를 찍었다. 마음이 바뀌기 전에 재빨리 전송 버튼을 눌렀다.

　30분 안에 딜런에게서 답장이 왔다. 곧 일이 끝난다고 말이다. 비록 문자 끝에 애정이 담긴 이모티콘은 눈을 씻고 봐도 없었지만, 프랭크를 만나고 집으로 돌아오는 길에 리비는 생일 이후 마음이 한결 가벼워진 자신을 발견했다. 프랭크의 말이 맞았다. 결정을 내리기 전에 꼭 딜런과 대화를 나눠야 한다. 딜런의 마음이 바뀌지 않았을 수도 있으니까. 리비와 진지하게 만나고 싶다는 말이 여전히 유효할 수도 있으니까. 그게 사실이라면 리비는 딜런과 연인이 되고, 사이먼이 아기의 아빠 노릇을 하게 할 방법을 찾을지도 모른다. 두 남자가 서로 으르렁거려 복잡은 하겠지만. 아기를 위해 이런 관계를 유지하도록 노력할 수도 있을 것이다.

　리비가 집에 거의 다 도착했을 때 누가 현관 계단에 앉아 신문을 읽고 있었다. 갑자기 기분이 날아갈 듯 좋아져 딜런의 이름을 부르려고 했는데 그자가 신문을 내리며 정체를 드러냈다.

"리비!"

사이먼은 리비를 보자 얼굴이 밝아졌다.

"여기서 뭐 해?"

"미안, 내가 전화하고 왔어야 했는데. 중대한 할 말이 있어서 말이야."

"지금은 때가 아니야."

리비가 냉랭하게 말했다. 사이먼이 여기 있는 사이에 딜런이 나타나면 어쩌지? 딜런이랑 리비 사이에 아무런 도움이 **안** 될 일 이었다.

"금방 말하고 갈게. 진짜야. 내가 저 멀리서부터 왔는데, 5분만 시간 내주면 안 될까?"

"알았어. 얄짤없이 5분이다."

리비가 계단을 올라가 현관문을 열었다. 가방을 걸고 사이먼을 주방으로 데려갔다. 물을 한 잔 따라 마시고는 아일랜드 식탁 건 너에 있는 사이먼을 바라봤다.

"그래, 할 말이 뭐야?"

"응, 그게……."

사이먼이 신난 강아지처럼 발치에 있는 공을 통통 튕겼다.

"어제 여기서 나간 뒤에 너의 주거 상황에 대해서 계속 생각해 봤는데 말이야. 우리 집이랑 너희 부모님 댁 근처 집을 인터넷에 서 뒤져봤어. 근데, 와. 진짜 헉 소리 나게 비싸더라. 집값이 미쳤 어. 내가 조경사업을 접고 부동산 개발을 해야 하는 게 아닌가 솔 깃해질 정도였어. 왜냐하면……."

"사이먼!"

"미안. 그러니까 어젯밤에 침대에 누워 골똘히 생각하다가 기가 막힌 신의 한 수가 떠올랐지 뭐야."

극적인 효과를 노리며 사이먼이 잠시 말을 멈췄다.

"네가 다른 집에 세 들어 살지 않아도 되면? 네가 공짜로 살 수 있는 집이 있다면?"

리비가 못 알아듣겠다는 듯 코를 찡그렸다.

"무슨 헛소리야?"

"에이, 척하면 척이지, 우리 집 말이야! 집에 남는 방이 있는데 마침 거기가 비어 있잖아. 너랑 아기는 몸만 들어오면 돼!"

이 황당하기 짝이 없는 제안에 리비는 콧방귀 섞은 비웃음으로 답했다.

"오마이갓이다, 이 웬수야. 지금 장난해?"

"뭐가? 이게 왜 말이 안 되는 생각인데?"

"네가 나한테 씻을 수 없는 상처를 줬으니까. 내 짐을 싸서 쓰레기통에 처박아버리고 새 여자를 집에 들였으니까."

"아, 어, 그래. 근데……."

"네가 또 다른 여자를 만나면? 그럼 너랑 나랑 아기랑 그 여자랑 이렇게 넷이 살아? 아주 단란한 한 가족이 되겠네. 아니면 또 나 내쫓을 거야?"

"당연히 아니지!"

사이먼이 억울하다는 듯 펄쩍 뛰며 말했다.

"몇 번을 말해. 올리비아 어쩌고 한 일은 다 멍청한 실수라고.

살다 보니 지루해서 자극적인 걸 찾아다니다가 잠깐 일탈한 것뿐이야. 믿어줘. 한때 스쳐 지나가는 바람일 뿐이었다고. 내가 너한테 느꼈던 감정은 그 누구한테도 느낀 적이 없어. 그리고, 내가 아빠가 된다는 소식을 전해준 뒤로 모든 게 깡그리 변했어."

"그게 아니라, 진짜 우리가 같이 사는 게 말이 된다고 생각하냐고?"

"당연히 말이 되지. 같이 살면 너는 월세 걱정, 축축하고 지저분한 이불 걱정을 할 필요가 없고 나는 너랑 아기를 위해 언제든 출동할 준비가 되어 있잖아. 정원도 있지, 주변에 공원도 많지. 길 따라 조금만 가면 좋은 어린이집도 있어."

리비가 물을 벌컥벌컥 들이켰다. 전부 사이먼이 말한 대로였다. 그 집은 가족이 살기에 딱 좋은 집이었다. 그래서 과거 리비가 사이먼에게 이사 가지 말자고 밀어붙였다. 비록 리비는 사이먼과 함께 집을 공동소유 하는 편을 선호했지만 말이다. 하지만 다시 사이먼네 집으로 돌아간다고? 그 난리를 겪고도? 누가 봐도 미친 짓 아닐까?

"좋은 생각이 아니야, 사이먼. 내 말은, 신생아 때는 나랑 같이 자니까 첫 여섯 달까진 괜찮겠지. 하지만 아이가 좀 커서 자기 방을 달라고 하면 어떻게 해?"

"그때까진 시간이 많이 남았잖아, 리비. 그때쯤 우리 관계가 어떨지 누가 알아? 내 말은, 그때쯤이면……."

사이먼이 슬금슬금 눈치를 보며 말을 다 마치지 않아서 리비가 그 뒷말을 가늠하는 데 몇 초가 걸렸다.

"아니야, 사이먼. 우리가 다시 사귀는 일은 **없어.** 절대. 네가 나한테 한 짓을 생각해봐. 그러고도 네가……."

"알았어, 알았다고."

사이먼이 리비의 입을 막았다.

"좋아. 아이가 좀 자라면 네가 이사 나가서 다른 데를 찾으면 돼. 하지만 적어도 첫 1년 정도는 넌 아기랑 같이 방을 쓰잖아. 그런데 왜 공짜인 우리 집 말고 굳이 다른 데를 찾아? 한번 생각해봐, 리비. 내가 기저귀도 갈고, 요리도 할게. 밤 수유도 내가 맡아서 네가 좀 쉴 수 있게 하고. 내가 할 수 있는 일이 얼마나 많다고."

"근데 이상하잖아. 우리가 다시 한 지붕 아래 같이 사는 거. 같은 집에서. 사귈 때처럼?"

"처음엔 어색하겠지. 그치만 금방 적응할 거야. 그리고 아기 때문에 정신없어서 전에 어땠는지 기억할 겨를조차 없을 테고."

한꺼번에 많은 일을 생각하느라 머리가 빙빙 돌고 골치가 지끈거려 리비는 아일랜드 식탁 옆 의자에 쓰러지듯 주저앉았다.

"어떻게 생각해?"

사이먼이 능글맞게 물었다.

"생각할 시간이 필요해, 사이먼. 따져봐야 할 게 너무 많아."

"그럼, 그럼. 시간 줄게. 진짜 진지하게 생각해보기다? 처음엔 이상할 테지만 생각하면 할수록 설득력 있는 얘기더라고. 무결점 해결책이라고나 할까."

"생각해본다고 내가 했어, 안 했어? 생각해본다고."

윙윙 소리에 아일랜드 식탁에 있는 휴대폰을 바라보니 진동이 울리고 있었다. 딜런이면 어쩌지? 리비는 사이먼이 화면을 보지 못하게 득달같이 휴대폰을 낚아챘다.

"이제 가봐."

리비가 일어서서 사이먼을 복도로 이끌어 현관문을 열었다.

"잘 가, 사이먼."

"잘 있어, 리비. 생각만 해도 신나는데."

사이먼이 리비에게 입을 맞추려고 몸을 앞으로 기울였지만, 리비가 신속하게 피하는 바람에 멋쩍게 웃었다.

"미안, 습관이라!"

사이먼이 리비에게 장난스럽게 윙크를 하고는 종종걸음으로 현관 계단을 내려갔다.

리비는 문을 닫고 그대로 문에 기댄 채 주저앉았다. 천천히 숨을 내쉬었다.

손에는 여전히 휴대폰을 쥔 상태여서 화면에 떠 있는 메시지를 읽었다. 딜런이었다.

진짜 미안해요. 일이 생겨서 오늘은 못 만날 거 같아요. 내일 시간 괜찮아요? 늘 보던 곳에서 보던 시간에?

— D

36

페기

전해줄 소식이 있어, 친구야. 우리 나이에 들어서 좋은 소식은 아니겠지만.

18호에 사는 아일린이 세상을 떴어.

토요일에 느닷없이 구급차가 나타나 응급 구조 요원들이 아일린네 집에 들이닥쳐서 처음 알게 됐어. 한 시간쯤 뒤에 응급 구조 요원들이 들것을 나르는 게 보였고 아일린 아들 제러미가 백지장처럼 허연 얼굴로 서 있는 것도 보였어. 제러미한테 다가가 무슨 일인지, 아일린은 괜찮은지 묻고 싶었지만, 그 망할 베티 핀처 여편네가 한발 앞섰지 뭐야.

금요일에 아일린한테 심장마비가 왔고 제러미가 토요일 오전에 아일린을 보려고 집에 들렀을 때 발견했다고 조금 뒤에 베티 핀처가 말해줬어. 하지만 알 게 뭐야. 베티가 좀처럼 믿을 만한 얘기를 하는 치라야 말이지.

아유, 정말로 말이야, 퍼시. 베티가 그 말을 하는데 내 가슴이 다 철렁 내려앉고 온몸에 소름이 쫙 돋았어. 너도 알잖아. 주변에 아무도 없을 때 나한테 그런 일이 일어나는 걸 내가 얼마나 무서워하는지. 아무리 데이비드가 아일린 아들내미처럼 정해진 날에 나 잘 있는지 확인하러 온다고 해도. 나도 혹시…… 휴, 생각조차 하기 싫어, 그치?

내가 바로 지난주에 아일린을 아스다에서 만났는데 말이야. 냉동식품 판매대에서 나를 불러세우더니 제러미랑 함께 가는 두바이 여행에서 입으려고 산 수영복 자랑을 해대더라고. 말로는 예쁘다고 해줬지만 실은 듣는 둥 마는 둥 냉동 대구가 싼지 해덕이 싼지 아일린 어깨너머로 흘끔흘끔 보면서 비교하는 중이었지. 아일린은 이제 그 수영복 입을 일은 없겠어. 안된 일이야. 수영복이 값 좀 나가게 생겼던데.

토요일 밤에 데이비드한테 전화했어. 이래저래 심란해서 안부나 물으려고. 데이비드가 자기는 에마랑 저녁 먹으러 나가야 해서 길게 얘기 못 한다고 하더라고. 내가 아일린 얘기를 했는데, 내 말에 귀 기울이진 않았던 거 같아. 그냥 일요일에 전화할 테니 그때 제대로 얘기하자고만 했어. 그래서 온종일 이제나저제나 전화를 기다렸지만 뭐 엄청나게 바빴는지 연락이 없었어. 그래도 오늘은 전화하겠지.

미안, 내가 주책없이 너무 청승을 떨었지. 나도 어디가 잘못됐는지 모르겠는데 일주일 내내 몸이 너무 힘들었어. 뼛속까지 쑤시는 기분이었달까. 하마터면 여기까지 못 올라올 뻔했지. 네가 무슨 말 할지 잘 알아, 친구야. 그러게 누가 여기까지 꾸역꾸역 걸어오랬냐고, 집에서 푹 좀 쉬라고 말했겠지. 근데 솔직히 말이야, 내가 여길 안 오면 말할 사람이 어딨겠어. 버스에서 만나는 생전 처음 보는 이상한 사람들 빼고 말이야.

세상에, 이렇게 말하고 나니 내가 세상 처량한 할망구 같다. 그치?

이쯤 되면 두바이 여행이라도 예약해야 할까? 난 평생 해외엔 나가본 적이 없잖아. 뉴욕도 못 가봤고. 넌 내가 뉴욕을 아주 좋아할 거라고 입버릇처럼 말하곤 했지. 나 혼자 뉴욕에 간다고 하면 데이비드랑 에마가 뭐라고 할지 상상도 안 되네.

혹시 네가 나랑 같이 가줄 수 있을까, 친구야? 아주 터무니없는 얘기도 아니잖아. 너는 뉴욕에 가본 적이 있으니 네가 나 뉴욕 구경시켜줄 수도 있고. 퍼시랑 페기, 함께 뉴욕에 가서 도시를 붉게 물들이다. 생각만 해도 마음이 들썩들썩 울렁여. 아주 재미있을 것 같아서. 안 그래?

37

리비는 9시 15분 정각에 켄티시 타운 역 바깥의 버스 정류장에 도착했다. 지난 열여덟 시간 동안 꼬박 사이먼의 제안을 되새기며 보냈다. 얼토당토않은 제안이었는데 대체 왜 어제 사이먼의 눈앞에서 거절하고 일을 마무리 짓지 않았던 걸까? **그건 네가 홀로 아기를 키우는 게 겁이 나기 때문이지,** 그렇게 나무라는 목소리가 머릿속에서 들렸다. **사이먼과 함께 살며 육아 도움을 받는 게 런던에서 홀로 새 삶을 개척해나가는 것보다 훨씬 쉽지 않겠어?**

그러자 갑자기 화난 고슴도치 같은 모습으로 사람들을 놀라게 하는 짙은 눈빛을 한 딜런이 머릿속에 팍 나타났다. 그리고 다시 리비는 토요일 밤에 자신을 바라보던 딜런의 눈빛을 기억해냈다. 리비의 목에 전해졌던 부드러운 입술의 감촉, 곁에서 돕고 싶다는 딜런의 달콤한 제안. 리비는 하이게이트 로드를 바라보며 버스 정류장을 향해 저벅저벅 걸어오는 키다리 딜런의 모습이 보이길 기다렸다. 프랭크가 어제 평가가 12시라고 했으니, 딜런이 아침 고정 스케줄인 프랭크 집 방문을 마치고 나면 다시 프랭크의 집으로 돌아가 평가를 돕기까지 몇 시간이 빌 것이었다. 어쩌면 함께 켄티시 타운 로드에 있는 카페로 가거나 히스에 걸어 올라갈 수도 있지 않을까? 어디로 가든 간에 리비는 딜런에게 모든 것을 털어놓기로 마음먹었다. 이제 더는 딜런에게 숨기는 일이 없어야 했다. 딜런이야말로 리비에게 일어나는 일을 모두 알아야 할 사람이지 않은가. 비록 아름답지 않은 진실이라 할지라도. 리비는 다시 길을 돌아봤다. 여전히 딜런은 나타날 기색이 없었다. 휴대폰을 확인해보니 시계가 9시 25분을 가리켰다. 늦을 때면 꼭 문자를 남기는 딜런이었다. 왓츠앱을 살펴보니 어제저녁 7시 이후로 온라인에 접속한 기록이 없었다.

9시 35분에 리비는 초조한 마음으로 또다시 휴대폰을 꺼내 딜런의 번호를 눌렀다. 딜런이 전화 받기를 기다리며 숨을 멈추고는 딜런의 낮고 깊은 목소리를 그려보고 있었다. 신호음이 울리다 울리다 지쳐 결국엔 자동 보이스 메일로 넘어갔다. 리비는 삐소리가 나기 전에 전화를 끊고 프랭크에게 전화를 걸었다.

프랭크는 신호 다섯 번 만에 전화를 받았다. 프랭크가 큰 소리로 말했다.

"여보세요?"

"할아버지, 저 리비예요."

"지금은 때가 좋지 않아, 리비. 미안하네."

"혹시 딜런이 할아버지 댁을 나섰어요?"

"아니, 딜런은 오늘 아침에 우리 집에 오지 않았어."

"뭐라고요?"

"전엔 이런 일이 한 번도 없었는데. 근데 오늘은…… 딜런이 꼭 와줘야 한단 말이야!"

프랭크의 목소리가 부들부들 떨렸다.

"혹시 전화해서 못 온 이유를 말하던가요?"

"오늘이 평가 날이란 말이야. 우리 딸이 곧 온다고. 딜런이 와서 날 도와주기로 분명히 약속했어."

"평가 때 분명히 올 거예요, 할아버지. 너무 걱정하지 마세요. 혹시 늦잠 잤을 수도 있잖아요?"

리비도 자신의 말이 그럴싸하게 들리지 않는다는 걸 알고 있었다.

"딜런이 오늘 꼭 와야 해."

"혹시 제가 지금 가드릴까요? 제가 거기에 있어…….."

"아니래도!"

프랭크가 소리를 빽 질러 리비는 소스라치게 놀랐다.

"나한테 필요한 건 딜런이야. 딜런이 다 알아. 내 약이랑 매일 해야 하는 일. 딜런이 여기에 있어야 사회복지사가 내가 멀쩡하다는 걸 인정해줄 거라고."

프랭크의 목소리에 두려움과 당황과 노여움이 증폭되고 있었다.

"괜찮아요. 진정하세요. 딜런이 아직 못 온 이유가 분명히 있을 거예요. 혹시 딜런 주소 있으세요? 제가 한번 가볼까 해서요."

"있어…… 어딨더라. 아니 이게 무슨 냄새야?"

"무슨 냄새요?"

"아이고, 딜런 어딨어? 오늘 일이 다 어그러질 거야……."

"정말 제가 안 가도 괜찮으시겠어요, 할아버지?"

"아냐, 아냐. 나 이제 끊어야겠어."

"네, 오늘 평가 잘……."

리비가 말을 맺기도 전에 전화가 뚝 끊어졌다.

리비는 다시 한번 시간을 확인해보았다. 9시 45분이니 딜런이 30분이나 늦은 셈이었다. 딜런은 도대체 어디에 있는 걸까? 다른 사람은 몰라도 딜런은 오늘이 프랭크에게 얼마나 중요한 날인지 알고 있었다. 딜런에게 무슨 나쁜 일이 일어난 걸까? 아니면 오늘 아침에 일어난 모든 일을 설명할 만한 충분한 이유라도 있는 걸까? 그게 뭐든 간에 딜런을 찾아내서 프랭크의 평가 자리에 반드시 함께할 수 있도록 해야 했다.

번뜩 생각이 나서 리비는 에스메가 준 전화번호를 눌렀다. 에스메가 전화를 받자 리비는 무슨 일이 있었는지 모두 알려줬다.

"딜런은 일을 펑크 낸 적이 없는데."

에스메가 이상하다는 듯 말했다.

"딜런을 마지막으로 본 게 언제야?"

"어제. 내 결혼식 때 입을 정장 보러 같이 갔었어."

"기분은 어때 보였고?"

"좀 슬퍼 보였어. 리비 걱정하느라."

리비의 마음이 아려왔다.

"딜런이 그렇게 말했어?"

"에이, 말할 필요도 없었어, 리비. 내가 귀신같이 사람들 마음 읽는다니까."

"그럼 너무 이상해. 혹시 딜런 집 주소 알아?"

"그럼. 바로 문자로 보내줄게."

주소를 받자마자 리비는 구글 맵스에 우편번호를 넣었고 화면에 리젠트 파크 근처 지점이 나타났다. 88번 버스 노선에 있는 곳이었다. 수도 없이 함께 버스를 타고 다녔는데도 딜런은 자신이 사는 곳 얘기를 꺼낸 적이 단 한 번도 없었다. 생각할수록 의아한 일이었다. 그러고 보니 자신의 가정사에 대해서 일언반구 없던 딜런이었다. 혼자 사는지 친구랑 같이 사는지조차 알지 못했다. 리비는 갈팡질팡했다. 자신이 불쑥 말도 없이 집에 나타나면 화를 낼까? 그러다가 휴대폰에서 들린 프랭크의 목소리를 떠올렸다. 프랭크는 통화 내내 딜런 없이 평가를 진행해야 하다니 어찌할 바를 몰라 전전긍긍했다. 마침 88번 버스가 다가오고 있어서 리비는 버스를 세우려고 팔을 쭉 내밀었다.

20분 뒤 리비는 올버니 스트리스에서 하차했다. 리비와 딜런이 처음으로 함께 포스터를 붙였던 바로 그 장소였다. 집 주소는 주도로에서부터 뒤쪽으로 뻗은 널따란 주택단지를 가리켰다. 휴대폰에 나온 대로 로버트 스트리트를 따라 걸었다. 한참을 걷다 보니 위층에 옥외통로가 나 있어 외부인들이 함부로 지나다니는 땅딸막한 빌딩들이 보였다. 200-350이라고 표시된 입구를 찾아내서 문을 열고 1층으로 향했다. 판에 박은 듯 똑같이 생긴 현관문들이 죽 늘어서 있었고 그 앞을 지날 때 때때로 두런두런하는 말소리와 알 수 없는 음악이 집 안에서 흘러나왔다. 278호에 도착하자 리비는 발걸음을 멈췄다. 창문에 그물형 커튼이 드리워져 있었고 집 안에서는 인기척이 느껴지지 않았다.

심호흡을 깊게 한 번 하고 리비는 벨을 눌렀다.

이내 개가 왈왈 짖어대는 소리가 귀를 울릴 정도로 크게 들려 리비는 흠칫 놀랐다. 딜런이 반려견을 키운다는 말은 한 적이 없었다! 짖던 강아지가 문 안쪽에서 몸을 던지는지 쾅쾅 소리와 함께 문이 흔들렸다. 혹시나 강아지가 확 튀어나올까 싶어 리비는 몇 걸음 물러섰다. 집 안에서 개에게 소리를 지르는 남자의 목소리가 들렸다. 딜런 집은 아닌 게 분명했다. 에스메가 잘못된 주소를 줬나 싶었다. 리비가 몸을 돌려 가려고 하는데 끼익 소리와 함께 문이 열리며 짧은 회색 수염이 난 남자가 무릎이 늘어난 운동복 바지와 너덜너덜한 스웨트 셔츠 차림으로 나왔다. 남자 뒤에서 바닥을 긁고 끙끙대는 소리가 나는 걸로 보아 개가 남자 가까이에서 호시탐탐 밖으로 튀어 나갈 기회를 엿보고 있는 게 틀림없었다.

"뭐요?"

남자가 귀찮다는 듯 내뱉었다.

"저, 방해해서 죄송한데요, 제가 집을 잘못 찾아온 것 같아요."

리비가 발걸음을 돌렸다.

"누구 찾는데?"

남자가 뒤에서 소리쳐 물었다.

"어, 딜런. 딜런……."

리비는 딜런의 성을 모른다는 사실을 이제야 깨닫고는 민망해졌다.

"여기 사는데."

남자가 쿵 소리를 내며 말했다.

"딜런은 뭣 때문에 찾아요?"

"오늘 아침에 만나기로 했는데 오지도 않고 일하러도 안 와서, 그래서……."

남자가 큰 소리로 킬킬 웃었다.

"걔가 아가씨를 이 집에 들였나 본데. 맞지?"

남자가 음흉한 표정을 짓더니 리비의 배를 고개로 가리키며 물었다.

"네? 아니에요, 이건……."

"걔가 왜 토꼈는지 알 것도 같네."

"네?"

"토꼈다고, 아가씨. 날랐다고. 어제 오후에 짐 싸서 나간 뒤로 코빼기도 못 봤어."

리비가 남자를 보며 눈을 깜빡였다.

"정말이에요?"

"시끄러워, 빈센트!"

남자가 뒤에서 다시 짖기 시작한 개에게 사납게 소리쳤다. 개는 바로 조용해졌고 남자가 다시 리비를 바라봤다.

"휴대폰으로 뭐라 뭐라 떠들더니 짐 싸서 나갔어. 왜인지 몰랐는데 아가씨를 보니 이제 다 알 것 같네."

리비의 머리가 뱅뱅 돌았다. 딜런이 떠났을 리가, 프랭크의 평가 전날 그랬을 리가 없었다.

"지 에미 아들놈 아니랄까 봐."

남자가 누런 담배 찌꺼기로 얼룩덜룩한 이를 드러내며 야비하게 웃었다.

"그년도 날랐어. 지 아들 어렸을 때. 딜런이 얘기 안 했나? 에미 노릇을 하는 게 힘들었는지 한밤중에 벌컥 화를 내더니만 애 내팽개치고 도망갔어."

아, 가엾은 딜런. 리비는 어떤 기분일지 감히 상상조차 할 수 없었다. 생모로부터 버림받고 이런 야만인이랑 남겨졌다니.

"혹시 경찰에 실종신고 하셨어요?" 리비가 물었다.

남자가 재밌어 죽겠다는 듯 키득키득 웃다가 갑자기 미친 듯이 기침을 하기 시작했다. 리비는 1분은 족히 될 동안 남자가 캑캑거리고 헐떡거리는 모습을 지켜봐야만 했다. 기침이 멈추자 또 한참을 씨근덕거렸다.

"실종이 아닌데 뭣 하러 실종신고를 해. 그놈은 아마도 다른 새랑 같이 날아가버렸을 텐데."

"무슨 새요?"

"이름 같은 건 모르고, 지난 몇 년 동안 만났다가 깨졌다가 난리 블루스를 떨더라고. 그 여자도 딜런처럼 시시껄렁한 펑크 나부랭이 같던데."

남자는 한 차례 더 세게 기침을 했다.

"다시 깨진 줄 알았는데 어제 그 여자가 딜런한테 전화를 했더라고. 아마 그 여자네 집으로 들어갔을 거야. 그래야 아가씨가 돈 달라고 못 쫓아오지. 걔는 타고나길 꼴통 같은 놈이니까."

리비가 딜런을 감싸려고 입을 움찔거렸지만, 도무지 아무런 말도 나오지 않았다. 딜런의 아버지라는 작자가 비열하게 웃으며 리비를 쳐다보고 있었다.

"가봐야겠어요."

이 자리를 떠야겠다는 마음이 간절해져서 리비가 말했다.

"혹시 딜런 보거든 리비한테 전화해달라고 전해주시겠어요?"

"두말하면 잔소리지."

남자의 말이 끝나기가 무섭게 리비가 서둘러 자리를 빠져나왔다. 리비를 조롱하는 듯한 남자의 웃음소리가 뒤를 졸졸 따라왔다.

　리비는 버스 안에서 내내 멍하니 있었다. 딜런이 가버렸다고? 아무 말도 없이 프랭크를 버리고 떠났다니 믿을 수가 없었다. 도무지 딜런답지 않은 일이었다. 하지만 어제 딜런이 리비네 집에 왔다가 사이먼과 함께 있는 리비를 보고 최악의 상황이라고 생각했다면? 그리고 그 여자친구 얘기는 또 뭐란 말인가. 딜런한테 여자친구가 있었다면 리비에게 키스하고 그 달콤하고 꿈결 같은 이야기를 할 리가 없지 않은가? 딜런은 언제나 리비에게 숨김없이 정직하게 털어놓는 누구보다 믿을 만한 사람이었다. 하지만, 리비는 사이먼 또한 리비에게 숨김없이 정직하게 털어놓는 누구보다 믿을 만한 사람이라는 사실을 의심해본 일이 없었다. 그러다가 사이먼한테 호되게 뒤통수를 맞지 않았던가. 리비가 몸을 부르르 떨자 배 속 아기가 불안한 듯이 발차기를 날렸다.

　리비는 켄티시 타운 로드에서 내려 레베카의 집으로 터덜터덜 걸었다. 늘 그래왔듯 리비가 몸을 움직이자 아기가 얌전해졌다. 걸으며 딜런 아버지란 작자가 한 이야기를 에스메에게 전하려고 문자로 적고 있었다. 그 여자친구 이야기는 우선 생략. 입 밖으로 내기에 도저히 믿기 어려운 얘기였으니까. 전송 버튼을 누르고 레베카네 집 정문을 지나다가 리비는 그 자리에 얼어붙은 듯 멈춰 섰다. 집 현관문이 활짝 열려 있었다.

얼굴에 있는 피가 쫙쫙 빠져 나가는 느낌이었다. 오늘 아침 집을 나설 때 현관문을 닫았던가? 문단속은 늘 신경 써서 하는 편이었는데 딜런과 만날 일에 정신이 팔려 깜빡한 모양이었다. 현관 계단을 기다시피 올라가는데 다리가 후들후들 떨렸다. 혹시 집에 강도가 들었거나 이미 떠난 후일 수도 있다. 레베카와 톰의 귀중품을 싹 다 쓸어서 말이다. 리비는 아직 손에 휴대폰을 들고 있었기에 현관문에 다다르자 112를 눌렀다. 통화 버튼을 누르려는 찰나 복도 끝에서 사람의 움직임이 보였고 귀에 익은 목소리가 들려왔다.

"왔구나, 엘리자베스."

"엄마?"

"뭘 그렇게 멀뚱멀뚱 보고 서 있어, 어서 들어오렴."

"금요일에 돌아오시는 줄 알았는데요?"

"계획이 바뀌어서 집에 일찍 왔어."

엄마는 앞으로 나와 리비의 볼에 건성으로 입을 맞췄다.

"생일 축하한다, 얘야."

"혹시 무슨 일 있는 건 아니죠?"

엄마는 복도를 쭉 한번 훑어 누가 듣는지 보더니 목소리를 낮췄다.

"레베카가 프랑스에서 임신 테스트를 했는데 말이야……."

엄마가 코 한쪽을 톡톡 두드려 손가락으로 2를 만들었다.

"어머, 너무 잘됐어요!"

"쉿, 너 나한테 들었다고 하기 **없기다!**"

폴린이 쉿 하며 다시 한번 입단속을 시켰다.

"당연히 레베카는 임신한 걸 알자마자 런던으로 돌아오고 싶어 했지! 도르도뉴가 예쁜 동네긴 하지만 프랑스 사람들이 음식에 블루치즈나 덜 익은 고기를 막 넣고 그럴 수도 있잖니."

"그래서 언니는 지금 어딨어요?"

"위층에 누워 있어. 너희 아빠랑 톰은 헥터 데리고 공원에 갔고. 아유, 내가 정말 얼그레이 마시고 싶어 혼났지 뭐니. 프랑스 사람들이 지독하게 못 하는 것 중 하나가 차 제대로 만드는 거잖아."

엄마가 리비를 데리고 주방으로 들어갔다. 여행 가방과 여기저기서 딸려 온 쓰레기가 가득했다.

"생일은 어땠니?"

엄마가 주전자에 불을 켜며 물었다.

"네 몸 상태로 그렇게 성대하게 파티를 즐겼을 리는 없을 테고."

"아, 실은 재밌게 지냈어요. 친구들을 불러서 저녁 먹었거든요."

"그래? 그리고 또 다른 일은 없었고?"

"어, 뭐 별로요."

리비가 지금까지 살면서 엄마한테 해본 제일 큰 거짓말이었다. 버스에서 프랭크의 그녀를 찾아 헤맸던 일과 사이먼의 합가 제안까지 합해서 말이다. 엄마가 자신의 얼굴을 보고 눈치채지 못하도록 리비는 계속 엄마에게서 등을 돌리고 있었다.

"소식이 전혀 없어? 나한테 알려줄 게 전혀 없다고?"

리비는 머그잔을 들고 멈칫했다. 엄마의 말투가 태연해도 **너무** 태연했다.

"사이먼이 언제 엄마한테 말했어요?"

"누가 나한테 뭘 언제 말했단 거니?"

"엄마, 알면서 모른 척 그만해요. 사이먼이 나랑 합치자고 했다는 거 언제 말했느냐고요?"

폴린의 얼굴에 웃음꽃이 만발했다.

"어제저녁에 전화했어. 우리 딸, 엄마는 이제 **정말** 한시름 놨지 뭐니."

"아니, 엄마!"

"엄마 진심이야. 프러포즈했다면 그림이 더 좋았겠지만 한 번에 한 단계씩 밟아가는 것도 나쁘진 않지, 안 그래? 짐은 싸기 시작했니? 우리가 오늘 해치백 하나 내줄 수 있긴 한데 지금 우리 짐이 거기 꽉 차 있어."

"아니, 내가 짐을 왜 싸요."

"유아용 가구는 어떤 거 들일지 생각해봤어? 존 루이스의 세트 구성이 좋으니 다음 주에 블루워터 쇼핑센터에 들러서 구경 한번 해볼까?"

"엄마……."

"사이먼네 엄마가 얼마나 좋아하시겠니. 걔네 엄마가 그 집에서 임신 축하 파티를 열어주긴 하겠지만 그래도 내가 네 엄마로서……."

"엄마, 잠깐만!"

"응?"

"나 아직 사이먼한테 수락 안 했어요."

순간 정적이 흘렀다.

"엘리자베스 앤 니콜라스, 아직 수락 안 했다는 게 무슨 뜻이지?"

리비가 긴장해서 어깨를 당겼다.

"다시 사이먼네 집에 들어가는 게 맞나 싶어요."

"아니, 그게 대체 무슨 뚱딴지같은 소리야? 사이먼이 네 아기 아버지잖아."

"누가 그걸 몰라요? 내가 걔 아이를 가졌다고 해서 다시 사이먼이랑 살아야 한다는 법은 없잖아요."

"얘가 정말 정신이 있는 거야 없는 거야."

폴린이 울화가 치밀어 말했다.

"아직 사이먼한테 화가 나 있겠지. 근데 사이먼이 어제 나한테 전화로 다 설명했어. 임신 소식 들었을 때 처신을 잘못해서 정말 후회하고 있대. 그 딱한 게 너무 놀랐던 모양이야. 그게 다야."

"아니 엄마, 나는 뭐 강심장이라 안 놀랐을 거 같아요? 내가 사이먼처럼 행동했다고 한번 생각해보세요. 그리고 엄마는 왜 **허구**

한 날 사이먼 편만 들어요?"

"아니 얘가, 내가 언제 그랬다고 그래?"

"그랬어요. 매일같이 '세상 가여운 사이먼 어쩌고' 아니면 '세상 딱한 사이먼 저쩌고'. 나는 엄마가 한 번이라도 '우리 불쌍한 딸 리비가 어쩌자고 그런 생양아치 같은 남자를 8년이나 만나다가 뻥 차여서는 집에서도 쫓겨나고 그 후레자식이 애비 노릇도 안 한다고 하는지 모르겠네' 하는 소리 듣는 게 소원이에요."

"너 뭐 잘못 먹었니, 엘리자베스? 엄마는 네가 이렇게 엄마한테 바락바락 대드는 거 처음 본다."

언짢고 당황한 엄마가 언성을 높였다.

리비는 더 말대꾸하기도 신물이 나 한숨만 쉬었다. 말싸움을 포기하고 엄마가 하자는 대로 하고 싶은 마음도 없지는 않았다. 지금까지 가족의 참견에 그렇게 해왔던 것처럼. 하지만 딜런이 한 말이 뇌리를 떠나지 않았다. **가족이 어떻게 생각하든지 신경 쓰지 않아야 해요.**

"엄마, 나 이제 곧 서른이고 애 엄마가 될 거예요."

차분하게 말하려고 애쓰며 리비가 다시 입을 열었다.

"이제 매사 말썽이나 피워 부모님 실망하게 하는 애 취급은 그만하세요."

"내가 정말 못살아, 너 정말 계속 이렇게 말도 안 되는 소리 할래?"

폴린이 눈알을 뒤룩뒤룩 굴리며 리비의 말을 받아쳤다.

"방금도 딱 그렇게 얘기했잖아요."

리비가 한 마디도 지지 않고 따박따박 말대답을 했다.

"내가 무슨 말을 하든 듣지도 않고 내가 뭘 원하는지 관심도 없잖아요. 내가 스스로 앞날을 결정할 능력이 없다고 판단해버리고 꼴통 취급하고. 지긋지긋하고 진절머리 나요."

"난 네가 스스로 앞날을 결정할 능력이 없다고 생각한 적 없어. 엄마는 그냥 네 걱정을 하는 거야. 그 잘난 네 변덕 때문에 앞날 창창한 의대를 그만뒀잖니. 사이먼이랑도 같은 실수를 하게 두고 싶지가 않아서 그래."

"앞날 창창한 의대가 아니라고 몇 번을 말해요. 의대 공부가 적성에 전혀 안 맞았다고요! 엄마랑 아빠가 의사 얘길 귀에 못이 박이도록 해서 그만큼이라도 버틴 것뿐이었어요. 엄마가 원한다고 해서 다시 사이먼네 집으로 들어가는 같은 실수를 저지르진 않을 거예요."

"논리에 허점이 없네."

제삼자의 목소리에 리비가 뒤를 홱 돌아보니 레베카가 주방 문턱에서 둘의 언쟁을 지켜보고 있었다.

"휴, 레베카, 네가 동생 정신 좀 차리게 한마디 해줘라. 얘가 글쎄 사이먼네 집에 다시 안 들어가겠다지 뭐니? 얘가 미치지 않고서야 어떻게 그런 말을 해?"

"미친 게 아니에요, 엄마. 지난 3개월 동안 런던에 머물면서 배운 게 있다면 그건 내가 생각보다 강하다는 거예요. 엄마는 믿기 어렵겠지만 난 아기를 혼자 키울 만큼 강인할 수도 있어요."

"얘 지금 말하는 거 들었지?"

아연실색한 폴린이 천장을 뚫을 기세로 눈썹을 치켜세우며 레베카에게 하소연했다.

"쟤가 지금 사리판단이 전혀 안 돼. 네가 조곤조곤 설명 좀 해줘, 레베카. 애 혼자 키우는 싱글맘한테는 사는 게 지옥이고 희망 따위는 없다고."

주방에 정적이 흘렀고 폴린과 리비는 레베카의 입만 바라보며 무슨 말이 나올지 기다렸다. 레베카가 미간을 찌푸린 채 심각한 표정으로 폴린을 바라봤다.

"엄마, 리비 말이 맞아요."

"뭐라고?"

예상을 뒤엎은 레베카의 대답에 폴린과 리비는 누가 먼저랄 것도 없이 외마디 소리를 질렀다.

"리비 말이 맞다고 했어요. 사이먼이 리비를 그렇게 개떡같이 대했는데 누가 봐도 리비가 아이를 혼자 키우는 게 낫죠."

폴린의 얼굴이 새파랗게 질리다 못해 푸르딩딩한 보랏빛이 되었다.

"너까지 정말 이러기니?"

"네, 엄마. 그리고 이제 엄마는 리비가 스스로 결정을 하게 두고 어떤 결정을 내리든 지지해주셔야 하고요."

레베카의 입에서 나오는 경이롭고 은혜로운 단어 하나하나에 리비는 말문이 막혔다. 레베카가 나서서 편을 들며 두둔해주는 모습은 처음이었다. 어렸을 때도 이런 적은 없었다.

"무슨 말인지 알겠어."

폴린이 꼬장꼬장하게 말했다.

"결국은 이렇게 되었구나, 그치? 내가 죽을 둥 살 둥 고생해서 키운 애 둘이 똘똘 뭉쳐 엄마한테 대들기나 하고."

"똘똘 뭉쳐 엄마한테 대드는 게 아니에요."

엄마의 감정 호소에 꼬리를 내릴 레베카가 아니었다.

"우리 둘 다 진작에 다 컸어요. 이제 우리를 그만 휘두르고 우리 인생을 살게 풀어줄 때가 됐어요."

"내가 언제 너희 인생 살게 풀어주지 않은 적 있니."

폴린이 분하다는 듯 씩씩거리며 말했다.

"엄마, 내가 임신한 거 알자마자 남은 가족여행 일정 취소하고 집으로 가야 한다고 우기셨잖아요. 프랑스가 임산부한테 안전하지 않다면서요. 내가 어떻게 잡은 금쪽같은 휴간데. 저도 그동안 엄마 뜻에 따라 살아왔으니 이번에도 엄마가 하자는 대로 했어요. 하지만 리비가 방금 한 말은 다 합당했어요. 이제 리비도 자기 뜻대로 결정할 능력이 있다고요."

폴린은 두 딸을 번갈아 봤다. 벌어진 입이 다물어지지 않았다. 난생처음 두 딸이 동시에 엄마에게 반항하는 모습이 원통하고 서운해 할 말을 잃은 것 같았다. 주방 밖에서 현관문이 딸깍 열리더니 헥터가 쿵쾅대며 뛰어오는 소리가 들려왔다. 이 소리를 듣고 다시 처참한 현실로 돌아온 폴린은 몸을 획 틀어 핸드백으로 손을 뻗었다.

"잘 알겠다. 불청객 엄마는 이만 자리를 비켜주마."

"엄마, 진짜 그러지 마세요."

리비가 사정사정했지만, 폴린은 이미 주방 밖으로 성큼성큼 나가고 있었다.

"로저, 가방 챙겨요, 여기서 나갑시다!"

폴린이 복도에서 고래고래 소리를 질렀다.

리비가 레베카를 그윽하게 바라봤다.

"내 의견 지지해줘서 고마워."

레베카가 별일 아니라는 듯 어깨를 한 번 으쓱했다.

"더 일찍 이렇게 했어야 했어."

"임신도 축하해. 정말 잘됐어."

"아직 초기라 축하하기는 일러."

딱 잘라 말하긴 했지만, 레베카는 리비를 향해 생긋 웃어 보였다.

"그치만 고맙다, 동생아."

39

리비와 레베카가 번갈아 붙잡고, 어리둥절해하는 남편이 아무리 어르고 달래봐도 폴린의 고집을 꺾을 순 없었다. 폴린과 로저는 기어이 집을 나섰다. 오후 2시가 넘은 시각이라 리비는 허기가 져 죽을 지경이었다. 레베카와 톰은 아직 짐도 풀지 않았기에 리비는 둘에게 정리할 시간을 주려고 좋아하는 카페로 향했다. 샌드위치를 먹으며 휴대폰을 확인해봤지만, 딜런에게선 아무런 연락이 없었고 지난밤 이후 메시지도 확인하지 않았다. 어디에 있길래 이렇게 감감무소식인 걸까? 프랭크의 평가 시간에 맞춰 가긴 했을까? 프랭크가 걱정되어서 번호를 찾아 통화 버튼을 눌렀지만, 전화를 받지 않았다. 지금쯤 끝났어야 할 시간이지만 예상보다 길어져 아직 진행 중인지도 몰랐다. 프랭크는 딜런도 없이 평가를 어떻게 받았을까? 궁금한 가운데 걱정이 휘몰아쳤다. 남은 샌드위치를 두 입에 먹어치우고 케이크 몇 조각을 포장해서 프랭크의 집으로 발걸음을 옮겼다.

프랭크의 집으로 가서 현관문 벨을 누르고 프랭크가 나오기를 기다렸다. 프랭크의 행동이 워낙 굼뜨니 현관문 여는 데는 시간이 오래 걸리곤 했는데, 이번엔 벨을 누르고 나서 몇 초 만에 성큼성큼 빠르게 걷는 소리가 들려왔다. 프랭크일 리는 없었다. 혹시, 딜런? 문이 열릴 때 리비는 마음이 놓여 순간 몸에 긴장이 풀리는 걸 느꼈다.

하지만, 막상 문이 열리자, 이런. 딜런이 아니었다. 한 중년 여성이 기진맥진한 표정으로 서 있었다. 리비는 실망한 기색을 애써 감췄다.

"어떻게 오셨어요?"

스코틀랜드 악센트가 희미하게 섞인 말투로 말끝을 짧게 끊으며 여자가 물었다. 프랭크의 딸 클라라구나.

"안녕하세요, 프랭크 할아버지 계세요? 제가 에클레르를 좀 사 왔어요."

리비는 케이크 상자를 클라라에게 쑥 내밀었지만 클라라는 손으로 하얀 머리를 쓸어내리며 상자를 받지 않은 채 떨떠름하게 물었다.

"실례지만 누구세요?"

"아, 전 리비예요. 프랭크 할아버지 가까운 지인요."

"음, 지금은 적당한 때가 아닌 것 같아요. 오늘 아버지가 길고 힘든 하루를 보내셔서 아주 고단하시거든요."

"혹시 제가 잠깐 얼굴만 뵙고 인사드리면 안 될까요? 오래 안 걸려요. 오늘 일이 어떻게 됐는지 직접 찾아뵙고 얘기 나누기로 약속했거든요."

클라라가 곤란하다는 듯 콧등을 살짝 찡그렸다.

"네, 그럼 짧게 부탁드려요."

"네, 그럴게요."

리비가 클라라를 따라 집 안으로 들어갔다.

거실로 들어설 때쯤에 클라라가 리비를 다시 돌아보며 부탁했다.

"아버지 심기 건드리지 않도록 부탁할게요."

"아유, 그럼요."

리비가 낮게 속삭이긴 했지만, 부탁치곤 어째 이상하다는 생각이 들었다.

"아버지, 손님 오셨어요."

클라라가 거실로 들어가며 목소리를 높여 프랭크에게 알렸다. 리비는 클라라 뒤를 따르다가 발을 멈췄다.

프랭크가 늘 앉던 안락의자에 앉아 음소거된 TV 화면을 멍하니 응시하고 있었다. 무릎까지 오는 가운 아래로 앙상한 무릎과 뼈가 도드라지고 푸르스름한 정맥이 드러난 다리가 눈에 띄었다. 어깨가 한껏 구부러져 있었고 머리는 평소보다 더 헝클어진 상태였다. 오른팔이 무릎에 어색하게 놓여 있기에 리비가 자세히 들여다보니 손에 흰 붕대가 감겨 있었다.

"할아버지, 이게 무슨 일이에요?"

리비가 재빨리 프랭크 쪽으로 걸어갔지만, 리비의 말을 듣지 못했는지 프랭크는 반응이 없었다. TV에서 흘러나오는 자연관

찰 다큐멘터리를 응시하는 눈동자가 흐리멍덩했다. 눈에 입력된 화면의 형상들이 머릿속에 남지 않고 그대로 빠져나가고 있는 것 같았다.

"아버지가 오늘 아침 화상을 입으셨어요."

클라라가 프랭크 뒤로 걸어가 손을 프랭크의 어깨에 걸쳐놓았다.

"어머, 어떡해요!"

붕대가 두껍게 감겨 손가락 끝만 삐죽 튀어나와 있었다.

"어쩌다가요?"

"아침 식사 만드시다가 토스트에 불이 붙었나 봐요. 토스트를 그냥 놔두지 않고 맨손으로 집으려다가 2도 화상을 입으셨지 뭐예요."

리비가 숨을 들이마셨다.

"금방 낫는대요?"

"의사가 차차 나을 거라고 했어요. 하지만 한동안은 손을 쓰지 못할 거라고 하더라고요."

프랭크는 여전히 TV를 물끄러미 바라보고 있었다. 리비와 클라라가 나누는 대화를 전혀 듣고 있지 않은 듯했다.

"아버지가 말씀하시길 아침 식사 만드는 중간쯤에 딴 일에 정신이 팔려서 토스트 올려놓은 걸 깜빡하셨대요. 근데 뭣 때문에 정신이 팔렸는지는 전혀 기억을 못 하세요."

클라라가 말을 이었다.

"아버지께는 말씀 말아주세요. 종종 의식이 없이 기억을 잃는 경우가 있으시거든요. 이런 유의 치매에 흔한 증상 중 하나예요."

치매라는 단어를 듣고 프랭크가 고개를 홱 돌렸다.

"연기가 났어. 연기랑 이상한 냄새."

"맞아요, 아버지. 토스트가 타고 있느라 그랬나 봐요."

클라라가 단어 하나하나 또박또박 말했다.

"이런 젠장, 내가 미쳤지!"

불현듯 생각이 스친 듯 리비가 외쳤다.

"정말 죄송해요. 저 때문이었던 것 같아요."

"뭐가요?"

클라라가 의아하다는 듯 물었다.

"저 때문에 정신이 팔리셨던 거 같아요. 제가 오늘 아침 전화했을 때 할아버지가 이상한 냄새가 난다고 얘기하셨거든요. 당시엔 할아버지가 뭘 태우고 있다는 생각은 전혀 못 했는데, 지금 보니 제 전화 때문에 정신이 팔려 토스트를 까맣게 잊으셨던 거 같아요."

"그렇군요……." 클라라가 느리게 말했다.

"뭐, 적어도 무슨 일이 있었는지는 알았네요."

리비가 프랭크의 의자 옆에 무릎을 꿇어 시선을 마주쳤다.

"정말 죄송해요, 할아버지. 전화 끊기 전에 이상한 냄새 얘길 하셨는데 제가 대수롭지 않게 여겼어요. 그때 바로 와봤어야 했는데."

프랭크는 여전히 잠자코 말이 없었다. 눈동자는 다시 소리 없는 TV 화면에 고정되어 있었다. 사자가 가젤 떼를 끈질기게 쫓아가는 중이었다.

"의사가 아까 강한 진통제를 줘서 좀 몽롱한 상태이신 듯해요."

클라라가 설명했다.

"정말 너무 죄송해요. 딜런이 없다고 했을 때 제가 바로 와서 확인했어야 하는데."

"그쪽 잘못이 아니에요. 그 책임감 없는 요양 보호사 탓이죠. 세상에 이렇게 중대한 과실이 어딨어요? 몸이 아프면 업체에 전화해서 대체 인력을 보내달라고 말했어야죠."

"제 생각엔, 딜런한테 무슨 일이 있는 것 같아요."

리비가 핑계를 대려 했지만 클라라는 관심이 없었다.

"제 직감이 맞았어요. 그 사람 처음 봤을 때 분명 말썽이 날 것 같더라니."

"그건 도가 지나친 말씀이라고 생각해요! 이번 일은 딜런한테 틀림없이 그럴 만한 이유가 있었을 거예요."

프랭크가 딜런 이름을 들었는지 난데없이 고개를 홱 젖혔다.

"딜런 어딨어? 지금 여기 있어?"

"아니에요, 아버지. 딜런 안 왔어요."

클라라가 큰 목소리로 답하자 프랭크가 인상 쓰는 게 보였다.

"업체에서 내일 아침까지 새 요양 보호사를 보내준대요."

"딜런 아니면 다 소용없어."

프랭크는 어린아이처럼 가느다란 목소리로 힘없이 말했다.

"요양원 입소 평가는 어떻게 됐어요?"

리비가 물었다.

"아침 내내 응급실에서 치료받느라 취소할 수밖에 없었어요.

30분 전에야 겨우 집에 돌아왔어요."

"취소했다면, 일정을 다시 잡는다는 뜻인가요?"

클라라가 고개를 저었다.

"평가를 다시 받는 게 무슨 의미가 있겠어요. 아버지가 혼자 사는 건 위험하다고 결론 내려줄 평가 결과지 같은 건 필요 없어요. 더구나 이제는 아버지가 한 손도 못 쓰시니, 가능한 한 빨리 아버지가 들어갈 요양원을 알아보기 시작할 거예요."

"정말요?"

리비가 놀라 어쩔 줄을 모르자 클라라가 리비를 매섭게 바라봤다.

"그러니까, 할아버지한테 오늘 아침에 안 좋은 일이 일어났다는 걸 부정할 수는 없어요. 그치만 딜런이 있었으면 다 해결됐을 문제예요."

클라라가 신경질적으로 한숨을 내쉬었다.

"실례지만 누구시라고 했죠?"

"할아버지와 가까운 지인요."

"저희 아버지를 아신 지는 얼마나 됐어요?"

"몇 달요."

"그렇군요. 저는 아버지의 딸이에요. 아버지를 안 지 55년 됐죠. 그러니 제가 그쪽보다는 아버지에게 뭐가 득이 되는지 더 잘 따질 수 있어요."

"네, 당연히 그렇죠. 주제넘게 들렸다면 죄송합니다. 따님이 잘 돌봐주시지 못할 거란 의미로 말씀드린 건 아니었어요. 할아버지가 남의 도움 없이 독립적으로 꾸리는 삶을, 최소한 조금이라도 더 연장하고 싶어 하시는 걸 아니까 드린 말씀이었어요."

"이봐요, 아버지가 요양원에 들어가는 걸 그다지 반기지 않으신다는 사실은 저도 잘 알고 있어요. 하지만 이 집은 아버지 혼자 사시기에 너무 넓고 위험 요소도 많아요. 주방뿐만이 아니에요. 계단을 오르내리다가 넘어지거나 샤워하다가 다칠 수도 있어요. 치매까지 있으니 앞으로 전문적인 돌봄이 필요할 일이 점점 늘어날 거예요."

리비는 의자에 몸을 웅크리고 팔을 가만히 잡은 프랭크를 내려다보았다. 처음으로, 프랭크가 아주 늙고 연약해 보였다.

"아버지는 금방 적응하실 거예요."

클라라의 목소리가 한결 부드러워졌다.

"아버지한테도 좋은 일이에요. 혼자 오래 사셔서 외로우셨잖아요. 집에 혼자 틀어박혀 버스나 타고. 요양원에서는 비슷한 연배인 분들이랑 금방 친해지실 수 있을 거예요."

리비는 만난 지 얼마 안 돼 프랭크가 해준 말을 떠올렸다. **나를 요양원에 밀어 넣어버리는 건 날 상자에 넣어 땅에 파묻는 거나 마찬가지야.**

"제가 차를 준비할 동안 아버지랑 5분만 같이 앉아 계시겠어요?"

클라라가 상냥하게 물었다.

"네, 그럴게요."

클라라는 고개를 끄덕이고 거실을 나갔다.

리비는 프랭크에게 몸을 돌려 프랭크의 팔에 손을 살포시 내려놓았다.

"할아버지, 오늘 정말 고생 많으셨어요."

프랭크는 말이 없었지만, 얼굴에 뭔가 스치듯 지나갔다. 리비는 프랭크 옆에 앉으려고 의자를 바짝 당겼다.

"오늘 아침에 딜런을 찾으러 갔었어요. 집에는 없었고 대신 딜런 아버지가 말하길 딜런이 어젯밤부터 보이질 않는다고 하더라고요."

"딜런 어딨어?"

프랭크는 여전히 TV에서 눈을 떼지 않은 채였지만 리비는 프랭크가 진통제의 강한 약 기운에 정신을 놓지 않으려 안간힘을 쓰고 있다는 걸 알 수 있었다.

"저도 몰라요. 하지만 제가 한번 찾아보려고요."

리비가 침을 꿀꺽 삼켰다.

"혹시 딜런이 여자친구 있다고 얘기한 적 있었어요?"

프랭크가 느리게 눈을 깜빡깜빡했다.

"딜런 아버지가 그러는데 딜런이 여자친구네 집에 가서 같이 지내고 있을지도 모른대요."

프랭크가 오른손을 들어 얼굴을 비비다가 손에 감긴 붕대를 보더니 영문을 몰라 혼란스러운 표정으로 손을 응시했다.

"오늘 아침에 손을 다치셨어요."

리비가 설명했다.

"아침 식사를 만들고 있다가 손을 뎄어요. 죄송해요. 제 잘못인 것 같아요."

"네 잘못이라니?"

"전화할 때 저한테 무슨 냄새가 난다고 얘기하셨거든요. 제가 바로 무슨 일인지 알아보러 왔어야 했어요."

프랭크가 불쾌한 듯 눈썹을 찌푸렸다.

"네 잘못이야."

"진심으로 죄송해요, 할아버지. 클라라가 그러는데 나을 거래요."

프랭크가 머리를 돌려 리비를 똑바로 바라봤다. 이제야 리비의 존재를 제대로 인식했다는 듯이.

"딜런이 그렇게 된 건 네 탓이야."

"그게 무슨 말씀이세요?"

"딜런은 오늘 왔어야 해. 내 평가 도와주러. 너 때문에 딜런이 못 왔고 나도 손에 화상을 입었어."

"어, 그게 정확한 사실인지는 모르겠어요. 그러니까, 딜런이 어디에 있든 저는……."

"네가 딜런한테 상처를 줬어."

프랭크가 리비에게 말을 마칠 틈을 주지 않고 끼어들었다.

"딜런이 너무 슬픈 나머지 달아나버린 거야."

"달아난 게 아니고요, 할아버지. 딜런이 지금 어딨는지 도무지 알 수가 없어요. 하지만 금방 돌아올 거라 믿어요."

"안 와."

프랭크의 목소리가 부들부들 떨렸다.

"네가 딜런을 겁줘서 쫓아버렸어. 너 때문에 내가 평가를 못 받왔고 나는 이제 감옥에 갇히는 꼴이 될 거야."

"아, 할아버지, 감옥이 아니라 요양원이에요. 그리고 저는 맹세코 딜런이 저 때문에 오늘 여기 못 왔다고 생각하지 않아요."

"너 때문이라고!"

프랭크가 손으로 의자를 쾅 내리쳤고 그 충격이 고스란히 팔에 전해져 숨을 제대로 쉬지 못했다.

"네 잘못이라고."

"아니, 이게 무슨 난리예요?"

클라라가 문으로 들어왔다.

"아버지, 왜 그러세요?"

"내쫓아!"

클라라가 리비를 노려봤다.

"심기 건드리지 말랬잖아요."

"죄송해요. 오늘 일어난 일이 다 제 탓이라고 하시기에."

"아버지, 손에 화상 입은 건 리비 탓이 아니에요."

클라라가 프랭크를 달랬다.

"애초에 그릴을 쓰시면 안 되는 거였어요. 제가 몇 번을 얘기했잖아요."

"내쫓으라고!"

프랭크의 분노가 화산처럼 폭발했다.

"당장!"

클라라가 리비에게 눈치를 줬다.

"가주셔야 할 것 같아요."

"알겠어요."

금방이라도 울음을 터뜨릴 듯 리비의 목소리가 떨렸다. 곧바로 일어서서 문 쪽으로 몸을 움직이기 시작했다.

"정말 죄송해요, 할아버지. 조만간 또 봬요."

"싫어!"

리비가 당황해서 잠시 프랭크를 바라봤다. 프랭크의 얼굴은 노여움으로 일그러져 있었다. 클라라가 리비의 팔을 살짝 당겼다.

"죄송해요."

클라라와 현관으로 걸으며 리비가 다시 한번 사과했다.

"할아버지 심기를 불편하게 하려던 건 아니었어요."

"아버지한테 길고 고단한 하루였어요."

"내일 다시 와서 뵙고 가도 될까요?"

클라라는 현관문을 열어 리비가 밖으로 걸음을 옮길 때까지 기다렸다.

"그러시지 않는 게 좋을 것 같아요. 앞으로 몇 주간은 정해야 할 일이 산더미 같이 쌓여 있어요. 필요 이상으로 흥분하시는 건 여러모로 도움이 안 돼요."

클라라는 리비에게 짧고 무뚝뚝하게 고개를 까딱하고는 리비 얼굴 앞에서 문을 쾅 닫았다.

40

그날 밤, 리비는 일찍 잠자리에 들었다. 말 많고 탈 많았던 하루의 피로가 한꺼번에 몰려왔다. 눈을 감으면 노발대발하며 뒤틀린 프랭크의 얼굴이 보이고 딜런 아버지의 조롱 섞인 웃음소리가 들렸다. 단 하루만에 이렇게 하나부터 열까지 완벽히 어긋날 수 있을까? 딜런은 듣도 보도 못한 여자와 함께 사라졌고, 프랭크는 리비를 꼴도 보기 싫어했다. 장밋빛으로 물들어 있던 런던에서의 삶이 한순간에 타버려 잿더미가 되었다.

리비는 침대에서 일어나 앉아 어둠 속에서 휴대폰으로 손을 뻗었다. 밝은 휴대폰 화면에는 새벽 2시 6분이라고 쓰여 있었다. 왓츠앱을 열어 본능적으로 딜런의 이름을 클릭했지만, 딜런이 읽지 않은 메시지들이 리비를 비웃으며 눈앞에 줄지어 있었다. 얼른 짧게 메시지를 썼다. 딜런에게 별일이 없었으면 좋겠다고. 손가락이 메시지 삭제 버튼 주위를 맴돌다가 전송 버튼을 두 번 꾹꾹 눌렀다.

전송 버튼을 누르기가 무섭게 휴대폰이 울려 까무러칠 뻔했다. 휴대폰에서 딜런의 저음이 들리기를 간절히 바라며 가까스로 전화를 받았다.

"여보세요?"

"자니?"

리비가 단전에서부터 올라오는 짜증 섞인 한숨을 내쉬었다.

"또 왜, 사이먼?"

"온라인에 있길래 인사하려고 전화했어."

"지금 새벽 2시거든!"

"너도 잠이 안 오지?"

리비는 다시 베개로 몸을 묻었다.

"오늘 정말 힘든 하루였어."

"스트레스 풀 시간이 있어야 해, 리비. 넌 임산부라고. 마음을 편하게 가져야지."

"됐거든? 내 몸은 내가 알아서 챙겨."

"그럼, 알지. 그치만 걱정이 되는 걸 어떡해. 너랑 우리 아기가."

돌연 사이먼의 목소리가 리비를 위로하듯 감미롭게 들려 목구멍 깊숙한 곳이 울음으로 콱 막혔다. 억누르려고 했지만, 끅끅하는 짧고 기괴한 숨소리와 함께 눈물이 터져 나왔다.

"리비?"

"미안."

눈물방울이 체온을 실어 뺨을 타고 흘렀다. 이젠 눈물에도 익숙해졌다. 리비가 겨우 한마디를 뱉었다.

"얘기하고 싶어?"

"아니."

눈물을 멈추려 손으로 눈두덩이를 꽉 누르며 리비가 말했다.

"친구랑 싸웠어."

"속상했겠네."

"친구가 나한테 너무 화가 나서…… 내, 내가 다 망쳤어."

"아냐, 안 그랬어."

"그랬어. 오늘 아침에 내가 곧장 가서 도왔어야 했는데 눈앞에 닥친 내 일에만 집중하느라 그러질 못했어. 그래서 화상을 입었대."

"네 생일 때 본 그 할아버지 얘기야? 그렇다면, 네 탓이라고 할 수 없지. 전혀. 그 사람 돌보는 게 어떻게 네 책임이야."

"하지만 전부 내 탓을 하던걸."

"전부라니?"

리비는 이 질문에 답을 하지 않았다. 얘기하자면 딜런의 이름이 빠질 수가 없었으니까.

"그 할아버지, 내일이면 진정될 거야."

리비가 대답이 없자 사이먼이 말을 이었다.

"누가 너한테 계속 화를 낼 수 있겠어, 리비."

"나를 다시는 보고 싶지 않다고 말하시던걸."

목소리가 다시 바들바들 떨려와 리비는 숨을 한 번 크게 쉬었다.

"어휴, 진짜 마음 상했겠다. 네가 그런 말을 들을 애가 아닌데."

사이먼이 너무 다정하게 말하는 바람에, 리비가 알아채기도 전에 속절없이 또다시 눈물이 흐르기 시작했다. 이번엔 눈물을 멈출 노력도 하지 않고 몇 분 동안 컴컴한 방에서 흐느꼈다. 꼼짝없이 요양원으로 떠밀려 들어가야 하는 프랭크를 위한 눈물. 지금 어디를 다쳤을지 아니면 더 심한 몰골일지 모를, 런던 어딘가에 있을 딜런을 위한 눈물. 그리고 겁에 질린 채 홀로 남겨진 임산부, 자신을 위한 눈물.

눈물이 멈추질 않았다. 사이먼이 귓가에 부드럽게 속삭였다.

"괜찮아질 거야. 다 잘될 거야."

"미, 미안해."

마침내 눈물이 멈추자 리비가 딸꾹질을 했다. 온몸에서 기운이 다 빠져나가 이루 말할 수 없이 노곤노곤해지며 눈이 스르르 감겼다.

"사과를 왜 해. 오늘 밤 내가 네 곁에 있을 수 있어서 기뻐."

"고마워."

"아기가 태어나면 그때도 네 곁에 있고 싶어, 리비."

"작작 좀 해. 지금은 그런 말을 할 때가 아니라고. 피곤해 죽겠어. 나 잔다."

"널 도울 수 있게 해줘, 리비. 널 보살피며 도와줄 사람이 필요해."

"잘 자, 사이먼."

리비는 통화를 마치려고 휴대폰을 귀에서 밀어냈다. 그사이 사이먼의 마지막 말이 들려왔다.

"다 혼자 짊어지고 끙끙거릴 필요 없다고."

41

요란한 휴대폰 벨 소리가 리비의 단잠을 깨웠다. 몸을 뒤집어 무시하려 했다가 불현듯 딜런이 떠올라 우선 몸부터 일으켜 세웠다. 미처 뜨지도 못한 눈으로 손을 더듬어 침대 옆 탁자에 놓인 휴대폰을 찾았다.

"딜런?"

"나야, 에스메."

"딜런한테서 연락 왔어?"

"딜런 찾았어."

에스메가 숨 가쁘게 말했다.

"아, 세상에! 지금 어딨어?"

"UCH 병원에 있어."

온몸에 맥이 탁 풀리는 느낌이었다.

"딜런은 괜찮은 거야?"

"도망가지 않았을 줄 알았다니까, 리비. 내가 우리 엄마 통해서 병원이란 병원엔 다 전화 돌려봤잖아."

"대체 딜런한테 무슨 일이 있었던 거야?"

"나도 몰라. 병원에서 통 말을 안 해줘."

"병원에 가볼 수는 있는 거야?"

"응. 내가 아침에 가기로 예약해놨는데 네가 지금 가봐도 돼."

리비는 초인적인 속도로 옷을 갈아입고 집을 나섰다. 아래층 주방에서 헥터와 함께 있던 레베카가 던진 어디 가냐는 물음을 한 귀로 듣고 흘리고는 현관문을 냅다 뛰쳐나갔다. 병원으로 한 번에 가는 134번 버스에 몸을 싣고 내리는 순간까지 쉴 새 없이 손톱을 잘근잘근 씹었다. 이른 아침 출근길 정체를 버스가 조금이라도 빨리 뚫기를 간절히 바랐다. 버스가 마침내 병원에 도착하자 리비는 건물 앞면과 높은 천장이 유리로 된 거대한 아트리움에 있는 리셉션 담당 남자 직원의 도움을 받아 딜런이 입원한 병동으로 쏜살같이 달음박질했다.

병동을 제대로 찾는 데 시간이 좀 걸렸지만 일단 도착하자 간호사가 딜런이 입원한 병상을 손끝으로 가리켰다. 병상은 모두 여덟 개. 양쪽에 각 네 개씩이었다. 리비는 딜런의 침대를 찾아 병상 하나하나를 조심스레 지나며 병실 끄트머리로 갔다. 눈앞에 무엇이 나타나든 놀라지 않으리라 마음을 단단히 먹으며.

하지만 막상 딜런을 봤을 땐, 뭔가 착오가 있었을 거라 믿었다. 자리에 누워 있던 남자는 눈에 띄는 머리 모양을 하지도 않았고 귀에 피어싱도 없었다. 두상을 빽빽이 감싼 붕대만 보일 뿐이었다. 눈 주위엔 커다란 멍이 시꺼멓게 들어 허접한 핼러윈 분장을 한 것 같았다. 양옆 관자놀이는 새빨개서는 잔뜩 부풀어 있었다. 가까이 다가가 자세히 보니 코에서부터 튜브가 길게 뻗어 나왔고 오른팔에는 링거 바늘이 꽂혀 있었다. 팔을 따라 기다랗게 수놓인 문신만이 이 정체불명의 남자가 딜런임을 말해주고 있었다.

한순간, 리비는 팔을 활짝 벌려 이 가련히 부서진 몸을 꼭 감싸 안아주고 싶은 마음이 간절했지만 대신 침대 옆 플라스틱 의자에 풀썩 쓰러지듯 몸을 맡겼다.

"아, 딜런."

리비가 힘없이 중얼거렸다.

"만신창이가 따로 없구먼, 그치?"

쉰 목소리로 누군가 말을 걸어 뒤돌아보니 옆 침대에 웬 나이든 아저씨가 있었다. 아저씨는 쩝쩝거리면서 큼지막한 포도송이에서 포도 알을 떼어 먹으며 베개에 몸을 받치고 일어나 앉았다.

"어제 아침에 여기 들어올 때부터 저 모양이었어. 진정제를 놨나 봐."

"이 사람이 왜 이렇게 됐는지 아세요?"

리비가 겨우 입을 뗐다.

"들어보니까, 싸움이 붙었더라고. 아주 제대로 치고받고 한판 붙어서 수술을 했나 봐. 그래서 저렇게 붕대 칭칭 감고 있는 게지."

리비는 딜런을 보려고 몸을 돌렸다. 딜런의 왼쪽 팔이 이불 위에 놓여 있어 두 손을 뻗어 잡았다.

"괜찮아질까요?"

"나야 모르지. 병원에서 나한테 그런 걸 알려줄 리가 있나. 아까 내가 해준 말도 다 엿들은 거야."

리비가 딜런의 손등을 쓰다듬었다. 피부가 어쩜 이렇게 따스하고 보드라운지. 얼굴의 촉감이 떠올랐다. 그 아름다운 밤이 겨우 나흘 전 일이었다니.

"간호사 중 한 명한테 물어보면 말해줄지도 몰라."

아저씨가 무심하게 말했다.

"댁은 가족이유?"

"아뇨, 그냥 친구예요."

"그럼 이 양반 여자친구한테 한번 물어봐요. 더 알려줄 게 있을 거야."

리비가 반사적으로 몸을 홱 돌렸다. 아저씨는 포도송이를 무릎에 놓고 먹음직스러운 놈을 고르려 찬찬히 살펴보고 있었다.

"여자친구가 여기에 왔었어요?"

"왔었지, 어제."

아저씨는 잘 익은 포도를 골라 맘에 들어 죽겠다는 표정으로 입에 쏙 넣고 오물거렸다.

"그때 간호사들이 하는 말을 들었거든. 여자친구도 싸움 현장에 있었다나 봐. 아주 애틋해서 눈물이 날 지경이더구먼."

리비는 딜런의 손을 놓고 나서 다시 의자 깊숙이 몸을 밀어 넣었다.

"나도 그 여자친구랑 얘기 좀 나눠보려고 했는데 그쪽에서 영 관심이 없길래. 생긴 게 아주 별나. 얼굴은 시커멓게 칠하고 자기

가 무슨 처녀 귀신이라도 되는지 머리를 온통 풀어헤쳤어. 젊은
사람들이 머릿속에 뭐가 들었길래 그런 꼬락서니를 하고 다니는
지 이해를 하려야 할 수가 없다니깐."

딜런 아버지의 말이 맞았다. 마음속에 현기증이 일었는지 어지
러워 리비는 눈을 감았다.

"저 꽃도 그 여자가 주고 갔어."

아저씨가 쓸데없는 정보를 주는 사이 리비는 몸을 반대로 돌렸
다. 더는 아무 말도 듣고 싶지 않았다.

"이 환자분이 귀찮게 굴고 있는 건 아니죠, 아가씨?"

강한 스코틀랜드 악센트로 누군가 말을 걸어 눈을 떠보니 한
중년 여성 간호사가 딜런의 침상으로 다가오고 있었다. 간호사가
신은 크록스가 반들반들한 리놀륨 바닥에 맞닿을 때마다 끽끽 소
리를 냈다.

"이 여자분을 방해하고 있는 게 아니길 바라요, 샘."

"에이, 방해는 무슨, 누나. 우리가 지금 얼마나 정답게 얘기를
나눴게."

"그렇다고 해도 이분을 좀 혼자 계시게 두자고요. 우선 나는 샘
드레싱 좀 갈고요."

간호사가 리비에게 눈을 찡긋해 보이더니 딜런의 침대 주위 커
튼을 치기 시작했다.

"딜런이 제 말을 들을 수 있나요?"

리비가 간호사에게 힘없이 물었다.

"아마 못 들을 거예요. 그래도 옆에서 말할 수는 있죠. 환자한

테 해될 건 없어요."

간호사가 자리를 떠난 뒤 옆 침대 아저씨를 돌보느라 분주하게 움직이는 소리가 들렸다. 리비는 눈앞에서 꼼짝없이 누워 있는 딜런을 바라봤다. 붕대로 칭칭 감긴 머리와 튜브가 꽂힌 코. 모호크족 머리 스타일과 피어싱이 없으니 딜런은 다른 사람처럼 보였다. 훨씬 어리고 약해 보였다.

"딜런, 이게 대체 무슨 일이에요?"

리비가 낮게 속삭였다.

"싸움이 날 것 같으면 항상 도망친다면서요."

딜런이 미동도 없이 가만히 있으니 호흡으로 가슴이 오르락내리락하는 것까지 보였다. 딜런에게 아직 숨이 붙어 있다는 유일한 증거는 침대 옆 모니터가 고른 간격으로 내는 삐 소리뿐이었다.

"내가 얼마나 걱정했는지 알아요? 프랭크도……."

리비는 순간 멈칫했다. 프랭크에게 일어난 곤란한 일이라면 딜런이 지금, 이 순간 진심으로 알고 싶지 않아 할 것이었다.

"프랭크도 딜런을 많이 보고 싶어 해요."

리비는 겨우 그렇게 마무리했다.

들을 수도 없는 사람에게 말을 걸고 있다고 생각하자 참담함에 목소리가 떨려왔다. 간호사가 드레싱을 갈며 부스럭대는 소리가 커튼 반대편에서 들려왔지만, 간호사의 말이 정확히 들리지는 않았다.

"에스메가 안부 전해달래요. 다음에 병문안 온댔어요. 에스메가 딜런을 찾아냈어요. 딜런네 집에도 갔었는데……."

리비가 후 하고 깊게 숨을 내쉬었다.

"여자친구 있다고 왜 처음부터 말하지 않았어요, 딜런? 딜런 아버지가 나한테 한 얘기를 믿고 싶지 않았지만, 그 여자친구가 여기 왔었다는 말을 들으니……."

말끝을 흐린 뒤 다시 말을 시작하기까지 복받친 감정을 정리하느라 시간이 적잖이 걸렸다.

리비는 딜런의 얼굴을 뚫어지게 바라봤다. 사소한 움직임이라도 있는지 살폈다. 하지만 딜런은 꿈쩍도 하지 않았다. 손을 내려다보니 침대 가장자리에 놓여 있었다.

"당신이 지금 깨어 있다면 정신 똑바로 차리라고 하겠죠. 하지만 난 무서워요, 딜런. 이 모든 걸 혼자 견디기가. 지금까지 있었던 모든 일을 잘 헤쳐와서 나는 내가 강인하다고 믿었는데, 지금은 잘 모르겠어요."

시야 밖에서 뭔가 어렴풋이 움직이는 게 느껴져 고개를 위로 젖혔지만, 간호사가 지나가며 커튼이 살랑 움직인 것뿐이었다.

"사이먼한테 그러자고 할 생각이에요. 집으로 들어가겠다고요. 아기가 생물학적 아빠랑 함께 살며 크는 거, 그게 아기에게 최선이겠죠. 그리고 나한테도 제일 좋은 방법일 것 같고요."

리비는 이쯤에서 말을 멈췄다. 딜런이 당장이라도 벌떡 일어나 리비가 돌이킬 수 없는 실수를 하는 거라고 말해주길 바랐다. 하지만 여전히 딜런은 아무런 움직임이 없었다. 리비는 손을 뻗어 붕대를 가볍게 만지고 한때 모호크족 스타일 머리카락이 자리 잡았던 쪽으로 손을 가만히 쓸어내렸다.

"이런 식으로 끝나지 않았으면 했어요, 딜런. 지금과 다른 방향으로 갔다면 얼마나 좋았을까요."

가방에서 웅 소리가 들려 손을 넣어 휴대폰을 꺼냈다. 사이먼의 이름이 휴대폰 화면에서 깜빡거리고 있었다. 가만히 바라보다가 다시 가방으로 쑥 밀어 넣었다.

"이만 가봐야겠어요. 사이먼이랑 얘기해봐야 해요."

리비는 일어섰지만, 곧장 뒤돌아 나가지 못하고 머뭇거렸다. 딜런을 물끄러미 내려다봤다. 평온한 표정에 이목구비 반듯한 잘생긴 얼굴. 그대로 몸을 숙여 입술에 살며시 입을 맞췄다.

"안녕, 딜런. 사랑해요."

꾸미지 않은 마음의 소리가 생각할 겨를도 없이 입에서 흘러나왔다. 눈물이 눈을 간지럽히는 바람에 얼른 몸을 돌려 서둘러 병동을 빠져나갔다.

42

3개월 뒤

리비는 집 밖으로 나와 버스 정류장을 향해 길을 걸었다. 가을 아침 공기가 제법 서늘해 날숨이 희미한 수증기를 만들었다. 걸 치고 있던 코트를 좀 더 꽉 여몄다. 돈 낭비로 여겨 변변한 임산 부 코트도 한 벌 안 샀건만. 임신 34주 차가 되고 나니 하루가 다 르게 터질 듯 부풀어 오르는 만삭의 배를 덮을 따뜻한 겉옷 하나 장만하지 않았던 게 땅을 치고 후회됐다.

리비와 사이먼이 함께 수강하기로 한 국립 산아 관리국 수업이 있는 도서관까지는 버스로 10분 거리였다. 사이먼의 표현에 따르 면 '육아 동지'를 만드는 게 좋다며 사이먼이 함께 수업을 듣자고 권했다. 리비는 다시 서리로 이사 간 뒤로 출산용품이며 이것저 것 준비하느라 시간이 나지 않아 친구 만드는 데 소홀했던 탓에 이 제안을 받아들였다. 리비가 도서관에 다다를 때쯤 휴대폰 벨 소리가 들렸다.

"사이먼, 나 이제 거의 다 왔어."

리비가 전화를 받자마자 대답부터 했다.

"리비, 진짜 미안한데 나 아직 거기 못 갔어. 아직 럭비클럽에 있거든. 이 고물 똥차가 주차장에서 고장이 나는 바람에 견인차 올 때까지 기다려야 해."

"이번엔 또 왜?"

"나도 모르지. 시동이 안 걸려. 정말 미안. 수업 혼자 들어도 괜찮을까?"

리비가 새어 나오는 한숨을 겨우 눌렀다.

"그래, 안 괜찮으면 어쩌겠냐."

전화를 끊고 도서관으로 발길을 옮기니 사서가 도서관 뒤편 회의실에서 수업이 열린다고 알려줬다. 문 앞에 다다라 흘끗 안을 들여다봤다. 반원으로 놓인 의자에 다섯 커플이 앉아 있었다. 수강생들은 회의실 정면에 있는, 속이 비치는 얇은 상의에 꽃무늬 부츠를 신은 강사인 듯한 중년 여성을 바라보고 있었다. 여성은 플라스틱 아기 인형과 가슴 모양으로 짠 털실 모형을 들고 있었다. 반원으로 놓인 의자에 빈자리가 딱 두 개 있었다.

"아, 리비 씨 맞죠?"

리비를 발견하고 강사가 말했다.

"어서 들어오세요. 리비랑 사이먼 자리를 비워뒀어요."

리비는 문가에서 머뭇거렸다.

"낯가리지 마시고요. 해치지 않아요."

다섯 커플 모두 동시에 리비를 쳐다보고 있었고 그중 몇몇은 리비 뒤에 마땅히 서 있어야 할 한 명을 찾고 있었다. 꼭 오늘 이 짓을 해야만 하는 걸까. 혼자 이 자리에 나타난 자신을 애처롭게 바라보는 낯선 사람들과 떼로 모여 어색하게 태반과 젖꼭지 갈라짐에 대해 논의를 해야 하는 걸까. 이 귀중한 시간을 알차게 보낼 수 있는 일이 분명 있을 텐데?

"죄송해요, 급한 일이 생겼어요."

리비는 우물거리고는 뒤돌아서 빛의 속도로 후다닥 뛰어나갔다.

도서관을 나오며 리비는 자신의 기특한 결정을 칭찬했다. 이제 세인스버리에 가서 식료품을 사고, 남은 오후엔 레베카가 준 아기 옷 한 보따리를 빨고 분류해서 라벨을 붙이고 치워놓을 수 있을 것이다. 레베카는 얼마 전 배 속 아기가 딸이라는 사실을 안 뒤, 헥터가 입던 옷은 이제 필요하지 않다고 만천하에 알렸다. 리비는 헥터가 입던 옷을 기꺼이 물려받겠다고 했다. 지난 주말에 언니가 손수 차를 몰고 와서 옷을 주고 가겠다고 했을 때 언니의 친절함에 어찌나 깊은 감명을 받았던지. 아직도 서먹함이 남아 있는 사이였지만 언니는 지난 몇 달 동안 리비가 알던 레베카답지 않게 든든한 지원군이 돼주었다. 부모님도 리비가 서리로 돌아온 걸 반겨주었고, 전처럼 리비를 마음대로 휘두르기보다는 곁에서 응원하고 도와주려고 애쓰고 있었다. 따라서 리비는 부모님과도 잠시나마 평화로운 관계를 유지할 수 있었다. 그런데도, 슬픈 예감은 틀리는 법이 없기에, 엄마는 리비가 고른 아기용품은 유모차, 아기침대, 기저귀 상표까지 사사건건 트집을 잡고 깎아내리기 일쑤였다.

리비가 기차역을 지나고 있을 때 안내방송이 벽 너머로 들려왔다.

"다음 기차는 런던 워털루로 가는 10시 13분 기차입니다."

리비는 고민했다. 조금 바삐 움직이면 기차표를 사서 런던행 기차를 탈 수도 있을 것 같았다. 아기가 태어나기 전 런던에서 하루를 보낼 수 있는 마지막 기회. 아니면, 원래 계획대로 세인스버리에 가서 아기용품을 사야 할까.

한 시간 뒤 리비는 인파로 북적이는 복스홀 버스 역에 모습을 드러냈다. 인생이 산산조각 나 급하게 싼 배낭 두 개를 메고 이곳에 온 지도 어언 6개월이 지났다. 88번 버스 정류장을 찾으려고 애쓰다 길이나 잃고, 버스비를 내려고 허둥지둥하다가 뒷사람이 혀를 끌끌 차던 소리나 듣던 일. 이제 리비는 정류장 B를 향해 망설임 없이 성큼성큼 걸어가 정차해 있던 버스에 올라타고 카드를 여유롭게 쓱 들이밀어 버스비를 냈다.

자연스럽게 2층으로 가는 계단으로 향하다가 멈칫했다. 프랭크와 늘 앉던 바로 그 자리였다. 지난 7월, 프랭크가 자신에게 모질게 대해 마음이 찢어질 듯 아팠던 그날 이후 프랭크 소식을 전혀 듣지 못했다. 처음엔 프랭크가 원하던 대로 잠시 떨어져서 생각할 시간을 주려던 거였는데 출산 준비와 이사로 정신없이 지내다 보니 연락할 시기를 놓쳤다. 한 달쯤 뒤, 겨우겨우 용기를 끌어모아 프랭크에게 전화를 했다. 벨이 울리고 울리고 아무리 울려도 프랭크는 전화를 받지 않았다. 리비는 그 이후로도 몇 번이나 통화하려고 공을 들였지만, 매번 같은 일이 반복되다 보니 프랭크가 이제 리비와의 연락을 꺼린다는 안타까운 결론에 도달하고 말았다. 가늘게 한숨을 내쉬고 리비는 계단에서 멀어졌다. 1층도 거의 꽉 차 있었는데 통로를 지날 때 리비의 남산만 한 배를 보고도 누구 하나 자리를 양보하는 이가 없었다.

버스가 움직이기 시작하자 리비는 창밖을 내다봤다. 복스홀 다리를 향해 나아가는 동안 바깥 경치를 감상했다. 관광객과 도로를 메운 차들이 벌 떼처럼 쉴 새 없이 움직이는 광경을 보고 있자니 낯선 도시 런던에 처음 왔을 때 들었던 어색한 기분과 감당하기 어려운 벅찬 감정이 떠올랐다. 생경했던 모든 것이 짧은 시간 런던에 머물며 빠르게 익숙해졌다. 서리로 되돌아간 이후 런던의 모든 것이 얼마나 그리웠던지 새삼 절실히 다가왔다.

"야 이놈아, 눈이 삐었어?"

느닷없이 왼편에서 들려온 큰 소리에 고개를 돌렸다.

모자 달린 투명한 비닐 우의를 입은 할머니가 옆자리에 앉은 10대 남자애를 살벌하게 노려보고 있었다.

"여기 임산부 안 보여? 아님 양보하기 싫어서 못 본 척이라도 하는 거야?"

남자애가 영문을 모르겠다는 듯 얼떨떨한 얼굴로 할머니와 리비를 번갈아 바라보았다.

"괜찮아요. 전 서 있는 게 편해요."

리비가 상냥하게 말했다.

"그 말이 아니잖아."

할머니가 한층 소리를 높였다.

"나 때는 말이야, 젊은 남자는 여자, 특히 애기 엄마처럼 임신한 사람한테 꼭 자리를 양보하라고 가르쳤단 말이야. 이 어린놈의 자식아, 얼른 비키지 못해!"

할머니가 팔꿈치로 남자애 갈비뼈를 세게 한 방 치자 리비는 아이가 할머니에게 험하게 소리 지를까 봐 조마조마했다. 하지만 할머니의 서슬 퍼런 기세에 남자애도 순순히 물러서는 게 신상에 좋겠다는 계산이 선 모양이었다. 몹시 짜증이 난다는 듯 끙 소리를 내며 슬금슬금 자리를 내줬다.

"어서 이리 와요, 여기 앉아."

리비는 이 불편한 자리에 앉느니 기꺼이 서서 가고 싶었으나 무시무시한 할머니의 말을 거역할 방법이 없었기에 스르르 몸을 낮춰 할머니 옆 빈자리에 엉덩이를 붙였다.

"아이고, 배가 부를 대로 불렀네. 혹시 세쌍둥이 가졌어?"

할머니가 리비의 부풀어 오른 배를 보더니 고개를 까딱였다.

"아뇨, 한 명이에요."

"어이구, 예정일은 언제고?"

"10월 10일요."

"잘 버텨야겠어. 예정일쯤이면 배가 아주 터질 듯하겠어."

이제 리비는 익숙해져 있었다. 생판 모르는 이들이 슬그머니 다가와서 임신과 출산에 대해 이러쿵저러쿵 잔소리하는 일. 몇 주 전에는 드럭스토어인 부츠에 들렀는데 난생처음 보는 사람이 뚜벅뚜벅 걸어오더니 묻지도 않고 배에다가 손을 쏙 얹으며 배속 아기가 아들이라고 성별을 점지해줬다.

"첫애?"

리비가 고개를 끄덕이자 할머니가 입맛을 쯧 다셨다.

"우리 아들이 태어났을 때가 생각나네그려. 진통이 사흘 동안 계속되는 바람에 거의 죽다 살아났지. 의사들이 그러데."

"와, 정말 힘드셨겠어요."

"난 괜찮았어, 애기 엄마. 내가 이래 봬도 고래 힘줄처럼 질기다고. 애기 엄마도 순산할 거야. 엉덩이가 그렇게나 펑퍼짐하고 널찍한 걸 보니."

리비는 칭찬인지 욕인지 분간할 수 없는 이 말에 영혼 없이 고개를 끄덕이고는 반대편 창문을 보려고 몸을 돌렸다. 버스는 존아이 슬립 스트리트에 있었고 첼시 칼리지 아트앤디자인을 향해 움직이고 있었다. 문득 딜런과 이 주위를 돌며 포스터를 붙이던 일이 떠올랐다. 종일 추적추적 비가 내리던 날이어서 비가 지나가기를 기다리며 근처 카페로 가 커피 한잔을 마셨더랬다. 리비가 병원에 다녀간 그날 이후로 딜런에게서도 아무런 소식을 듣지 못했다. 딜런을 떠올리면 가슴이 쓰리고 아렸다. 옛 기억에 이렇게 아파질 줄 알았다면 버스 대신 지하철을 탈걸. 뒤늦은 후회가 물밀 듯 밀려왔다.

할머니가 팔을 세게 쳐서 리비는 옆을 돌아봤다.

"내가 입버릇처럼 하는 말이 있지. 맘대로 안 된다는 걸 명심해라."

"저기, 다시 한번 말씀해주시겠어요?"

"애기 엄마처럼 젊은 사람들이 요즘에는 일일이 계획하고 구미대로 하려고 하잖아. 애기 엄마도 이제 산달이 다가오니 하나하나 계획 짜고 그러고 있잖수. 책 보며 출산 계획이 어쩌고저쩌고 하면서. 아주 당치도 않아."

"저는 계획 짜는 걸 좋아해요."

리비가 얼핏 웃으며 말했다.

"아이고, 지금 당장 다 집어치워. 자고로 애는 말이야, 지가 나오고 싶을 때 나오는 거야. 엄마가 할 수 있는 거라곤 조신하게 누워서 만물의 어머니 대자연이 할 일을 하게 두는 것뿐이라니까."

리비가 할머니를 빤히 바라봤다.

"제가 오늘 산아 관리국 수업에 갔어야 했는데 땡땡이를 쳤거든요. 할머니라면 임신과 출산에 대해 알아야 할 걸 요약해서 1분 안에 가르쳐주실 것 같아요."

할머니는 이 말이 썩 마음에 들었는지 씩 웃었다.

"뭐, 내가 산아 관리국 전문가는 아니지만 출산과 아기에 대해서라면 궁금한 건 무엇이든 물어만 보슈."

"좋아요."

리비가 잠깐 생각했다.

"사람들이 말하는 것처럼 산고가 그렇게나 심한가요?"

"더하면 더했지. 병원에서 주는 약이란 약은 죄다 먹어야 해. 다음?"

"애기 때문에 밤에 잠 못 자는 건 어떻게 견뎌요? 저는 피곤하면 진짜 고약해지거든요. 심신이 제대로 돌아가지를 않아요."

"애기가 잘 때 같이 자두어야 해. 그치만 애기 낳고 나면 별 희한한 호르몬이 다 나와서 아무리 잠을 못 자도 죽는 일은 없어. 다음?"

"진통이 시작되는 건 어떻게 알아요? 브릭스턴 힉스 수축이라던가 하는 기분 나쁜 찌르르한 느낌이 종종 들긴 하는데 진짜 애기가 나오는 느낌은 어떻게 알 수 있어요?"

할머니가 히죽 웃었다.

"에그, 애기 엄마도 다 알게 될 거야. 아기가 나올 때 엄마는 저절로 느끼게 마련이거든. 본능이라고나 할까. 때가 되면 진짜 그때가 왔다는 걸 알 수밖에 없어."

"고맙습니다. 진짜 도움이 많이 됐어요."

"아유, 도움은 무슨."

버스가 계속 덜컹거리며 길을 지나갔다. 창문 밖엔 눈에 익은 88번 버스 노선을 배경으로 영상 화면이 펼쳐지고 있었다. 내무부 앞에서는 딜런이 내려 영국 정부를 향해 고래고래 욕을 퍼부으며 헐뜯었고 이를 본 리비가 웃음을 참지 못해 킬킬거렸다. 팔러먼트 광장에서는 딜런의 사진을 찍고 싶어 했던 관광객들에게 둘러싸였다. 호스 가즈 퍼레이드에서는 우아하고 아름다운 말을 타고 있던 군인들을 한참이나 넋 놓고 지켜보느라 멈춰 서 있었다. 전부 불과 몇 달 전에 있었던 일이라는 사실을 믿을 수가 없었다. 그날들이 전생처럼 아득하게 느껴졌다.

버스가 트래펄가 광장에 다다르자 리비는 바닥에서 가방을 집으려고 몸을 굽혔지만 높이 솟은 배 때문에 손이 좀처럼 바닥에 닿지 않았다.

"내가 해줄게."

할머니가 선뜻 도움의 손길을 내밀었다.

"고맙습니다."

"여기서 내리셔?"

"네, 내셔널 갤러리에 가는 길이에요."

"아이고, 거기 좋아하는구나, 그치?"

"한 번밖에 못 가봤어요. 오늘은 갈 수 있을 거라 생각했어요. 출산하고 나면 한동안 꼼짝 못 하니 당분간은 마지막 기회인 셈 이라서요."

"나도 못 간 지 한참 됐어."

할머니가 아쉬워하며 말했다.

"나도 우리 아들 낳기 전에는 참새가 방앗간 드나들 듯했는데 말이야. 거기서는 며칠이고 구경하며 지낼 수 있지."

"어쩜 제가 아는 사람이랑 똑같은 얘길 하시네요."

리비가 하차 벨을 누르려고 팔을 뻗으며 말했다.

"내가 좋아 죽는 그림이 하나 있어. 이름은 바로 기억이 안 나지만. 이게 다 늙어서 그래, 그치?"

"트래펄가 광장입니다."

버스 안내음이 울리자 승객들이 하나둘 문 쪽으로 움직였다.

"출산이랑 육아 관련 조언 감사드려요."

리비가 일어서며 예의 바르게 인사했다.

"순산하고, 애기 예쁘게 키워요, 애기 엄마. 출산일은 정할 수가 없는 거니까 뭘 어떻게 해보려고 기운 뺄 생각일랑 애당초 접고."

"알겠어요. 안녕히 가세요!"

리비는 하차를 기다리는 승객 틈에 합류했다. 저만치에서 양손 가득 쇼핑백을 든 여자 승객 하나가 버스에서 내리려고 낑낑대며 길목을 막는 바람에 사람들이 여자 주변에 길게 줄지어 서 있었다.

"〈바쿠스와 아리아드네〉."

뒤에서 할머니가 중얼거렸다.

"내가 그걸 어찌 잊누."

여성이 가까스로 하차에 성공하고 리비도 한동안 멈춰 있던 사람들 틈에 껴서 하차 문으로 밀려갔다. 버스에서 내려 트래펄가 광장에서 훅 불어오는 차디찬 바람 한 줄기에 옷깃을 단단히 여몄다. 보행자 신호가 녹색으로 바뀌자 리비가 발걸음을 내디뎠다. 12시 30분이 가까워진 시각이었다. 내셔널 갤러리를 돌아볼 시간은 넉넉했다. 갤러리 안에 있는 카페에서 점심을 사 먹을 여유도 부릴 수 있을 것 같았다. 도착하면 제일 먼저 뭘 봐야 할까? 프랭크가 르네상스 전시실을 제일 좋아한다고 말했으니 어쩌면 거기서부터 시작해볼 수도 있겠다.

신호 반대편에 다다라서 인도에 한 걸음 올리고 나자 섬광이 번뜩 머릿속을 스치고 지나가 그대로 발을 멈췄다. 〈바쿠스와 아리아드네〉. 이 이름이 왜 낯이 익지? 분명 어디선가 들어봤다. 이 그림에 대해 말해준 이가 있었다.

프랭크.

리비는 몸을 휙 돌렸다. 보행자 신호가 막 빨간색으로 바뀌어 차들이 도로에서 움직이기 시작했다. 길 반대편으로 88번 버스가 지나쳐 가면서 아까 그 할머니의 모습이 언뜻 스쳤다. 리비는 손을 번쩍 들어 버스를 향해 미친 듯이 흔들었다.

"차 좀 세워주세요!"

리비가 젖 먹던 힘까지 다해 소리를 질러보았지만 이내 트래펄가 광장의 시끌벅적한 소란함에 묻혔다.

버스가 팔 몰 쪽으로 엉금엉금 움직이고 있었다. 교통체증이 심해서 천천히 움직이는데도, 몸이 무거운 리비는 빽빽하게 늘어선 자동차 사이를 빠르게 요리조리 비켜나가 버스 창문을 두드릴 수가 없었다. 딜런과 수없이 포스터를 붙이러 다녔던 경험으로 곧 88번 버스가 워털루 플레이스로 우회전을 한 뒤 찰스 2세 거리에서 정차할 것을 알고 있었다. 뛰어가면 다음 정류장에 시간 맞춰 다다를 수 있을까? 리비는 배를 바라봤다. 세쌍둥이냐는 말을 들을 만큼 부른 배에 가려 두 발도 보이지가 않았다. 막 출발하고 있는 버스를 한 번 바라보았다. 리비는 숨을 한 번 크게 들이마시고 눈을 질끈 감은 채 전력 질주를 시작했다.

43

리비가 프랭크의 집에 도착했을 때는 거의 2시가 다 된 시각이었다. 버스 정류장에서 경보하다시피 걸어온 터라 숨이 턱 밑까지 차올랐다. 벨을 누르고 제발 프랭크가 문을 열어주기를 기도했다. 프랭크를 기다리는 사이 배 속 아기가 거칠게 발길질을 했다. 아기는 리비가 걸을 때는 보통 곤히 잠을 자곤 했지만, 지금은 리비의 뒤숭숭하고 어수선한 마음이 고스란히 전해져 리비만큼이나 불안하고 초조한 모양이었다. 혹시 프랭크가 88번 버스를 타러 갔나? 아니면 이미 다른 곳으로 이사를 가버렸나? 리비는 가만히 참고 있기가 어려워 한 발짝 앞으로 나가 거듭 벨을 눌렀다. 1분 정도 기다리는 사이 안절부절못하며 발을 현관에 콩콩 찧었다. 가슴이 덜컹 내려앉을 일이 일어날 것만 같은 불길한 예감에 한시도 몸을 가만히 둘 수가 없었다. 프랭크가 아무리 발을 질질 끌며 느리게 걷는다고 해도 집에 있었다면 지금쯤 문을 열두 번 열고도 남을 시간이었다. 이런 우라질!

리비는 가방에서 종이 한 장을 꺼내 짧게 끄적여놓고는 이 메모를 보면 꼭 연락을 달라고 신신당부하는 말도 덧붙였다. 우편함에 메모를 붙이러 가면서 현관 창문 틈 사이로 집 안을 살짝 훔쳐볼 수 있었다.

복도가 썰렁했다. 리비가 지난번 왔을 때 봤던 코트도 없고 옷걸이도 없었다. 가구도, 발판도 눈을 씻고 봐도 없었다. 리비는 앞쪽 정원으로 난 길로 한 발 물러나 창문 쪽으로 건너갔다. 망사 커튼이 드리워져 있었지만, 창문 너머 거실이 훤히 들여다보였다. 텅 비어 있었다. 곰 인형, 갑옷 슈트, 왕좌.

프랭크는 이사를 가버렸고 어디로 사라졌는지는 리비가 알 길이 없었다. 심지어 프랭크의 휴대폰도 언제나 울리기만 하고 답이 없었으므로 그와 연락할 방법도 없었다. 야속한 마음에 어깨가 속절없이 처져서 뒤돌아 인도를 터덜터덜 걸어 프랭크의 집에서 점점 멀어졌다. 하지만 열 걸음도 채 가기 전에 뒤에서 소리가 나 몸을 돌리지 않을 수 없었다.

"프랭크 할아버지!"

리비의 기억 속 프랭크보다 더 늙어 있었다. 얼굴이 해쓱하고 어깨는 꾸부정했다. 리비는 망설임 없이 프랭크에게 잰걸음으로 다가갔다.

"프랭크 할아버지, 저예요, 리비."

"리비?"

이마에 깊은 주름이 고랑을 만드는 동안 프랭크는 손을 올려

턱을 문질렀다.

"리비라는 사람, 모르는데."

"우리 88번 버스에서 만났잖아요."

"엥? 어디?"

리비는 다급한 마음에 뭐라도 말해보려고 입을 벌렸지만, 리비를 바라보는 프랭크의 눈이 장난기로 반짝거리고 있었다.

"오래간만이야, 사고뭉치 아가씨!"

"할아버지! 엄마야, 진짜 감쪽같이 속았어요."

리비가 프랭크에게 바짝 걸어가 있는 힘껏 프랭크를 안았다.

"아이고, 그 어쩔 줄 몰라 하는 표정을 같이 봤어야 했는데."

프랭크도 리비를 꽉 안으며 껄껄 웃어댔다.

"나 완전히 맛 가려면 멀었다고. 적어도, 아직은."

"어디로 가버리신 줄 알았어요. 할아버지네 댁이……."

리비가 아까처럼 가슴이 철렁 내려앉아 말을 마치지 못했다.

"아주 제때 찾아왔구먼. 나 오늘 이사가."

"어디로요?"

"윌로 코트. 다들 그렇게 부르더라고. 클라라가 골라줬지. 월요일엔 빙고 게임을 하고 금요일 저녁엔 영화를 상영해줘. 내가 아주 복이 터졌지 뭐야."

프랭크가 자신의 처지를 있는 대로 빈정거렸다.

"정말 속상하시겠어요, 할아버지."

"기어이 일이 이렇게 되어버렸어. 그 요양원에 자리가 다 차서 그나마 운 좋게 몇 달 더 여기서 버틸 수 있었는데, 어떤 시원찮은 놈 하나가 황천으로 가는 바람에 방이 하나 비었다지 뭐야."

"지금 가시는 길이에요?"

"이제 곧. 클라라가 지금 요양원에 가서 내 물건들 집어넣고 있어. 집에 잠시 혼자 있을 시간을 달라고 했지. 작별인사를 해야 하니까."

리비가 휴대폰에서 시간을 확인했다.

"할아버지, 이상하게 들리실지 모르겠지만 지금 저랑 같이 팔러먼트 힐 좀 잠깐 다녀오실래요?"

"엥, 지금?"

"네. 거기 누가 있어요. 할아버지가 꼭 만나보셔야 할 사람요."

"글쎄……."

프랭크가 곤란하다는 듯 리비를 바라봤다.

"그럼 가지 뭐. 이 휑한 집구석을 혼자 쓸고 다닐 이유가 더는 없으니. 클라라한테 메모 좀 남겨두고 갈게."

20분쯤 걸어가자 리비는 아차 싶었다. 프랭크의 집에서 힐 꼭 대기까지 어려움 없이 같이 갈 수 있을 거라 착각했다는 사실을 깨달았다. 멀기도 했지만 좀처럼 속도가 나지 않았다. 프랭크가 짧은 보폭으로 발을 질질 끌며 걷는 데다가 몇백 미터 갈 때마다 조금씩 쉬어줘야 했기 때문이다.

"할아버지, 지금 다시 집으로 갈까요? 곧 클라라가 할아버지를 데리러 올 텐데요."

정상으로 가는 마지막 관문인 가파른 오르막길을 앞두고 리비가 걱정스러운 듯 물었다.

"괜찮아, 좀 기다리라고 하지 뭐."

"우리 다음에 휠체어 타고 같이 와요."

프랭크가 코웃음을 쳤다.

"내가 이 언덕 꼭대기를 50년 넘게 타고 다닌 사람이야. 그건 그렇고, 만나봐야 할 사람이 있다고 하지 않았나?"

"맞아요. 하지만 약속은 다음번에 잡아도 되니까요."

"다음번은 무슨. 이제 다 왔구먼."

프랭크가 몸을 앞으로 내밀었지만, 이 고비가 프랭크에게 얼마나 힘겨운지 리비의 눈에 훤히 보였다. 몇 번인가 프랭크가 발을 헛디뎌 리비가 팔을 잡아 넘어지지 않게 도왔다. 땀이 눈썹에 송골송골 맺혔지만, 프랭크는 무슨 일이 있어도 꼭대기까지 올라가리라는 굳은 결심으로 입을 앙다물었다.

"할아버지……."

"할 수 있대도."

프랭크가 이를 악물고 고집을 부렸다.

"앞으로 내가 여기 다시 올 수 있을지 모르겠어, 리비. 그러니 마지막으로 내가 꼭 여기 오를 수 있게 해줘. 부탁이야."

44

폐기

언덕의 정상 자리에서 보니 그 둘이 오는 게 보였어. 프랭크는 머리가 산발이 된 채로 리비의 팔을 꼭 붙들고는 얼굴이 시뻘게져서 다가오고 있었지.

세상에나. 나 만나러 오는 길에 저세상으로 안 간 게 다행일 지경이었다니까.

안 그러니?

거기서부터 여기까지 오는 데도 한세월 걸리더니만 금방이라도 숨넘어가게 헐떡거리며 벤치에 무너져 내리듯 주저앉았어. 리비는 그 끝 쪽에 자리를 잡았고. 보아하니 리비도 프랭크가 어떻게 될까 봐 심란했던 모양이야. 마침내 프랭크는 숨을 고르고 나서 내 쪽을 돌아봤지.

내가 어떤 사람인지 알아내고야 말겠다는 듯 날 뚫어지게 보더라고. 하얀 머리, 할머니 패션에, 내 장바구니를 보더니 실망이 이

만저만이 아니더라고. 참 나, 어쩌라는 건지, 무슨 도리스 데이*라도 짠 하고 나타날 줄 알았나 보지? 자기도 조각 미남은 아니더구먼. 프랭크가 나한테 손을 뻗었는데 손이 어찌나 달달 떨리던지 보자마자 한눈에 알았어. 이그, 내가 모를 수가 없잖아. 그치, 친구야? 우리가 무슨 일을 겪었는데.

"반갑습니다. 저는 프랭크 바이스입니다."

나도 인사를 하고 내 이름을 알려줬어.

"페기."

프랭크가 내 이름을 다시 한번 입 안에서 굴리며 단어를 음미했어. 무슨 맛인지 알아보기라도 하려는 듯이.

한동안은 아무 말이 없었어. 그저 앉아서 저만치를 바라봤지. 까무룩 잠이 들어 꿈나라를 구경 중인 사람처럼 말이야. 그래서 나도 입을 다물고 있었어. 이미 잘 알고 있는 경치를 그저 지그시 바라봤지. 나의 어여쁜 런던.

너도 알잖아. 내가 그림을 놓지 않았던 시절에 여기서 그렸던 첫 스케치들을 아직도 간직하는 거. 바로 이 풍경이었어. 지금은 아주 딴판이 되었지만. 그때는 세인트 폴 대성당이 런던에서 제일 높은 빌딩 중 하나였는데, 도무지 믿을 수가 없는 일이지. 이제 세인트 폴 대성당은 더 샤드랑 거킨타워랑 휘황찬란한 고층 건물들에 비하면 아주 난쟁이가 따로 없을 정도인데 말이야. 그게 거슬린다는 건 아니고. 너도 알잖아, 친구야. 내가 변화에 그리 신경

---

* 미국의 여가수이자 배우.

쓰는 사람이 아니라는 걸. 사랑하는 우리의 도시 런던이 변신술을 써서 둔갑한 그 무엇보다도 성공적으로 탈바꿈했지.

왼쪽에서 기침 소리가 나서 돌아보니 프랭크가 나를 멀거니 바라보고 있었어. 이제야 낯빛이 원래대로 돌아왔네, 아이고 하느님 부처님 공자님 감사합니다.

"여기 자주 오세요?"

프랭크의 순진한 물음에 하마터면 웃음이 빵 터질 뻔했어. 왜, 우리가 같이 보던 뻔한 미국 영화에 나오는 그 손발 오그라드는 대사같이 들려서 말이야. 그래서 내가 알려줬지. 그렇고말고요. 난 여기 매주 온답니다.

"리비는 어떻게 아시죠?"

프랭크가 이 말을 했을 때 난 알았지. 리비가 아직 말하지 않았구나. 그때 리비가 고개를 살짝 끄덕여줬어. 그 말을 프랭크에게 해야 할 사람이 다름 아닌 나라고 알려주는 것만 같았거든.

"리비랑은, 88번 버스에서 만났어요. 프랭크 씨가 어떤 여자를 찾고 있다고 리비가 알려줬지요."

이 말을 듣자 프랭크의 눈이 휘둥그레졌어. 비로소 무슨 말을 하려는지를 알아챘다는 듯이. 프랭크는 나를 보며 말이 없었어. 나는 혹시나 여기, 이 벤치에서 프랭크한테 심장마비가 올까 봐 어찌나 걱정이 되던지.

"그쪽이……."

프랭크의 목소리가 손만큼이나 바르르 떨렸어.

"88번 버스의 그녀신가요?"

그러니까 말이야, 아까 리비가 이 프랭크라는 남자가 60년 동안 누군가를 찾아 헤매고 있다는 얘기를 해줬을 때는…… 글쎄, 믿음이 안 가더라고, 솔직히. 어떻게 생겨먹은 작자가 단 한 번 만난 인연을 60년 동안 찾아다녀? 반푼이가 아니고서야 그게 말이 되느냐고. 하지만 내가 프랭크를, 그 눈을 바라보고 있자니 내 질문에 대한 대답이 나오더라고.

희망.

여기까지 프랭크를 데려온 것도, 끝내 포기할 수 없었던 이유도 오로지 하나, 희망이었던 거야. 그녀를 찾아다니며 희망을 얻었고 나 때문에 그 희망이 신기루처럼 사라질까 봐 프랭크는 너무도 두려웠던 거야. 난 대답을 하기 전에 숨을 크게 들이마셨지.

"아니요."

프랭크의 눈이 깜빡였어.

"저는 당신이 찾는 88번 버스의 그녀가 아닙니다."

프랭크의 눈빛이 흔들렸어. 바람결에 꺼질 듯 말 듯 위태롭게 흔들리는 촛불처럼 말이야.

"하지만 88번 버스의 그녀가 누군지는 알아요."

촛불이 완전히 꺼지기 전에 내가 얼른 말했어.

"확실합니까?"

프랭크가 의심에 차서 묻더라.

이 말을 듣고 내가 웃음을 참을 수가 있었겠니? 아까 리비가 그녀의 인상착의를 설명해줬을 때 알았지. 밝은 빨간 머리 미대생에, 베레모를 쓰고 런던 버스에서 그림 그리기를 좋아하는 사람……. 60년대 초에 그러고 돌아다닌 사람이 얼마나 됐겠어, 안 그래? 특히 그 〈바쿠스와 아리아드네〉 그림에 꽂혀 있는 사람은 또 몇이나 됐고? 그래서 내가 프랭크를 향해 확신을 담아 고개를 끄덕였지. 의심할 여지가 없다고.

프랭크가 가만히 손을 바라보고 있었지. 무릎에 가지런히 모은 손을 떨지 않으려고 안간힘을 쓰고 있었어.

"이름이 뭡니까?"

나지막한 소리로 물었지, 들릴 듯 말 듯.

"페르세포네 피츠제럴드."

네 이름을 이렇게 오랜만에 입 밖으로 크게 내보니 기분이 묘했어.

"페르세포네……."

프랭크가 희미하게 웃으며 살살 고개를 저었지. 다시 나를 보더라.

"그녀 얘기를 들려주실 수 있나요?"

나도 웃었어. 나 알잖아. 내가 멋들어진 얘기만큼 좋아하는 건 세상에 없다는 걸. 그래서 나는 벤치 등받이에 허리를 기대고 앉아 시작했어, 네 이야기를.

미대 입학 첫날 우리가 어떻게 만났는지부터 프랭크에게 말해 줬어. 다들 있는 척 잘난 척 같잖게 거들먹거리고 주접들을 떨고 있었는데, 네가 거기 있었어. 빅토리아 시대의 예쁘장하고 깡마른 어린아이같이 생겨서는 전쟁터에 나간 군인처럼 거친 욕을 서슴

없이 내뱉었지. 우리 눈이 마주쳤던 순간을 기억해. 마치 거울을 보는 것 같았거든. 우린 서로를 알아봤지. 말이 필요 없었어. 이 자리에 오기까지 얼마나 열심히 싸워야 했는지, 다른 애들은 죽었다가 깨어나도 이해하지 못할 희생을 치러가며 여기까지 왔는지. 네가 나를 향해 씩 웃고는 교실을 가로질러 한 발 한 발 나에게로 다가왔어. 네 눈은 좀처럼 나를 떠나지 않았지.

"내 이름은 퍼시."

네 말에 내가 의아하다는 듯 코를 찡긋하는 걸 네가 봤나 봐. 곧바로 이렇게 덧붙였지.

"진짜 이름은 페르세포네. 근데 좀 고리타분하잖아."

프랭크에게 우리가 어떻게 클래펌에 방을 얻어 살게 됐는지 말해줬어. 이 도시에서 어떻게든 자리를 잡으려고 고군분투하는 여자애들로 가득한 곳. 우리가 둘도 없는 친구가 되는 덴 그리 오래 걸리지 않았지. 퍼시와 페기. 페기와 퍼시. 넌 나한테 런던이란 도시를, 여자라곤 우리뿐이던 소호의 허름한 술집에서 담배랑 카드놀이를 가르쳐줬지. 우리 발길이 닿지 않은 미술관은 없었어. 널 만나기 전엔 내셔널 갤러리 근처에도 가본 적이 없었는데, 네 손에 이끌려 그 토요일에 처음으로 가봤지. 네가 날 어떤 그림 앞에 한 시간을 앉혀놓고 얼마나 열변을 토하던지. 이제 와 하는 말이지만, 고지식한 늙다리 교수들이 나에게 미술에 대해 너만큼 가르쳐줄 수 있었을까.

그러고 나서, 너한테 고백하자면, 얘기가 딴 길로 좀 새서 내 인생에 대해서도 좀 떠들어댔어. 그치만, 내 탓이라고만은 할 수 없는 거 너도 알지?

잘생기고, 매력이 철철 넘치는 나쁜 남자 아서를 만난 이야기를 빼먹으면 섭섭하지. 아서가 괜찮다고, 자기가 다 알아서 한다고 했을 때 순진해빠진 난 아무것도 몰랐어. 몇 달 후 임신한 걸 알고 화장실에서 질질 짜고 있을 때 넌 날 그저 꼭 안아줬지. 부모님께 말씀드릴 때도 넌 나와 함께해줬어. 부모님이 화가 머리끝까지 나서 아서와 결혼시켰고. 우린 서로 사랑하지도 않았는데 말이야. 결국, 난 미대 마지막 해에 자퇴를 하고 클래펌 사거리에 있는 손바닥만 한 아파트에 들어앉았어. 아서는 내가 데이비드를 낳기도 전부터 이 여자 저 여자 만나고 다니느라 바빴고.

리비가 손톱을 물어뜯고 남산만 한 배를 쓰다듬으며 내 얘기를 듣네. 이쯤에서 내 얘기는 접어두고 다시 네 얘기로 돌아가야지. 프랭크랑 리비가 진짜로 듣고 싶어 하는 게 그거 아니겠어?

너는 우등생으로 미대를 졸업했지만, 나랑 데이비드를 도우려고 런던에 머물렀지. 아서가 밤새 고주망태가 되도록 술을 퍼마실 때면 내 침대 곁 바닥에서 잠을 청했고 아서가 돌아올 때를 대비해 침대 방에 못 들어오게 바리케이드를 치다시피 하고는 말이야. 너는 여길 떠나 우리끼리 살자는 말을 입에 달고 살았지. 네가 일해서 나랑 데이비드 생활비를 댄다면서. 내가 그때 그러자고 했다면 우리 인생이 어떻게 달라졌을까. 난 아직도 그게 그렇게 궁금해. 하지만 난 그러지 못했지. 그 개차반 같은 놈이 나한테 휘둘러대는 주먹에 벌벌 떨었으니까. 난 더는 너를 잡아두고 싶지도 않았어. 너는 이렇게 주저앉아 재능을 썩히기엔 아까운 애였으니까.

그리고 난 프랭크와 리비에게 네가 보내준 엽서 얘기도 했어. 네가 유학했던 로마부터 시작해서 파리를 거쳐 마지막엔 뉴욕까지. 네가 보낸 엽서들은 아직도 상자에 신줏단지 모시듯 고이 모셔뒀지. 뒷면에 긴 다리 거미가 기어가는 모양으로다 휘갈겨 써서 매주 보내던 엽서들 말이야. 앤디 워홀, 팩토리, 에디 세즈윅 같이 그전까지 내가 듣도 보도 못한 단어들을 싱크대에 기대서서 감탄하며 읽었던 게 생생해. 내가 이 말을 하는 사이 프랭크는 더없이 밝은 표정으로 고개를 끄덕이더라. 그 단어들이 나보다 프랭크한테 더 의미가 있나 봐.

"그래서, 퍼시가 정말 예술가가 되었단 말이지요? 그렇게 되겠다는 자신의 다짐을 지켰다는 말이지요?"

프랭크가 몇 번이고 물었어. 난 어깨에 힘을 팍 주고는 두말하면 입 아프다고 대꾸했지. 아무렴, 그렇고말고. 네가 뉴욕이란 도시를 아주 씹어 먹어버렸다고. 프랭크의 얼굴엔 자꾸만 미소가 번지고 눈은 초롱초롱 빛났지. 그래서 나도 모르게 여기서 네 얘기를 마쳐야 하나 고민이 되더라. 여기까지만 보면 네 인생이 근사하고 유망하기 이를 데 없었으니까. 하지만 프랭크가 나에게 뒷얘기도 들려달라고 하도 채근하는 바람에 얘기를 마저 할 수밖에 없었어. 아주 오랫동안 벼르고 있던 얘기를.

네 엽서는 70년대 중반쯤부터 오는 기간이 벌어지기 시작했어. 처음엔 그저 며칠 늦는 거라 생각했는데 나중엔 드문드문 오더라고. 그래도 나는 너한테 매주 편지를 썼어. 딸내미를 걱정하는 엄마 닭처럼. 나중엔 집 주소가 맞는지 긴가민가하게 되더라고. **난 잘 지내. 좀 바빠서 그랬어,** 라고 너는 답장을 보내곤 했지. **감기 걸렸는데 지금 나아가는 중이야,** 라고 적은 카드가 왔을 때도 좀처럼 믿지를 못했어. 너는 거짓말엔 젬병이었으니까. 어느 날, 우리 집 벨이 울렸을 땐 난 아무런 마음의 준비도 하지 못한 상태였어.

문을 열고 너무 기막혀 내가 말문이 막혔던 거 봤지? 사람이 사경을 헤매면 저런 모습이겠거니 하는 생각이 들더라. 코트를 겹겹이 입고 있어도 비쩍 마른 몸이 그대로 드러났고 눈 밑은 어찌나 시커멓던지. 세상에. 그 예쁜 빨간 머리가 민머리가 되다시피 했었어.

그리고 네가 세상과 단절된 날들이 이어졌지. 몇 시간이고 끙끙대고 잠도 못 자고 먹지도 못하면서 끝내 병원에 가지 않겠다고 고집 부리던 날들. 피가 나도록 온몸을 박박 긁어댈 때 난 네 옆에 누워 네가 더는 긁지 못하도록 손을 잡아줘야 했지. 데이비드는 네가 무슨 희귀 야생동물이나 되는 것처럼 문틈으로 넋 놓고 너를 훔쳐보곤 했어. 끝이 없을 것만 같던 긴긴 터널의 끝에서, 토하지 않고 수프 한 그릇을 먹을 수 있을 정도가 되자 네가 말했지.

페기, 나 임신했어.

"뭐라고요?"

리비가 어찌나 놀랐는지 그날 내가 받은 충격이 선명히 생각날 정도였어. 그러니까, 죽음의 문턱까지 갔던 네가, 어떻게 임신이라는 거야? 너는 확신했지. 병원에 가니 의사가 다시 확인시켜주더라. 이 모든 걸 견디고 넌 아이를 지켜낸 거야.

그 뒤 몇 달 동안 우린 구름 위를 걷는 기분이었잖아. 너는 모퉁이에 작은 방이 딸린 아파트를 마련하고 우린 같이 아기 방에 벽화를 그렸어. 뭐 난 우리 둘이 했다고 말하고 싶지만 실은 네가 예술적 느낌을 많이 불어넣었지. 난 그저 서서 바라보고. 여전히 몸은 앙상했지만 네 뺨에는 다시 생기가 돌았고 그렇게 넌 기운을 되찾았어. 넌 종일토록 밥 딜런이나 니나 시몬 노래를 불렀고 우리는 흥이 올라 춤을 췄지. 우린, 얼마나 행복에 겨웠는지.

나는 여기서 말을 멈췄어. 계속해야 할지 모르겠더라고. 리비가 행복감이 가득한 표정으로 날 보고 있었어. 리비는 알고 있었던 거야. 아기를 처음으로 만나기 전, 설레고 들뜬 마음으로 가득 찬 방울이 보글보글 한없이 차오르는 심정을. 리비의 표정을 보고 있자니 내 마음속에 갈등이 생겼어. 하지만 날 괴롭게 한 건 리비의 그 표정만은 아니었어. 왠지 모르게 나는 네가 다음 이야기를 하길 원치 않을 것만 같았어. 프랭크와 리비는 생판 남이나 다름없는 이들인데, 이 둘에게 얘기를 다 해도 괜찮을까?

뜬금없이 하늘을 바라보다가 팔러먼트 힐 너머에서 내가 뭘 봤게?

연. 빨간색과 흰색 연이 하늘에서 우리 머리 위에 떠 있었어. 난 알았지. 넌 내가 이야기를 남김없이 하길 원하는구나. 그 이름을 입 밖으로 내도 되겠구나.

잭.

작지만 흠 없는 구슬같이 곱던 아이. 산파가 차마 너를 똑바로 보지 못할 때도 넌 아기한테 정신이 팔려 눈치채지 못했어. 의사가 해줄 수 있는 게 없으니 집으로 가라는데도 너는 병원에서 꼬박 엿새를 밤낮으로 잭 곁에 있었지. 내가 잭 주려고 뜨개질해 만든 옷을 입혀주고, 모자를 씌웠지. 헐렁하다 못해 몸을 쑥쑥 빠져나갈 지경이었는데도. 네가 밥 딜런과 니나 시몬 노래도 불러줬잖아. 리비가 눈시울을 붉히자 프랭크가 리비 손을 꼬옥 잡아주네. 리비는 날 보고 고개를 끄덕였어. 얘기를 계속하라는 뜻이겠지.

잭의 유골이 담긴 작은 상자를 네 품에 꼭 안은 채 여기로 왔지. 넌 잭이 런던을 발밑에 두고 영원히 연들과 즐겁게 놀기를 바랐어. 상자를 열자 한 줄기 바람이 불었지. 넌 울부짖었어. 감히 사람의 것이라고 여길 수 없는 소리를 내며. 이전에도 이후에도 나는 누구도 그런 소리를 내는 걸 들어본 일이 없었어.

클래펌 사거리 아파트로 돌아왔고 며칠이, 몇 주가, 몇 달이 흘렀어. 속절없이 시간은 가고 어떻게든 삶은 흘러가더라. 네 도움으로 난 용기를 내서 그 천하의 버러지 같은 놈을 쫓아냈고 네가 그놈이 있던 공간을 채워줬어. 벽에 건 내 그림 옆에 나란히 네 그림도 걸었지. 넌 미술 교사로 30년을 일했어. 데이비드에게 가슴으로 낳은 엄마가 되어주고 걔가 질풍노도의 시기를 겪어 나까지 힘이 들 땐 내게 의지가 되어줬지. 우리 손녀 메이시의 탄생을 누구보다 축하해줬던 너. 넌 일주일에 꼭 한 번씩, 비가 오나 눈이 오나, 여기 팔러먼트 힐 벤치에 앉아 잭과 얘기를 나눴지.

내 이야기가 시작된 뒤로 말을 아끼던 프랭크가 나를 보며 입을 열었어.

"퍼시가 여길 일주일에 한 번씩 왔다는 말입니까?"

일주일에 한 번 넘게 온 날도 많았다고 알려줬더니 프랭크는 해도 너무 한다는 듯 고개를 떨궜어.

"나도 여길 왔어요. 수십 년 동안. 여기 이 벤치가 내가 늘 앉는 자리고요."

프랭크의 눈가가 어느새 촉촉해져서 이제 펑펑 울겠거니 했는데 웬걸, 눈물은커녕 피식피식 웃기 시작하네.

"정말 엇갈려도 이렇게 엇갈릴 수 있는 겁니까? 그 오랜 시간 나는 버스에서 퍼시를 찾으려고 애간장이 다 녹았는데 여기 앉아 있었다니. 바로 내 코앞에."

리비도 깔깔대기 시작했어. 나도 못 참겠는 거야. 어느샌가 우리 셋은 아주 배꼽을 잡고 눈물까지 흘려가며 웃고 있었어. 남들이 보기에 얼마나 해괴했을까. 대체 왜 웃는 건지 모르겠지만 그저 후련했어. 산전수전을 다 겪어 그런가. 아주 통쾌하기 짝이 없었다고!

웃음이 멈추고 이야기를 끝맺을 시간이 왔어. 장 볼 거리를 하나씩 빠뜨리거나 휴대폰을 제자리에 놓지 않거나 하며 네가 깜빡깜빡하는 일이 잦아졌지. 한참 동안 병원은 절대 안 가겠다는 네 멱살을 잡다시피 해서 병원에 갔는데……. 넌 끝까지 알츠하이머에 굴복하지 않았어. 속상해하며 어쩔 수 없이 결국 학교를 관뒀지만, 동네 양로원 미술 교실에서 자원봉사를 했지. 메이시의 결혼식엔 무슨 일이 있어도 참석하겠다고 했고 끝내 약속도 지켰어. 연보라 드레스를 입고 커다란 미러볼 아래서 젊은 애들이랑

춤도 추고 말이야.

그 며칠 뒤 넌 가버렸어. 12년 전 이달. 우린 그때도 손을 꼭 맞잡고 있었어.

네 유골을 이리로 데려왔지. 널 하늘 높이 날려줬어. 잭과 연과 함께 저 하늘을 마음껏 날 수 있게.

이제 네 이야기는 여기서 끝내야겠어. **우리** 이야기 말이야.

45

셋은 조용히 그 자리에 머물러 있었다. 묵묵히 경치를 바라보며. 처음 세 사람이 이 자리에 왔을 땐 산책하는 사람들, 반려견들, 연 날리는 어린아이들로 붐볐지만 이젠 해가 지고 어느덧 고요가 자리 잡았다.

리비의 머릿속에서 퍼시의 이야기가 맴돌았고 마음속엔 여러 가지 감정이 웅장한 태풍이 되어 휘몰아쳤다. 우여곡절 많고 굴곡진 인생이었지만 굴하지 않고 씩씩하게 살았다. 하지만 얼마나 고달팠는지. 리비에게는 잭 이야기가 견딜 수 없이 슬프게 다가왔고 프랭크도 그걸 느꼈는지 이야기를 듣는 내내 리비의 손을 힘주어 잡아주었다. 그럼에도 이야기를 멈추고 싶지 않았던 이유는 폐기가 자신이 하는 이야기에 사로잡혀 순간순간을 마치 그때로 돌아간 듯 되살리고 있었기 때문이었다. 리비가 폐기를 건너다보니 눈을 지그시 감고 있었다. 입가에는 은은하게 미소가 번져 있었다.

리비와 페기 사이에서 프랭크가 움직일 생각도 않고 앉아 있었다. 두 눈은 앞에 펼쳐진 풍경을 떠날 줄을 몰랐다. 프랭크가 지쳐 보여 리비가 프랭크의 팔에 살며시 손을 놓았다.

"이제 가봐야 할 것 같아요, 할아버지."

"그래야지."

페기에게서 몸을 돌리기 전에 프랭크가 크게 숨을 내쉬었다.

"퍼시 이야기를 들려줘서 정말 고마워요."

프랭크의 목소리엔 진심이 담겨 있었다.

"한 편의 영화 같은 삶을 살았군요."

페기가 눈을 떴다.

"영화가 따로 없었죠."

"가기 전에 질문 하나만 해도 되겠습니까?"

"그럼요."

"퍼시가 한 번이라도……."

프랭크는 어떻게 표현해야 할지 고심하고 있었다.

"지난날, 퍼시 생각을 하루도 안 한 날이 없었습니다. 그래서 그날 버스에서 내린 뒤에 퍼시가 단 한 번이라도 날 떠올렸는지 궁금해서 견딜 수가 없어요."

프랭크가 페기를 너무도 간절한 눈빛으로 쳐다보는 바람에 리비도 숨을 꼭 참았다. **제발, 페기, 그랬다고 말해주세요. 거짓말이라도 좋아요.**

페기가 다시 벤치에 등을 기댔다.

"거짓말은 하지 않을게요, 프랭크. 퍼시는 지난 60년 동안 88번 버스에서 당신을 찾아 헤매지는 않았어요. 그런 뜻으로 물은 거라면요."

"아니, 절대 아니에요. 제가 궁금한 건, 그때 퍼시가 나에 대해 언급했나요?"

"퍼시는 한 번도 버스에서 만난 남자 얘기를 하지 않았어요. 아니에요."

프랭크가 맥이 빠져 한숨을 쉬었다. 안 그래도 처진 어깨가 땅 밑으로 꺼질 듯 한없이 내려가고 있었다.

"하지만 가시기 전에 얘기 하나 더 해드릴게요. 나한테도 잊지 못할 일이 있었던 날이라 또렷하게 기억이 나거든요. 1962년 봄이 맞을 거예요. 그때가 미대 2학년 여름학기였거든요. 내가 아서랑 사귀고 난 뒤였는데 아마 일요일이었을 거예요. 아서가 나를 극장에 데려갔죠. 무슨 영화를 보러 갔는지는 까먹었어요. 하지만 내가 뭘 입었는지는 알아요. 페티코트 레인 마켓에서 산 예쁜 원단으로 만든 파란색 원피스를 입고 있었어요. 옷을 만들고 난 다음에 살이 좀 붙어서 허리선을 좀 내야 했죠."

리비는 하고 싶은 말이 목구멍까지 차올랐지만, 꾹꾹 눌러가며 참았다. 페기가 말솜씨가 좋은 이야기꾼임은 틀림없었다. 하지만 리비가 지난 두 시간 동안 페기의 말을 들으며 알아낸 바에 따르면, 페기의 이야기는 자꾸만 옆길로 샜다. 아까는 자기 아들 데이비드 이야기를 한다고 15분은 족히 잡아먹었다. 물론 재미는 있었지만, 퍼시 이야기와는 아무런 관계가 없는 내용이었다. 이번에도 페기는 또 다른 샛길을 닦아 막 달려가려는 참이었다.

"그날이 이렇게 생생하게 기억나는 이유는, 클래펌 그랜드 극장 맨 뒷줄에 앉아 있다가 영화 중간쯤에 내가 속이 너무 불편했기 때문이에요. 아서가 불같이 화를 냈죠. 내가 아서 새 신발에 좀 게웠다고 생난리를 치더라고요. 결국엔 둘이 대판 싸웠고 아서는 나 혼자 집에 가라며 내팽개쳐두고는 제 혼자 쌩 사라져버렸어요."

페기가 혀를 끌끌 차고 한심하다는 듯 고개를 좌우로 흔들었다. 그런 못 배워먹은 행동을 참아준 그 시절, 자기 팔자를 자기가 꼬았다는 듯이.

"아서랑 싸우고 화가 잔뜩 나서 집에 와 퍼시가 돌아오기를 기다렸던 게 기억나요. 그날 아침에 어떤 남자를 만나러 나갔다는 사실은 알고 있었어요. 근데 3시가 되도록 집에 돌아오지를 않았어요. 난 집에 온 뒤에도 두세 번 공용 화장실에서 구역질을 했죠. 다른 여자애들이 나더러 제발 나가라고 통사정을 하더라고요. 그리고 5시쯤에 드디어 퍼시가 집에 왔어요.

퍼시가 날 한 번 쓱 보더니 단박에 알았죠. 그니까 우리가 혈육보다 더 끈끈한 사이라고 했잖아요, 퍼시가 날 보더니 말하더라고요. '페기, 어쩜 좋아. 너 임신했지, 그렇지?' 말이 끝나기가 무섭게 난 울음을 터뜨렸어요. 얼마나 겁이 났었게요. 살 오른 것하며 그때 그 메슥거림. 퍼시가 바닥에 쓰러져 있는 내 곁에 몸을 눕히더니 날 감싸 안아줬어요. 내가 흐느끼자 내 손을 잡아주고는 다 괜찮아질 거라고, 날 돌봐주겠다고 속삭이며 진정시켜줬어요."

페기도 감정이 격해진 듯 한동안 말이 없었다. 눈가가 촉촉했다. 리비도 임신 사실을 확인했던 날을 떠올렸다. 프랭크와 함께 내셔널 갤러리에 갔던 날. 철저히 혼자였고, 겁에 질렸고, 감정이 복받쳤다. 퍼시처럼 안아주고 안심시켜줄 친구가 없었으니. 그날의 기억을 되살리자 어느새 리비의 팔에 도돌도돌 소름이 솟아올랐다.

"미안해요. 옛일을 모두 돌이켜 생각해보니 싱숭생숭하달까요. 정말…… 네, 정말 한마디로 표현이 안 되는 오만가지 기분이 다 들어요. 그죠?"

"이해하고도 남죠, 암요."

프랭크가 고개를 끄덕이며 공감해주었다.

다시 말을 잇기 전 페기가 손등으로 눈물을 훔쳤다.

"이걸 전부 말하는 이유가 있어요. 조금 뒤 퍼시가 따뜻한 보브릴*을 한 그릇 만들고 나를 침대로 데려가 눕혀줬을 때 내가 물었거든요. 그렇게 온종일 나가 있었던 거 보면 오늘 데이트가 끝내줬나 보다고. 이렇게 말한 게 바로 어제 일처럼 똑똑히 기억나요, 프랭크. 퍼시가 나한테 살짝 웃어 보이며 고개를 젓고는 하는 말이, 어이없는 일이 있었다는 거예요. 만나기로 했던 남자가 끝내 약속 장소에 나타나지 않았다고요. 내셔널 갤러리에 가기로 약속했고, 퍼시는 남자가 올 거라고 철석같이 믿으며 그놈의 〈바쿠스와 아드리아네〉 그림 앞에서 온종일 기다렸는데, 남자가 끝끝내

---

* 소고기 추출물 페이스트.

오지를 않았다고 했어요."

"아, 이런 일이."

프랭크가 백지장처럼 하얗게 질린 얼굴로 겨우 한마디를 토해 냈다.

"이상한 건 말이죠. 지금쯤이면 잘 아시겠지만, 퍼시는 남자 하나 기다린다고 하루를 보내는 그런 애가 아니었어요. 위풍당당하고 독립적이고 절대 길들지 않을 그런 애였죠. 남자들이 밤낮으로 일주일 내내 쫓아다녀도 곁눈질 한 번 하지 않았죠. 그런데 퍼시가 아침 10시부터 오후 4시까지 그 남자가 자길 만나러 오길 기다렸다는 거예요. 정말, 걔한테서 그런 소린 생전 처음 들었어요. 그래서 나도 물었죠. 왜 그렇게 한참을 기다렸냐고. 퍼시가 이런 비슷한 말을 했어요. '나도 모르겠어, 페기. 이 사람은 다른 남자들하고는 달리 좋은 예감이 들었어.' 그러고는 어깨를 한 번 으쓱하더니 책을 들고 나갔죠. 그 뒤로 다시는 그 남자 얘기를 꺼내지 않았어요."

리비는 프랭크를 바라보며 어떤 반응을 보일지 기다렸지만, 그저 눈을 게슴츠레하게 뜨고 몽롱한 눈빛을 하고 있을 뿐이었다. 순간 섬찟한 느낌이 들어 리비는 혹시 프랭크가 또 전처럼 정신을 놓은 상태가 아닐지 걱정이 되었다. 프랭크가 마침내 입을 열었다.

"종일토록 기다렸다고요."

아득한 목소리였다.

"갤러리에서 나를 온종일 기다렸다고요. 내가 퍼시를 버스 정류장에서 기다릴 동안."

페기가 고개를 끄덕였다.

"이날 이때껏 궁금했어요. 퍼시 피츠제럴드를 진종일 앉아서 죽치고 기다리게 만든 그 대단한 남자가 누굴까. 이제야 그 궁금증이 풀렸네요."

"퍼시가 준 번호를 잃어버렸어요."

프랭크가 잔잔한 목소리로 차분하게 말을 이었다.

"버스 정류장에 가면 만날 수 있을 거라고 확신했죠."

"아니, 그날 퍼시가 88번 버스를 탔었는지도 모를 일이에요. 퍼시는 걷는 걸 좋아했죠, 항상 그랬어요. 처음부터 끝까지 쭉. 그날은 집을 일찍 나서서 그길로 갤러리까지 걸어갔을 수도 있어요."

프랭크가 허탈하다는 듯 고개를 저었다.

"갤러리에 갈 생각은 하지 못했어요. 꿈에도요."

"에이그, 남자들이 이렇다니까, 안 그래?"

페기가 리비를 보고 맞장구쳐달라는 듯 눈썹을 치켜들었다.

"어쨌든 간에, 퍼시한테 아주 강한 인상을 남겼던 건 틀림이 없어요, 프랭크. 말했잖아요. 남자를 목이 빠지게 기다리는 퍼시는 내가 아는 그 퍼시가 아니라니까요. 그전에도 그 후에도 그런 일은 결코 없었어요."

프랭크는 잠자코 있었다. 어느새 사방에 저녁 어스름이 깔려오고 있었다. 무수히 많은 조명이 켜지며 셋의 눈앞에 있는 런던에서 어둠을 몰아냈다. 리비는 언제까지고, 프랭크가 내킬 때까지 이 자리에 있고 싶었지만 그러면 클라라가 얼마나 크게 걱정을 할지 뻔했다.

"얘기 들려주셔서 정말 감사드려요, 페기."

리비가 말했다.

"고맙긴 무슨, 애기 엄마. 나는 늘 이 산꼭대기에서 내 맘속 퍼시와 대화를 나누며 주야장천 혼자 있었는데. 나도 이렇게 큰 소리로 웃고 울며 퍼시 얘기를 나누게 돼서 좋았다우."

"여긴 정말 아름다운 장소죠."

주변을 돌아보며 프랭크가 말했다.

"예전엔 여기에 오르면 아주 기똥찬 아이디어가 떠오르곤 했지."

"퍼시도 여길 참 좋아했어요. 나는 여길 오면 퍼시가 있다고 상상해요. 잭이랑 연을 날리며 내가 미주알고주알 떠드는 걸 듣고 있다고 말이에요."

프랭크가 눈을 반짝이며 페기에게 물었다.

"혹시 저도…… 한마디 해도 될까요?"

"그럼요, 퍼시의 그 남자님."

"잘 지냈어요, 퍼시?"

어둠을 향한 프랭크의 목소리는 우렁차고 청량했다.

"나, 프랭크 바이스입니다. 88번 버스에서 만난 그 청년요. 퍼시가 준 번호를 잃어버려서는 멍청하게도 갤러리로 갈 생각은 꿈에도 못 했죠. 너무 노하지 않았으면 좋겠네요."

프랭크가 숨을 크게 한 번 내쉬었다.

"지난 60년 동안 애끓는 마음으로 당신을 찾아다녔어요. 고맙단 말을 하려고요. 그날 우리가 나눈 대화가 내 인생의 방향을 180도 바꿔놨기 때문이죠. 당신 덕에, 부모님 앞에서 당당하게 배우가 되고 싶다고 말할 용기를 얻었던 겁니다. 연기학교에 입학해서 오랜 세월 꽤 괜찮은 경력을 쌓았어요. 당신을 만나지 못했더라면 언감생심 넘보지 못했을 일이 일어났던 거예요."

저 멀리 어디선가 부엉이가 울었다.

"그날 우리가 서로를 만났더라면, 아니면 내가 당신을 버스에서 다시 찾았다면 어땠을까 늘 궁금했어요. 우습게 들리겠지만, 함께였다면 잘 지낼 수 있었을 것 같아요. 당신과 나 말예요. 아주 잘 어울리는 행복한 한 쌍이 되었을 거예요."

한 손으로 머리를 빗어 내리며 프랭크가 잠시 숨을 골랐다.

"하지만 오늘 페기한테서 얘기를 들어보니, 퍼시, 당신 삶에 내가 들어갈 자리는 없었던 것 같네요. 내가 할 수 있는 것보다 몇 곱절 더 당신을 행복하게 해줄 이가 곁에 있었으니."

프랭크가 페기를 향해 섰다.

"퍼시에게 페기가 있어 얼마나 다행이었는지."

페기가 빙그레 웃었다.

"저도 마찬가지예요, 프랭크. 제법 근사한 짝꿍이었죠, 나랑 퍼시는."

한 줄기 바람이 불고 나자 프랭크가 서서히 몸을 벤치에서 일으켰다. 리비는 프랭크를 도우려 일어섰다.

"같이 가실래요, 페기 할머니?"

"아니, 난 좀 더 있다 가려고, 애기 엄마. 떠나기 전 퍼시에게 작별인사는 해야지."

"자, 오늘 고마웠습니다."

프랭크가 페기에게 인사를 건넸다.

"그 오랜 세월 88번 버스의 그녀가 어떻게 살아왔는지 드디어
알게 됐구면."

"퍼시가 이 순간을 얼마나 만끽했을지요."

페기가 기분 좋게 말했다.

"지금쯤 여기 나와서 자기를 60년씩이나 찾아다닌 꺼벙한 영
감을 보고 배시시 웃고 있을 거예요. 자기는 절대 아니라고 박박
우기지만, 사실은 낭만이라면 죽고 못 사는 애였거든요."

"뭐, 퍼시를 다시 웃게 해줄 기회가 주어져 영광입니다. 퍼시와
잭 말입니다."

프랭크가 정중하게 말한 뒤 고갯짓으로 페기에게 작별을 고하
고 돌아섰다. 리비의 팔에 힘겹게 기댄 채였다.

"난 항상 잭이란 이름이 맘에 들더군요."

벤치에서 멀어지며 프랭크가 말했다.

"퍼시가 제일 좋아했던 작가 이름을 따서 지었어요."

페기가 프랭크 저만치 뒤에서 큰 소리로 말했다.

"그 작가 이름이 정확히 뭔지는 모르는데 잭 커-어-우-이-크
인가 뭐라든가 그랬어요."

프랭크가 리비를 또렷하게 쳐다봤다. 미소가 번져 어둠 속에서
도 얼굴이 환하게 빛났다.

"잭 케루악. 아무렴."

46

2주 뒤, 리비는 런던행 기차에 다시금 몸을 실었다. 아기가 태어나기 전에 다시 런던에 갈 마음은 없었는데, 에스메 덕분에 마음을 고쳐먹게 되었다. 에스메가 지난주에 문자 한 통을 보내왔기 때문이다.

프랭크 할아버지 만나고 왔는데, 너 봤다고 얘기하시더라.
내 결혼식 이번 주 토요일이야.
우리 자기 조니가 너 얼굴 보고 싶다고 난리네.
가라오케랑 무한 댄스 타임 대기 중!

— E ♥

리비는 바빠서 못 갈 것 같다고 무미건조하게 답을 할까 진지하게 생각해봤다. 하지만 에스메를 실망하게 하자니 영 마음이 불편했다. 게다가, 결혼식을 핑계로 국립 산아 관리국 수업의 두 번째 파트를 빼먹을 수 있지 않은가. 사이먼은 짜증을 낼 게 분명하지만.

오늘은 벡스홀에서 내리는 대신 클래펌 사거리에서 내리는 쪽을 택했다. 거기서부터 10여 분 동안 잘 다듬어진 정원이 있는 주택이 늘어선 길을 지나 12번 집의 벨을 눌렀다.

페기가 미소로 리비를 맞아주었다.

"이렇게 다시 보게 되니 얼마나 반가운지 몰라, 애기 엄마. 어서 그 가방 이리 내고 들어와요. 프랭크는 일찌감치 와 있어."

페기는 리비를 아담한 거실로 안내한 뒤 차를 만들러 총총 사라졌다. 아늑한 실내였다. 페기만큼이나 나이가 들어 보이는 2인용 꽃무늬 소파가 TV 앞에 놓여 있었고 바느질 용품 가방은 내용물이 와르르 쏟아져 나온 채 탁자 위에 널브러져 있었다. 하지만 뭐니 뭐니 해도 제일 눈에 띄는 건 단연코 모든 벽을 가득 채운 액자였다. 대부분은 그림이었는데, 흰 벽을 바탕으로 수놓은 불꽃놀이처럼 정확히 이름을 부를 수 없는 갖가지 밝은색을 이용해 긴 사선을 그어놓았다. 프랭크는 파란색 정장 차림으로 리비를 등지고 그림 중 하나 앞에 서서 물끄러미 바라보고 있었다. 리비가 살그머니 프랭크 쪽으로 다가갔지만, 프랭크는 한동안 인기척을 전혀 느끼지 못했다.

"거장의 그림들과 견주어도 손색이 없어, 그렇지 않아?"

침묵을 깨고 프랭크가 마침내 입을 뗐다.

"이렇게 강렬한 그림들은 처음 봐요."

리비도 있는 그대로 솔직한 감상을 털어놓았다. 프랭크가 뚫어져라 바라보고 있는 그림은 처음 보면 녹색 물감이 큼직하게 튀어 있는 듯 보였다. 하지만 자세히 들여다보니 수십 개의 서로 미묘하게 다른 녹색 음영들이 엉켜 있었다. 잔 붓놀림 수백 개가 커다란 덩어리를 이루었다. 온통 녹색인 가운데 유일하게 다른 색이라고는 캔버스 꼭대기 오른편의 빨간 점뿐이었다.

"두 양반 다 오늘 갤러리 투어 하시는 중이구나. 천천히들 보셔요."

페기가 돌아와서는 중얼거렸다.

"페기가 그린 거요?"

프랭크가 물었다.

페기가 한바탕 웃었다.

"아유, 웬걸요. 다 퍼시 작품이에요."

프랭크의 숨이 턱 막혔다.

"놀라운 작품들이에요, 안 그래요?"

어느새 페기가 프랭크 옆으로 다가왔다.

"말로 표현이 안 될 정도예요."

프랭크는 끝까지 앞에 놓인 한 작품에서 눈을 떼지 못했다.

"이 작품 이름은 〈팔러먼트 힐에서〉예요."

페기가 말했다.

"이건 연이에요?"

리비가 붓에서 털어낸 듯한 빨간 점을 가리켰다.

페기가 고개를 끄덕였다.

"내가 제일 아끼는 작품 중 하나야. 퍼시가 세상 뜨기 전 마지막으로 그린 거라서. 이때쯤엔 알츠하이머가 상당히 진행됐을 때라 침대 밖을 벗어나기도 힘겨워했지. 근데 어느 날 아침 붓을 집더니만 몇 달 만에 그림을 그리더라고. 그 몇 시간 동안만은 내가 알던 예전의 퍼시로 되돌아간 것만 같았어."

어느새 페기의 눈동자가 뿌옇게 흐려졌고, 누가 알아챌세라 헛기침을 했다.

"자, 이제 식기 전에 차 한잔씩 들어요, 네?"

페기는 차만 내온 게 아니었다. 차에 어울리는 음식을 한 상 거하게 차려 융숭하게 대접했다. 세모 반듯하게 자른 샌드위치, 수제 빅토리아 스펀지케이크, 장정 열두 명도 거뜬히 먹을 수 있는 큼지막한 셰리 트라이플까지. 다과를 나누는 동안 프랭크는 여생을 보낼 새집 윌로 코트에 관해 이야기하기 시작했다.

"그놈의 시설에서는 양배추 끓인 냄새가 진동하고 시도 때도 없이 밥을 먹으라지 뭐야."

프랭크는 요양원이 여러모로 영 탐탁지가 않은지 투덜거렸다.

"그리고 이미 거기 간호사하고는 사이가 아주 틀어졌어. 지난 번 저녁때 나한테 가서 TV 채널을 바꾸라고 기분 나쁘게 말하는 게 아니겠어? 그래서 내가 그랬지. 다른 노인네들 다 의자에 앉아 꾸벅꾸벅 졸고 있구먼, 맨날 지지고 볶는 드라마만 봐야 하느냐고. 난 데이비드 애튼버러의 다큐멘터리를 좀 봐야겠다고."

"세상에, 난 드라마 없으면 못 사는데."

페기가 안타까워하며 말했다.

"윌로 코트가 이 길로 쭉 가다 보면 나오더라고요. 언젠가 나도 가서 지내도 되겠죠?"

"뭐, 나쁘진 않은 거 같아요."

프랭크가 마지못해 대답했다.

"푸딩이 꽤 먹을 만해요. 그리고 무엇보다 계단 오르내릴 일이 없어 살겠어. 거기 들어간 이후론 잠도 푹 자고."

"침대를 좋은 걸 들였나 봐요?"

"그럴 수도 있고. 아니면 다른 이유 때문일 수도 있지."

프랭크가 둘을 올려다봤다.

"드디어 88번 버스의 그녀가 어떻게 살아왔는지 알아내서 그런 게 아닐까?"

리비가 이제야 마음이 놓여 훅 하고 숨을 뱉었다. 지난 2주 동안 프랭크와 페기의 만남을 주선한 일이 잘못된 선택이었을까 봐 걱정이 이만저만이 아니었기 때문이다. 88번 버스의 그녀가 이미 세상을 떠났다는 사실을 들은 데다가, 요양원에 입소하게 되는 일생일대의 사건들이 한꺼번에 벌어진 게 고령의 프랭크에게 받아들이기 힘든 일은 아니었을까 마음이 쓰였다. 하지만 벌써 트라이플을 두 개째 오물거리는 프랭크를 보니 이 모든 일이 오히려 프랭크의 심신 안정에 도움이 됐다는 자신감이 생겼다.

"아, 이제 가봐야 할 시간이구먼."

트라이플을 세 개째 야무지게 입에 넣고 나서 프랭크가 말했다.

"초대해주셔서 감사해요, 페기."

"이렇게 둘 다 얼굴 봐서 나야 너무 좋지. 요즘 우리 집에 찾아오는 사람이 있어야 말이지. 적적해서 살 수가 없어. 우리 아들 데이비드는 바쁘다고 코빼기도 안 비친다니까."

"조만간 꼭 다시 들르지요. 다음번엔 그때 말했던 퍼시가 보낸 엽서를 좀 봤으면 합니다. 트라이플 또 내주시면 아주 고맙겠고요!"

"애기 태어나면 데려와서 좀 보여줘!"

페기가 현관문까지 둘을 배웅하면서 리비에게 당부를 잊지 않았다.

"내가 말한 거 잘 기억하라고……."

"여부가 있겠습니까. 출산일은 정할 수가 없는 거니까 뭘 어떻게 해보려고 기운 뺄 생각일랑 애당초 접어야지!"

리비가 페기의 성대모사를 찰지게 하는 바람에 리비와 페기 둘다 팍 웃음이 터져버렸다.

리비와 프랭크가 클래펌 커먼 역을 가로질러 나와 88번 버스를 탔다. 리비는 이 버스를 타서 혹시라도 프랭크가 심란해할까 봐 걱정스러웠지만, 다시금 버스에 올라 설렌 프랭크를 보니 덩달아 마음이 들떴다. 프랭크는 늘 그래왔듯 버스가 템스강을 향해 북쪽으로 나아가는 사이 다른 승객들과 버스 기사에게 반갑게 인사했다. 템스강을 건너 핌리코에 접어들자 둘은 테이트 브리튼 근처에서 내려 에스메의 결혼식이 열리는 교회까지 거닐었다.

교회에 도착하니 시곗바늘이 5시에 닿을 즈음이었다. 해가 뉘엿뉘엿 넘어가며 가을 저녁노을이 교회 제단 뒤 스테인드글라스를 통해 들어와 황홀한 빛을 드리우고 있었다. 유리컵 모양 랜턴

안에 든 촛불이 하객석을 따라 양 갈래로 수없이 놓였고 식장 안을 오밀조밀 단장한 재스민의 진한 향기가 교회 안 공기를 은은하게 채웠다. 뒤편에서 들려오는 현악 4중주의 아름다운 선율과 낮게 읊조리는 사람들의 목소리가 여기저기서 들려오는 가운데 리비와 프랭크가 자리를 잡았다. 검은 넥타이를 매고 맨 앞줄에 앉은 새신랑 조니는 지나가는 하객들에게 활기차게 손을 흔들고 하이파이브를 하며 새 출발을 앞둔 설렘을 온몸으로 표현하고 있었다. 혹시라도 아는 얼굴이 있을까 해서 리비가 주위를 두리번거렸다.

"여기 어디쯤 있을 텐데."

프랭크가 리비의 귓가에 속삭였다.

"누구요?"

"딜런."

"아…… 딜런을 찾고 있는 게 아니에요."

리비가 프랭크의 시선을 피하며 웅얼거렸다.

현악 4중주가 새로운 곡을 선사하자마자 하객들이 잇달아 유쾌하게 웃기 시작했다. 이 친근한 전주가 아바의 〈댄싱 퀸〉임을 알아채는 데 그리 오래 걸리지 않았기 때문이다. 목사님이 하객을 향해 자리에서 일어서라는 신호를 보냈다. 뒤쪽에서 육중한 문이 끼익 소리를 내며 열리자 모두 새신부의 고운 자태를 기대하며 뒤를 돌았다.

에스메의 모습에, 기다렸다는 듯 리비가 눈물을 터뜨렸다. 에스메는 무릎을 덮은 순백의 풍성한 스커트가 돋보이는 50년대 스타일의 티 드레스를 입고 있었다. 드레스에 박힌 무수히 많은 크리스털 조각이 입구에 촘촘히 놓인 촛불에 반사되어 쉴 새 없이 반짝거렸다. 에스메의 환한 미소가 레이스 베일 너머로 선명하게 보였다. 행복에 겨운 미소를 띤 채 문가에 멈춰서서 어떤 이를 기다리며 뒤를 돌아봤다. 어느새 눈가가 촉촉해진 프랭크를 리비가 흐뭇하게 바라봤다. 장신의 실루엣이 교회 안으로 들어서는 모습이 눈에 들어올 때쯤 리비가 고개를 돌려 다시 뒤를 봤다.

에스메가 기다리던 사람이 딜런이라는 걸 하마터면 알아채지 못할 뻔했다. 늘 입던 가죽 재킷과 청바지는 짙은 색 정장으로 바뀌어 있었다. 에스메가 머리끝부터 발끝까지 딜런의 스타일을 손본 게 틀림없었다. 옷깃에 장식된 작은 크리스털들이 에스메의 웨딩드레스 장식과 꼭 같았으니까. 수술한 뒤로 머리카락이 원래대로 다 자라지는 못한 듯했지만 소박한 모호크족 스타일을 만들기엔 충분했다. 머리카락 끝은 에스메가 든 부케 색에 맞춰 오렌지색으로 염색했다. 신부와 함께 버진 로드를 걷는 딜런의 얼굴엔 지금 이 순간과 스스로에 대한 자부심이 가득했다. 둘이 곁을 지나칠 때 리비는 한시도 딜런에게서 눈길을 거둘 수 없었건만, 야속하게도 딜런의 시선은 오로지 새신부에게 꽂혀 다른 곳은 바라볼 생각조차 안 했다.

결혼식이 시작되자 리비는 자포자기하는 심정으로 몸을 뒤로 기댔다. 이제 예식을 즐기는 일만 남았다. 목사님이 신랑 신부의 긴장을 풀어주려고 실없는 농담을 하는 등 갖은 노력을 하는 모습에서 그의 따뜻한 성품이 엿보였다. 에스메의 어머니는 축사로

《곰돌이 푸》의 한 구절을 읽었고 에스메와 조니의 친구들은 〈스탠 바이 미〉를 아카펠라 버전으로 바꾼 멋들어진 축가를 선물해 곳곳에서 하객들이 눈물을 훔쳤다. 곧 첫 찬송가 〈기브 미 조이 인 마이 하트〉가 교회 안에 울려 퍼지며 활기가 돌았다.

신랑 신부가 결혼 서약을 하자 리비의 왼쪽에 있던 프랭크의 뺨은 눈물범벅이 되어 광이 날 지경이었다.

"괜찮으신 거예요?"

리비가 슬쩍 묻자 눈물 사이로 프랭크가 씩 웃고 있었다.

"저 둘의 사랑이 얼마나 아름다운지 되새겨보고 있었어. 나에게도 저런 행운이 찾아왔다면 얼마나 좋았을까."

"저랑 같은 생각을 하셨네요, 할아버지."

목사님 앞에서 에스메와 조니가 서로에게 입 맞추기 위해 한 걸음 앞으로 나섰다. 하객들은 너 나 할 것 없이 축복의 환호와 우레와 같은 박수 세례를 보냈다. 이제 막 부부가 된 이 한 쌍 뒤에서 딜런이 세상을 다 가진 듯 행복한 표정으로 휘파람을 불어 젖혔다. 딜런도 리비의 시선을 느꼈는지 식장에 들어선 이후 처음으로 리비를 바라보았고 곧바로 둘의 눈이 마주쳤다. 잠시나마, 교회 안을 가로질러 만난 시선을 둘 다 거두지 못한 채 그대로 머물렀지만 먼저 외면한 쪽은 리비였다.

예식을 마치고 하객들은 모두 교회에서 우르르 쏟아져 나와 피로연장이 마련된 근처 호텔로 향했다. 리비가 그곳에 도착했을 때, 연회장에서 제공되는 온갖 주류에 흥이 오를 대로 오른 하객들이 밀려들어와 리비는 프랭크를 잠시 놓쳤다. 누군가 리비에게 청량음료를 내줬는데 알고 보니 에스메의 친구 중 하나였다. 자신을 로라라고 소개한 그 친구는 이제 출산일이 오늘내일하는 리비의 배를 보고는 대뜸 꺅 소리부터 질렀다.

"예정일이 언제예요?"

로라가 자기 일이라도 된다는 듯 흥분을 감추지 못하며 물었다.

"한 달도 안 남았어요."

"아들, 아니면 딸?"

"아직 몰라요. 깜짝 선물로 남겨놓았어요."

"딸이에요."

이 젊은 여자가 무슨 대단한 비밀이라도 알려준다는 듯이 엄숙하게 말했다.

"이름은 뭐로 지었어요?"

"여태 못 지었어요. 꽤 고민이 되더라고요."

"아이 아빠는 어딨어요?"

"애 아빠는 여기 없……."

"저 사람인가 봐요?"

로라가 가리키는 쪽을 바라보니 홀을 가로지른 곳에서 딜런이 몇몇 사람과 서서 이쪽을 물끄러미 건너다보고 있다가 리비를 의식하고는 얼른 고개를 돌렸다.

"아니에요."

리비가 바로 손사래를 쳤다.

"아이 아빠는 오늘 여기 안 왔어요."

"아니, 저 남자가 계속 리비를 쳐다보고 있길래요."

"그랬어요?"

"아무리 봐도 잘생겼네. 리비는 결혼했어요?"

"저기, 에스메는 어디서 만났어요?"

피하고 싶은 질문에서 도망가려 리비가 얼른 화제를 돌렸다.

"저랑 제 남친이 에스메랑 같은 극단에 다녀요. 저기 오네요."

"로라 남자친구가 이리로 온다고요?"

"아뇨, 저 잘생긴 남자요!"

"에? 아, 이게 아닌데!"

리비가 우왕좌왕하는 사이 딜런이 쓱 옆자리에 섰다.

"안녕하세요!"

로라가 다짜고짜 손부터 내밀었다.

"저는 로라예요."

"안녕하세요, 로라. 만나서 반가워요."

딜런이 로라와 악수하며 부드럽게 말했다.

"우리 지금 막 그쪽 얘기를 하던 중이었어요."

리비는 눈을 똥그랗게 뜨고 로라를 바라봤지만, 로라는 그저 웃기만 했다.

"아, 그랬군요."

어색한 표정으로 딜런이 대답했다.

"에스메는 어디서 만나셨어요?"

"로라!"

한 젊은 남자가 통통 뛰어와 로라의 어깨에 손을 턱 걸쳤다.

로라는 남자를 향해 돌아서더니 리비와 딜런만 남겨두고 자리를 떴다.

"안부 인사 하려고 왔어요."

딜런은 괜스레 신발만 바라봤다.

"잘 지냈어요?"

"네, 그럼요. 딜런은요?"

"나도요."

가까이서 보니 딜런의 오른쪽 귀 위로 두개골 가장자리를 따라 난 흉터가 보였다. 리비가 유심히 보는 걸 눈치챘는지 딜런은 무심결에 손을 올려 상처를 어루만졌다.

"교회에서는 못 알아볼 뻔했지 뭐예요. 완전히 달라 보여요."

"그쵸, 에스메가 고른 정장이에요. 에스메 없으니까 하는 말인데, 이거 입고 있으면 좀 덜떨어져 보이는 거 같아요."

둘이 마주 보고 웃었다. 누가 먼저랄 것도 없이 리비의 그림을 떠올려서였을까. 딜런은 이내 시선을 돌렸다.

"그렇게 많이 다쳐서 병원 신세를 다 지고, 정말 고생 많았어요."

리비가 진심으로 위로의 뜻을 전했다.

"얼마나 힘들었겠어요."

"기억도 없어요, 사실. 그냥 버스 정류장으로 걸어가고 있다가 눈을 떠보니 병원이었거든요. 사흘이나 지나서야 깨어났고요."

"아, 정말 무슨 그런 일이. 싸움에 휘말린 거예요?"

"싸움은요. 일방적으로 얻어터졌어요. 한 놈이 내 뒤통수를 갈겨서 내가 땅에 나뒹구니까 그놈하고 또 한 놈이 사정없이 걷어 차더라고요. 내가 정신을 잃자 둘이 내뺐고요."

"어유, 분통 터져! 경찰이 둘을 잡긴 했어요?"

"아뇨. 목격자가 경찰한테 인상착의를 설명했는데 끝까지 찾진 못했어요. 보나 마나 이놈의 사회에 불만투성이인 애들이 날 화풀이 대상으로 삼은 거죠, 뭐."

"무슨 말을 해야 할지 모르겠어요, 딜런. 이제 괜찮은 거죠?"

"흉터 생긴 거랑 자존심 상한 거 빼면 괜찮아요. 저기, 잔 좀 채워주실래요?"

딜런은 지나가던 웨이터를 부르고 잔이 다시 채워지기를 기다렸다.

"아기는 잘 크고 있어요?"

웨이터가 멀어지자 이번엔 딜런이 리비의 안부를 물었다.

"네, 잘 커요. 이제 출산이 얼마 남지 않았어요."

"서리로 다시 돌아간 거죠?"

"네."

"잘됐네요."

쓴 입맛을 달래려 딜런이 샴페인을 한 모금 들이켰다.

"사이먼도 잘 지내고요?"

리비는 질문의 의미를 곱씹으며 딜런을 흘긋거렸다. 사이먼 소식이 왜 궁금하지? 죽어도 알고 싶지 않을 텐데.

"네, 사이먼도 잘 지내요."

"피로연 식사가 곧 준비됩니다."

사회자가 하객들을 향해 큰 소리로 말했다.

"모두 식당으로 자리해주시기 바랍니다."

손님들이 문을 향해 걸어가며 와자지껄 떠들었다.

"나, 들어가봐야겠어요. 에스메랑 조니랑 같은 테이블에 앉기로 해서 늦으면 안 되거든요."

"그래요. 식사 끝나고 못다 한 얘기 마저 할래요?"

"좋죠."

딜런이 식당으로 걸어가다 말고 그 자리에 우뚝 섰다.

"혹시 이따 못 보게 되더라도, 아기 잘 낳고 그래요, 알았죠?"

딜런의 눈동자를 읽었다. 리비의 생일 밤, 온 세상에서 오로지 둘만 아는 그 순간을 오롯이 담은 눈동자였다.

"고마워요."

"리비는 행복해야 하니까요. 사이먼은 자기가 리비랑 함께해서 진짜 억세게 운 좋은 놈이란 걸 알아야 할 텐데요."

"뭐라고요?"

"모두 착석해주시기 바랍니다!"

굼뜬 하객들의 움직임에 인내심이 바닥났는지 사회자가 큰 소리를 냈다. 딜런은 뒤돌아 걷고 있었다.

"잠깐만요, 딜런. 방금 그게 무슨 뜻이에요?"

딜런이 뒤돌았다.

"사이먼이 두 번째 기회를 움켜쥔 건 축복이나 다름없다고요. 리비한테 좋은 남자가 되길 바라요. 그뿐이에요."

이게 무슨 뚱딴지같은 소리람. 애가 타고 답답해서 숨이 턱턱 막혔다.

"아, 미치고 팔짝 뛰겠네."

"딜런, 뭐 해? 빨리 와."

에스메의 어머니가 종종걸음으로 리비를 지나쳐 딜런의 팔을 낚아챘다.

"어서 들어가야 해. 에스메랑 조니가 입장할 거야."

"네, 가요."

딜런이 뒤돌아 에스메의 어머니를 따라 식당으로 들어갔다. 그런 딜런을 보고 있자니 리비의 머리가 뱅뱅 도는 것만 같았다.

"잠깐만!"

쩌렁쩌렁 울리는 리비의 목소리를 듣고 딜런이 움찔하며 뒤를 돌았다. 주변인들도 함께.

"왜요?"

"나 사이먼하고 재결합 안 했어요. 그 집으로 안 들어갔다고요."

딜런은 리비가 한 말을 바로 이해하지 못하고 미간을 찌푸렸다가 놀란 듯 눈을 동그랗게 떴다. 뒤에서는 음량을 한껏 키운 음악 소리가 분위기를 고조시키며 새신랑과 새신부가 곧 입장할 거라는 신호를 보내고 있었다. 딜런은 리비에게서 시선을 거두지 못하다가 다시 뒤돌아 안으로 걸음을 재촉했다.

47

리비는 식사가 끝나길 기다리다가 제명에 못 죽을 뻔했다. 첫 번째 순서로 축사가 여러 차례 지나갔고 음식은 세 코스로 진행됐다. 리비는 둥근 테이블에 프랭크, 로라, 로라의 남자친구, 에스메 친구들 여럿과 함께 앉았다. 다들 좋은 사람들이었다. 유쾌하고 기분 좋은 대화가 오갔고 리비는 임신에 대해 궁금해하는 이들에게 성심성의껏 대답해주었다. 그럼에도 누구의 어떤 말에도 집중할 수가 없었다. 리비의 눈과 귀는 오로지 딜런을 향해 있었다. 몇 테이블 건너 등을 보이며 앉아 얼굴을 볼 수는 없었지만, 자꾸만 머리를 이쪽저쪽으로 갸웃거리는 걸로 보아 딜런 또한 집중을 못 하고 있기는 매한가지인 듯했다.

디저트가 나오자 에스메의 친구들은 깔깔대며 에스메의 처녀 파티 때 있었던 재미난 에피소드를 소재로 수다 삼매경에 빠졌다. 리비는 이때다 싶어 대화에서 살짝 빠져서 딜런이 있던 병원을 방문한 그 오후의 기억을 더듬었다. 시간이 꽤 흘렀지만 선명하게 떠올랐다. 옆 침대 아저씨가 딜런의 여자친구가 다녀갔다는 말을 하자마자 절망의 구렁텅이에 빠졌던 그 순간. 사이먼의 이름이 휴대폰 화면에 깜빡거리던 순간. 딜런의 입술에 살포시 입술을 포갰던 순간. 속절없이 입 밖으로 새어 나오던 네 글자.

사랑해요.

그 길로 바로 병원 화장실로 뛰쳐 들어가 큰 소리로 엉엉 울었다. 딜런 병실 담당 간호사가 리비에게 무슨 큰일이라도 생겼나 싶어 곧바로 뒤따라 들어왔다. 염치나 체면 따윈 생각할 겨를도 없었다. 리비는 알지도 못하는 애먼 간호사한테 눈물 콧물 다 빼며 아이 아빠가 다시 합치자고 하지만 여자친구가 있는 다른 남자를 사랑하고 있다는 사실을 지금 막 깨달았다고 고백했다. 간호사가 코 풀 휴지를 건네주고 한마디로 딱 잘라 상황을 정리해 주었다. 일이 이렇게 요상하게 꼬여 복잡할 때는, 다른 사람을 사랑하면서 옛 남자친구와 합치는 건 현명한 판단이 아니라고. 이 간단명료한 해법에 리비는 몇 개월간 어깨를 짓누르던 무거운 짐 짝이 마법처럼 가루가 되어 흩어지는 느낌을 받았다.

"무슨 생각을 그렇게 해?"

프랭크가 리비의 복잡한 머릿속을 꿰뚫어 보기라도 한 걸까.

"잠깐 나가서 바람 좀 쐬고 올게요. 여기 너무 더워서요."

"같이 가줄까?"

"아니에요. 계세요. 금방 다녀올게요."

리비는 몸을 일으켜 출구로 향했다. 가는 길에 딜런의 테이블을 지나쳤지만, 조니와 무슨 얘기를 그렇게 재미있게 나누는지 딜런은 리비를 거들떠보지도 않았다.

리비는 밖으로 나가 호텔 테라스 위에 섰다. 시원한 저녁 공기를 들이켰다. 온종일 서 있었던 탓인지 골반이 얼얼했다. 테라스 건너로 가 벤치에 걸터앉았다. 결혼식의 떠들썩함과 흥분을 뒤로한 이곳은 고요하고 적막했다. 달빛을 조명 삼아 밝혀진 정원 너머를 바라보며 숨을 가다듬었다.

뒤에서 헛기침 소리가 나서 돌아보니 딜런이 문가에 서 있었다. 안쪽의 조명이 다리가 늘씬한 이 남자의 윤곽을 한층 근사하게 다듬어줬다. 딜런이 눈에 들어오자, 심장이 다시 한번 요동쳤다.

"프랭크가 여기로 갔다길래요."

딜런이 한 걸음씩 다가왔다.

"몸 괜찮아요?"

"네, 그냥 시원한 공기 좀 쐬려고요. 애가 오늘은 유난히 발길질이 심하네요."

"춥지 않아요?"

"별로요."

말은 이렇게 했지만, 막상 몸이 으슬으슬 떨리기 시작했다.

"이거 입어요."

딜런이 재킷을 벗자 리비는 사양하려 했지만, 미처 입을 떼기도 전에 이미 딜런의 재킷이 어깨를 감쌌다.

딜런이 옆에 앉았다. 둘은 한동안 말없이 눈치만 보다가 동시에 입을 열었다.

"저기 그……."

"그러니까……."

"미안, 먼저 해요."

리비가 선수를 쳤다.

딜런의 시선이 발을 향하고 있었다.

"당신이 진짜 사이먼하고 합친 줄로만 알았어요."

"뭐 때문에 그렇게 생각한 거예요?"

"나한테 그렇게 말했으니까요. 병원에 왔을 때요. 그때 **왔던 거** 맞잖아요. 그죠?"

"간 건 맞지만 사이먼하고 다시 합친단 말은 한 적 없어요. 애초에 왜 그렇게 오해한 거예요?"

"옆자리 아저씨 때문에요. 내가 깨어났을 때 나한테 있는 얘기 없는 얘기 다 일러바치던데요. 웬 임산부가 와서 무슨 말 하나 들어보니 '사이먼한테 그러자고 할 생각이에요. 그게 아기를 위해 최선이니까요'라고 했다잖아요. 그러니 사이먼하고 다시 잘해보겠다는 의미 외에 다르게 받아들일 수가 있겠냐고요."

"아, 그 아저씨가 귀를 쫑긋 세우고 엿듣고 있을 거라곤 상상도 못 했네요!"

"샘 아저씨가 오지랖이 보통이 아니에요. 병실 안 사람들 집안 사정을 줄줄이 꿰고 있다니까요."

딜런이 피식 웃고는 다시 진지한 표정으로 돌아왔다.

"그럼 어떻게 된 거예요? 그러자고 하겠다는 말은 뭐였어요?"

리비는 선뜻 대답할 수가 없었다. 딜런에게 솔직한 심정을 어디까지 말해야 할지 감이 오지 않았다. 병원에서 딜런을 사랑하는 마음을 깨달은 순간부터 전부 속 시원하게 털어놓고 싶은 마음이 굴뚝같았다. 하지만, 딜런에게는 여자친구가 있다는 괴로운 현실이 떠올랐다.

"사이먼이 서리에 있는 자기 집으로 들어오라고 해서 거의 넘어갈 뻔했어요. 그러다가 문득 내가 원하는 길보다 주변 사람들이 원하는 일에 이리저리 휘둘리며 살아온 삶의 방식을 여전히 되풀이하고 있단 사실에 다시 한번 눈떴죠. 사이먼은 사이먼대로, 엄마는 엄마대로 다시 함께 살자며 지극정성으로 날 설득했어요. 애를 혼자 키우는 건 어림 반푼어치도 없는 일이라고요. 하지만 둘 다 틀렸어요. 난 혼자 해낼 수 있어요. 반드시 그렇게 할 거예요."

"그럼 지금은 어디에 살아요?"

"길퍼드 외곽에 작은 아파트를 하나 얻었어요. 부모님 댁이랑 멀지 않기도 하고 출산하고 내가 다시 일 시작할 때까지 월세 보조도 해주시고요. 부모님 그늘에 있어서 정말 든든해요."

"사이먼은요?"

"애 아빠 노릇 하고 있어요. 병원 예약 때 같이 가주고, 이것저것요. 생활비도 보태줘요. 사이먼이 아이 아빠라는 건 틀림없는 사실이지만 결단코 그 이상은 아니에요."

리비가 말하는 내내 딜런의 눈은 리비를 지긋이 향해 있었다.

"그럼 지금은 사이먼하고 사귀는 게 아닌 거죠?"

"아니라니까요. 난 싱글이고 거칠 게 없어요. 밤마다 이 남자 저 남자 다 만날 수 있는 몸이란 말씀입니다."

딜런의 미소가 부드러웠다. 긴장이 풀렸는지 뻣뻣하게 각이 서 있던 어깨가 스르르 내려갔다.

"완전히 헛다리 짚었네요, 리비? 나는 그동안 쭉 리비가 사이먼이랑 다시 만나는 줄로만 알았어요."

"오해하게 해서 미안해요. 그렇게 생각하는 줄은 정말 몰랐어요."

"**리비** 잘못이 아니에요. 수다쟁이 영감 샘이랑 그 박쥐 같은 귀 탓이죠."

딜런은 이제 등을 벤치에 기대고 편안하게 숨을 내쉬었다.

"샘 얘기가 나와선 말인데요……."

리비는 입술 안을 깨물며 말을 하다 말았다.

"우리가 병원에서 얘기할 때 샘이 그러더라고요. 딜런 여자친구가 문병 왔었다고."

"내 여자친구요?"

"네. 그리고 딜런 아버지도 여자친구 얘길 했고요."

"아니, 잠깐만요. 우리 아버지를 만났어요?"

아버지 생각만으로도 불쾌한 기운이 올라오는지 딜런의 눈이 가늘어졌다.

"아버지가 병원에 올 리는 없었을 거고, 그죠?"

"제가 알기론 병원에 가시진 않았어요. 딜런이 프랭크 할아버지 댁에 가지 않았던 그날 제가 딜런 집을 찾아갔는데 그때 아버지가 문을 열어줬어요."

"환장하겠네."

딜런의 고개가 뒤로 홱 젖혀졌다.

"아버지 만난 얘긴 지금 처음 들어요."

"딜런 아버지가 딜런이 여자친구랑 도망갔다고 하던걸요. 그래서 안 나타나는 거라고요."

"뭐요? 이 인간이 돌았나!"

약이 바짝 올라 딜런의 뺨에 붉은 반점이 올라왔다. 딜런을 처음 만났던 날, 버스에서 악을 쓰던 딜런의 얼굴이 겹쳐졌다.

"일부러 그런 거예요. 그렇게 생겨먹은 인간이거든요. 어떻게든 내 인생 말아먹지 못해 안달이 나 있죠."

"딜런…….."

리비가 손을 뻗어 딜런의 손 위에 포갰다. 딜런이 쌕 하고 숨을 내뱉었다.

"미안해요."

딜런이 화가 한풀 꺾인 음색으로 사과를 했다.

"아버지는 내 인생 꼬는 데 선수예요. 지 버릇 개 못 줘요. 그 작자가 또 뭐라던가요?"

"별로 생각나는 건 없어요. 얘길 오래 나누지는 않았거든요. 딜런 어머니 얘기는 한두 마디 했던 거 같아요."

딜런의 눈빛이 다시 돌변했다.

"엄마에 대해 뭐라고 씨불였어요?"

"딜런이 어렸을 때 어머니가 가출했다고요."

"어련하겠어요."

딜런은 기가 막힌다는 듯 혀를 끌끌 차며 머리를 절레절레 흔들었다.

"엄마는 가출한 게 아니에요. 그 인간이 **내쫓았죠.** 아버지는 피도 눈물도 없는 잔인한 인간이에요. 엄마 인생을 지옥으로 몰아넣었죠. 결국 엄마는 살려고 도망갔어요. 안 그랬음 목숨이 붙어 있지 않았을 거예요."

"해도 너무하네요!"

딜런의 눈에 담긴 분노는 어느새 슬픔으로 바뀌어 있었다.

"주먹만 휘두른 게 아니에요. 하루가 멀다 하고 두드려 패기도 했지만요. 심각하게 가스라이팅을 했거든요. 엄마의 존재는 아무 짝에도 쓸모가 없고, 나쁜 엄마에다 악처라고요. 급기야 엄마는 모든 게 엄마 탓이라고 여겼어요. 그래서 아버지가 매일같이 두드려 팰 때도 자신이 맞아도 싸다고 여겼다고요."

"어머님, 어쩜 좋아요."

"오히려 그런 상태에서 집을 나간 게 기적처럼 느껴질 정도였어요. 엄마가 집을 벗어나서 매일매일 얼마나 감사했는지 몰라요."

"딜런은요?"

짧은 한숨이 이어졌다.

"엄마가 나를 데려가려고 했는데 아버지가 꿈도 꾸지 말랬어요. 데려가면 죽여버리겠다고요. 엄마는 겁에 질린 나머지 아버지가 정말 죽일 거라 믿었죠. 몇 년이나 지나고 다시 엄마랑 연락하게 됐을 때 알게 된 사실이에요."

"엄마가 나가셨을 때 딜런은 몇 살이었어요?"

딜런의 눈이 무심하게 깜빡거렸다.

"일곱 살요."

둘의 머리 위로 외로운 폭죽 하나가 터지며 금빛 반짝이가 머리 위에서 흩어졌다. 리비는 다시 딜런을 보았다. 딜런은 무릎 위에 얌전히 놓인 손을 바라보고 있었다.

"그래서 사이먼이 생일에 나타나 리비 탓을 했을 때 그렇게 화가 났던 거예요. 아니, 다 자기가 되먹지 못하게 행동해서 일을 그 따위로 만들어놓고 어디서 남 탓이래요? 사이먼이 우리 아버지 같다는 말은 아니에요. 하지만 그 태도가 글러먹었다는 거죠. 둘이 헤어진 게 왜 리비 탓이에요? 그 말이 내 성깔을 건드렸어요. 오래전 아버지가 했던 것과 꼭 같은 짓거리였으니까요."

딜런은 더 말을 하지 않았다. 리비는 딜런 가까이 다가가 자신의 팔로 딜런의 어깨를 감싸 안아주고 싶었다.

"충분히 아버지에게 분노할 만해요."

"그랬죠. 긴 시간 동안. 그래서 동네 양아치가 됐고, 한 번 퇴학당한 뒤에 다른 학교에 갔다가 두 번째 퇴학을 먹었죠. 질 나쁜 애들이랑 어울리다가 약에도 손을 대고 사고도 많이 쳤어요. 그치만 펑크 음악 덕에 그 시궁창 같은 인생에서 간신히 빠져나올 수 있었어요. 이상하게 들리는 거 알아요. 펑크 음악을 처음 들었을 때 음악은 거칠었지만, 그 안에 담긴 상징과 메시지를 알아차리고 나니까 이 모든 분노를 건전하게 뿜어낼 통로가 생긴 것 같았어요."

"아무리 그래도, 여전히 아버지랑 같이 산다는 게 신기해요. 내가 딜런 입장이었다면 다시는 아버지 꼴도 보고 싶지 않았을 것 같거든요."

"오랫동안 연락을 끊고 지냈던 적도 있었어요. 근데 아버지가 작년에 폐암 진단을 받았고 지금도 몸이 성치 않아요. 살면서 못된 짓을 많이 하긴 했지만, 아무리 그래도 아버지를 모른 척할 수는 없었어요."

리비는 딜런의 말을 가만히 듣고만 있었다. 망나니 같은 아버지마저 품었다니. 딜런이 이렇게나 마음이 넓고 인류애가 넘치는 사람이었던가. 어떤 사람에게서도 좋은 면을 보려고 한다는 사실을 그전엔 미처 몰랐다.

"정말 어려운 일을 한 거예요, 딜런."

리비의 말에 딜런의 뺨이 발그레해졌다.

"그렇게 대단한 일인지는 모르겠어요. 그건 그렇고, 이제 좀 안으로 들어가요. 다시 몸이 벌벌 떨리는 거 같아서요."

"알겠어요. 근데 들어가기 전에, 하나만 물어봐도 돼요?"

"그럼요."

"아버지랑 샘이 말한 여자친구 얘기가 사실이 아니라는 말이죠?"

"네, 둘 다 틀렸어요."

딜런이 몸을 곧게 폈다.

"둘이 말하는 여자는 캐스예요. 나의 오랜 친구죠. 걔도 밴드를 하는데 그 주 월요일에 연락해서는 자기네 밴드 드러머가 팔이 부러져서 그러니 나보고 대신 연주를 해달라고 부탁을 하더라고요. 그래서 내가 그때 리비한테 오후에 일이 생겨 못 만난다고 문자했던 거고요. 공연을 해야 했으니까요. 공연 마치고 집으로 돌아오는 길에 그 깡패 같은 놈들을 만나 얻어터졌고 캐스도 현장에서 다 봤어요. 그래서 그다음 날 병문안을 왔던 거예요."

딜런의 해명을 듣고 그간의 오해가 풀렸다. 깊고 진한 안도의 물결이 순식간에 머리끝부터 발끝까지 휩쓸고 지나갔다. 리비의 몸과 마음을 뒤흔든 이 안도감이 바로 곁에 있는 딜런에게도 전해졌다.

"그랬군요."

리비의 입에서 간신히 한마디가 나왔다.

"나한테 여자친구가 있었다면 리비 생일에 그런 말 절대 안 했을 거예요. 나 그렇고 그런 놈 아니에요."

"알아요. 그래서 의심한 게 더 미안해요."

사리 분별도 못 하는 멍청이가 된 것 같은 기분에 리비는 딜런을 똑바로 보지 못하고 시선을 떨궈 무릎을 바라봤다. 다시 눈을 들었을 땐 딜런이 리비를 바라보고 있었다. 리비의 심박수를 무한대로 올리는 표정을 지으며.

"어떻게 일이 이렇게까지 엉켜버릴 수 있는지."

나지막한 목소리가 귓가에 닿을 듯 말 듯 했다.

"이런 비극이 없었다면 좋았을 텐데요."

무슨 이유 때문이었을까. 무슨 생각을 하고 있었던 걸까. 리비는 딜런의 입술 말고 다른 데는 쳐다볼 수가 없었다.

"리비, 보고 싶었어요. 너무너무."

"정말이에요?"

"매일매일, 전화하고 싶었고, 하마터면 전화할 뻔도 했어요. 셀 수 없을 만큼 많이요. 하지만 난 곁에서 봐왔잖아요. 당신이 사이먼에게 돌아가겠다는 결심을 하기까지 얼마나 힘겨운 시간을 보냈는지. 당신을 더 괴롭게 하고 싶지 않았어요. 당신을 놔줘야 한다고 다짐하고 또 다짐했어요."

"난 바보같이 내가 사랑하는 남자가 날 속였다고 믿었고요."

입에서 무슨 말이 튀어나왔는지 깨닫고 리비는 눈을 들어 딜런을 바라봤다. 의도도 없고 계획에도 없던 갑작스러운 사랑 고백에 혹여나 딜런이 당황하고 흔들릴까 걱정될 뿐이었다. 하지만 쓸데없는 걱정이었다. 둘의 몸이 가까워지는 동안 딜런의 눈동자엔 오직 리비만이 비치고 있었다. 이제 남은 건 기다리는 일뿐. 열망과 타는 듯한 목마름으로 리비는 숨을 멈췄다. 그러다가 불현듯 머리를 뒤로 확 뺐다.

"딜런, 나 임신 36주 차예요. 다시 한번 생각……."

리비에게 문장을 끝맺음할 기회 따위는 없었다. 딜런의 입술이 리비의 입술을 부드럽게 감싸 안았다. 한 치의 틈도 허락하지 않겠다는 듯, 더 가까워지겠다는 듯, 마치 한 몸이라도 되려는 듯이 딜런이 리비의 머리칼 사이로 한없이 부드럽게 손을 넣어 살며시 미는 바람에.

48

두 사람이 다시 연회장으로 들어갔을 때 테이블은 모두 한쪽 구석으로 치워지고 댄스파티가 한창이었다. 에스메와 조니가 댄스 플로어 한가운데를 차지했고 그 주위를 가족과 친구들이 둘러쌌다. 프랭크는 한쪽 벽 의자에 앉아 나이 지긋한 다른 하객과 담소를 나누고 있었다. 리비와 딜런은 프랭크에게로 걸어갔다. 둘이 다정하게 손잡고 다가오는 모습을 보고 프랭크의 얼굴에 화색이 돌았다.

"아주 경사가 따로 없구먼."

프랭크의 입이 귀에 걸려 있었다.

리비의 뺨은 생기로 빛났다. 길고 어두운 오해와 엇갈림의 터널을 지나 이제 막 사랑이란 꽃을 피운 기쁨 덕이었다. 리비가 프랭크 옆자리에 앉으려는 순간 딜런의 몸이 용수철처럼 튀어 올랐다.

"무슨 일이에요?"

"이 노래. 빌리 아이돌이 부른 〈화이트 웨딩〉이잖아요. 이 노래를 듣고도 가만히 있으면 반칙이에요. 어서 일어나요."

"배가 이렇게 불러서 춤을 어떻게 춰요."

리비가 투정을 부렸다.

"난 춤추기엔 너무 늙었다고."

이번엔 프랭크가 투덜거렸다.

"왜들 이렇게 약해빠졌어요. 어서, 둘 다 일어서요."

딜런이 손을 뻗어 프랭크를 당겨 댄스 플로어로 이끌었다. 에스메와 조니가 딜런과 프랭크 쪽으로 콩콩 뛰며 다가왔다. 막 부부가 된 두 사람은 세상에 오직 음악과 자신만 존재한다는 듯이 주변의 누구도, 무엇에도 관심이 없었다. 그저 충만한 필로 마음 가는 대로 몸을 흔들어대는 통에 둘이 지나가는 길목에 있던 방해꾼들이 알아서 길을 내주었다. 리비도 마지못해 딜런한테 끌려왔지만 아직은 마냥 주변을 의식할 수밖에 없었다. 하지만 신명나게 팔다리를 움직이고 있는 딜런에게 홀렸던 걸까. 리비도 에라 모르겠다 하며 리듬에 몸을 맡기고 어느새 음악과 춤과 분위기에 한껏 취해 춤을 추고 있었다. 처음엔 엉거주춤하던 프랭크도 젊은 여자와 짝이 되어 스텝을 밟으며 옛날 흑백영화에 나오는 것처럼 파트너를 빙글빙글 돌리고 있었다. 리비의 얼굴에서는 웃음이 떠날 줄을 몰랐다. 딜런을 바라봤다. 딜런은 리비의 손을 꽉 쥐고 한 바퀴 빙글 돌리더니 재치 있게 리비 허리를 젖혀 모든 이가 보는 가운데 댄스 플로어 위에서 키스했다. 뒤에 서 있던 에스메는 식장이 떠나가라 환호하며 기쁨과 흥분에 겨워 우우 소리를 지르고 있었다.

몇 곡이고 계속해서 연달아 춤을 추다가 리비는 골반에 찌릿함을 다시 느꼈다. 이 불쾌한 전율에 표정을 찡그리자 딜런이 곁에서 몇 초간 리비를 관찰했다.

"어디 안 좋아요?"

쾅쾅 울려대는 음악 소리에 묻히지 않도록 딜런이 냅다 소리를 질렀다.

"괜찮아요. 잠깐 앉아야 할 것 같아요."

딜런이 리비의 손을 잡고 조심조심 테이블로 부축해주었다.

"호들갑 떨 일 아니에요."

프랭크가 근심 어린 표정으로 다가오자 리비가 애써 밝은 목소리로 말했다.

"두 분은 가서 마저 춤이나 추시지요."

"난 이제 됐어."

프랭크가 가쁜 숨을 몰아쉬었다.

"내가 마지막으로 이렇게 신나게 흔들어댄 게 언젠지도 까마득해. 어휴, 이제 더는 못 춰. 기운이 달려."

"우린 이제 그만 나갈까요? 월로 코트까지 모셔드려야 할 것 같아요, 보스."

"맞는 말이야. 내가 이제 통금이 있는 몸이라는 사실을 깜빡했구먼."

"리비는요?"

딜런이 리비에게도 물었다.

"오늘 서리로 가는 기차 타요?"

"아뇨, 실은, 캠든에 호텔 방을 예약했어요."

이 말을 하며 딜런을 은근히 바라보니 딜런도 살며시 미소를 지었다. 천천히 번져 오래오래 머무르는 미소였다. 리비는 심장이 줄기차게 콩닥거려 가슴이 답답할 지경이었다. 둘은 말없이 그렇게 한동안 서로에게서 눈을 떼지 않았다.

"음, 그렇다면, 우리 셋 다 이제 여기서 나가야 할 것 같네."

프랭크의 말에 리비가 돌아보자 프랭크가 깜찍하게 윙크를 살짝 보냈다.

에스메와 조니에게 인사를 하고 나서 그들은 각자의 코트와 리비의 가방을 들고 밖으로 나왔다.

"우버 택시를 부를까요?"

밖으로 나오는 사이 리비가 물었다.

"그렇게 하면 우리가 호텔로 가는 길에 프랭크를 내려줄 수 있어요."

"음, 혹시 말이야. 버스를 타고 가는 건 어떻게 생각하나? 옛 기억을 더듬으며 말일세."

"좋죠."

셋은 호텔에서 나와 길을 따라 걸었다. 리비가 가운데 서서 프랭크와 딜런에게 양쪽으로 팔짱을 꼈다. 세 사람은 나란히, 안락한 침묵 속에서 편안한 기분을 느끼며 걸었다. 걸으며 도시의 밤을 깨우는 이런저런 소리에 가만히 귀를 기울였다.

"지금은 몸 좀 나아졌어요?"

버스 정류장에 도착하자 딜런이 물었다.

"훨씬 나아졌어요. 아까 댄스 플로어에서 안 추던 춤을 격하게 춰서 그랬나 봐요."

5분쯤 기다리자 88번 버스가 스르륵 정차했다. 야간 버스엔 빈 자리 천지였다. 문이 열리기가 무섭게 익숙한 얼굴이 미소로 셋을 맞이했다.

"안녕하세요, 바이스 아저씨."

"페이션스, 이렇게 또 얼굴을 보니 얼마나 반가운지!"

버스에 오르며 프랭크가 기쁨을 숨기지 못했다.

"파티 하고 나오는 길이세요?"

"파티를 했다마다. 결혼식이 있었거든. 리비 기억나지? 이쪽은 내 친구 딜런."

"리비, 기억하고말고요. 88번 버스의 그녀를 찾는 일은 어떻게 되고 있어요? 내가 아는 기사란 기사한테는 전부 말을 해뒀는데. 다들 바이스 아저씨 얘기 많이 했어요."

"아, 그녀 찾는 일은 이제 끝났어."

끝이라는 프랭크의 말에 페이션스가 프랭크에게로 얼굴을 돌렸다.

"끝이라는 말은……?"

"그래, 찾았어, 88번 버스의 그녀를 찾았다고."

페이션스가 내지른 환호성에 버스 앞줄에서 꾸벅꾸벅 졸고 있던 승객 한 명이 화들짝 놀라 주위를 두리번거렸다.

"정말 잘됐어요, 바이스 아저씨. 우리 부모님도 정말 좋아하실 거예요."

세 사람은 1층 뒤쪽 빈자리로 몸을 옮겼다. 리비와 딜런이 함께 앉고 프랭크가 통로 건너에 자리를 잡았다.

"오늘 저녁 정말 끝내줬어, 그렇지?"

버스가 출발하자 프랭크가 말했다.

"최고였죠."

리비를 바라보며 딜런이 답했다.

"제가 파티에 찬물을 끼얹은 것 같아 미안해요. 근데 이 쪼끄만 녀석이 저녁 내내 움직여대고 야단이어서요."

"이제 좀 살살 다녀야 해, 리비."

프랭크가 말했다.

"그럴게요. 아기가 태어날 때까지 이제 더는 춤을 안 추겠다고 이 자리를 빌려 맹세하는 바입니다."

버스가 다음 정류장에 멈추자 나이가 좀 있어 보이는 여성이 모직 모자를 쓰고 버스에 올라타 페이션스에게 가볍게 인사했다. 프랭크가 순간적으로 여자의 얼굴을 훑어보고 리비에게로 얼굴을 돌렸다.

"에이그, 내 정신 좀 봐, 언제쯤이나 승객 얼굴 하나하나 확인하는 버릇을 고칠 수가 있을지 모르겠어. 60년 묵은 습관을 버리기가 좀처럼 쉬운 일이 아니야."

"그분한테 무슨 일이 있었는지 알게 돼서 기분이 이상하시죠?"

"이상하다기보다는 안심이 돼. 이제 나이를 먹을 만큼 먹어서 매일 버스에 오르내리는 일도 여간 벅찬 게 아니었거든. 이젠 리비처럼 나도 두 발 뻗고 잘 수 있게 됐지."

"요양원에서 빙고 게임 해보셨어요?"

딜런이 물었다.

"말도 마, 빙고는 아직 구경도 못 했어. 살날이 얼마 남지도 않은 노인네를 놀려먹어도 유분수지!"

웃는 낯으로 화난 체를 하며 프랭크가 자신의 팔을 찰싹 때렸다.

딜런이 피식 웃었다. 버스가 팔러먼트 광장을 빙 돌아 지나가고 있었고 리비는 등받이에 편히 기대서 두 남자가 실없는 농담을 주고받는 소리를 들었다. 프랭크와 예전처럼 다시 정다운 사이로 돌아가서 얼마나 마음이 편안해졌는지. 하지만 무엇보다, 소중한 딜런을 되찾게 되어 말로 다 할 수 없는 행복감이 몰려왔다. 아까 그 딜런의 미소가 자꾸만 떠올랐다. 둘을 맞이할 호텔 방. 처음으로 함께 밤을 보내게 되기에, 설렘이라는 나비가 파닥파닥하며 배 속을 간지럽혔다. 그런데 별안간, 아랫배를 날카롭게 찌르는 느낌이 찾아왔다. 통증을 이겨내려 몸을 숙이고 숨을 한껏 들이마셨다.

"또 왜 그래요?"

"아니, 이게 무슨 일이야?"

딜런과 프랭크가 동시에 외쳤다.

"모르겠어요. 브릭스턴 힉스인 거 같아요."

"그게 뭐 하는 건데?"

"그니까, 수축 운동 같은 거예요. 전에도 이런 적이 있어요. 너무 놀라지 마세요."

말은 이렇게 했지만, 맥박이 미친 듯이 올라가고 있었다. 이게 무슨 일인지는 모르겠지만 브릭스턴 힉스가 아닌 것만큼은 분명했다.

"어서 호텔로 먼저 가자고. 오늘 온종일 무리해서 쉬어야 할 거야."

"네, 그럴게요." 리비가 침착하게 말했다.

리비가 다시 등을 기대자 딜런의 팔이 리비의 어깨를 감싸려고 기다리고 있었다. 딜런에게 기대어 향기롭고 익숙한 체취를 들이마셨다. 하지만 어찌 된 일인지 시간이 흘러 세노타프에 가까워지자 또다시 아까의 찌르는 듯한 통증이 배 속을 강하게 자극해 숨조차 제대로 쉴 수가 없었다.

"안 되겠어요, 병원에 가서 진료를 받아야겠어요."

딜런이 다급하게 말하며 벨을 누르려고 리비의 몸을 지나쳐 팔을 뻗었다.

"다음 정류장에 내려서 빨리 택시를 잡자고요. 그게 훨씬 빨라요."

"하지만 산모 수첩이랑 출산 가방이 서리에 있어요. 병원 갈 때 필요한 물건이 지금 하나도 없는걸요!"

"걱정하지 마. 설마 오늘 밤에 그게 다 필요할까."

"오늘 결혼식에 오는 게 아니었는데."

뒤늦게 후회가 밀려왔다.

"엄마 말 들었어야 했어요. 오늘 나가는 건 무리라고 했는데."

"진정해요."

차분한 말투로 리비를 달래며 딜런이 리비의 어깨를 힘주어 잡왔다.

"출산 신호는 아닐 거예요. 하지만 만에 하나를 대비해서 병원에는 가보는 게 좋겠어요."

고개를 끄덕이긴 했지만, 페기의 말이 떠올랐다. **때가 되면 알게 된다.** 버스가 다음 정류장에 정차해 내리려고 일어서는 순간 또다시 날카롭게 배를 찌르는 듯한 통증이 거세게 몰려와 리비는 외마디 비명을 질렀다.

"다들 괜찮으신 거예요?"

신경을 쓰지 않을 수 없었는지 페이션스가 큰 소리로 물었다.

"응, 별일 아니야."

프랭크가 덤덤하게 말했다.

"리비가 지금 여기서 애를 낳을 수도 있을 것 같아."

버스 안이 웅성거렸다.

"우리는 다음 역에서 내려 택시를 탈 겁니다. 모두 놀라지 말고 볼일들 보세요."

승객들을 진정시키는 프랭크의 노련함이 드러났다.

앞자리에 앉아 있던 여성이 일어나 셋에게 다가왔다.

"저는 간호사예요. 지금 몇 주 차신가요?"

"36주요."

"수축은 언제부터 시작됐나요?"

"확실치 않아요. 아팠다 안 아팠다 반복돼서요. 저녁 내내. 아까 춤출 때부터 수축 비슷한 게 왔어요. 이게 브릭스턴 힉스인가요?"

"수축 간격이 얼마나 되죠, 산모님?"

"그것도 잘 모르겠어요. 한 3분 정도 간격인 듯해요."

이 말을 함과 동시에 또 한 번 진통이 가격했다.

"트래펄가 광장입니다."

버스 안내음이 울렸지만, 리비는 이제 쉴 새 없이 비명에 가까운 신음을 내고 있어 안내음 따위는 귀에 들어오지 않았다.

"3분보다 짧아요."

가망 없다는 듯이 간호사가 고개를 저었다.

"여기서 내리세요?"

페이션스가 외쳤다.

"택시 탈 시간 없어요. 여기서 곧장 병원으로 갑시다. 수축 간격이 너무 짧아요."

"재수 없게 웬 소란이야!"

몇 줄 앞에 앉은 남자가 짜증을 있는 대로 냈다.

"아, 빨랑 안 내리고 뭐 해요, 우리 집에 좀 가자고!"

간호사가 몸을 팍 돌려 눈치도 없고 공감 능력도 없는 아저씨를 살기등등하게 노려봤다.

"선생님, 저희가 이 산모를 지금 병원으로 데려가지 않으면 지금 여기 바로 이 버스에서 출산하는 장면을 생방송으로 지켜보시게 될 겁니다. 어떻게 하는 게 좋을지 선생님이 선택해주세요."

한풀 기가 꺾인 남자가 들리지도 않는 소리로 구시렁거렸다. 페이션스가 기사 석에서 일어나 승객들을 향해 돌아섰다.

"여러분, 모두 내려주세요. 이제 이 버스는 노선에서 완전히 벗어나 겁나게 달릴 예정입니다."

49

한층 더 강력해진 진통이 찾아오자 리비는 손톱이 살갗을 파고들 정도로 세게 주먹을 쥐며 비명을 참아보려 했다. 아니, 진통 시작한 지 얼마나 됐다고 벌써부터 이렇게나 아픈 게 말이 돼? 리비는 분만실 다큐멘터리 〈새 생명의 탄생〉*을 숱하게 봐와서 특히 초산 때는 아이가 순풍 하고 빨리 나오지 않는다는 걸 알고 있었다. 지금은 어디가 단단히 잘못된 게 분명했다.

자신을 니키라고 소개한 간호사는 버스 끝으로 가서 휴대폰으로 누군가와 통화를 하고 있었다. 버스에 있던 승객들은 모두 트래펄가 광장에서 버스 밖으로 내몰렸고 버스엔 이제 딜런과 프랭크만 남아 있었다. 프랭크는 헤아릴 수 없이 깊은 근심을 담은 표정으로 리비를 물끄러미 바라보고 있었다. 리비와 눈이 마주치자

---

* 분만실에서 일어나는 일을 담은 영국 다큐멘터리.

안심시키려는 듯 애써 웃어 보였다.

"걱정할 거 없어. 다 잘 진행되고 있어. 88번 버스는 이때껏 날 실망하게 한 일이 단 한 번도 없었거든. 오늘도 마찬가지일 거라 믿어."

창밖을 내다보니 버스는 섀프츠베리 애비뉴를 지나고 있었다. 가뜩이나 시간에 쫓기고 있는데 오늘따라 버스가 왜 이리 더디게 움직이는지. 더 빨리 달려야 했다.

"괜찮아요, 편하게 호흡해요."

딜런이 귀에 대고 속삭였다. 차분하고 낮은 음성이었다. 한쪽 팔은 리비의 머리에 받쳐 팔베개를 해주고 다른 쪽 팔로는 리비의 어깨를 주무르고 있었다.

"애기가 지금 나오면 안 돼요, 딜런. 아직 36주라 너무 이르다고요."

"그래요, 알겠어요. 미리 앞서서 걱정하지 말고 마음 편하게 먹어요. 곧 병원에 도착할 거예요."

또 한 번 진통이 집채만 한 파도처럼 밀려와 리비는 자신의 손에 놓여 있는 뭔가를 있는 힘을 다해 꽉 쥐었다. 조금 후에 보니 딜런의 손이었다. 어찌나 세게 쥐었는지 피가 통하지 않아 새하얗게 질려 있었다.

"미안해요."

손을 놓으며 리비는 이 와중에도 사과를 잊지 않았다. 하지만 딜런은 오히려 놓았던 손을 다시 잡았다.

"아플 때마다 꽉 쥐어요. 난 괜찮으니까."

딜런을 보는 리비의 눈에 어느새 눈물이 그렁그렁 맺혔다.

"나 너무 무서워요, 딜런."

"무서워 말아요. 다 잘될 거예요."

"내 옆에 있어줄 거죠? 병원에 들어가서도? 혼자서는 못한단 말이에요."

딜런은 한 손을 들어 땀 때문에 얼굴에 뒤엉켜 붙은 머리카락을 쓸어내려 떼어주었다.

"나 아무 데도 안 가요, 리비."

"아, UCH에 전화해서 우리 도착하자마자 분만할 준비 해달라고 말해놨어요."

리비 곁으로 다가온 니키가 알려주었다.

"기사님, 병원까지 가는 데 얼마나 더 걸릴까요?"

"지금은 차가 많이 안 밀려서 아무리 오래 걸려도 10분 안에는 도착하지 않을까 싶어요."

"가능하면 빨리요, 기사님."

니키가 페이션스를 재촉했다.

"좀 어때요, 리비? 아래로 무겁게 밀어내는 느낌이 있어요?"

"아뇨, 아직요."

"잘됐네요. 물 갖고 계신 분?"

"여기 한 병 있어요."

귀가 밝은 페이션스가 이들의 대화를 놓치지 않았다.

니키가 버스 앞쪽으로 가더니 2리터짜리 생수 한 병을 들고 돌아왔다.

"이것도 받아요."

프랭크가 정장 재킷을 벗었다.

"왜 그러는 거예요?"

암호 같은 말을 주고받는 이들에게 둘러싸여 불안을 느낀 리비가 니키와 프랭크를 번갈아 바라봤다. 암호 해독에는 그리 오랜 시간이 걸리지 않았다.

"다들 정말 해도 너무한 거 아니에요, 어떻게 버스에서 아기를 낳으라는 거예요!"

"리비, 흥분하면 안 돼요. 있을 수 있는 일이에요."

딜런이 어떻게든 리비의 마음을 가라앉히려고 했지만, 리비는 이게 있을 수 없는 일이란 사실을 너무도 잘 알고 있었다. 모두 이 버스에서 아기를 낳을 준비를 하고 있었지만 잘될 턱이 없지 않은가. 이게 무슨 마른하늘에 날벼락인지.

"안 낳을 거예요, 여기서는 못 낳는다고요!"

자신의 팔을 감싸고 있는 딜런의 팔을 밀쳐내며 리비가 소리를 질렀다.

"우리 아기를 88번 버스에서 낳지는 않을 거라고요……."

아직 할 말이 남았지만 더는 할 수가 없었다. 몸통 전체가 찢어지는 듯한 열기와 고통을 뿜어내고 있었다. 이번엔 이전과는 다른 기묘한 느낌이 골반을 따라 흘렀다. 화장실이 급한 느낌이었다. 당황한 채 니키를 올려다보았다. 니키는 한시도 리비에게서 눈을 떼지 않고 있었다.

"힘줘야 해요, 할 수 있죠?"

"못 해요!"

극한의 공포와 공황이 목구멍을 타고 올라왔다.

"못 한다고요."

"할 수 있어요."

니키가 몸을 앞으로 기울였다. 서로의 숨결이 느껴질 만큼 얼굴이 가까워졌다.

"잘 들어요. 우리 여자들은 수백만 년 전부터 아기를 낳아왔어요. 밭 매다가도 낳고 산에서 약초 캐다가도 낳았다고요. 지금이랑은 비교조차 안 되는 열악한 상황에서요. 나 한번 믿어봐요. 리비는 런던 버스 안에서 아기를 낳을 수 있어요."

"아오, 하늘도 무심하시지, 토트넘 코트 로드에서 길이 막혀서 움직이질 않아요!"

"어떻게든 해봐요. 지금 찬물 더운물 가릴 처지가 아니니까 빨리만 좀 가줘요."

다급하기 이를 데 없는 니키의 목소리였다. 니키가 이내 딜런을 바라봤다.

"애기 아빠, 리비 자세를 좀 더 편하게 바꿔야 하니까 좀 도와줘요."

이 와중에도 리비는 딜런이 아기 아빠가 아니라고 정정하려고 입을 벌렸지만 그럴 새도 없이 딜런이 리비 뒤에서 자세를 고쳐주고 있었다.

"리비, 지금 속옷 벗을 수 있겠어요?"

니키의 말투가 한층 다급해졌다.

리비는 그것만은 제발 안 된다는 뜻을 담아 니키에게 간절한 눈빛을 보냈다.

"여기서요? 장난하는 거 아니죠?"

"분만실 실습한 지 꽤 됐지만, 속옷을 벗은 채로 진행하는 게 크게 도움이 됩니다."

니키는 최대한 부드럽게 웃어 보였다.

"드레스가 길어서 속옷을 벗어도 흉하지 않을 거예요."

프랭크가 눈을 돌려주어서 리비는 꼼지락거려 속옷을 벗었다. 딜런이 뒤에 있었기에 망정이지 안 그러면 딜런을 정면으로 마주 보며 속옷을 벗는 끔찍한 사태가 벌어질 뻔했다.

"자, 이제 수축이 오고 힘을 줘야 한다는 느낌이 오면 그대로 하는 거예요."

니키는 차분한 말투를 유지했다.

"그리고 호흡하는 것도 잊지 말아요, 알겠죠?"

"네, 해볼게요."

리비가 다짐하듯 말했다.

"나한테 기대도 돼요. 뒤에서 잘 잡고 있을게요."

딜런의 말을 믿고 리비는 뒤로 기댔다. 살며시 기대보았다가 딜런의 몸이 뒤에서 든든하게 흔들림 없이 받쳐주고 있다고 생각하니 완전히 뒤로 누워 마음 푹 놓고 의지할 수 있었다. 딜런이 손을 내밀었고 리비는 주저 없이 딜런의 손을 잡았다.

"아주 잘하고 있네, 리비."

프랭크가 곁에서 응원해주었다.

"이제 4분 뒤면 병원에 도착합니다."

이제 F1 레이서가 된 페이션스가 격한 속도로 차를 몰아 모퉁이를 꺾으며 알람 시계처럼 시간을 알렸다.

바로 그 순간 리비는 어마어마한 진통이 다시 한번 찾아오는 걸 느꼈다. 지금까지 왔던 그 어떤 진통보다 세고 강렬한 자극이었다. 눈을 감고 길게 신음을 내며 젖 먹던 힘을 다해 힘을 줬다.

"좋아요, 잘했어요."

고통과 신음 속에서도 리비가 들을 수 있도록 니키가 목소리를 높였다.

"이제 힘주지 말고 호흡해요."

리비는 헐떡이며 딜런에게 다시금 몸을 기댔다.

"할 수 있어요."

나지막한 딜런의 속삭임은 들리지도 않았다. 심장이 밖으로 튀어나올 듯 쿵쾅거리는 소리에 묻혀버렸다.

"병원이 코앞에 있어요."

1분 뒤 페이션스가 소리를 질렀다. 버스가 다급히 우회전했다.

"거의 다 왔다고요."

"도착하면 의료진이 대기하고 있을 거예요."

니키가 계속해서 리비의 마음을 안정시켜주었다.

프랭크의 눈은 한시도 리비를 떠나지 않았다.

"할 수 있어, 리비. 할 수 있단 거 알아."

리비는 무어라고 대꾸하려고 했지만, 진통이 인정사정없이 휘몰아쳐 숨이 턱 막혔다. 차창 밖에는 조명이 번쩍였고 파란색 유니폼을 입은 이들이 버스를 향해 달려오고 있었다. 리비는 머리를 뒤로 젖히고 온몸을 파고드는 고통에 짐승처럼 포효했다.

50

정신이 들었을 때, 지금 어디에 있는지 알 수 없어 한동안 멍했다. 머리 위 얇은 커튼 사이로 빛이 새어 들어오고 있어 아침이라고 짐작만 할 뿐이었다. 주변은 온통 고요했다. 부자연스러울 만큼. 오른쪽을 보니 가구가 드문드문 배치된 방에 혼자 덩그러니 누워 있었다. 다시 눈을 감고 베개에 머리를 기댔다. 아래층에서 차들이 움직이는 소리가 희미하게 들려와 귀를 기울였다.

문밖에서 소음이 들려왔다. 물건이 쨍그랑 부딪히는 소리, 낮은음의 말소리였다. 리비는 여전히 눈을 감은 채 숨을 깊게 들이쉬고 내쉬었다.

"쉿, 깨우지 말라니깐."

누군가의 목소리가 방 안으로 새어 들어왔다.

살금살금 바닥을 딛는 발소리가 나더니 옆에 있는 침대 모서리가 끽끽거렸다. 금방 따스하고 부드러운 촉감이 피부를 간질였다.

"엄마!"

신이 났는지 높은음으로 엄마를 부르는 소리가 들렸다. 리비가 눈을 뜨자 아이가 조그맣고 통통한 얼굴을 리비의 뺨에 비볐다.

"프랭키!"

리비는 딸아이의 몸에 팔을 두르고 쪽쪽 뽀뽀 세례를 퍼부었다.

"이놈, 감히 엄마를 깨우다니!"

프랭키가 기분 좋게 까르르 웃으며 리비의 품에서 나가려고 침대에서 꼬물꼬물 기어가고 있었다.

"좋은 아침, 이쁜이."

딜런이 침대에 올라와 리비 옆에 앉아 키스하려고 몸을 굽혔다.

"잘 잤어?"

"덕분에 죽은 듯이 잤어, 진짜 고마워."

리비가 고개를 들자 딜런이 팔을 뻗어 리비를 가슴팍으로 끌었다. 리비의 동그란 머리가 딜런의 품 안에서 행복하게 둥지를 틀었다. 프랭키는 둘 사이를 파고들어 토끼 인형을 가지고 장난을 쳤다.

"프랭키 몇 시에 일어났어?"

"새벽 5시."

딜런은 아무렇지 않게 말했지만, 리비는 끙 앓는 소리를 냈다.

"침대방에 더 두꺼운 커튼을 달아야겠어. 아주 급한 일이야."

"만사 제쳐두고 제일 먼저 할게. 약속."

셋은 어제 새집으로 이사를 왔다. 이전에는 유스턴 역 근처에 있는 방 하나 딸린 집에서 지냈는데, 이제 프랭키가 한 살이 되었으니 방 두 개짜리 집이 필요했다. 새집은 전에 살던 데보다 그다지 크지도 않았고 층고가 낮아 딜런이 문을 지날 때마다 허리를 구부려야 했지만 그래도 프랭키가 지낼 수 있는 작은 방이 있고, 가구도 구색을 갖출 정도로 놓여 있는 데다 나름 여기저기 페인트칠도 되어 있었다. 리비는 이 집을 보고 딜런과 제대로 된 집으로 꾸밀 수 있겠다는 확신이 들었다.

"오늘 오후에 프랭크 보러 가기로 한 거 변함없는 거지?"

리비의 머리를 쓰다듬으며 딜런이 말했다.

"그럼, 오늘이 같이 버스 타러 나가는 날이잖아."

요양원에 있는 프랭크 담당 직원들과 몇 주에 걸쳐 밀고 당기는 협상을 한 결과 오늘 리비가 프랭크를 데리고 88번 버스를 타러 가도 된다는 허락을 받아낼 수 있었다. 프랭크를 데리고 시내로 나가 리젠트 스트리트에서 크리스마스 조명을 구경하는 계획을 짜놓았다. 시간이 되면 어디 가서 커피 한잔을 할 수 있을지도 모르겠다.

"프랭키도 데려가?"

"음, 프랭키는 자기한테 맡겨놓고 가는 게 내 정신 건강에 좋을 것 같아. 지난번에 같이 버스 타고 갔을 때 계속 통로를 기어 다니고 다 물고 빨고 난리가 났거든."

"장하다 우리 딸, 88번 버스에서 낳은 보람이 있네."

뭐가 그리도 좋은지 딜런이 허허거리며 웃었다.

프랭키는 이제 토끼 인형은 팽개쳐두고 다시 침대로 꾸물꾸물 올라와 둘을 향해 전진했다. 딜런이 프랭키를 안아 올려 볼에 입을 맞추며 푸 하고 바람을 불었다. 프랭키가 까르르 웃음을 터뜨렸다.

"공원 가서 그네 탈까요, 아기 원숭이 씨?"

"딩!"

위아래로 팔짝팔짝 뛰며 그네 타는 흉내를 내는 프랭키는 사랑스러움 그 자체였다. 리비와 딜런은 이 귀여운 모습을 바라보며 하염없이 웃었다.

"좋다고 하는 것 같아."

딜런에게 입 맞추며 리비가 프랭키어 통역을 했다.

오후가 정신없이 지나갔다. 짐을 풀며 물건을 정리하는 사이 프랭키는 둘의 발치를 돌아다니며 이 상자 저 상자 할 것 없이 기어 올라가느라 바빴다. 딜런이 리비의 서른한 번째 생일에 준 이중 액자를 벽에 제일 먼저 걸었다. 왼쪽에는 둘이 처음 88번 버스에서 만났을 때 리비가 딜런을 그린 스케치를 넣었다. 갈기갈기 찢어서 버렸을 줄로만 생각했는데, 고이 간직하고 있었다! 오른편에는 같은 날 리비가 찍은 딜런의 사진을 넣었다. 딜런의 분노와 고함을 유발한 바로 그 사진. 리비가 선물을 열어 액자를 발견했을 때 딜런에게 스케치를 완성할 기회를 얻고 싶다고 제안했지만, 딜런이 정중히 거절했다. 추억이 깃든 생식기 머리며, 모두 있는 그대로 간직하고 싶다나 뭐라나.

점심때가 되자 딜런이 수프를 만들고 세 식구가 아담한 주방 식탁에 옹기종기 모여 앉아 맛있는 식사를 마쳤다.

"크리스마스날 진짜 모두가 우리 집에 들어올 수 있을까?"

아담하다 못해 소박한 주방을 둘러보며 리비가 걱정을 한가득 담아 말했다.

둘은 크리스마스 점심때 프랭크를 집으로 초대했다. 에스메, 조니, 에스메 엄마도 함께. 그리고 나니 페기가 자신은 크리스마스에 집에서 외롭게 〈나 홀로 집에〉나 보게 생겼다며 신세 한탄을 늘어놓았다. 리비는 얼른 페기도 손님 명단에 넣었다. 초대할 당시에는 좋은 생각이라고 뿌듯해했다. 새집에서 친구들을 불러 모아 즐거운 시간을 보낼 수 있을 거라고. 하지만 이제 와 보니 이 코딱지만 한 집이 친구들로 미어터지진 않을까 걱정이 태산이었다.

이럴 때 사이먼이 초대를 거절해주어 얼마나 고마웠는지. 이게 웬 떡이람. 한 명이라도 줄어든 게 어디냐 하는 심정이었다. 사이먼은 그의 새 여자친구와 크리스마스를 온전히 같이 보내겠다고, 그래서 리비의 부모님 집에서 박싱데이 파티가 열리는 날 프랭키를 만나겠다고 얍삽이 사이먼다운 안을 내놓았다. 레베카네 가족도 그날 올 예정이었다. 프랭키는 사촌 헥터와 에밀리라면 좋아서 어쩔 줄을 모르며 종일 둘 꽁무니만 졸졸 따라다녔다. 리비와 레베카는 수면 부족을 이기기 위해 커피를 마시며, 모유 수유 중 밤늦게 문자를 주고받으며 끈끈한 동지애를 쌓아 조심스럽게 대체로 다정한 관계에 안착했다.

"크리스마스 점심땐 문제없을 거야. 그냥 다 편하게 해주면 되는 거지, 뭐."

딜런은 여유만만이었다. 프랭키가 힘자랑이라도 하듯 그릇에 빵 조각을 풍덩 넣어 수프가 사방팔방으로 튀었다.

"그때쯤이면 선물을 다 준비해놓을 수 있을까?"

"제발 그래야지."

리비는 몇 주 동안 프랭키 스케치를 그리는 데 시간을 쏟아부었다. 크리스마스 선물로 손님들에게 나눠줄 계획이었다. 처음엔 왠지 자신 없고 어디에 내놓기 부끄러운 마음이 들었다. 하지만 미대에서 한 학기를 보내고 나니 그림 실력이 월등히 나아졌다. 특히 프랭크에게 준 스케치가 마음에 꼭 들었다. 지난여름 프랭크와 프랭키가 함께 있는 장면을 딜런이 포착해 사진에 담은 걸 리비가 스케치로 옮겼다. 프랭크가 프랭키를 무릎에 올려놓고 있었고 둘은 마치 사랑하는 할아버지와 손녀처럼 서로의 눈을 맞추며 환하게 웃고 있었다. 리비가 제일 좋아하는 프랭키 사진 중 하나였다. 그리고 프랭크도 분명히 마음에 쏙 들어 할 사진이었다.

"아, 이제 나가봐야겠어."

둘이 식탁을 치우자 리비가 말했다. 겨울 코트를 입고 꼭대기에 방울이 달린 두툼하고 앙증맞은 털실 모자를 쓰고는 그 안에 머리카락을 꼬아 넣었다. 딜런과 프랭키에게 키스로 인사를 대신한 리비는 문을 열고 살을 에는 듯한 12월의 바람 속으로 걸어 들어갔다.

51

버스가 정류장에 멈춰서자 버스 앞 창문으로 프랭크가 보였다. 프랭크는 버스 2층 늘 앉던 자리에 앉아 있었다. 리비는 버스에 올라 경쾌한 발걸음으로 통통 계단을 올랐다. 윌로 코트에서 보낸 자원봉사자 한 명이 프랭크와 통로를 사이에 두고 앉아 있었다. 리비는 봉사자에게 고갯짓으로 인사를 하고 프랭크 옆에 스르르 몸을 밀어 넣었다.

"안녕하세요, 할아버지."

프랭크는 자신의 이름이 들리자 화들짝 놀라 어깨를 크게 한 번 들썩이더니 놀란 표정으로 리비를 돌아봤다. 리비를 보는 프랭크의 짙은 밤색 눈동자가 반짝였다.

"잘 있었나! 털모자가 아주 예쁘게 잘 어울리는구먼."

"감사해요. 잘 지내셨어요?"

"그럼, 그럼. 잘 지내고말고. 오늘 아주 날씨가 좋아. 버스 타기에 딱이야."

"그쵸? 저는 크리스마스 조명 보러 가고 싶은데, 할아버지도 같이 가실래요?"

"내가 크리스마스 조명을 마다할 리가 있나. 우리 클라라 어렸을 때 매년 데리고 갈 정도로 좋아했구먼."

버스가 로열 칼리지 스트리트에 들어서 곧 캠든 타운을 향했다. 캐럴을 부르며 거리를 돌아다니는 사람들 한 무리가 산타 모자를 쓰고 쇼핑객들에게 〈선한 왕 바츨라프〉를 불러주며 세인스버리 밖에 옹기종기 서 있었다. 버스가 지나갈 때 프랭크는 리듬에 맞춰 고개를 흔들었다.

"딜런이 안부 전해달래요."

프랭크가 딜런을 기억하고 반응을 보일지 관찰하며 딜런의 이름을 슬며시 꺼냈다.

"고맙구먼그려."

"딜런은 1월에 정식 간호사 되는 과정*을 시작해요. 지난번 제가 버스에서 출산할 때 곁에서 도운 게 혈액 공포증을 극복하는 데 도움이 되었더라고요. 딜런한테는 비밀인데, 크리스마스 선물로 청진기를 준비했어요."

프랭크가 잔잔하게 미소를 띠며 반응하는 것을 보니 리비가 옳다구나 싶어서 계속 조잘거렸다.

---

* 간호조무사가 된 뒤 밟을 수 있는 과정으로 이 과정을 거치면 2년제 간호학과를 졸업한 간호사와 동등한 자격을 얻는다.

"딜런은 오늘 프랭키 보면서 집에 있어요. 글쎄, 우리 프랭키가 벌써 아장아장 걸음마를 하려고 하지 뭐예요, 진짜 시간 빠르죠."

"애들은 눈 깜빡할 새 자란다니까. 프랭키가 몇 살이더라?"

"이제 13개월요. 지난달에 생일이었잖아요, 기억 안 나세요? 프랭키 생일케이크였던 초콜릿 케이크 가져다드렸었고요."

"내가 초콜릿 케이크 하나는 아주 끝내주게 구워. 우리 어머니가 비법 레시피를 전수해주셔서 말이야. 실은 지난주에도 하나 구웠지."

"잘하셨어요. 윌로 코트에서도 제빵 클래스 듣고 계세요?"

"윌로 코트? 그게 뭐지?"

"지금 할아버지 사시는 데요, 요양원 말이에요."

"그게 무슨 말이야, 나는 메이크피스 애비뉴에 산다고."

"작년에 요양원으로 들어가셨잖아요, 기억나시죠? 정원이 보이는 예쁜 방 주인이 되셨잖아요."

프랭크가 리비를 돌아봤다. 잔뜩 인상을 쓰고 있었다.

"미안한데, 우리가 만난 적이 있던가?"

리비의 가슴이 철렁 내려앉았다. 방금까지 대화를 하며 프랭크가 어느 정도는 여전히 기억하고 있다고 철석같이 믿고 있었다.

"그럼요, 만난 적이 있죠. 저는 리비예요."

"리비라……."

프랭크가 기억을 더듬으며 리비의 이름을 떠올려보려고 갖은 애를 쓰고 있었다.

"그럼, 자네 혹시 클라라 학교 친구 중 하나던가? 미안하네. 내가 눈이 침침한지 여자 얼굴들이 다 똑같아 보여."

"아뇨, 우린 이 버스에서 만났어요."

만에 하나 프랭크가 조금이라도 기억하는 기색이 있을까 싶어서 리비는 프랭크의 얼굴을 찬찬히 들여다봤다. 리비의 기대를 무심하게 저버리듯 프랭크는 미간과 양쪽 눈썹을 한껏 찌푸렸다.

"제가 할아버지 그림도 그려드렸어요."

"자네, 화가인가? 아주 예전에 아는 화가가 하나 있었지. 그녀랑 나도 버스에서 만났어."

"88번 버스의 그녀요."

"맞아, 자네도 그녀를 만나봤나?"

프랭크가 88번 버스의 그녀 얘기를 꺼낸 지도 몇 달이 흘렀다. 프랭크가 치매라는 안갯속에 영영 갇혀버리면서 그녀의 이름도 기억 저편으로 사라졌다고 생각했다. 다른 많은 기억과 함께.

"그녀에 대해 기억나는 게 뭐가 있어요, 할아버지?"

"아, 정말 눈부시게 아름다웠지. 그 밝은 빨간 머리는 내가 본 그 무엇이랑도 비교가 안 될 정도였어. 이 세상이 아니라 마치 천상계의 아름다움이랄까. 그녀를 본 순간 내가 그녀밖에 모르는 바보가 되어버렸단 말이야. 그런데 그만 그녀가 준 전화번호를 잃어버렸어."

"정말 속상하셨겠어요."

"그녀가 내 인생을 바꿔놓았어. 하지만 고맙다는 말을 할 기회가 없었지. 그 뒤로 그녀는 어떤 삶을 살았을지 참 궁금해."

"분명 행복으로 가득한 삶을 사셨을 거예요. 어쩌면 미술 선생님이 돼서 단짝 친구랑 여생을 함께 보내며 늙어갔을지도 모르죠?"

"그래, 그럴 수도 있겠지."

프랭크의 아련한 눈빛이 다시 창밖을 향했다. 프랭크의 정신이 희미해지는 걸 느낀 리비는 마음이 급해졌다.

"저희 새로 이사 간 집에 할아버지가 놀러 오시는 날만 손꼽아 기다리고 있어요. 이번 크리스마스 말이에요."

크리스마스 선물 이야기를 꺼내면 프랭크의 정신이 맑아질까 하는 실낱같은 희망을 놓지 않았건만, 프랭크에게서는 반응이 없었다.

"딜런이 칠면조 요리를 하고 페기 할머니가 트라이플을 가져오신대요. 진짜 풍성하고 즐거운 파티가 될 거예요."

이제 프랭크에게서는 아무런 움직임이 없었다. 마냥 아득한 눈을 하고서 정면을 응시하고 있었다. 리비는 의자 깊숙이 몸을 묻었다. 실망하지 말아야지, 몇 번이고 마음을 다잡았다. 다시 88번 버스에 올라 옛 기억을 더듬으면 프랭크의 어지러운 마음이 조금은 안정되지 않을까 하는 기대는 모두 물거품이 되었다. 그래도 오늘은 대화다운 대화를 조금이라도 나눈 걸 위안 삼았다. 최근 몇 번 리비가 윌로 코트에 찾아갔을 땐 리비가 누군지 전혀 기억하지 못했으니.

버스가 공원 옆을 지나쳐 갈 때 리비가 가방에서 스케치북을 꺼내 깨끗한 부분을 펼쳤다. 이번 학기엔 명암 주기를 배우고 있었기 때문에 지금 프랭크를 그리는 참에 이 최신 기술을 연습해

보고자 했다. 지난해 리비가 처음으로 버스에서 그림을 그리기 시작한 이래로 실력이 일취월장했다는 점을 프랭크가 알아주길 바랐다.

그림 그리는 데 온 정신을 쏟다 보니 버스가 어느새 리젠트 스트리트에 도착했다. 조지아풍의 높다란 건물 사이에 대롱대롱 매달려 눈과 마음을 빼앗을 정도로 휘황찬란하게 빛나는 크리스마스 조명들, 쇼핑객들의 머리 위에서 작은 별들처럼 반짝이는 커다란 천사 모형들. 버스가 정류장에 서자 인파가 차 안으로 몰려들어 북새통을 이뤘다. 너 나 할 것 없이 모두 빵빵한 쇼핑백을 양손 가득 들고 있었다. 2층을 메운 승객들의 온기가 버스 안 공기를 따뜻하게 데워 창문에 수증기가 맺히고 있었다. 이렇게나 두꺼운 모자를 쓰고 온 자신을 탓하며 리비가 모자를 손으로 당겨 벗었다. 머리를 흔들자 모자 안으로 밀어 넣었던 긴 머리가 촤르르 등으로 떨어졌다. 모자를 가방 안에 쑤셔 넣고 프랭크가 어떤지 살피려 몸을 돌렸다.

프랭크는 리비를 한없이 바라보고 있었다. 마치 무언가에 홀린 듯 위아래 입술이 벌어져 있었다.

"할아버지, 괜찮으세요?"

프랭크가 리비를 지그시 바라봤다. 할 말을 잃은 듯했다. 그러더니 이제 깨달았다는 듯 웃음을 띠었다.

"세상에, 당신이군요!"

"네, 저는 리⋯⋯."

프랭크의 머릿속에 펼쳐지는 상황을 읽고 리비가 말을 멈췄다.

"내가 다시 알아볼 줄 알았다니까. 어쩜 머리가 그때랑 하나도 변하지 않았네요. 아직도 미대에서 공부하는구나, 그렇죠?"

프랭크가 리비의 무릎에 펼쳐진 스케치북을 가리켰다.

"네, 미대에 다니고 있어요."

"역시 대단해! 내가 당신을 찾아다닌다고 사람들이 어찌나 수군댔는지 몰라요. 나보고 미쳤다지 뭐예요. 그치만 난 꿈쩍도 안 했지요. 한시도 당신을 찾는 일을 게을리한 적이 없었어요. 언젠 가 꼭 당신을 찾을 거란 걸 알고 있었단 말입니다."

리비는 말을 아꼈다. 그저 프랭크의 얼굴에 그득한 기쁨을 마주하며 잠시 생각에 잠겼다. 프랭크가 얼굴에 생기를 띤 게 얼마만의 일인지. 리비가 이 모습을 얼마나 지독히도 그리워했는지.

"지금 어디로 가는 길이오?"

프랭크가 물었다.

"그냥 발길 닿는 데로요."

"그렇담 말이지, 나 데리고 내셔널 갤러리 한번 갈 생각은 없는 거요? 지난번 약속 때 내가 의도치 않게 바람을 맞혀서 두고두고 미안했어요. 마음에 빚을 크게 졌다고요."

프랭크가 너털웃음을 터뜨렸다. 리비도 함께 웃었다.

"그거 좋죠."

"좋아요."

프랭크가 손을 뻗어 리비의 손을 놓칠세라 꼭 잡았다.

"이렇게 다시 보게 돼서 얼마나 좋은지, 말로 다 할 수가 없네요."

프랭크의 떨리는 손을 리비는 가만히 내려다보았다. 주름이 모자이크처럼 얼기설기 얽혀 있었다. 리비도 프랭크의 손을 꼭 잡았다.

"저도 다시 만나게 돼서 너무 좋은걸요."

감사의 말

첫 책을 쓰는 일은 외로운 노력의 길이었습니다. 홀로 컴퓨터 앞에 앉아 독자가 한 명이라도 있을지 알 수 없는 불안한 마음으로 글을 써야 했으니까요. 그래서 두 번째 책을 쓸 땐 전보다 훨씬 많은 이들과 함께한다는 기분이 들었습니다. 따라서《88번 버스의 기적》이 세상에 나오도록 도움을 주신, 제가 사랑하고 재능이 가득하며 열정적인 전 세계의 책을 사랑하는 분들에게 너무도 감사한 마음이 듭니다.

우선 저의 에이전트 헤일리 스티드에게 감사드립니다. 제가 '런던 버스를 배경으로 한 책은 어떨까요?'라는 메일을 보낸 이후 모든 단계마다 함께해준 분입니다. 헤일리가 전문성과 열정으로 끊임없이 제 마음을 안심시켜준 일은 데뷔작을 내는 경험을 하는 동안 제게 없어서는 안 될 소중한 자산이었습니다. 헤일리가 제 곁에 있다는 사실은 제게 큰 축복이 아닐 수 없습니다. 매들린 밀번 리터러리 에이전시에서 소속 작가를 위해 헌신하는 팀에도 감사 인사를 드립니다. 특히 엘리노어 데이비스, 리안-루이스 스미스, 조지나 시몬즈, 발렌티나 폴미칠, 질스 밀번, 에마 도슨, 한나 래즈에게 감사의 말씀 전합니다.

보니어 북스의 모든 분이 창의적 감각을 가지고 솜씨를 발휘해 주신 덕분에 이 이야기를 영국 독자에게 선보일 수 있게 되었음에 감사드립니다. 능력이 출중할 뿐 아니라 똑똑하고 마음이 따뜻해서 나만큼이나 '파닥파닥flaps'이라는 단어가 재밌다고 느끼는 편집자 사라 바우어에게도 감사합니다. 영국 홍보담당자이자 뛰어난 능력을 갖춘 제나 펫츠에게는 제가 요정 분장을 하고 영국을 함께 돌아다니고픈 사람은 제나뿐이라고 말해주고 싶습니다. 마케팅 매니저이자 창의성에서는 따라올 자가 없는 비키 조스에게도 감사합니다. 케이티 미건, 루시 티라한, 알렉스 메이, 엘로이즈 안젤린, 로라 매켈라, 로라 말로위와 영업팀 모두에게 진심 어린 감사 인사 전합니다. 마지막으로, 책 표지를 아름답게 만들어준 제니 리처즈와 애나 모리슨에게 영원한 사랑과 무한한 감사를 드립니다.

미국에서는 제 책을 물심양면으로 도와주신 버클리의 모든 분께 감사드립니다. 뛰어난 편집자일 뿐 아니라 제가 아는 이들 가운데 제일 차분한 사람 중 한 명인 케리 도너번에게는 이 모든 과정을 원활하고 즐겁게 만들어줘서 감사하다는 말씀을 전합니다. 사랑스럽고 늘 열심히 일하는 마케팅팀 브리짓 오툴과 엘리샤 캐츠에게도 고마움을 전합니다. 책 홍보에 힘써주신 홍보담당 타라

오코너에게 〈굿모닝 아메리카〉에 대한 이메일을 절대 잊지 않겠다는 말과 함께 고맙다고 말하고 싶습니다. 메리 베이커, 크리스틴 레곤, 댄 월시에게도 감사 인사 전합니다. 그리고 다시 한번 앤서니 라모도의 표지 디자인과 새니 치우의 아름다운 예술 작품에 절대적인 경외를 표하는 바입니다.

하나가 아니라 두 개나 되는 멋진 글쓰기 그룹이 이 책을 만들 수 있도록 저를 도와주셔서 엄청난 행운이라는 생각이 듭니다. 영국에서는 2018년 파버 아카데미 동기들에게 사랑과 감사를 보냅니다. 4년이 지나도 정기적으로 만나고 있으며 제 책을 처음으로 읽고 피드백을 준 친구들입니다. 내 책을 미리 읽어준 베타 리더이자 정말 귀중한 조언을 준 리사 프라이스, 한나 토비, 로라 프라이스에게 특히 감사하다고 말하고 싶습니다.

버클리의 동료 작가 모임인 버클렛츠에도 갚을 수 없는 빚을 진 느낌입니다. 지난 1년 반 동안 끊임없이 저를 격려해주고, 조언과 웃음을 선사해줬기 때문입니다. 버클렛츠가 없었다면 데뷔 작가로서 살아남지 못했을 것 같습니다. 우리 모두를 하나로 연결해주는 레서 크리스 에번스에게 특히 고맙다는 말을 전합니다.

퇴행성 치매 모임인 루이소체 모임의 일원으로 루이소체 치매에 관해 이야기를 들려준 재키 캐논에게 너무나 감사하며 치매를 앓고 살아가는 삶에 대해 유창하게 이야기해준 크리스 매덕스에게도 큰 감사 인사를 드립니다. 에스메 캐릭터를 쓸 때 피드백과 조언을 주신 로안 트레이와 제인 오코넬에게도 감사하고 싶습니다. 그리고 리딩 그룹 질문 작성에 도움을 준 테레사 터커, 질 워

커, 에마 하디에게 감사합니다.

개인적으로는 아이를 돌봐준 제니에게 고맙단 말을 전합니다. 제니가 없었다면 한 글자도 쓰지 못했겠지요. 사랑하는 저의 부모님과 오빠에게 언제나 옆에서 힘이 되어주고 제 글을 가장 열심히 읽어주어 감사하다고 말씀드리고 싶습니다. 제 글쓰기에 웃기고 미워할 수 없는 방식으로 집중 방해를 놓는 올리버와 시드는 책방에서 모르는 사람들에게 제가 쓴 책을 꼭 사라고 큰 소리로 말해주기도 합니다. 둘 다 너무 사랑한다. 왕복으로 달에 다녀올 만큼. 그리고 이 정신없고 신나고 놀라운 여정에 함께해주는 내 동반자이자 영원한 친구인 앤디에게. 당신 말고 내가 88번 버스를 함께 타고 싶은 사람은 없어.

마지막으로 제 책을 읽어주시는 책 판매자들, 사서들, 책 리뷰 남겨주시는 분들, 북스타그래머, 블로거들과 내 책을 손에 드는 모든 독자분께 그 누구보다 큰 감사 인사를 드리려고 합니다. 책을 쓰는 일은 내 오랜 꿈이었습니다. 이 꿈이 계속 실현될 수 있는 건 모두 여러분 덕분입니다.

독자에게 쓰는 편지

안녕하세요!

저의 새 책《88번 버스의 기적》을 읽어주셔서 감사합니다.

이 책의 아이디어는 제 데뷔 소설《더 라스트 라이브러리》에 대한 조사를 진행하며 처음 얻었습니다. 도서관에서 일하시는 분들에 관한 감명 깊은 이야기를 많이 들었지만, 특히 한 이야기가 제 뇌리에 콕 박혔습니다. 한 사서가 102세 할머니 도서관 이용자와 대화를 나눴습니다. 어렸을 때 그 할머니의 아버지가 어떤 책을 읽어줬는데 그 이후로 그 책을 찾을 수가 없었다는 얘기였습니다. 그저 지나가는 이야기였지만 그 사서는 바로 행동에 돌입했죠. 원본을 찾아냈을 뿐만 아니라 도서관 직원들이 돌아가며 녹음을 하고 결국 800페이지가 넘는 책을 다 읽어서 그 102세 할머니가 마지막으로 그 책을 전부 들을 수 있었다는 내용이었습니다. 친절이 담긴 단순한 행동이었지만 그 친절을 받는 사람뿐 아니라 이 일에 관련된 모든 이에게 엄청난 영향을 준 일이었습니다.

이 작고 귀중한 일화가 제 글 아이디어에 도화선이 되었습니다. 서로 모르는 두 사람의 짤막한 대화가 어떻게 누군가의 인생 방향을 바꿀 수 있는지에 관한 글을 쓰고 싶었습니다. 그리고 어떻게 60년 뒤에 또 다른 낯선 이와의 대화가 친절이 담긴 엄청난 행동을 불러오는지도요. 그리고 이 행동이 어떻게 나비효과가 되어 관련된 모든 이의 인생에 예상을 뛰어넘고 믿을 수 없을 만큼 선한 영향을 미치는지 말입니다.

배경을 런던 버스로 하겠다는 영감은 놀랍게도 제가 버스에 있을 때 찾아왔습니다. 저는 엿듣기 선수라서 대중교통을 이용할 때면 주변인들의 말에 귀를 쫑긋 세우곤 합니다. 도서관처럼 버스는 서로 다른 세상에 사는 이들이 모두 모이는 공간이라는 생각이 불현듯 들었습니다. 부자나 가난한 이들, 젊은이들이나 노인들도 모두 버스를 탑니다. 그리고 그들의 세상이 버스를 타는 동안 짧게나마 서로 충돌하고요. 우리 중 대부분은 버스를 타는 내내 책이나 휴대폰을 보려고 고개를 숙인 채 지내지만, 고개를 숙이지 않고 시선을 여기저기로 돌리는 승객들이 언제나 있게 마련입니다. 세상과 주변인들의 일에 관심 많은 이들이지요. 저는 그런 사람에 대한 글을 쓰고 싶었습니다.

《88번 버스의 기적》은 2020년 3월부터 쓰기 시작했습니다. 당시에 88번 버스를 타고 다니며 줄거리와 글 초반 작업을 하겠다는 야심 찬 계획을 하고 있었어요. 영감을 좇기 위해 런던을 오가며 말이지요. 불행히도, 세상은 제 뜻대로 돌아가지 않았습니다. 제가 일을 시작한 지 1주일 뒤부터 집에 갇혀 지내야 했으니 말입니다. 결과적으로 저는 이 책의 초고 대부분을 주방 식탁에서 아이들을 가르치고 아이들과 놀아주며 전쟁터 같은 환경에서 마쳤습니다. 그런 크나큰 어려움 속에서도 머릿속에서는 팬데믹 이전의 런던에서 88번 버스를 탔습니다. 그렇게 상상 속에서나마 승객들의 대화를 엿듣고 런던의 경치와 소리를 감상하며 돌아다닐 수 있는 정신적 탈출구가 생겼기에 정말 감사한 마음뿐입니다.

《88번 버스의 기적》과 제 다음 작품에 대해 더 알고 싶으시면 제 뉴스레터에 등록해주세요(https://freya-sampson.com).

2개월마다 뉴스레터를 보내드리고 제 최신 소식과 추천 도서들을 공유하겠습니다. 상품과 발췌본도 있으니 기대해주세요. 뉴스레터는 제 소식을 독점으로 알 수 있는 수단이니 앞으로 나올 제 책들을 첫 번째로 알고 싶거나 누구보다도 빨리 책 표지를 보고 싶으면 꼭 뉴스레터를 구독해주시길 부탁드립니다. 물론, 여러분의 정보는 완전히 비밀이라는 점은 너무 당연하지만 한 번 더 말씀드려요. SNS에서도 저와 만나실 수 있습니다. 인스타그램과 페이스북은 @FreyaSampsonAuthor이고 트위터는 @SampsonF입니다. 저는 독자들의 소식을 듣는 것도 아주 좋아합니다. 그러니 서로 소통하며 인사 나눌 수 있으면 좋겠습니다. 마지막으로 《88번 버스의 기적》을 재밌게 읽으셨다면 아마존, 굿리즈 같은 사이트에 리뷰를 남겨주시면 정말 감사할 것 같습니다. 리뷰는 작가들에게 큰 도움이 된답니다!

《88번 버스의 기적》을 읽어주셔서 너무너무 감사합니다. 88번 버스를 타는 여러분 모두의 여정이 즐겁기를 바랍니다.

사랑을 담아,
프레야

88번 버스의 기적

초판 1쇄 발행	2023년 7월 24일
초판 8쇄 발행	2023년 7월 31일

지은이	프레야 샘슨
옮긴이	윤선미

편집인	이기웅
책임편집	한의진
교정·교열	김정현
편집	안희주, 주소림, 김혜영, 양수인, 이원지, 오윤나, 이현지
디자인	studio forb
책임마케팅	김서연, 김예진, 박시온, 김지원, 류지현, 김찬빈, 김소희, 배성원
마케팅	유인철, 이주하
경영지원	박혜정, 최성민, 박상박
제작	제이오

펴낸이	유귀선
펴낸곳	㈜바이포엠 스튜디오
출판등록	제2020-000145호(2020년 6월 10일)
주소	서울시 강남구 테헤란로 332, 에이치제이타워 20층
이메일	odr@studioodr.com

ⓒ 프레야 샘슨

ISBN 979-11-92579-87-0 (03840)

모모는 ㈜바이포엠 스튜디오의 출판브랜드입니다.